I0699323

FEDOR DOSTOYEVSKI

EL ETERNO ESPOSO
EL JUGADOR
EL LADRÓN HONRADO

astria

EL ETERNO ESPOSO/EL JUGADOR/EL LADRÓN HONDRADO/
FEDOR DOSTOYEVSKI

©Astria Ediciones
Diseño de portada: Andrea Rodríguez
Ilustración de portada: El hombre desesperado.
Autor: Gustave Courbet.

Supervisión Editorial: Óscar Flores López
Administración: Tesla Rodas y Jessica Cordero
Levantamiento de texto: Zona Creativa
Director Ejecutivo: José Azcona Bocock

Primera edición
Tegucigalpa, Honduras—Agosto de 2024

CONTENIDO

EL ETERNO MARIDO

I
VELTCHANINOV

Se acercaba ya el verano, y Veltchaninov, muy en contra de lo que esperaba, se sentía aún en Petersburgo. Su viaje al sur de Rusia no se le había arreglado, y su pleito no llevaba trazas de concluir. El asunto —un litigio sobre propiedad de unas tierras— tomaba mal cariz. Tres meses antes parecía sencillísimo, sin sombra de duda, y he aquí que, bruscamente, todo cambiaba.

"Por otra parte, lo mismo ocurre con todo; hoy, todo se tuerce", se repetía sin cesar a sí mismo, malhumorado.

Había acudido a un abogado muy ducho, caro y de fama, sin escatimar honorarios; pero, empujado por la impaciencia y la desconfianza, dio en ocuparse por sí mismo del asunto, escribiendo papeles que el abogado se apresuraba a escamotear, corriendo de tribunal en tribunal, haciendo averiguaciones inútiles, y en realidad entorpeciéndolo todo. Al fin, el abogado no pudo menos de quejarse y de aconsejarle que se fuera a pasar una temporada al campo.

Pero él no podía resolverse a marchar. El polvo; el calor asfixiante, las noches blancas de Petersburgo, que sobreexcitan y enervan, todo ello parecía deleitarle y retenerle en la ciudad. Habitaba en los alrededores del Gran Teatro, un pisito que había alquilado hacía poco y que no acababa de gustarle. ¡Nada acababa de gustarle! Su hipocondría, cuyo germen llevaba hacía ya tiempo, iba creciendo de día en día.

Era un hombre que había vivido mucho, y holgada y alegremente. A pesar de sus treinta y nueve años, se encontraba ya lejos de la juventud. Toda esta "vejez", como él decía, le había caído encima "casi de sopetón". Él mismo comprendía que lo que le había envejecido tan rápidamente no era la cantidad, sino, por decirlo así, la calidad de los años, y que si se sentía flaquear antes de tiempo, era más bien culpa del espíritu que del cuerpo.

A primera vista se le habría tomado aún por un hombre joven: alto, fuerte y rubio, con una cabellera abundante, sin una sola cana, y una hermosa barba que le llegaba casi a la mitad del pecho. Su aspecto podía parecer, al principio, tosco y desaliñado; pero, observándolo más atentamente, se advertía en seguida a un hombre perfectamente educado y estilado en los usos y modales de la mejor sociedad. Conservaba un aire de soltura y hasta de elegancia que no era bastante a ocultar la brusca hurañía que se había apoderado de él, y tenía aún aquel aplomo aristocrático, cuyo efecto quizás ni él mismo sospechaba. Y eso que era hombre de una inteligencia, no ya despejada, sino sutil y excelentemente dotada.

Su cutis blanco y sonrosado había tenido en otro tiempo una delicadeza verdaderamente femenina, que llamaba la atención a las mujeres. Y aun decían, al mirarle: "¡Hermosa salud! ¡Nácar y rosas!". Sólo que esta hermosa salud se hallaba cruelmente inficionada de hipocondría. Sus grandes ojos azules, diez años atrás hicieron muchas conquistas; ojos tan claros, tan alegres, tan despreocupados, que, sin querer, retenían la mirada que tropezaba con ellos. Hoy, al caer de la cuarentena, la claridad y la bondad se habían casi apagado en aquellos ojos ya cercados de ligeras arrugas. Ahora, por el contrario, se reflejaban en ellos el cinismo de un hombre de costumbres relajadas, hastiado de todo, la astucia, con frecuencia el sarcasmo, o bien un nuevo matiz que no se les conocía antes, un matiz de sufrimiento y de tristeza, tristeza distraída y como sin objeto, pero, no obstante, profunda. Esta tristeza se manifestaba sobre todo cuando estaba solo.

Y lo extraño es que este hombre que hacía dos años apenas era jovial, alegre y disipado, que contaba tan a la perfección historietas tan divertidas, hubiese llegado a preferir la soledad a todo. Deliberadamente, había roto con sus numerosos amigos, cosa acaso innecesaria, aun después de la ruina total de su fortuna. A decir verdad, el orgullo había tenido gran parte en ello. Su orgullo, tan susceptible, le hacía intolerable el trato de sus antiguos amigos; de modo que, poco a poco, había llegado al aislamiento. No por eso quedaron atenuados los sufrimientos de su orgullo, al contrario; pero, al exasperarse, tomaron una forma particular, completamente nueva, llegando a sufrir a veces por motivos imprevistos, que en otro tiempo no existían para él, en los que ni siquiera había pensado; por motivos de "orden superior", a los que hasta entonces no concediera importancia... "Suponiendo que realmente haya motivos superiores y motivos inferiores", añadía para sí. Era cierto, había llegado a verse obsesionado por motivos superiores, en los que antes nunca hubiera pensado.

En el fondo, lo que él entendía por motivos superiores eran esos motivos de los que —con gran asombro suyo— nadie podía, sinceramente, reír a solas. (A solas, claro está, pues delante de gente es muy distinto). Él sabía de sobra que a la primera ocasión, mañana mismo, dejaría plantados todos aquellos secretos y piadosos mandamientos de su conciencia, enviando a paseo con mucha tranquilidad los "motivos superiores", y siendo el primero en reírse de ellos. Sin duda, eso es lo que ocurriría; pero, entre tanto, había conquistado una singular independencia de espíritu con respecto a los "motivos inferiores", que hasta entonces tan despóticamente le gobernaran. Muchas mañanas, al levantarse, hasta se avergonzaba de las ideas y sentimientos que había tenido durante el insomnio de la noche. (Y desde hacía algún tiempo padecía de frecuentes insomnios).

Tenía observada en sí mismo, desde antiguo, una marcada inclinación a los escrúpulos, así se tratara de cosas importantes o de una futilidad cualquiera; así que había resuelto fiarse lo menos posible de sí propio. Sin embargo, a veces tenían lugar hechos cuya realidad no era posible poner en duda. En los últimos tiempos, con frecuencia, durante la noche, sus ideas y sentimientos iban modificándose hasta el punto de convertirse casi en lo contrario de lo normal, y muy a menudo perdían toda conexión con las ideas y sentimientos diurnos. Se impresionó mucho al darse cuenta de ello, y se fue a consultar a un médico de nombre, amigo suyo, al que —claro está— contó la cosa en tono de broma.

El médico respondió que el hecho de la alteración y hasta el desdoblamiento de las ideas y sensaciones durante la noche, en estado de insomnio, es un caso muy corriente en hombres que "piensan y sienten intensamente" ; que, a veces, las convicciones de toda una vida cambian súbitamente, de pies a cabeza, bajo la acción deprimente de la noche y del insomnio; que de ahí el que se adopten, sin venir a cuento, resoluciones que necesariamente han de ser fatales; que todo ello, por otra parte, va por sus pasos contados, y que, en suma, si el sujeto experimenta muy vivamente el desdoblamiento de su persona, y sufre a causa de ello, es señal de una verdadera enfermedad, y urge, en ese caso, acudir a atajar el mal. Lo mejor, es cambiar radicalmente de género de vida, ponerse a régimen, o viajar; una purga tampoco estaría de más.

Veltchaninov no quiso seguir oyendo; la cosa era bien clara: estaba enfermo. "¡A eso se reducía la obsesión que él atribuía a algo superior! ¡A una enfermedad, simplemente!", exclamaba con amargura.

Pronto el fenómeno, que hasta entonces no había experimentado más que por la noche, se produjo también durante el día, pero con mayor intensidad. Y ahora sentía una satisfacción maliciosa y sarcástica, en lugar del enternecimiento nostálgico de antes. Veía surgir en su memoria, cada vez con más frecuencia, "súbitamente, y sabe Dios por qué", algunos acontecimientos de su vida anterior, de las épocas primeras de su vida, y estos acontecimientos se presentaban a él de un modo extraño. Hacía ya tiempo que se quejaba de haber perdido la memoria, olvidando las caras de personas conocidas —que cuando, por casualidad, le encontraban y él no las reconocía, se mostraban ofendidas—, y hasta olvidando en absoluto un libro leído seis meses antes.

Pues bien, a pesar de esta pérdida evidente de la memoria, sucesos de un período muy lejano, hechos olvidados desde hacía diez o quince años, se presentaban bruscamente a su imaginación, con tal relieve en todos sus detalles, con tal vivacidad de impresión, que podía decirse los revivía. Algunas de aquellas cosas que volvían a su conciencia habían estado hasta entonces tan completamente abolidas, que el solo hecho de verlas reaparecer se le antojaba extraño. Pero aquello todavía no era nada; estas resurrecciones se producen en todo hombre que haya vivido mucho. Lo importante es que aquellos acontecimientos le volvían a la memoria bajo un aspecto modificado, enteramente nuevo, imprevisto, presentándosele desde un punto de vista en que jamás hubiera pensado.

¿Por qué tal o cual acto de su vida pasada le hacía hoy el efecto de un crimen? Realmente, él no se habría preocupado, de tratarse sólo de una sentencia abstracta dictada por su espíritu; pues de sobra conocía su natural sombrío, raro y enfermizo, para conceder importancia alguna a sus decisiones. Pero su reprobación tenía una resonancia más profunda, llegaba casi a maldecirse y a estallar en lágrimas interiores. ¿Qué habría dicho él, no hace dos años, si le hubiesen anunciado que lloraría un día?

Lo que primero le vino a la memoria fueron, no estados de sensibilidad, sino cosas que antaño le habían herido o molestado. Recordaba ciertos fracasos mundanos, ciertas humillaciones; recordaba, por ejemplo, las "calumnias de un intrigante" a causa de las cuales habían dejado de recibirle en una casa; o bien cómo, no hacía mucho, había soportado una ofensa premeditada y pública, sin pedir cuentas al ofensor; y cómo, un día, en una reunión de señoras de la mejor sociedad, había sido víctima de un punzante epigrama, al que no supo qué responder...

Recordaba también dos o tres deudas que no había pagado, deudas insignificantes, es cierto, pero deudas de honor al cabo, contraídas con personas que había dejado de ver y de las que, sin embargo, se permitía hablar mal cuando llegaba el caso. Sufría asimismo, pero únicamente en sus ratos peores, a la idea de haber malgastado del modo más estúpido dos fortunas, ambas considerables... Pero pronto le tocaba la vez a los recuerdos y remordimientos de orden "superior". De improviso, por ejemplo, "sin ton ni son", surgía, del fondo de un olvido absoluto, la figura de un empleado viejecito, calvo y grotesco, al que un día, hacía ya mucho tiempo, ofendiera impunemente, por pura bravata, sólo por hacer un chiste muy gracioso y que fue muy celebrado.

A tal punto había olvidado toda aquella historia, que no conseguía dar con el nombre del viejecito. Y sin embargo, evocaba todos los detalles de la escena con una claridad extraordinaria. Recordaba perfectamente que el viejo había defendido la reputación de su hija, solterona ya madura, que vivía con él, y respecto a la cual se habían hecho correr rumores malévolos. El vejete había dado la cara y se había enfurecido; luego, de pronto, rompió a llorar delante de todo el mundo, cosa que hizo cierta impresión. Habían acabado por atracarle de champagne y hacer burla de él. Y ahora que, "sin ton ni son", evocaba Veltchaninov al pobre viejecito sollozando, hundido el rostro entre las manos, como un niño, le parecía imposible haber podido olvidarlo. Y, cosa extraña, esta historia, que en otro tiempo encontraba tan cómica, le hacía ahora una impresión contraria, sobre todo algunos detalles, sobre todo la cabeza hundida entre las manos.

Recordaba también cómo, por pasatiempo, había difamado a la mujer de un maestro de escuela, y cómo la difamación había llegado a oídos del marido. Veltchaninov había dejado poco después la localidad y no supo las consecuencias de su difamación; pero ahora, de pronto, preguntábase cómo habría acabado todo aquello; y Dios sabe hasta dónde le habrían llevado sus conjeturas, si un recuerdo mucho más reciente no le hubiese embargado bruscamente el espíritu: el de una muchacha de una modesta familia burguesa, que jamás le había gustado, de la que hasta se avergonzaba, y con la cual, casi sin saber cómo, tuvo un hijo.

Había abandonado a la madre y al niño, sin decirles adiós siquiera (claro que por falta de tiempo), cuando se fue de Petersburgo. Más tarde, durante un año entero, había estado haciendo gestiones para encontrar a aquella muchacha, sin conseguirlo. Los recuerdos de esta índole se presentaban a él a centenares, cada uno trayendo otros consigo.

Ya hemos dicho que su orgullo había tomado una forma singular. Había momentos —raros, es cierto— en que olvidaba su amor propio al punto de serle indiferente no tener ya coche particular y verse obligado a ir a pie de tribunal en tribunal, vestido de cualquier modo. Si, por casualidad, alguno de sus antiguos amigos le miraba en la calle con aire burlón, o aparentaba no conocerle, su orgullo era tal que ya no se ofendía. Y muy sinceramente no se ofendía. A decir verdad, estos momentos de olvido de sí mismo eran bastante escasos; pero, en general, lo cierto es que su vanidad se desinteresaba, poco a poco, de las cosas que hasta entonces le habían afectado, y se concentraba en una sola, siempre presente a su espíritu.

"Sí —pensaba con sarcasmo (casi siempre que pensaba en sí mismo era sarcásticamente)—, no hay duda de que alguien se preocupa de mejorarme, sugiriéndome todos esos malditos recuerdos y esas lágrimas de arrepentimiento. Bueno, y después de todo, ¿qué? ¡Pólvora en salvas! Muy bien las lágrimas de arrepentimiento; pero ¿no tengo acaso la seguridad de que a pesar de mis cuarenta años, cuarenta años de una existencia estúpida, no me queda una migaja de libre albedrío? Que mañana se presentara de nuevo la misma tentación, que, por ejemplo, tuviera otra vez interés en propalar el rumor de que la mujer del maestro de escuela aceptaba de muy buen talante mis obsequios, y de sobra sé que volvería a las andadas, sin la menor vacilación, tanto más vil y más insidioso por ser la segunda vez. Que mañana a aquel principillo a quien, hace once años, rompí una pierna de un balazo, se le ocurriese ofenderme de nuevo, pues me apresuraría a llevarlo al terreno, y le costaría una segunda pata de madera. Todas estas vueltas al pasado, es pólvora en balde, sin eficacia alguna ¿A qué santo estos recuerdos, cuando ni siquiera consigo verme libre de mí en el presente?".

No había ya maestra de escuela que difamar, ni pierna alguna que romper, pero la sola idea de que en un momento dado, podían renovarse estos hechos le desesperaba. No es posible estar continuamente entregado a los recuerdos; preciso es que haya entreactos, durante los cuales poder respirar y distraerse.

Esto hacía Veltchaninov: estar dispuesto a aprovechar los entreactos para distraerse; pero mientras más tiempo pasaba, más penosa se le hacía la vida en Petersburgo. Con frecuencia le asaltaban deseos de dejarlo todo, empezando por el pleito, y marcharse a cualquier parte sin tardanza, a un rincón de Crimea, por ejemplo. Una hora después, por regla general, reía ya del proyecto. "No hay clima, no hay mediodía que pueda acabar con estos malditos pensamientos. Una vez que han venido, yo, que soy hombre de costumbres, no podré ya sacudírmelos. Además, no hay motivo…".

"Y ¿por qué voy a irme? —continuaba filosofando con amargura—. Hace aquí tanto polvo y un calor tan sofocante; hay en estos tribunales en que me paso el día, entre todos estos hombres de negocios, tantas preocupaciones enervantes, tantos cuidados abrumadores; y en todas estas gentes que llenan la ciudad, en todos estos rostros que pasan desde la mañana hasta la noche, se ve un egoísmo tan ingenua y sinceramente exteriorizado, una audacia tan grosera, una cobardía tan ruin, una pusilanimidad tan baja, que a fe mía que esto es el paraíso para un hipocondríaco. Todo es franco aquí, todo se muestra sin rebozo; nada se toma el trabajo de disimular, como hacen nuestras damas y damiselas en todas partes: en el campo, en los balnearios, en el extranjero… Sí, realmente todo merece aquí la más sincera estimación, aunque sólo sea por su franqueza y sencillez… ¡No me iré! ¡Reventaré aquí, si es preciso, pero no me iré!".

II
EL SEÑOR DE LA GASA NEGRA

Era el 3 de julio. Soplaba un aire pesado, y hacía un calor asfixiante. Aquel día Veltchaninov tuvo muchísimo que hacer. Toda la mañana se la había pasado en comisiones y diligencias; una visita urgente debía ocuparle la tarde. Visita a un consejero de Estado muy influyente, que podía serle útil, y al que tenía que ver en su casa de campo, situada muy lejos, a orillas del Tchiornaia.

Así, pues, al atardecer, a eso de las siete, entró Veltchaninov para comer en un restaurant de apariencia bastante mediocre, pero francés, de la Perspectiva Newski, junto al puente de la Policía. Se sentó en su rincón de costumbre, ante la mesita que le estaba reservada, y pidió la comida. Todos los días comía por un rublo, sin contar el vino, que casi nunca tomaba en vista del mal estado de su bolsillo. Se sorprendía a veces de que se pudiera comer una cocina semejante, a pesar de lo cual ingería hasta la última migaja, devorando con el mismo apetito que si llevase tres días de ayuno.

"Esto debe ser morboso", pensaba al darse cuenta de ello.

Aquella tarde se sentó a la mesa en las peores disposiciones de ánimo. Tiró violentamente el sombrero a un rincón, se puso de codos sobre el mantel, y cayó en meditación. A poco que su vecino hubiera hecho el menor ruido, o que el mozo no le hubiese comprendido inmediatamente, él, que de ordinario era cortés, y cuando la ocasión lo exigía pacientísimo, habría sin duda alguna armado un alboroto, y hasta puede que un verdadero escándalo.

Habían servido el puré, y Veltchaninov cogía ya la cuchara para empezar a comer, cuando de pronto, con ademán brusco, la tiró sobre la mesa y saltó casi de la silla. Un pensamiento imprevisto acababa de cruzar por su cerebro. En un instante, sabe Dios cómo, acababa de comprender el motivo de su angustia, de aquella extraña angustia que le torturaba desde hacía tantos días, acosándole, vaya usted a saber por qué, sin un momento de tregua. He aquí que, de pronto, comprendía y veía este motivo, tan claramente como los cinco dedos de su mano.

—¡El sombrero! —murmuraba, como iluminado—. Sí, ese maldito sombrero con esa abominable gasa negra. ¡Ésa es la causa de todo!

Veltchaninov se puso a reflexionar; pero, mientras más pensaba en ello, más se ensombrecía, más extraño le parecía "todo el suceso".

"Pero… pero… ¿se trataba realmente de un suceso? —se objetaba, siempre desconfiado—. ¿Qué hay en todo esto que se pueda calificar de suceso?".

He aquí lo que había ocurrido:

Próximamente quince días antes —a decir verdad, él no recordaba con exactitud, pero eso debía de hacer— había encontrado por primera vez en la calle, el sitio no hace al caso —sí, en el cruce de las calles Podiatcheskaia y Metchanskaia—, a un hombre que llevaba una gasa negra en el sombrero. El individuo en cuestión era como todo el mundo, y no ofrecía nada de particular. Había pasado de prisa, pero al pasar lanzó a Veltchaninov una mirada insistente que le llamó extraordinariamente la atención. Tuvo en seguida la impresión de que aquella cara no le era desconocida. Sí, de seguro que la había visto ya en algún sitio.

"¡Bah! —pensó—. ¡Pues no habré visto en mi vida pocos miles de caras! ¡Si fuera uno a acordarse de todas!".

No había andado veinte pasos, cuando ya había olvidado este encuentro, a pesar de la impresión que le había hecho, impresión que le duró todo el día, extrañamente. Era como una irritación sin objeto, y muy singular.

Ahora, quince días después, recordaba todo aquello clarísimamente. Recordaba también que no había podido comprender entonces la causa de aquella irritación, hasta el punto de que ni siquiera se le ocurrió la idea de una relación posible entre su mal humor de toda la tarde y el encuentro de la mañana.

Pero el sujeto tuvo buen cuidado de no dejarse olvidar. Al día siguiente volvió a cruzarse con Veltchaninov en la Perspectiva Newski y, como la vez anterior, le miró fijamente, de un modo extraño. Veltchaninov escupió, en señal de desdén; pero apenas había escupido, se sorprendía ya de lo hecho.

"Evidentemente, hay fisonomías que nos inspiran, no se sabe por qué, una invencible repugnancia".

—Es indudable, yo conozco a ese tipo de alguna parte —murmuraba, todavía con aire pensativo, media hora después del encuentro.

Y de nuevo toda aquella tarde estuvo de humor desapacible, y por la noche tuvo un sueño agitado. No obstante, siguió sin ocurrírsele la idea de que aquel enlutado pudiera ser la causa de su malestar; y eso que aquella misma noche le volviera con frecuencia a la memoria.

Antes bien, se irritaba de que "una majadería semejante" ocupara tanto lugar en sus recuerdos, y seguramente, de haber pensado en ello, se habría sentido muy humillado de tener que atribuirle lo anormal de su estado.

Dos días más tarde lo encontró de nuevo en medio de un grupo de gente, en un desembarcadero del Neva. Esta vez Veltchaninov habría jurado que el señor de la "gasa negra" le había reconocido; pero, en ese momento, la multitud les había separado. Hasta le parecía que hizo ademán de tenderle la mano; quizás hasta le había llamado por su nombre. El resto, Veltchaninov no lo había oído claramente. No obstante… "Pero ¿quién podrá ser ese mamarracho? ¿Por qué no se acerca, si realmente me conoce y quiere hablarme?", pensó encolerizado, mientras saltaba en un coche de punto para ir al convento de Smolny.

Media hora después discutía acaloradamente con su abogado; pero la noche volvió a traerle la angustia más absurda.

"¿Tendré, acaso, un derrame de bilis?", se preguntó con inquietud, mirándose en el espejo.

Luego transcurrieron cinco días sin encontrar a "nadie" y sin que el mamarracho diera señales de vida. ¡Y, sin embargo, no podía olvidar al hombre de la gasa negra!

"Pero ¿qué es lo que me pasa? ¿Quién es ese hombre para que yo me ocupe tanto de él? —pensaba Veltchaninov—. ¡Hmmmm…! Seguramente que él también tiene mucho que hacer en Petersburgo… Pero ¿por quién estará de luto…? No cabe duda que me ha reconocido… Yo a él no… Y ¿por qué llevarán esas gentes una gasa negra…? No les va… Me parece que, si le viera de más cerca, yo también le reconocería…".

Y era como si algo comenzara a agitarse en sus recuerdos, como una cosa que se sabe, que se ha olvidado y que hace uno todo lo posible por recuperar.

"Sabe uno perfectamente la palabra, sabe que la sabe, sabe lo que quiere decir, da uno vueltas alrededor de ella... y no puede apresarla. Fue... sí, hace mucho tiempo... en un sitio que... había allí... ¡Al diablo lo que había o dejaba de haber! ¿Vale la pena ese mamarracho de tomarse un trabajo semejante?". Y una terrible irritación se apoderaba de él.

Pero por la noche, al recordarla, experimentó una gran confusión, como si alguien le hubiera sorprendido cometiendo una mala acción.

Quedó inquieto y asombrado: "No tiene más remedio que haber alguna razón para que yo me preocupe así, de buenas a primeras... por un simple recuerdo...". Y se detuvo a mitad del pensamiento.

Al día siguiente experimentó una irritación todavía más violenta; pero esta vez le parecía que había motivo y que estaba en su perfecto derecho. "¡Se habrá visto insolencia!". Era el cuarto encuentro con el "señor de la gasa negra", que de nuevo había como surgido de la tierra.

He aquí la historia:

Acababa Veltchaninov de coger al vuelo en la calle al consejero de Estado tan influyente que desde hacía tiempo perseguía. Este funcionario, que él conocía superficialmente y que podía serle útil en su asunto, había hecho manifiestamente todo lo posible para evitar su encuentro; pero Veltchaninov, encantado de tenerlo al fin por suyo, andaba a su lado, sondeándole con la mirada, derrochando tesoros de habilidad para, traerle a un tema de conversación que permitiese arrancarle la palabra tan deseada; pero el muy zorro estaba alerta, y respondía bromeando, o callaba. Y, de pronto, en este momento difícil y decisivo, la mirada de Veltchaninov fue a tropezar en la acera de enfrente con el hombre de la gasa negra.

Estaba parado, mirándoles fijamente. "Los seguía, era indudable. E indudable también que se burlaba de ellos".

—¡El demonio lo confunda! —exclamó, furioso. Veltchaninov, despidiéndose acto seguido del alto funcionario, y atribuyendo todo el fracaso de sus gestiones a la súbita aparición del "insolente"—. ¡El demonio lo confunda! ¡Juraría que me espía! No hay duda, me sigue. Le han pagado para ello, y... y... Con que se ríe de mí, ¿eh? ¡Pues ya lo veremos...! ¡Si llevase un bastón...! ¡Voy a comprar un bastón! ¡No puedo tolerar que esto continúe...! ¿Quién será ese individuo? Es preciso que yo sepa quién es.

Tres días habían pasado desde aquel cuarto encuentro, cuando hallamos a Veltchaninov en su restaurant, fuera de sí y como abatido. Por mucho que le costase a su orgullo, preciso era confesarse la verdad. Sí, en resumidas cuentas y bien pensado todo, tenía que reconocer que su mal humor y la extraña angustia que le ahogaba desde hacía quince días, no tenían otra causa que el hombre de luto, ese «tipo ridículo».

"Verdad es que estoy hipocondríaco; verdad que tengo la manía de hacer de una mosca un elefante; pero, por imaginario que sea todo esto, ¿es acaso menos penoso? Si un pillo semejante puede permitirse el trastornar así a un hombre, entonces… entonces…".

Esta vez, en efecto, al quinto encuentro, que había tenido lugar aquel mismo día, y que acabó de poner fuera de sí a Veltchaninov, el elefante era poco más de una mosca.

El personaje en cuestión había cruzado esta vez sin mirar a Veltchaninov ni hacer ademán de conocerle. Andaba muy de prisa, con los ojos bajos, y parecía muy deseoso de pasar inadvertido. Veltchaninov se había dirigido a él, gritándole a voz en cuello:

—¡Eh, oiga usted, el de la gasa negra! ¿Por qué huye usted ahora? ¡Alto, deténgase usted! ¿Quién es usted?

La pregunta y toda esta interpelación carecían de sentido; pero hasta después de haber gritado no se dio cuenta Veltchaninov. El otro, al oírse interpelar, se había vuelto, deteniéndose un instante, titubeando, sonriendo, como si quisiera decir o hacer algo. Al fin, después de una corta indecisión, se había alejado bruscamente, sin mirar hacia atrás, dejando a Veltchaninov suspenso y estupefacto.

"¿Si seré yo quien le persigo —pensó—, y no él…?".

Cuando hubo acabado de comer se dirigió a casa del alto funcionario. No estaba en ella; le respondieron que "no había vuelto desde por la mañana, y que no volvería, sin duda, antes de las tres o las cuatro de la madrugada, pues estaba en la ciudad, en casa de un amigo, que celebraba su santo". Veltchaninov se sintió "ofendido", hasta el punto de que su primer impulso fue correr a casa del amigo que celebraba su santo. Pero en el camino reflexionó en las posibles consecuencias de este paso, y despidiendo el coche se dirigió paseando hacia su casa. Comprendía que necesitaba caminar. Le hacía falta una buena noche de sueño para calmar los nervios; y para dormir tenía que cansarse.

Hasta las diez y media no llegó a su casa. La distancia era grande y se sentía rendido.

El piso que Veltchaninov tenía alquilado desde el mes de marzo, después de un trabajo ímprobo para encontrarlo —aunque luego dijera a la gente, en disculpa de su modestia, que "como estaba de paso y no habitaba Petersburgo más que accidentalmente… a causa de ese condenado pleito"— el piso, decimos, distaba de ser tan incómodo y miserable como él se complacía en asegurar. La entrada, hay que reconocer que era un tanto sombría y quizás hasta un poco sucia. Pero el departamento, situado en el segundo piso, se componía de dos habitaciones muy claras, muy altas de techo y separadas por un recibimiento medio obscuro.

Una de estas dos habitaciones tenía vistas al patio; la otra daba a la calle. Contiguo a la primera había un gabinete, que podía servir de alcoba, pero que Veltchaninov empleaba para libros y papeles, habiendo instalado la alcoba en la segunda y hecho cama del diván. El mobiliario de estas dos habitaciones ofrecía a la vista un cierto aire de confort, aunque en realidad se encontraba bastante en decadencia. Se veían esparcidos algunos objetos de valor, vestigios de tiempos mejores: bibelots de bronce, porcelanas, alfombras de Bukhara legítimas, dos cuadros de bastante buena factura… Todo ello en gran desorden, bajo una capa de polvo, acumulado desde la marcha de Pelagia, la muchacha que servía a Veltchaninov, y que, de repente, le había dejado plantado para volverse a Novgorod a casa de sus padres.

Cuando pensaba en lo raro de una muchacha colocada así en casa de un soltero —que por nada del mundo hubiera consentido en desmentir su condición de caballero—, un rubor subía a las mejillas de Veltchaninov. Por otra parte, Pelagia no le había dado más que motivos de satisfacción. Había entrado a su servicio desde que alquiló la casa, es decir, en la primavera. Acababa de salir de casa de una cocotte que se iba a vivir al extranjero. Era muy trabajadora, y pronto puso todo en orden. Cuando se fue, Veltchaninov no quiso volver a tomar criada. "No valía la pena, por tan poco tiempo…". Además, detestaba esa plaga de la servidumbre. Quedó, pues, decidido que Mavra, la hermana de la portera, a la que siempre que salía dejaba la llave de la puerta, subiría todas las mañanas a hacer la limpieza. En realidad, Mavra no hacía nada; cobraba su sueldo y, probablemente, robaba. Pero todo le era ya indiferente, y hasta se alegraba de que no hubiese nadie en la casa.

No obstante, sus nervios se rebelaban a veces, en las horas de irritación, contra toda aquella "porquería" que le rodeaba, y con frecuencia, viniendo de la calle, experimentaba al entrar en su cuarto una sensación de repugnancia.

Aquella noche, Veltchaninov apenas se tomó el trabajo de desnudarse. Se echó en la cama, firmemente resuelto a no pensar en nada y, costara lo que costara, a dormirse al "instante". Cosa extraña, apenas había dejado caer la cabeza sobre la almohada cuando el sueño se apoderó de él. Un mes haría que no tenía esa suerte.

Tres horas largas durmió así, tres horas llenas de esas pesadillas que asaltan en las noches de fiebre. Soñó que había cometido un crimen, un crimen que él negaba y del cual le acusaban, de común acuerdo, gentes que acudían de todas partes.

Ya se había reunido una muchedumbre enorme y, sin embargo, seguía entrando gente por la puerta, abierta de par en par. Luego, toda su atención se concentraba en un hombre extrañísimo, que él había conocido mucho en otro tiempo, que había muerto y ahora se presentaba súbitamente a él. Lo peor es que Veltchaninov no sabía quién era aquel hombre. Había olvidado su nombre y no podía dar con él. Todo lo que sabía es que en otro tiempo le había querido mucho. Todos los que estaban allí esperaban de aquel hombre la palabra decisiva, una acusación rotunda contra Veltchaninov, o su descargo completo. Pero el hombre continuaba sentado junto a la mesa, inmóvil, obstinadamente mudo.

El ruido no cesaba, la irritación general crecía. De pronto, Veltchaninov, exasperado por el silencio del hombre, le pegó un puñetazo. Inmediatamente sintió un extraño alivio. Su corazón, oprimido por el dolor y la angustia, tornó a latir reposadamente. Una especie de rabia le invadía; pegó por segunda vez, luego por tercera, luego, como embriagado por el furor y el miedo, en un arrebato que rayaba en delirio, continuó pegando sin descanso, apaciguándose a compás de los golpes. Quería acabar con todo aquello. De pronto lanzaron todos un grito de espanto y se precipitaron en tumulto hacia la puerta. En el mismo instante se oyeron tres violentos campanillazos, tan fuertes, que parecía como si quisieran arrancar la campanilla.

Veltchaninov se despertó, abrió los ojos, saltó de la cama y corrió hacia la puerta. Estaba seguro de que los campanillazos eran reales y no soñados, de que había alguien que quería entrar. "¡Muy raro sería que un ruido tan claro, tan preciso, no fuese más que un sueño!".

Con gran sorpresa suya, los campanillazos habían sido un sueño. Abrió la puerta, salió al descansillo, buscó con los ojos en la escalera… Nadie. El cordón colgaba inmóvil. Sorprendido, pero satisfecho, volvió a su cuarto. Encendió una bujía y recordó entonces que la puerta no estaba más que junta, sin echar la llave ni el cerrojo. Ya más de una vez le había ocurrido este olvido, sin darle la menor importancia. Pelagia se lo había hecho notar en varias ocasiones. Volvió al recibimiento, abrió de nuevo la puerta, miró de nuevo la escalera y cerró otra vez, corriendo el cerrojo, pero sin tocar la llave. En este momento el reloj dio las dos y media. Había dormido tres horas.

De tal modo le había enervado su sueño, que no quiso volver a acostarse en seguida y prefirió pasearse una media hora por el cuarto. El tiempo de fumar un cigarro… Se vistió someramente, y acercándose a la ventana descorrió la gruesa cortina de damasco y luego el estor blanco.

Ya la aurora iluminaba la calle. Las claras noches estivales de Petersburgo siempre habían quebrantado intensamente sus nervios. En los últimos tiempos habían hecho tan frecuentes sus insomnios, que tuvo, hacía dos semanas, que poner en las ventanas gruesas cortinas de damasco, que le defendieran de la luz exterior.

Dejando entrar la aurora, y olvidando sobre la mesa la bujía encendida, se puso a pasear de arriba abajo, embargado por una punzante sensación de angustia. La impresión que le había dejado el sueño persistía. Continuaba experimentando un dolor profundo a la idea de haber podido levantar la mano contra aquel hombre.

"¡Pero si ese hombre no existe, ni ha existido nunca! ¡Si toda esta historia que me acongoja no es más que un sueño!".

Resueltamente, como si sobre este punto se concentrasen todas sus inquietudes, se dio a pensar en que estaba enfermo, en que no cabía duda que era un "hombre enfermo".

Siempre le había sido penoso reconocer que envejecía o que su salud era endeble, y en sus horas negras ponía verdadero encarnizamiento en exagerarse uno u otro de estos males, adrede, para burlarse de sí mismo.

—¡Es la vejez! Sí, envejezco atrozmente —murmuró, paseando de arriba abajo—. Pierdo la memoria, tengo visiones, pesadillas; oigo campanillazos… ¡Al diablo! Sé por experiencia que estas pesadillas son, en mí, señal de fiebre… Apostaría que toda esa "historia" de la gasa negra no es tampoco otra cosa que un sueño. Decididamente, tenía razón ayer: soy yo, yo, el que le persigo, y no él a mí. He llegado a imaginarme un monstruo; y a sentir miedo de él, y a meterme bajo la mesa para ponerme en salvo. ¿En salvo de qué?… Además, ¿por qué le llamo mamarracho y hasta canalla? A lo mejor es una persona muy decente. Cierto que su aspecto no es muy agradable; pero tampoco tiene nada de particular. Y va vestido como todo el mundo. Si no fuera por la mirada… ¡Y vuelta a ocuparme de él! ¿Qué me importa a mí su mirada? ¿Es que no voy a poder vivir sin pensar en ese… en ese…?

Entre todos estos pensamientos que se atropellaban en su cabeza hubo uno que se abrió paso imperiosamente y que le fue muy penoso, a saber: la convicción de que el hombre de la gasa negra había sido en otro tiempo de sus íntimos amigos, y que ahora, cuando le encontraba, este hombre se burlaba de él porque sabía un gran secreto de su pasado y le veía venido tan a menos.

Maquinalmente caminó a la ventana para abrirla y respirar el aire fresco de la madrugada, cuando… cuando bruscamente, se estremeció de pies a cabeza, como si algo prodigioso, inaudito, tuviese lugar ante sus ojos.

No llegó a abrir la ventana; vivamente se echó a un lado, disimulándose todo lo posible.

Justamente enfrente de la casa, sobre la acera desierta, acababa de divisar al hombre de la gasa negra. Estaba en pie, con la cabeza levantada hacia la ventana. Seguramente no le había visto; miraba la casa atentamente, como si buscase algo. Pareció reflexionar, levantó la mano, se tocó la frente con un dedo. Al fin se decidió: echando una mirada rápida a su alrededor, de puntillas, con pasitos cortos, atravesó la calle muy de prisa, dirigiéndose a la puertecita de servicio, que en verano no solía cerrarse antes de las tres de la mañana. "Viene a casa", pensó Veltchaninov, y lo más de prisa que pudo, caminando también de puntillas, atravesó el recibimiento, corrió hacia la puerta y… se detuvo ante ella, inmovilizado por la expectación, con la mano trémula sobre el cerrojo y toda su atención fija en el ruido de los pasos en la escalera.

Tan fuerte le latía el corazón, que temió no oír subir al desconocido. No oía nada, pero lo sentía todo con una lucidez decuplicada. Era como si el sueño de antes se hubiese fundido con la realidad.

Veltchaninov era valiente por naturaleza. A veces se había complacido en llevar hasta la afectación el desprecio al peligro, aun cuando nadie le viese, solamente por admirarse a sí mismo. Pero hoy era muy distinto. El hipocondríaco achacoso de hacía un instante se había transfigurado en otro hombre. Una risa nerviosa, callada, le sacudía el pecho. A través de la puerta cerrada, adivinaba cada movimiento del desconocido.

"¡Ah, ahora entra, sube, mira a su alrededor; escucha en la escalera; contiene la respiración; camina a paso de lobo!… ¡Ah! Coge el pomo de la puerta, tira de él, trata de abrir. Cree que no está cerrada. Entonces, ¿sabrá que a veces me olvido de cerrar?… Otra vez tira… ¿Se figura que la cerradura va a ceder, sin más ni más?... Lástima tener que irse, ¿verdad?... Tener que volverse con las manos en la cabeza, ¿eh?".

Y, en efecto, todo debía de haber pasado como adivinaba Veltchaninov. Alguien, efectivamente, estaba allí, detrás de la puerta, tirando con cautela de ella, probando con mucho cuidado la cerradura, "sin duda con alguna idea".

Veltchaninov estaba decidido a saber la solución del enigma; esperaba el momento con una especie de impaciencia; ardía en deseos de descorrer bruscamente el cerrojo, de abrir la puerta de par en par, de encontrarse cara a cara con su espantajo, y de decirle dulcemente: "Pero ¿qué hacía usted, amigo mío?".

Y eso es lo que sucedió. Apenas hubo escogido su momento —el que se le antojó más propicio— descorrió bruscamente el cerrojo, abrió la puerta de par en par, y en un tris estuvo que no se diera de narices con el "señor de la gasa negra".

III
PAVEL PAVLOVICH TRUSOTSKII

El otro quedó inmóvil, mudo, como clavado en el sitio. Estuvieron así, uno frente al otro, en el umbral de la puerta, sin hacer el menor movimiento, mirándose en los ojos. Esto duró unos segundos. De pronto, Veltchaninov reconoció al visitante.

En el mismo momento el visitante se dio cuenta de que Veltchaninov le había reconocido. Sus ojos se iluminaron y toda su fisonomía se dilató en la sonrisa más afable que puede imaginarse.

—¿Es a Aléksieyi Ivanovich a quien tengo el gusto de hablar? —dijo con voz suave, de una suavidad casi cómica, dadas las circunstancias.

—¿Y usted, no es usted Pavel Pavlovich Trusotskii? —exclamó Veltchaninov, con el gesto de un hombre que adivina.

—Nos hemos conocido hace nueve años en T..., y hasta diré, si usted me lo permite, que fuimos excelentes amigos.

—Sí, sin duda... es muy posible... Pero, en fin, son las tres de la mañana, y lleva usted diez minutos averiguando si estaba cerrada la puerta.

—¡Las tres! —exclamó el otro, mientras sacaba el reloj, muy sorprendido—. ¡Es cierto... ¡las tres! Usted perdone, Aléksieyi Ivanovich. Hubiera debido fijarme antes de venir. Crea usted que me siento confuso. Me voy, me voy; otra vez me explicaré, ahora sería una inconveniencia…

—¡No, de ningún modo! Si tiene usted algo que decirme, cuanto antes mejor —interrumpió Veltchaninov—. Tenga usted la bondad de pasar. Por aquí, a mi cuarto. ¿No era eso lo que usted deseaba? Supongo que no habrá venido usted únicamente para examinar la cerradura…

Se sentía desconcertado, amedrentado, sin dominio ya de sí mismo, y avergonzado de esta anomalía. Al fin y al cabo, ¿qué había de misterioso e inquietante en toda la aventura? ¡Tanta emoción por haber visto surgir la estúpida fisonomía de un Pavel Pavlovich!… Sin embargo, en el fondo no encontraba la cosa tan clara. Presentía en ella, confusamente, un no sé qué que le intimidaba.

Ofreció una butaca al visitante y se sentó bruscamente sobre la cama, a un paso de la butaca, e inclinado hacia adelante, con las manos apoyadas en las rodillas aguardó que el otro hablase. Mientras, le contemplaba ávidamente, haciendo esfuerzos para recordar.

Cosa extraña, el otro callaba, pareciendo no comprender que "era preciso" que se explicase inmediatamente. Antes bien, miraba a Veltchaninov como esperando que éste hablase. Quizás, simplemente, tenía miedo, y se sentía molesto, como un ratón cogido en la ratonera. Pero Veltchaninov estalló:

—Vamos a ver, ¿qué es lo que se le ofrece a usted? ¡Supongo que no será usted un fantasma ni un sueño! ¡Es que ha venido usted aquí a jugar a los muertos! ¡Tiene usted que explicarse, padrecito!

El visitante se agitó en la butaca, sonrió, y comenzó tímidamente:

—Me parece que lo que más le asombra a usted es la hora a que he venido y… las circunstancias tan particulares en que lo he hecho… Cuando pienso en todo lo ocurrido hace tiempo, y en la manera tan extraña en que nos separamos… sí, es sumamente raro… Por otra parte, yo no tenía la menor intención de entrar, y si lo he hecho, ha sido pura casualidad…

—¿Cómo casualidad? ¡Si le he visto a usted desde la ventana atravesar de puntillas y con mucho tiento la calle!

—¡Ah!, ¿me ha visto usted? En ese caso, le juro a usted que está más enterado que yo. Pero le estoy impacientando… Mire usted, ésta es la verdad: hace tres semanas que estoy en Petersburgo, por asuntos particulares… Sí, yo soy Pavel Pavlovich Trusotskii; no se equivocó usted al reconocerme. He venido a ver si consigo que me trasladen a otra provincia, con aumento de sueldo… No, no es eso exactamente… En fin, lo esencial, sabe usted, es que llevo aquí tres semanas y que yo mismo doy largas a la cuestión… sí, la cuestión de mi permuta… y que si esto se arregla… pues bien, tanto peor, olvidaré que está arreglado y, dada mi situación, seguiré sin poder irme de este Petersburgo, donde voy de un lado a otro como un alma en pena, como si mi vida no tuviese ya objeto, y como si, dada mi situación, me alegrase de no tenerlo…

—Pero, en fin, ¿qué situación es ésa? —interrumpió Veltchaninov.

El visitante levantó los ojos hacia él, cogió su sombrero y, con una dignidad majestuosa, mostró la gasa negra.

Veltchaninov contempló con ojos atónitos la gasa, y luego el rostro de su interlocutor. De pronto, sus mejillas se pusieron escarlata y una terrible confusión se apoderó de él.

—¿.Cómo? ¿Natalia Vasilievna?…

—¡Sí, Natalia Vasilievna! En el mes de marzo pasado… Una tisis galopante, en dos o tres meses… ¡Y yo he quedado… ya ve usted cómo!

Y diciendo estas palabras, el visitante, con un gran ademán de tristeza, abrió en cruz los brazos, con el sombrero de la gasa negra en la mano derecha, y la cabeza calva caída sobre el pecho, actitud en que se mantuvo diez segundos, poco más o menos.

Este ademán y este gesto devolvieron súbitamente la calma a Veltchaninov. Una sonrisita irónica, casi agresiva, asomó a sus labios; pero se borró en seguida. La noticia de la muerte de aquella mujer, que conociera tanto tiempo atrás, le producía una impresión singular y muy honda.

—¿Es posible? —murmuró—. ¿Y por qué no ha venido usted a mí franca y abiertamente?

—Gracias, gracias; por su afecto; lo veo y lo agradezco infinito… Aunque…

—¿Aunque?…

—Aunque no nos hayamos visto desde hace tantos años, ha demostrado usted en seguida un interés tan sincero en mi desgracia, en mí mismo, que crea usted se lo agradezco en el alma. Es todo lo que quería decir. Veo que no me he equivocado en mis amistades, puesto que puedo aquí, en Petersburgo, encontrar a mis amigos más queridos: Stepan Mikhailovich Bagautov, sin ir más lejos; pero la verdad es, Aléksieyi Ivanovich, que desde nuestras primeras relaciones, y permítame usted que lo recuerde —ya que tengo la memoria fiel—, desde el comienzo de nuestra ya vieja amistad, han transcurrido nueve años, sin que volviese usted a vernos. Ni siquiera una carta…

Se hubiérase dicho que cantaba un aria aprendida, sin levantar los ojos del suelo, pero observándolo todo.

Entre tanto, Veltchaninov se había rehecho, dueño otra vez de sí mismo. Escuchaba y miraba a Pavel Pavlovich con una sensación extraña, cuya intensidad iba en aumento. De pronto, cuando terminó de hablar, las ideas más extravagantes e imprevistas se agolparon en su cabeza.

—¿Pero ¿cómo es posible que yo no le haya reconocido hasta este momento? —exclamó—. Nos hemos encontrado cinco veces en la calle.

—En efecto, lo recuerdo; no podía dar dos pasos sin encontrarle a usted, y dos o tres veces, por lo menos…

—Perdón; el que no podía dar dos pasos sin encontrarle a usted era yo.

Y Veltchaninov se levantó, rompiendo súbitamente en una carcajada violenta, inesperada. Pavel Pavlovich quedó suspenso un instante, le miró atentamente y prosiguió:

—El no reconocerme usted puede ser debido: primero, a falta de memoria, y luego, a la viruela, que me ha desfigurado bastante.

—¿La viruela? Sí, es verdad. Pero ¿cómo…?

—¿Que cómo la he pescado? Pues pescándola, Aléksieyi Ivanovich, pescándola.

—¡Qué raro! Pero prosiga usted, amigo mío, prosiga usted.

—Pues bien, aunque yo le hubiese encontrado…

—¡Un momento! ¿Por qué ha empleado usted hace un instante la palabra "pescar"? Pero no importa; realmente no vale la pena… Continúe usted; adelante…

Sentíase cada vez de mejor humor. La opresión que le ahogaba había desaparecido por completo.

Caminaba de arriba abajo por el cuarto, a grandes pasos.

—Sí, desde que llegué a Petersburgo que he pensado en venir a verle; pero, se lo repito, me encuentro ahora en un estado tal de espíritu… me siento tan trastornado desde el mes de marzo…

—¿Trastornado desde el mes de marzo…? ¡Ah, sí, olvidaba! Perdón… ¿No fuma usted?

—Usted sabe que en vida de Natalia Vasilievna…

—¡Ah, sí, recuerdo! Pero ¿desde el mes de marzo…?

—Un pitillo, si acaso; uno solo…

—Aquí tiene usted; enciéndalo y continúe, continúe. Es sumamente…

Y Veltchaninov encendió un puro, y fue a sentarse de nuevo sobre la cama. Pavlovich le interrumpió:

—Pero ¿y usted, no se encuentra también un poco agitado? ¿No estará usted enfermo?

—¡Bah, dejemos en paz mi salud! —exclamó Veltchaninov malhumorado—. ¡Continúe usted!

El visitante, a su vez, al ver la agitación de Veltchaninov, se sintió más seguro y dueño de sí mismo.

—¿Qué quiere usted que añada? —dijo—. Figúrese usted, ante todo, Aléksieyi Ivanovich, a un hombre muerto, positivamente muerto; a un hombre que, acabo de veinte años de matrimonio, cambia de vida, se pone a vagar por las calles polvorientas, sin objeto, como si caminase por la estepa, casi inconsciente, con una inconsciencia que todavía le procura una cierta calma. Sí, a veces tropiezo con algún conocido, y hasta con algún buen amigo, y hago como si no le viese, para no tener que hablar con él en este estado de inconsciencia. En otros momentos, por el contrario, se acuerda uno de todo con tal intensidad, se experimenta una necesidad tan imperiosa de ver a algún testigo de ese pasado desaparecido para siempre siente uno latir de tal modo su corazón, que, sea de día o de noche, no tiene uno más remedio que correr a echarse en brazos de un amigo, aunque para ello sea menester despertarle a las cuatro de la mañana. Es posible que haya escogido mal la hora pero no me he equivocado en cuanto al amigo, pues ahora me siento fortalecido y consolado. Respecto a la hora, le aseguro a usted que creía no eran más de las doce. Bebe uno su dolor, y se siente, en cierto modo, embriagado. Y entonces, ya no es dolor, es como una nueva naturaleza que siento latir en mí…

—¡Cómo se expresa usted! —dijo con voz sorda Veltchaninov, otra vez sombrío.

—Sí, tengo una manera un tanto extraña de expresarme…

—Y… ¿no habla usted en broma?

—¿En broma? —exclamó Pavel Pavlovich, con un acento de ansiedad y de tristeza—. ¡En broma!

En el momento en que le confieso a usted…

—¡Basta, basta! No prosiga usted, se lo ruego…

Y levantándose, volvió Veltchaninov a pasear de arriba abajo por el cuarto.

Transcurrieron así cinco minutos. El visitante hizo ademán de levantarse, pero Veltchaninov le gritó:

—¡No, no! Continúe usted sentado; no se vaya todavía. Y el otro, dócilmente, se dejó caer de nuevo en la butaca.

—¡Dios mío, qué cambiado está usted! —prosiguió Veltchaninov, plantándose ante él, y como si hasta entonces no se hubiera fijado en ello—. ¡Atrozmente cambiado! ¡Una enormidad! ¡Es usted otro hombre!

—No tiene nada de extraño. ¡Nueve años!

—No, no, tiene que ver la edad. No es el físico de usted lo que ha cambiado, sino todo usted, que es ahora otro hombre.

—Sí, es posible. ¡Nueve años!

—O ¿habrá sido simplemente desde el mes de marzo?

—Bien, bien; es usted aficionado a bromas, ¿eh? —repuso Pavel Pavlovich con una sonrisa maliciosa—. Pero, veamos, ya que usted se empeña: ¿qué cambios nota usted?

—Pues bien, el siguiente: el Pavel Pavlovich de antes era un hombre serio, listo y discreto; el de ahora es todo un vaurien.

Veltchaninov, había llegado a ese estado de enervamiento en que los hombres más dueños de sí mismos se dejan llevar a veces por las palabras más allá de su intención.

—Vaurien! ¿Usted encuentra…? ¿Y que ya no soy listo? —interrogó complacientemente Pavel Pavlovich.

—¡En absoluto! Ahora, si acaso, se pasa usted de listo.

"Estoy insolente —pensaba Veltchaninov—; pero este canalla es todavía más insolente que yo… En suma, ¿qué es lo que quiere?".

—¡Ah, mi muy querido Aléksieyi Ivanovich! —exclamó de pronto el visitante, agitándose en su butaca—. ¿Qué importa? ¡Ya no nos encontramos en la buena sociedad, en el gran mundo! Somos, simplemente, dos antiguos y buenos amigos, que en toda intimidad y sinceridad añoran el vínculo inestimable de una amistad en la que la pobre difunta venía a constituir el eslabón más precioso…

Y como transportado por el impulso de su sentimientos, dejó caer de nuevo la cabeza, tapándose la cara con el sombrero. Veltchaninov le miraba, con una mezcla de inquietud y repulsión.

"¡Si será toda una farsa! —pensaba—. Pero ¡no, no, no es posible! No parece borracho… Aunque después de todo, puede que lo esté; tiene la cara muy colorada… Por otra parte, borracho o no, ¿qué más da…? En fin, ¿qué demonios me querrá este sinvergüenza?".

—¿Se acuerda usted? —exclamó Pavel Pavlovich, apartando poco a poco el sombrero, y cada vez más exaltado por sus recuerdos—. ¿Se acuerda usted de nuestras excursiones al campo, de nuestras veladas, bailes y reuniones en casa de Su Excelencia el encantador Semió Semionovich? ¿Y nuestras lecturas a tres? ¿Y la primera vez que nos vimos, aquella mañana que vino usted a casa para consultarme sobre su asunto? ¿No recuerda usted que empezaba a perder la paciencia, cuando entró Natalia Vasilievna y que a los diez minutos era usted ya nuestro mejor amigo, y cómo continuó usted siéndolo durante todo un año? Completamente como en La Provinciana, la comedia del señor Turgueniev…

Veltchaninov paseaba despacio, con los ojos fijos en tierra, escuchando con impaciencia, con repugnancia, pero muy atentamente.

—Jamás se me ha ocurrido pensar en La Provinciana —interrumpió—, y jamás se le habría ocurrido a usted en aquellos tiempos hablar con esa voz de falsete, y en un estilo que no es el suyo. ¿A qué santo todo esto?

—Cierto, cierto; en otros tiempos, yo callaba más y hablaba menos —replicó vivamente Pavel Pavlovich—. Entonces, sabe usted, yo prefería escuchar, cuando la difunta hablaba. Usted recordará con qué gracia, con qué espíritu hablaba ella… Por lo que hace a La Provinciana, y en particular a Stupendiev, tiene usted razón; fuimos nosotros, la pobre difunta y yo, quienes después de irse usted, al recordarle con tanta frecuencia, caímos en la semejanza… Y, en efecto, la analogía era sorprendente. Sobre todo, en lo que se refiere a Stupendiev…

—¡Al diablo el tal Stupendiev! —exclamó Veltchaninov, dando con el pie en tierra, sulfurándose a este nombre, que despertaba en su espíritu un recuerdo inquieto.

—¿Stupendiev? ¡Si es el nombre del marido de La Provinciana! —continuó Pavel Pavlovich con su voz más dulce—. Pero todo esto se relaciona ya con la otra serie de mis recuerdos, después de irse usted, cuando Stepan Mikhailovich Bagautov nos favorecía con su amistad, exactamente lo mismo que usted, pero durante cinco años consecutivos…

—¿Bagautov? ¿Qué Bagautov? —preguntó Veltchaninov, deteniéndose en seco ante Pavel Pavlovich.

—Pues Bagautov, Stepan Mikhailovich Bagautov, que nos otorgó su amistad un año justo después de usted… y… exactamente lo mismo que usted.

—¡Ah, sí, sí, lo conozco…! —repuso Veltchaninov—. ¡Ya lo creo! ¡Bagautov…! ¿No tenía un destino oficial en la provincia?

—Justamente, un destino en el Gobierno civil. Era de Petersburgo… joven, elegante… ¡de la mejor sociedad! —exclamó en un verdadero transporte de entusiasmo Pavel Pavlovich.

—¡Sí, sí, ya lo creo! ¡Dónde tendría yo la cabeza! ¿Conque él también…?

—También, sí, señor, también —repitió Pavel Pavlovich con la misma vehemencia, cogiendo al vuelo las palabras imprudentes de su interruptor—; ¡también él! Fue entonces cuando representamos La Provinciana en un teatrito de aficionados, en casa de Su Excelencia el amabilísimo Semió Semionovich. Stepan Mikhailovich hacía de conde, la difunta hacía la provinciana, y yo… yo iba a hacer el papel del marido; pero por indicación de la difunta, que se empeñó en que lo hacía muy mal, me lo quitaron.

—Pero ¡qué Stupendiev tan absurdo está usted haciendo…! Además, usted es Pavel Pavlovich Trusotskii, y no Stupendiev —interrumpió Veltchaninov, sin poder contenerse más tiempo y temblando de ira—. Y dígame usted, si no le molesta: Bagautov está aquí, en Petersburgo; yo mismo le he visto esta primavera: ¿por qué no ha ido usted a su casa?

—¡Pero si todos los días, desde hace tres semanas, voy a su casa! Claro que no me reciben. No reciben a nadie; está enfermo. Figúrese usted que he sabido, de muy buena tinta, que realmente está gravísimo. ¡Ése sí que es un amigo! ¡Un amigo de cinco años! ¡Ay, Aléksieyi Ivanovich, ya se lo dije a usted, y lo repito: hay momentos en que desearía uno estar bajo tierra, y otros, por el contrario, en que se querría encontrar a alguno de los que han visto y vivido nuestra vida pasada para llorar en su compañía, sí, sólo para llorar…!

—¡Bueno, basta por hoy, si le parece a usted! —dijo secamente Veltchaninov.

—¡Sí, sí, basta y sobra! —contestó Pavel Pavlovich, levantándose inmediatamente—. ¡Dios mío, si son las cuatro! ¡Qué egoísta he sido en venir a molestarle!

—Escuche usted: yo, a mi vez, iré a verle, y espero… Vamos a ver, con franqueza: ¿no está usted hoy borracho?

—¿Borracho? En absoluto…

—¿No ha bebido usted antes de venir?

—Tenga usted cuidado, Aléksieyi Ivanovich; está usted con fiebre.

—Mañana, antes de la una, iré a verle.

—Sí —añadió Pavel Pavlovich con insistencia—; sí, habla usted como en un delirio. Hace un momento lo noté. Crea usted que lo siento muchísimo… Sin duda mi indiscreción… Sí, me voy. Y usted Aléksieyi Ivanovich, acuéstese y procure dormir.

—¡Pero no me ha dicho usted las señas de su casa! —exclamó Veltchaninov, acompañándole hasta la puerta.

—¿No se las he dicho? ¡En el hotel Pokrov!

—¿Y qué hotel Pokrov es ése?

—Pues al lado del barrio de Pokrov, en el callejón… ¡Bueno, me he olvidado del nombre del callejón, y del número! Pero, en fin, no tiene pérdida; es al mismo lado de la iglesia.

—Perfectamente; ya buscaré.

—Adiós.

Y salió al descansillo.

—¡Aguarde usted, aguarde! —gritó bruscamente Veltchaninov—. ¿No irá usted a escaparse, eh?

—¿Cómo escaparme? —exclamó el otro, abriendo mucho los ojos y deteniéndose en el tercer escalón.

Por toda respuesta, Veltchaninov cerró violentamente la puerta, dio una vuelta a la llave y echó el cerrojo. Luego volvió a su cuarto, y escupió de asco, como si acabase de tocar algo inmundo. Más de cinco minutos estuvo en pie, inmóvil, en el centro de la habitación. Luego, de pronto, sin desnudarse, se echó sobre la cama y quedó dormido al instante. La bujía, olvidada encima de la mesa, acabó de consumirse.

IV
LA MUJER, EL MARIDO Y EL AMANTE

Veltchaninov durmió con sueño pesado, y no se despertó hasta las nueve y media. Se levantó entonces, se sentó sobre la cama, y se puso a pensar en la muerte de "aquella mujer".

La impresión que había sufrido a la noticia de aquella muerte tenía algo de confuso y doloroso. Había dominado su agitación delante de Pavel Pavlovich; pero ahora, que estaba solo, todo aquel pasado de hacía nueve años revivió súbitamente ante él con una claridad perfecta.

Había estado enamorado de aquella mujer, Natalia Vasilievna, la esposa de ese "Trusotskii"; había sido su amante, cuando, con motivo de una herencia, se vio obligado a pasar todo un año en T… aunque la liquidación de la testamentaría no exigiese, realmente, una estancia tan prolongada. La verdadera causa fue aquel "lío". De tal modo le había absorbido aquella pasión, que vivió todo aquel tiempo como esclavizado por Natalia Vasilievna, y sin vacilar habría cometido las mayores locuras e insensateces por satisfacer su menor capricho. Jamás, ni antes, ni después, le había ocurrido aventura semejante.

A fin de año, cuando la separación fue inevitable, y por más que la creyese de corta duración, Veltchaninov, al acercarse la fecha fatal, se había desesperado. A tal punto perdió la cabeza, que llegó a proponer a Natalia Vasilievna huir con ella y marcharse a vivir al extranjero. Se necesitó toda la resistencia tenaz y burlona de aquella mujer, que, al principio, por tedio o en broma, parecía encontrar atractivo el proyecto, para obligarle a irse solo.

No habían pasado dos meses, cuando Veltchaninov, en Petersburgo, se planteaba ya, sin hallar respuesta, la siguiente interrogación: ¿había querido realmente a aquella mujer, o fue víctima de una simple figuración? Y no era, no, por ligereza, ni porque diese comienzo a una nueva pasión. Durante aquellos dos primeros meses que siguieron a su regreso a Petersburgo, se sintió como presa de una especie de atonía que le impedía fijarse en ninguna mujer, a pesar de haber reanudado su vida mundana, y bien sabía él, a despecho de todas las preguntas, que si, por casualidad, volviese a T…, de nuevo caería irremisiblemente bajo el influjo dominador de aquélla.

Cinco años más tarde seguía tan convencido de ello como el primer día; pero este convencimiento no le ocasionaba más que mal humor, y ya sólo se acordaba de aquella mujer con antipatía. Avergonzábase de aquel año pasado en T… No podía comprender cómo él, Veltchaninov, había podido enamorarse tan "ridículamente". Todos los recuerdos de aquella pasión no le inspiraban ya más que repugnancia, enrojecía de vergüenza cada vez que pensaba en ello. Sin embargo, poco a poco, recobró cierto sosiego; trataba de olvidar, y casi lo había conseguido.

¡Y ahora, de pronto, al cabo de nueve años, resucitaba todo aquello a la noticia de la muerte de Natalia Vasilievna!

Sentado sobre la cama, obsesionado por pensamientos sombríos que se atropellaban desordenadamente en su cerebro, no sentía, no veía con claridad más que una cosa: que, a pesar de la sacudida que le había ocasionado la noticia, se sentía completamente tranquilo a la idea de que aquella mujer había muerto. "¿No tendré para ella ni un recuerdo de cariño?", se preguntó, alarmado.

La verdad es que toda la antipatía que sintiera contra ella en otros tiempos acababa de borrarse y podía en aquel momento, juzgarla con imparcialidad. Se había acostumbrado, durante aquellos nueve años de separación, a ver en Natalia Vasilievna el tipo por excelencia de la provinciana, de la señora provinciana de "buena sociedad", y a pensar que quizá fuera él el único que había visto en ella cosas que en realidad no existían. Claro que siempre había tenido la duda de que esta sospecha pudiera ser equivocada, y bien claramente lo veía ahora. Los hechos la contradecían, sin vuelta de hoja. También el tal Bagautov había estado "liado" con ella, durante varios años, y bien patente estaba que también él había sido "avasallado".

Realmente, Bagautov era un hombre muy distinguido, de la mejor sociedad de Petersburgo, "una perfecta nulidad", como decía Veltchaninov, y que, evidentemente, sólo en Petersburgo podía abrirse camino. Pues este hombre había sacrificado Petersburgo, es decir, todo su porvenir, y se había estado cinco años en T... nada más que por esta mujer. Cierto que acabó por volver a Petersburgo; pero probablemente porque le habían desechado "como un par de zapatos viejos". ¡Preciso era, por consiguiente, que hubiese en aquella mujer algo extraordinario, el don de cautivar y dominar!

No obstante, a juicio de él, ella carecía de todo lo necesario para cautivar y dominar. "¡No era tan hermosa que digamos, ni mucho menos! ¡Como que más bien era fea!". Cuando Veltchaninov la conoció tenía ya veintiocho años. La cara no era bonita; a veces tomaba una expresión agradable, pero los ojos eran francamente feos, de una mirada seca y dura. Además, era flaquísima. Su instrucción, muy mediana; espíritu bastante despierto y penetrante, pero estrecho. Sus modales, los propios de una provinciana de mundo. Eso sí, preciso es reconocerlo, un tacto exquisito y un gusto excelente. Sobre todo, se vestía a las mil maravillas. Era de carácter decidido y dominador; imposible entenderse con ella a medias: "todo o nada".

Tenía en las cuestiones difíciles una firmeza y energía sorprendentes. De alma generosa y, al mismo tiempo, de una injusticia sin límites. No era posible discutir con ella; para ella, dos y dos no siempre eran cuatro. En modo alguno habría consentido nunca en reconocer sus errores. Las innumerables infidelidades que hacía a su marido no le pesaron jamás sobre la conciencia. Era absolutamente fiel a su amante, pero con tal de que no la molestase. Le gustaba hacerlos rabiar, pero también le gustaba premiarlos. Era apasionada, cruel y sensible.

Detestaba el vicio en los demás, juzgándolo con una implacable severidad, y ella era viciosa y depravada. Habría sido completamente imposible hacerla darse cuenta de su propia depravación.

"La ignora con toda sinceridad —pensaba ya Veltchaninov en T—. Es una de esas mujeres nacidas para el adulterio. No hay cuidado de que estas mujeres caigan mientras son solteras; aguardan para ello a estar casadas. ¿Qué se le va a hacer? Está en su naturaleza. El marido es el primer amante; pero nunca antes de la boda. ¡Y que no se dan maña para casarse! Claro que el marido es siempre el responsable del primer amante. Y así sucesivamente, con la misma buena fe, siguen, hasta el final, tan persuadidas de que son absolutamente honradas, completamente inocentes".

Veltchaninov estaba convencido de que existen mujeres de ese género, e igualmente convencido de que existe un tipo de maridos correspondiente a este tipo de mujeres, y sin otra razón de ser que esta correspondencia. Según él, la esencia de los maridos de este género consiste en ser, por decirlo así, "eternos maridos" o, mejor dicho, en no ser toda su vida otra cosa que maridos, y sólo maridos.

"El hombre de esta especie viene al mundo y crece únicamente para casarse, y apenas casado, se convierte inmediatamente en algo complementario de su mujer, por personal y autónomo que fuera su carácter. El distintivo de los maridos de esta clase es el bien conocido ornamento. Tan imposible les es no llevarlo como dejar de lucir al sol; y no sólo les está vedado darse cuenta de ello, sino también conocer las leyes de su naturaleza".

Veltchaninov creía firmemente en la existencia de estos dos tipos, y Pavel Pavlovich Trusotskii representaba, exactamente, a sus ojos uno de ellos. El Pavel Pavlovich que acababa de dejarle no era ya, desde luego, el Pavel Pavlovich que él conociera en T… Lo había encontrado prodigiosamente cambiado; cosa inevitable y la más natural del mundo, pues el verdadero Trusotskii, el que él había conocido, no podía tener completa realidad sino en vida de su mujer. Lo que ahora quedaba era, simplemente, una parte de ese todo, algo abandonado al azar, algo absurdo e informe.

En cuanto a lo que había sido el verdadero Pavel Pavlovich, el verdadero Pavel Pavlovich, el Pavel Pavlovich de T… he aquí el recuerdo que de él había conservado Veltchaninov: "Para hablar con exactitud, el Pavel Pavlovich de T… era marido, y nada más". Así, por ejemplo, si era al mismo tiempo funcionario, era únicamente por necesidad de desempeñar uno de los cometidos esenciales del papel de marido; él había entrado en la jerarquía burocrática para asegurar a su mujer un puesto en la buena sociedad de T…, lo que no le impedía ser un celoso funcionario. Tenía entonces treinta y cinco años y una fortuna bastante respetable. No daba pruebas, en su destino, de una extraordinaria capacidad, pero tampoco de una inepcia extraordinaria.

Era recibido en la mejor sociedad, y pasaba por hombre distinguido. Todo el mundo en T… tenía un sin fin de atenciones con Natalia Vasilievna; pero ésta no hacía más caso del debido, recibiendo todos los homenajes como cosa natural. Tenía un arte exquisito para recibir, y había estilado de tal modo a Pavel Pavlovich, que, en distinción de modales, podía éste muy bien parangonarse con los personajes de la localidad. «Es muy posible —pensaba Veltchaninov— que tuviera cierto ingenio; pero como a Natalia Vasilievna no le gustaba que hablase mucho, apenas tenía ocasión de lucirlo. Es muy posible también que tuviera sus cualidades y defectos; pero estas cualidades estaban muy escondidas, y los defectos, apenas asomaban la cabeza, eran cortados de raíz.

Por ejemplo. Veltchaninov recordaba que Trusotskii tenía cierta inclinación a hacer burla del prójimo, cosa que le estaba terminantemente prohibida. También era aficionado a contar anécdotas, y Natalia Vasilievna no le permitía contar más que insignificancias, y eso con muy pocas palabras. Gustaba de salir, de ir al casino, a beber una copa con los amigos, y pronto esta distracción le fue también prohibida. Y lo maravilloso es que, a pesar de todo ello, no podía decirse que esta mujer tuviera "metido en un puño" a su marido. Natalia Vasilievna guardaba todas las apariencias de una mujer sometida a la autoridad marital, y es posible que hasta estuviese convencida de su sumisión. Acaso Pavel Pavlovich amaba a Natalia Vasilievna hasta la completa abdicación de sí mismo; pero, dada la manera que había tenido ella de organizar su vida, era imposible saber a qué atenerse.

Durante la estancia en T… Veltchaninov, más de una vez se preguntó si el marido habría notado algo de sus relaciones, y hasta había interrogado seriamente sobre la cuestión a Natalia Vasilievna. Pero ésta, invariablemente, montaba en cólera y respondía que un marido no se entera nunca de esas cosas, ni puede enterarse, ni "tiene por qué meterse en ellas".

Otro detalle curioso: jamás se burlaba de Pavel Pavlovich; no lo encontraba ni feo ni ridículo, y seguramente, si alguien se hubiese permitido alguna descortesía con él, ella le habría defendido a capa y espada.

No habiendo tenido descendencia, Natalia Vasilievna tuvo que consagrarse a la vida de sociedad; pero era también muy amante de su hogar. Las distracciones mundanas jamás la absorbieron por completo, y le gustaba ocuparse de la casa. Pavel Pavlovich recordaba antes aquellas lecturas en común por la noche, después de comer. Cierto; Veltchaninov leía en voz alta, y también Pavel Pavlovich, que, con gran asombro de Veltchaninov, no lo hacía nada mal, al contrario. Natalia Vasilievna, mientras, bordaba y escuchaba tranquilamente. Se leían novelas de Dickens, algún que otro artículo de revista, y a veces hasta algo "serio".

Natalia Vasilievna tenía en gran estimación la cultura de Veltchaninov, pero tácitamente, como cosa sobreentendida, de que no había por qué hablar. En general, los libros y la ciencia la tenían sin cuidado, como una cosa útil, pero muy ajena a ella. Pavel Pavlovich se esforzaba a veces en convencerla de lo contrario, pero sin resultado.

Aquellas relaciones se rompieron bruscamente, en el momento en que la pasión de Veltchaninov, cada día más encendida, le privaba casi de discernimiento. Le despidieron, simplemente, sin el menor miramiento y con tal habilidad, que se fue sin darse cuenta de que lo habían desechado "lo mismo que un par de zapatos viejos".

Mes y medio antes de su marcha había llegado a T… un oficial de Artillería casi recién salido de la Academia. Fue presentado en casa de los Trusotskii, y en lugar de tres fueron ya cuatro. Natalia Vasilievna acogió al mozo con mucha afabilidad, pero tratándole como a un niño. Veltchaninov no sospechó nada, ni siquiera el día en que ella le dijo que no tenían más remedio que separarse. Entre las cien razones que adujo Natalia Vasilievna para demostrarle que era imprescindible, en absoluto, su marcha inmediata, había]a siguiente: que ella estaba encinta, de modo que era preciso que él desapareciera, aunque sólo fuese por tres o cuatro meses, a fin de que al cabo de los nueve le fuera más difícil a su marido echar la cuenta, si por acaso se le ocurría alguna sospecha.

La cosa, como se ve, estaba bastante traída por los cabellos. Veltchaninov la suplicó apasionadamente que huyera con él, a París, a América, no importa dónde; pero todo fue inútil. Al fin, se fue solo a Petersburgo, "sin la menor sospecha", creyendo que era cuestión, a lo sumo, de tres meses. De otro modo no hubiera habido razón ni argumento que le obligara a partir. Dos meses más tarde recibía en Petersburgo una carta de Natalia Vasilievna, rogándole que no volviese, pues quería a otro hombre. En cuanto al embarazo, se había equivocado.

Esta última explicación sobraba. Ahora veía claro… Recordó al "oficialete". En fin, aquello había terminado para siempre.

Pocos años después supo que Bagautov había ido a T…, y pasado allí cinco años. Pensó, para explicarse la duración de aquellas relaciones, que Natalia Vasilievna debía haber envejecido considerablemente y, con los años, ganado en fidelidad.

Más de una hora estuvo sentado sobre la cama. Al fin volvió en sí, llamó a Mavra, pidió el café, que tomó bebido, se vistió, y a las once en punto se dirigió en busca del hotel Pokrov. Suscitadas por la entrevista con Pavel Pavlovich, acababan de ocurrírsele algunas dudas, y quería ponerlas en claro. Toda la pesadilla de la noche se explicaba por la casualidad y la embriaguez evidente de Pavel Pavlovich —quizá también por otra cosa—; pero lo que, en el fondo, no podía acabar de comprender, es porqué iba ahora a reanudar amistades con el marido de antaño, cuando ya todo había terminado entre ellos.

Parecía como si algo le atrajese, un no sé qué extraño que él no llegaba a discernir, pero que le atraía fuertemente.

V

LIZA

Pavel Pavlovich no había pensado, ni mucho menos, en «escaparse», y sabe Dios por qué Veltchaninov le había hecho tal pregunta. Probablemente porque había perdido la cabeza.

La prueba es que en cuanto preguntó en una tiendecita de Pokrov, le indicaron el hotel, a dos pasos de la iglesia, en una callejuela, como le había dicho Pavel Pavlovich.

En el hotel le dijeron que el señor Trusotskii ocupaba un departamento amueblado en casa de María Sysoevna, en el pabellón, al fondo del patio.

Al subir por la escalera con losa, estrecha y sucia del pabellón, hasta el segundo piso, oyó unos sollozos. Era un llorar quejumbroso, como de un niño de siete u ocho años; sollozos contenidos, que, de cuando en cuando, no podían refrenarse y estallaban; ruido de pasos, gritos que se trataba de sofocar, sin conseguirlo, y una voz ronca de hombre. Éste se esforzaba, al parecer, en calmar al niño, y hacía todo lo posible para que no se le oyese llorar, pero dando grandes voces y metiendo él más ruido que el niño, que parecía pedir perdón de algo.

Veltchaninov se aventuró por un estrecho corredor con dos puertas a cada lado, que le tenían perplejo, no sabiendo a cuál llamar, cuando se encontró con una mujerona gorda y desaliñada, aparentando unos cuarenta años, a la que preguntó por Pavel Pavlovich.

La mujer le señaló con el dedo la puerta de donde provenían los sollozos. Su cara colorada y reluciente expresaba la indignación.

—¡En eso se distrae! —gruñó entre dientes, dirigiéndose hacia la escalera. Veltchaninov iba a llamar a la puerta, cuando, cambiando de idea, abrió y entró.

El cuarto era pequeño, atestado de muebles de pino pintado. En el centro de ella estaba Pavel Pavlovich, de pie, a medio vestir, sin chaleco ni americana, con la cara descompuesta y muy encarnada. A fuerza de gritos, gestos y quizá también de golpes —por lo menos tal le pareció a Veltchaninov—, trataba de calmar a una chiquilla de ocho años, pobremente vestida, pero en señorita, con un trajecito corto de lanilla negra.

La niña parecía estar en plena crisis nerviosa; sollozaba convulsivamente, se retorcía las manos, levantándolas hacia Pavel Pavlovich con ademán suplicante, como si quisiera aplacarlo, enternecerle.

En un abrir y cerrar de ojos cambió la escena. Al ver a Veltchaninov, la niña lanzó un grito y corrió a refugiarse en el cuarto de al lado. Pavel Pavlovich, súbitamente calmado, se dilató en una sonrisa exactamente igual a la de la noche anterior, cuando Veltchaninov abrió la puerta de improviso.

—¡Aléksieyi Ivanovich! —exclamó, con el acento de la más profunda sorpresa—. Pero ¿cómo iba yo a esperar…? Entre usted, se lo ruego. Y siéntese aquí, en el diván… O no, mejor aquí, en la butaca… ¡Me encuentra usted en una facha…!

Y se apresuró a ponerse la americana, olvidando el chaleco.

—No, no, nada de ceremonias; siga usted como estaba —dijo Veltchaninov, tomando asiento en una silla.

—De ningún modo; no faltaba más… Vamos, ya estoy un poco más presentable. Pero ¿por qué se sienta usted ahí, en ese rincón? No, no, aquí, en el sillón, junto a la mesa… No esperaba…

Y se sentó en una silla de paja, muy cerca de Veltchaninov, para verle bien la cara.

—¿Y por qué no me esperaba usted? ¿No le dije anoche que vendría de seguro a esta hora, poco más o menos?

—Sí, pero creí que no vendría usted. Además, esta mañana, cuanto más recordaba lo ocurrido anoche, menos confianza tenía en volver a verle.

Veltchaninov echó una ojeada a su alrededor. La habitación estaba en el más completo desorden, la cama deshecha, la ropa esparcida; en la mesa, unos vasos con restos de café, migajas de pan, una botella de champaña mediana, con una copa junto a ella. Echó también una mirada hacia el cuarto vecino: no se oía el menor ruido. La niña se había callado y no daba señales de vida.

—¿Es posible? ¿Se dedica usted ahora a eso? —dijo Veltchaninov, señalando con el dedo la botella.

—¡Oh! No vaya usted a figurarse que me lo he bebido yo todo —murmuró Pavel Pavlovich confuso.

—¡Vamos, que está usted muy cambiado!

—Sí, una pésima costumbre… Desde entonces ha sido, se lo aseguro… No le miento… No puedo contenerme… Pero esté usted tranquilo, Aléksieyi Ivanovich, que en este momento no estoy borracho, y no diré tantas majaderías como anoche, en su casa… ¡Se lo juro a usted; todo ha sido desde entonces…! ¡Ah! Si alguien me hubiese dicho, hace nada más seis meses, que cambiaría hasta este punto y me hubiese mostrado en un espejo lo que soy ahora, no le habría creído. ¡Qué iba a creerle!

—¿Entonces, anoche estaba usted borracho?

—Sí —confesó a media voz Pavel Pavlovich, avergonzado, sin levantar los ojos—. Es decir, completamente borracho ya no lo estaba; pero lo había estado, que viene a ser lo mismo. Verá usted, es preciso que yo le explique… porque después de la embriaguez me vuelvo malo. Sí, cuando ha pasado el efecto inmediato del vino, me siento lleno de maldad, como loco, y sufro mucho. Puede que sea la tristeza lo que me hace beber. No tiene nada de extraño que en ese estado diga estupideces o cosas molestas. He debido producirle a usted una impresión muy rara anoche, ¿verdad?

—¿No se acuerda usted ya?

—¿Cómo que si no me acuerdo? ¡Perfectamente!

—Mire usted, Pavel Pavlovich, yo también he reflexionado, y debo decirle a usted… Anoche estuve con usted un poco… brusco, un poco impaciente, lo confieso. Hay momentos en que no me siento bien, y la visita de usted tan inesperada, de madrugada…

—¡Cierto, de madrugada, de madrugada! —interrumpió Pavel Pavlovich, sacudiendo la cabeza, como si se condenase a sí mismo—. ¿Cómo se me ocurriría?… Pero seguramente que por nada del mundo habría yo entrado en su casa si usted no me hubiese abierto… Me habría marchado, créalo usted… Ocho días antes había ido yo a su casa, Aléksieyi Ivanovich, sin tener el gusto de encontrarle… ¡Es muy posible que no hubiese vuelto! Yo también tengo mi orgullo, Aléksieyi Ivanovich, a pesar de conocer… mi situación. Cada vez que nos hemos encontrado en la calle, me decía a mí mismo: "¡Vaya, no me reconoce!".

Son muchos años nueve años, y no me decidía a abordarle a usted. En cuanto a anoche… había olvidado la hora. Y todo ello, culpa de eso (señalando la botella) y de mis sentimientos… Sí, ya sé que es una idiotez; pero ¿qué se le va a hacer…! Y si usted no fuese quien es —ya que, a pesar de todo, y después de mi conducta de anoche, viene usted a verme, en consideración al pasado—, si usted no fuese quien es, habría perdido toda esperanza de reanudar nuestra antigua amistad.

Veltchaninov escuchaba con atención. Le parecía que aquel hombre hablaba sinceramente, y hasta con cierta dignidad. Y sin embargo, no le inspiraba ninguna confianza.

—Diga usted, Pavel Pavlovich: usted no vive solo, ¿verdad? ¿Quién es esa niña que estaba aquí cuando entré?

Pavel Pavlovich arqueó las cejas con aire de sorpresa; luego, con una mirada franca y leal:

—¿Quién, esa niña? ¡Pero si es Liza! —dijo sonriendo.

—¿Qué Liza? —balbuceó Veltchaninov.

Y de pronto, algo se conmovió en él. La impresión fue instantánea. Al entrar y ver a la niña se había quedado un poco sorprendido, pero sin el menor presentimiento.

—Pues nuestra Liza, nuestra hija Liza —insistió Pavel Pavlovich, siempre sonriente.

—¿Cómo; la hija de usted? Pero Natalia… la difunta Natalia Vasilievna, ¿tuvo algún hijo? — interrogó Veltchaninov con voz casi estrangulada, sorda, pero tranquila.

—Pues claro está… ¡Ah, es verdad! ¿Dónde tenía yo la cabeza? ¡Si es natural que usted no lo sepa! Fue después de la marcha de usted cuando Dios nos favoreció…

Y Pavel Pavlovich se agitó en su silla, un tanto emocionado, pero siempre amable.

—No supe nada —dijo Veltchaninov, poniéndose muy pálido.

—¡Naturalmente! ¡Naturalmente...! ¿Cómo iba usted a saberlo? Ya recordará usted que tanto la difunta como yo habíamos perdido toda esperanza... ¡Y de pronto, el Señor se acuerda de nosotros y bendice nuestra unión! Es milagroso, ¿eh? Lo que yo sentí, sólo Él lo sabe... Fue un año justo después de la marcha de usted. Es decir, no, un año justo no... Espere usted... Vamos a ver, si no me engaño, usted se fue en octubre, ¿no es eso?, o a principios de noviembre...

—No; salí de T... a mediados de septiembre..., el 12 de septiembre; lo recuerdo perfectamente...

—¿Sí, de verdad? ¿En septiembre? ¿Dónde tendré yo la cabeza? —exclamó Pavel Pavlovich, muy sorprendido—. En fin, si es así... vamos a ver: usted se fue el 12 de septiembre, y Liza nació el 8 de mayo; esto hace... septiembre... octubre... noviembre... diciembre... enero... febrero... marzo... abril... ocho meses, poco más o menos... ¡Y si usted supiera cómo la difunta...!

—Enséñemela usted, hágala venir... —interrumpió Veltchaninov con voz entrecortada.

—Como usted quiera; no faltaba más; en seguida... —exclamó vivamente Pavel Pavlovich, sin concluir la frase y entrando en el cuarto en que se había refugiado Liza.

Transcurrieron tres o cuatro minutos. Se oían cuchicheos en el otro cuarto, en voz muy queda.

Luego, la voz de la niña. «Estará suplicando que la dejen en paz», pensó Veltchaninov. Al fin aparecieron los dos.

—Está toda cortada —dijo Pavel Pavlovich—; ¡es tan tímida, tan modosita! ¡Todo el retrato de la difunta!

Liza entró, con los ojos ya secos y sin alzarlos del suelo. Su padre la traía cogida de la mano. Era una muchachita esbelta, bien formada y muy bonita.

Al entrar levantó los ojos, muy grandes y muy azules, hacia el extraño, con curiosidad y le miró atentamente. Luego, casi en seguida, los bajó de nuevo. Había en su mirada esa gravedad que tienen los niños cuando, a solas con un desconocido, se refugian en un rincón, desde el que observan, con desconfianza, al hombre que nunca han visto. Pero quizá también había en aquella mirada algo más que este sentimiento infantil; por lo menos, tal le pareció a Veltchaninov.

El padre la trajo de la mano hasta él.

—Mira, aquí tienes a un señor que conoció a mamá, y nos quería mucho. No hay que tenerle miedo; anda, dale la mano.

La niña hizo una pequeña inclinación y tendió tímidamente la mano.

—Natalia Vasilievna no quería que saludara haciendo una reverencia, y la enseñó a saludar así, a la inglesa, inclinándose ligeramente y dando la mano —explicó Pavel Pavlovich a Veltchaninov, mirándole fijamente.

Veltchaninov se daba cuenta de que le observaban; pero no trató siquiera de disimular su turbación. Continuó sentado, inmóvil, con la mano de Liza en la suya contemplando atentamente a la niña. Pero Liza estaba abstraída, sin quitar ojo a su padre, escuchando con aire de temor cuanto decía, y olvidando su manecita en la mano del extraño.

Inmediatamente reconoció Veltchaninov aquellos grandes ojos azules; pero lo que más le maravillaba era la asombrosa y delicadísima blancura de su tez y el color del pelo, indicios que no podían engañarle. El corte de cara y la forma de la boca recordaban, en cambio, claramente, a Natalia Vasilievna…

Mientras tanto Pavel Pavlovich había empezado a contar una historia con mucho entusiasmo y sentimiento; pero Veltchaninov no le escuchaba. Apenas si oyó la última frase:

—… Así, no puede usted figurarse, Aléksieyi Ivanovich, nuestra alegría cuando el Señor nos hizo este presente. Desde el día en que nació, lo ha sido todo para mí. ¡Cuántas veces me he dicho que, si Dios me privaba de la felicidad, Liza, por lo menos, me quedaría!

—¿Y Natalia Vasilievna?… —interrogó Veltchaninov.

—¿Natalia Vasilievna? —repuso, haciendo una mueca, Pavel Pavlovich. ¡Ya sabe usted cómo era! Poca amiga de palabras. Solamente en su lecho de muerte… ¡Pero entonces lo dijo todo! Sí; el día de su muerte se puso muy nerviosa, se enfadó, gritó que querían asesinarla con todas aquellas medicinas, que lo que tenía no era más que una fiebre, que nuestros dos médicos no entendían una jota, que Koch (aquel médico militar viejo, ¿recuerda usted?) la pondría en pie en cuestión de quince días, y ¡qué sé yo las cosas…! Todavía cinco horas antes de morir se acordaba de que pasadas dos semanas habría que ir a felicitar a su tía, la madrina de Liza, por el día de su santo.

Veltchaninov se levantó bruscamente, sin soltar la mano de Liza. En aquella mirada que la niña tenía fija en su padre le parecía ver una especie de reproche.

—Diga usted, ¿no estará enferma? —preguntó, con una expresión extraña.

—¿Enferma? No creo; pero... el estado de nuestros asuntos —murmuró Pavel Pavlovich amargamente—. Además, es bastante rara, muy nerviosa... Cuando la muerte de su pobre madre estuvo quince días en cama... Nada, un poco de histerismo... En el momento que usted llegó le había dado por llorar... ¿Oyes, Liza, oyes...? ¿Que por qué lloraba?, dirá usted. Pues siempre por la misma causa: que si salgo, que si la dejo sola, que si ya no la quiero como cuando vivía su madre... En fin, ideas absurdas que se le meten en la cabeza, cuando no debería pensar más que en sus juguetes... Verdad que aquí no tiene a nadie con quien jugar.

—¿De modo que, entonces, viven ustedes completamente solos?

—Completamente... Una mujer viene a hacer la limpieza todos los días.

—Y cuando usted sale, ¿la deja sola?

—¿Qué quiere usted que haga? Mire usted, ayer, al salir, la dejé encerrada con llave en ese cuarto, y a eso se debe que hayamos tenido hoy tantas lágrimas. Pero, vamos a ver: ¿qué otra cosa podía yo hacer? Usted mismo juzgará: hace dos días bajó, en mi ausencia, al patio, y un pilluelo de la vecindad le tiró una piedra a la cabeza. Y, entonces, venga llorar y preguntar a todo el mundo que dónde estaba yo. ¡Muy agradable...! ¡Y yo que me voy por una hora, y vuelvo a la mañana siguiente, como hoy...! ¡Y la dueña de la casa, que tiene que mandar a buscar a un cerrajero para que la abran! ¿No encuentra usted ahora que es una vergüenza? No parece sino que soy un monstruo. Sí, a veces llego a creérmelo. ¡Y todo, por haber perdido la cabeza...!

—¡Papá! —exclamó la niña con voz medrosa e inquieta.

—¿Bien, otra vez? ¿Vuelta a empezar? ¿Qué es lo que te dije antes?

—¡No lo volveré a hacer, no lo volveré a hacer! —gritó Liza aterrorizada, retorciéndose las manos.

—No es posible que continúen ustedes viviendo así —intervino bruscamente Veltchaninov, con voz fuerte—. Vamos a ver, usted tiene medios; ¿cómo se le ha ocurrido venir a parar a un tabuco semejante?

—¿Un tabuco? ¡Pero si dentro de ocho días quizás no estemos ya aquí! Aun así, gastamos mucho, y por medios que se tengan...

—Bueno, bueno —interrumpió Veltchaninov con creciente impaciencia y dando a entender: "Es inútil; sé de antemano todo lo que vas a decirme, y el valor de todo ello"—. Escuche usted, voy a hacerle una proposición: Acaba usted de decirme que piensa irse dentro de ocho días. Pongamos quince. Pues bien; conozco aquí una familia de toda confianza, cuya casa es como si fuera mía: los Pogoreltsev. Sí, Alejandro Pavlovich Pogoreltsev, el consejero íntimo. Por cierto que, acaso, le pueda ser útil a usted en su asunto. En este momento se encuentran en el campo, instalados en una casa muy confortable. Claudia Petrovna Pogoreltsev es para mí como una hermana, como una madre. Tiene ocho hijos. Pues bien; a lo que iba: déjeme usted que le lleve a Liza. Yo mismo la llevaré, para no perder tiempo. Allí la acogerán con alegría, y la tratarán todo el tiempo que esté lo mismo que a una hija.

Una extraordinaria impaciencia, que ni siquiera trataba de disimular, se había apoderado de él.

—¡Imposible! —exclamó Pavel Pavlovich haciendo una mueca, en la que Veltchaninov creyó ver cierta malicia, y mirando a éste bien en los ojos.

—¿Por qué imposible?

—Pues porque no puedo desprenderme de la niña así como así… ¡Oh!, ya sé que con un amigo como usted… no es eso… Pero, en fin, es gente muy encopetada, y no sé cómo la recibirían.

—¿No le he dicho a usted que son para mí como de la familia? —replicó Veltchaninov casi colérico—. Con una palabra que yo diga, Claudia Petrovna la recibirá lo mismo que a una hija… exactamente igual… ¡En fin, al diablo! ¡Habla usted por hablar!

Y dio una patada en tierra.

—Además —insinuó Pavel Pavlovich—, ¿qué dirán? ¿No les parecerá la cosa un tanto rara? Porque, al fin y al cabo, alguna vez tendré que ir a verla; no se va a estar siempre sin su padre. Y… cómo iba yo a ir a una casa tan distinguida?

—¡Pero si le estoy diciendo a usted que se trata de una familia muy sencilla, sin la menor pretensión! —gritó Veltchaninov—. Le digo a usted que tienen una porción de hijos. Esta niña resucitará en aquella casa. Mañana mismo le presentaré a usted, si gusta. Sí, no tendrá usted más remedio que ir a darles las gracias. Iremos todos los días, si usted quiere…

—Sí, pero…

—¡Es absurdo! ¡Y lo más exasperante es que usted mismo sabe de sobra lo absurdo de sus objeciones! Vamos a ver, esta noche la pasará usted en casa, y mañana por la mañana nos pondremos en camino de manera que a las doce estemos en casa de los Pogoreltsev.

—¡Oh, es usted demasiado amable! No merezco yo… ¡Hasta pasar esta noche en su casa! — consintió Pavel Pavlovich, enternecido—. Es mucha bondad… ¿Y dónde está esa casa de campo?

—En Lesnoye.

—Pero ¿en ese traje? A casa de una familia tan distinguida, aunque sea en el campo… Realmente… Usted me comprende, ¿verdad…? El corazón de un padre…

—¿Qué tiene que ver el traje? Está de luto, y no puede vestirse de otro modo. Además, no veo qué tiene el traje. Está perfectamente. Si acaso, otra ropa blanca, otra camisita…

En efecto, la ropa blanca que se entreveía dejaba bastante que desear.

—¡Inmediatamente! —se apresuró a decir Pavel Pavlovich—; inmediatamente le darán la ropa blanca que haga falta; está en casa de María Sysoevna.

—Entonces, habría que mandar a buscar un coche —dijo Veltchaninov—, y cuanto antes, mejor.

Pero surgió un obstáculo: Liza se resistió con todas sus fuerzas. Había escuchado con terror la conversación; y si a Veltchaninov, mientras trataba de persuadir a Pavel Pavlovich, se le hubiera ocurrido fijarse en ella, habría visto retratada en su rostro la más profunda desesperación.

—¡No iré! —exclamó, grave y resueltamente.

—¿Ve usted? ¡Toda a su madre…!

—¡Mentira; yo no soy como mamá! ¡Yo no soy como mamá! —gritó Liza, retorciéndose desesperadamente las manecitas, como si se defendiese de la acusación de parecerse a su madre—. ¡Papá, papá, si me abandonas…!

De pronto se volvió hacia Veltchaninov, que se quedó aterrado:

—¡Y usted, si se empeña en llevarme…! No pudo continuar. Pavel Pavlovich la agarró brutalmente de una mano y, lleno de cólera, se la llevó a rastras al otro cuarto. Durante unos minutos se oyeron nuevos cuchicheos y sollozos ahogados. Ya se disponía Veltchaninov a entrar en el cuarto, cuando apareció Pavel Pavlovich, y le dijo, con una sonrisa forzada, que dentro de un instante estaría lista. Veltchaninov hizo un esfuerzo para no mirarle, y apartó los ojos.

En ese momento hizo su entrada María Sysoevna. Era la mujerona con quien se había cruzado en el corredor. Traía la ropa blanca de Liza, que guardó en un saquito de mano.

—¿Entonces es usted, padrecito, quien se lleva a la niña? —dijo, dirigiéndose a Veltchaninov—. Tiene usted familia, ¿eh? Muy bien; hace usted una buena obra, padrecito; la salva usted de un infierno. Ya verá usted cómo es un ángel.

—¡Vamos, María Sysoevna, quiere usted callarse! —gruñó Pavel Pavlovich.

—¿Por qué me voy a callar? ¿No digo acaso la verdad? ¿No es esto un infierno? Y no es una vergüenza conducirse como usted se conduce, a los ojos de una niña que ya está en edad de comprender…? ¿Quiere usted que avise un coche, padrecito? Para Lesnoye, ¿verdad?

—Sí, sí.

—¡Bueno, pues buen viaje!

Al fin salió Liza, muy pálida, con los ojos bajos. Sin decir una palabra, cogió el saco de mano. Se contenía; no miró a Veltchaninov, ni se echó, como hacía un momento, en brazos de su padre, para decirle adiós. Claramente se advirtió que no quería mirarle siquiera.

El padre le dio un beso en la frente, muy despacio, y le acarició las mejillas. Los labios de la niña se contrajeron, y le tembló la barbilla; pero no levantó los ojos hacia su padre. Pavel Pavlovich palideció, y sus manos se agitaron convulsivamente. Veltchaninov lo observó, aunque haciendo todo lo posible para no mirarle. En aquel momento no tenía más que un deseo: marcharse cuanto antes.

"Nada de esto es culpa mía —pensaba—. Era inevitable". Bajaron. María Sysoevna dio un par de besos a Liza. Y sólo entonces, cuando ya había subido al coche, levantó Liza los ojos hacia su padre, juntó las manos y lanzó un grito. Un segundo más y se habría tirado del coche, para correr hacia él; pero ya los caballos habían arrancado.

VI
NUEVA FANTASÍA DE UN DESOCUPADO

¿Te sientes mal? —dijo Veltchaninov asustado—. Voy a hacer que paren y te traigan un vaso de agua…

La niña fijó en él su mirada violenta, cargada de reproches.

—¿A dónde me lleva usted? —preguntó con voz seca y cortante.

—A casa de unas personas excelentes, Liza. Están ahora en el campo; tienen una casa muy agradable; hay allí muchos niños, que te querrán mucho, ya verás… No te enfades conmigo, Liza; lo hago por tu bien…

Cualquier amigo que le hubiese visto en aquel momento habría notado en él un cambio extraño.

—¡Qué… qué… qué malo es usted! —exclamó Liza, ahogada por los sollozos, mirándole con sus hermosos ojos ardiendo en ira.

—¡Es usted muy malo, muy malo, muy malo! —repitió, apretando los puños.

—¡Liza, Liza, si supieses la pena que me das! —suplicó Veltchaninov, desfallecido.

—¿Es cierto que vendrá mañana? ¿Es cierto? —interrogó ella imperiosamente.

—¡Sí, sí, absolutamente cierto! Yo mismo le llevaré; iré a buscarle y le llevaré.

—No podrá usted. No vendrá —murmuró Liza, bajando los ojos.

—¿Y por qué no?… ¿Acaso él no te quiere, Liza?

—No, no me quiere.

—Dime, ¿es que te ha hecho sufrir?

Liza le miró con aire sombrío y no contestó. Luego se volvió hacia un lado, conservando bajos los ojos, obstinadamente. Él trató de calmarla, hablándola con mucha animación, en una especie de acceso febril. Liza escuchaba con aire desconfiado y hostil, pero escuchaba. Veltchaninov, contento de que ella le prestase tanta atención, se puso a explicarle lo que era un hombre dado a la bebida. Le dijo que él también quería mucho a su padre y velaría por él.

Al fin, Liza levantó los ojos y le miró fijamente. Él le contó entonces cómo había conocido a su mamá, y observó que ella se interesaba en el relato. Poco a poco la niña empezó a responder a sus preguntas, pero de mala gana, por monosílabos, con aire receloso. A las preguntas más interesantes no respondía nada, guardando un silencio obstinado en todo lo concerniente a su padre.

Al mismo tiempo que le hablaba. Veltchaninov la cogió la mano, como antes, en la casa, y ella no la retiró. Acosada a preguntas, acabó también por confesarle, en términos confusos, que había querido a su padre más que a su madre; pero que mamá, en el momento de morir, la había besado muy fuerte, y había llorado mucho, estando las dos solas… y que ahora quería a su madre más que a nadie en el mundo, y cada día más.

Pero la niña también tenía su orgullo, y cuando se dio cuenta de que se había dejado llevar por las preguntas de Veltchaninov, calló bruscamente, clavando en él una mirada de rencor.

Poco antes de llegar, ya se habían apaciguado sus nervios; pero continuaba pensativa, cejijunta, con aire hosco y sombrío. Sin embargo, parecía sufrir menos a la idea de que la llevaban a casa de unos desconocidos, a una casa en la que nunca había estado. Lo que la atormentaba era otra cosa, que Veltchaninov adivinaba: sentíase avergonzada de él, avergonzada de que su padre la hubiese abandonado (casi cedido) con tanta facilidad a un extraño.

"Está enferma —pensaba Veltchaninov—, muy enferma. La han hecho sufrir demasiado… ¡Ah, ese borracho, ese ser abyecto! ¡Ahora te comprendo…!". Metió prisa al cochero. Contaba, para sanarla, con el campo, la vida al aire libre, el jardín, los niños, el cambio, y además, después de eso… De lo que después pudiera ocurrir no tenía aún la menor idea; en el tiempo confiaba. Sólo veía una cosa: que jamás había sentido lo que ahora, y que jamás, en toda su vida, podría olvidarlo. "¡He aquí el verdadero fin de la vida! ¡He aquí la verdadera vida!", pensaba, transportado de entusiasmo.

Las ideas se agolpaban en tumulto a su cabeza; pero él no se detenía a considerarlas, rehuyendo el entrar en detalles. La cosa era muy sencilla; todo seguiría por sus pasos, sin necesidad de poner mano en ello. El plan de conjunto se dibujaba por sí solo: "Mucho será —pensaba— si entre todos no podemos dar cuenta de ese miserable. Aunque ahora sólo nos confíe a Liza por unos días ya veremos de arreglárnoslas de modo que la deje en Petersburgo, en casa de los Pogoreltsev, y que se vaya solo. Sí, Liza será para mí. Es cosa decidida. Además… además, después de todo, es lo que él mismo desea, En otro caso, ¿a qué atormentarla como la atormenta?".

Al fin llegaron. La casa de los Pogoreltsev era, efectivamente, un precioso nido. Un tropel de chicos invadió con gran estrépito la terraza para venir a recibirles. Hacía largo tiempo que Veltchaninov no había venido, y los niños le querían mucho. Todavía no había bajado del coche, cuando ya los mayorcitos le gritaban: "¿Y tu pleito? ¿Cómo va tu pleito?".

Y todos los demás, hasta el más chico, repitieron la pregunta, entre grandes risas. Era ya costumbre darle bromas con motivo de su pleito. Pero en cuanto vieron a Liza la rodearon y se pusieron a examinarla con esa curiosidad silenciosa y atenta de los niños. En el mismo instante salía Claudia Petrovna de la casa, y tras ella su marido. También ellos la primera palabra fue para preguntarle, riendo, cómo iba su pleito.

Claudia Petrovna era una mujer de treinta y siete años, morena, robusta, todavía guapa, de tez fresca y sonrosada. El marido era un hombre de cincuenta y cinco, inteligente y discreto, muy bueno sobre todo. Aquel hogar era realmente, para Veltchaninov "un rincón de familia", como él decía. La razón era la siguiente:

Veinte años antes, Claudia Petrovna había estado a punto de casarse con Veltchaninov, siendo éste todavía estudiante, casi un niño. Fue el primer amor, el amor inflamado, el amor absurdo y admirable. Todo ello había terminado por el matrimonio de Claudia Petrovna con Pogoreltsev. Cinco años más tarde se encontraron de nuevo, y el amor de antaño se convirtió en una amistad franca y sosegada. De la antigua pasión sólo subsistía una especie de llama, que alumbraba y daba calor a sus relaciones de amistad. Nada que no fuera puro e irreprochable en este recuerdo del pasado de Veltchaninov, tanto más grato para él cuanto que acaso era el único de este género en su vida.

Aquí, en medio de esta familia, se sentía ingenuo, infantil y bondadoso, mimando a los niños, sin irritarse nunca, aprobándolo todo, sin reservas. Más de una vez declaró a los Pogoreltsev que dentro de poco tiempo, que se retiraría del mundo, vendría a instalarse en casa de ellos para siempre. Y, realmente, pensaba con toda seriedad en este proyecto.

Les dio, respecto a Liza, todas las explicaciones necesarias. Por otra parte, bastaba la expresión de su deseo, sin explicaciones. Claudia Petrovna dio un beso a la "huérfana" y prometió hacer todo lo que estuviese en su mano. Los niños cogieron a Liza de la mano, se la llevaron a jugar al jardín. Al cabo de media hora de animada conversación, Veltchaninov se levantó para despedirse. Tan impaciente estaba por irse, que todos lo advirtieron y se extrañaron. "¡Hacía tres semanas que no había aparecido y ahora venía sólo por media hora!". Juró él, riendo, que volvería al día siguiente. Notaron que parecía muy agitado. De pronto, cogió la mano de Claudia Petrovna, y con el pretexto de que se había olvidado de decirle una cosa muy importante, la condujo a una habitación contigua.

—¿Se acuerda usted de aquello que le conté —a usted sola, pues su mismo marido lo ignora— del año que pasé en T…?

—Me acuerdo perfectamente; más de una vez me ha hablado usted de ello.

—¡No diga usted que le he "hablado", sino que me he confesado, y sólo a usted! Pero nunca le dije el nombre de aquella mujer: era la mujer de Trusotskii. Ha muerto ya, y Liza es su hija… ¡y mi hija!

—¿Cómo? ¿Es posible? ¿No se engaña usted? —preguntó Claudia Petrovna, un tanto turbada.

—Estoy seguro, absolutamente seguro de no engañarme —repuso Veltchaninov con fuego.

Y de prisa, con volubilidad, le contó todo, lo más brevemente que pudo. Claudia Petrovna hacía tiempo que estaba enterada de todo, menos del nombre de ella. Veltchaninov siempre se había estremecido a la sola idea de que alguien pudiera conocer a la señora Trusotskaya, y sorprenderse de que él hubiese podido estar tan enamorado de ella; a tal punto, que ni a su amiga más íntima, Claudia Petrovna, se lo había revelado.

—Y el padre, ¿no sabe nada? —preguntó ella, al concluir él su relato.

—No… Es decir… En fin, eso es precisamente lo que me preocupa. No consigo acabar de ver claro en ello —replicó Veltchaninov impetuosamente—. Sabe, sabe… hoy mismo, y también anoche, lo he visto, sin lugar a dudas. Pero hasta qué punto está enterado, es lo que necesito poner en claro, y para ello tengo que irme en seguida. Esta noche le espero en casa. Por más que pienso, no atino en cómo habrá podido saber… quiero decir: saberlo todo… Respecto a Bagautov, no cabe duda, está enterado de todo. Pero en lo que a mí se refiere… ¡Ya conoce usted a las mujeres! Y usted sabe la maña que se dan para que lo blanco parezca negro, si así les conviene. Ya podría bajar un ángel del cielo, que el marido haría caso a la mujer, y no al ángel… No sacuda usted la cabeza, no me condene usted; ¡ya hace tiempo, mucho tiempo, que yo mismo me he condenado!… Ve usted, hace un momento, en su casa, estaba tan convencido de que lo sabe todo, que yo mismo me delaté… ¿Lo creerá usted? Me siento avergonzado de haberlo recibido anoche tan groseramente… Ya le contaré a usted todo más adelante, en detalle… No cabe duda que vino a casa con el propósito de darme a comprender que sabía la ofensa, y quién era el ofensor. Es la única razón posible de una visita tan estúpida, en estado de embriaguez… Pero, después de todo, es muy natural de su parte. Evidentemente, quería desenmascararme. Y yo, lo mismo anoche que hace un rato, no pude contenerme. Me he conducido como un idiota. Me he descubierto. Pero, también, ¿por qué se le ha ocurrido venir en un momento en que me sentía tan poco dueño de mí mismo?… Le aseguro a usted que atormentaba a la pobre Liza únicamente en venganza… No le quepa a usted duda: más que malvado es un pobre idiota, un infeliz. ¡Si le viera usted ahora, tan desastrado, tan grotesco, tan incoherente, él, que antes era una persona perfectamente normal y sensata! Pero, al fin y al cabo, es muy natural que haya venido a parar a esto. ¡Hay que tener caridad, amiga mía! Sí, quiero ser ya otro muy distinto para él, y tratarle con mucha dulzura. Será una buena obra. Además, en este caso, toda la razón está de su parte… Escuche usted, es preciso que usted lo sepa: una vez, en T…, tuve necesidad urgente de cuatro mil rublos, y él me los adelantó en seguida, sin querer recibo, verdaderamente contento de prestarme un servicio; ¡y yo acepté, y recibí de sus manos el dinero, entiende usted, como de las manos de un amigo!

—Sobre todo, sea usted más prudente —respondió Claudia Petrovna, un poco inquieta ante aquel flujo de palabras—. Agitado como está usted, realmente no estoy tranquila, y temo por usted. Claro que, desde este momento, Liza es como una hija mía; pero hay aún en todo esto tantas cosas indecisas… Lo esencial es que, de aquí en adelante, sea usted más circunspecto; es absolutamente preciso, así como moderar un poco esa fogosidad y ese entusiasmo. Se siente usted demasiado generoso en sus momentos de felicidad… —añadió con una sonrisa.

Salieron todos para acompañar a Veltchaninov hasta el coche. Los niños trajeron consigo a Liza, que jugaba con ellos en el jardín, y a la que miraban todavía con más estupefacción que a su llegada. La niña tomó un aire muy huraño cuando Veltchaninov la besó delante de todo el mundo, diciéndole adiós y reiterándola solemnemente la promesa de volver al día siguiente con su padre. Hasta el final estuvo ella silenciosa, sin mirarle; pero, bruscamente, le cogió las manos, llevándole aparte y fijando en él una mirada suplicante, como queriendo decir algo.

—¿Qué pasa, Liza? —preguntó Veltchaninov con voz tierna y persuasiva.

Pero ella seguía mirándole con aire medroso, y lo arrastró todavía más lejos, a un rincón apartado, no queriendo que les viesen.

—Di, Liza, ¿qué ocurre? —repitió él.

Ella callaba, sin decidirse a hablar, con los grandes ojos azules fijos en él y un terror pánico reflejado en el semblante.

—¡Se… se ahorcará! —dijo muy quedo, como en delirio.

—¿Quién se ahorcará? —interrogó Veltchaninov espantado.

—¡Él, él…! ¡Ya anoche quiso ahorcarse! —explicó ella, con voz precipitada, perdiendo el aliento—. ¡Sí, yo lo vi! ¡Quiso ahorcarse! ¡Y se ahorcará; me lo ha dicho, me lo ha dicho! Hace tiempo que quiere ahorcarse, hace tiempo… Esta noche, yo lo he visto…

—¡No es posible! —murmuró Yeltchaninov, confundido y perplejo.

De pronto, la niña se arrojó sobre sus manos, y las besó, llorando, ahogada por los sollozos, rogándole, suplicándole… Toda su vida vio ya Veltchaninov, despierto y en sueños, aquellos ojos extraviados de la niña, fijos en él con espanto y un último resto de esperanza.

“¿Tanto lo quiere? —pensaba con un sentimiento de celos, mientras volvía a la ciudad, en un estado de impaciencia febril—. ¿No me decía antes ella misma que quería mucho más a su madre…? ¡Quién sabe; también es posible que no le quiera lo más mínimo, que hasta le odie…! ¿Ahorcarse? ¿Ahorcarse el muy idiota…? ¡Es preciso que yo sepa; y sin pérdida de tiempo! ¡Hay que acabar de una vez; y lo antes posible!”.

VII
EL MARIDO Y EL AMANTE SE ABRAZAN

Sentía una necesidad imperiosa de saber, de saber al momento.

“Esta mañana me quedé desconcertado, y no pude darme bien cuenta de nada —pensó, recordando su primer encuentro con Liza—; pero lo que es ahora, de un modo o de otro, tengo que enterarme”.

Para precipitar las cosas, estuvo a punto de ir en seguida a ver a Trusotskii; pero pronto cambió de idea.

“No, es preferible que venga él a mi casa. Entre tanto, me ocuparé de mi maldito asunto”.

Y corrió, con una premura febril, a efectuar algunas diligencias, que a él se le antojaban de carácter urgente; pero él mismo comprendió esta vez que estaba demasiado distraído, e incapaz de darse cuenta cabal de lo que hacía. Se disponía a comer, a eso de las cinco, cuando súbitamente le vino a las mentes una idea que jamás se le había ocurrido hasta entonces. Pensó que muy bien pudiera ser que, con su manía de meterse en todo, de enredarlo todo, de correr de tribunal en tribunal y hostigar incesantemente a su abogado, no hiciera otra cosa que retrasar la solución de su asunto. No dejó de divertirle la hipótesis.

“¡Y pensar que si esta idea se me hubiese ocurrido ayer me habría desesperado!” —observó, con creciente regocijo.

A la par que el regocijo, aumentaban su distracción y su impaciencia. Poco a poco, fue quedando pensativo, y su pensamiento inquieto flotaba de una cosa en otra, sin llegar a ninguna conclusión definitiva respecto a lo que en aquel momento más le importaba.

"Necesito a ese hombre; es preciso que yo lea en él hasta el fondo. Y además, hay que acabar de una vez. No hay más que una solución: ¡un duelo!".

Cuando volvió a su casa a las siete, no estaba todavía Pavel Pavlovich, cosa que le sorprendió en extremo. Luego pasó de la sorpresa a la cólera, de la cólera a la tristeza, y por fin, de la tristeza al miedo. "¡Sabe Dios cómo acabará todo esto!", se repetía, tan pronto caminando a grandes pasos por la habitación, como echado en el diván, pero sin quitar ojo del reloj.

Al fin, a eso de las nueve, llegó Pavel Pavlovich. "Si este hombre quiere jugar conmigo, ninguna ocasión mejor que ésta, a tal punto me siento fuera de mí", pensó, tomando su aire más afable y jovial.

Sonriendo, de muy buen humor, le preguntó cómo había tardado tanto. El otro sonrió también, con aire socarrón, y se sentó con gran desenvoltura, tirando encima de una silla el sombrero de la gasa negra.

Veltchaninov lo notó en seguida y se puso en guardia.

Tranquilamente, sin frases inútiles, sin agitación superflua, le dio cuenta de lo que había hecho durante el día: le contó lo ocurrido en el trayecto, lo cariñosamente que habían recibido a Liza, lo buena que aquella temporadita en el campo sería para su salud. Luego, como si se olvidase de Liza, no habló más que de los Pogoreltsev. Elogió su bondad, la antigua amistad que le unía a ellos; dijo el hombre excelente y distinguido que era Pogoreltsev, y otra porción de cosas por el estilo. Pavel Pavlovich escuchaba con aire distraído, lanzando a su interlocutor de cuando en cuando una sonrisita incisiva y sarcástica.

—Es usted un hombre entusiasta —murmuró al fin, con una risita maligna.

—Y usted está hoy de un humor detestable —repuso Veltchaninov, con acento de irritación.

—¿Y por qué no voy a ser malo y perverso, como todo el mundo? —gritó Pavel Pavlovich, poniéndose en pie de un salto.

Parecía como si no hubiese esperado más que una ocasión para estallar.

—¡Nadie se lo impide a usted! —dijo Veltchaninov, sonriendo—. Creí que le pasaba a usted algo en particular.

—Sí, algo me ha pasado —exclamó el otro, ampulosamente, como enorgulleciéndose de ello.

—¿El qué?

Pavel Pavlovich tardó unos segundos en contestar.

—¡Pues nuestro amigo Stepan Mikhailovich, que hace de las suyas…! ¡Sí, el mismo, Bagautov, el joven más distinguido y más guapo de Petersburgo!

—¿Es que se ha negado otra vez a recibir a usted?

—De ningún modo; esta vez me han recibido; han dejado que lo contemple, que admire su noble fisonomía… Sólo que ya no era más que la fisonomía de un muerto.

—¿Cómo? ¿Qué dice usted? ¿Bagautov ha muerto? —exclamó Veltchaninov con una profunda sorpresa, aunque no hubiese motivo para sorprenderse tanto.

—¡Sí, señor, el mismo…! ¡Ah, el excelente, el único amigo de seis años…! Ayer, al mediodía, fue cuando murió. ¡Y yo sin saber nada…! ¡Quién sabe; acaso murió en el mismo momento en que yo iba a preguntar por él! Mañana es el entierro; ya le han amortajado. Lo han metido en un ataúd forrado de terciopelo morado, con galones de oro…

Ha muerto de una fiebre… Me dejaron entrar a ver el cadáver. Dije que habíamos sido amigos íntimos, y por eso me dejaron entrar… ¡Tenga usted la bondad de fijarse en lo que ha hecho de mí ese entrañable amigo de seis años! ¡Es muy posible que él haya sido la única causa de mi venida a Petersburgo!

—Vamos, vamos, no irá usted a enfadarse ahora con él —dijo Veltchaninov sonriendo—. ¡No supondrá usted que se ha muerto adrede!

—Pero ¡cómo! ¡Si lo que le tengo es muchísima lástima! ¡Ya lo creo; un amigo como no los hay! … Fíjese, fíjese usted en todo lo que era para mí.

Y de pronto, del modo más imprevisto, Pavel Pavlovich se llevó dos dedos a la frente calva, enderezándolos a manera de cuernecitos, y riendo con una risa tranquila y prolongada. Así estuvo más de medio minuto, mirando con una insolencia maliciosa, frente a frente, a Veltchaninov.

Éste quedó estupefacto, como si viese a un espectro; pero su estupefacción sólo duró un instante.

Una sonrisa burlona, fría y provocativa, se dibujó lentamente en sus labios.

—¿Y qué quiere decir todo eso? —preguntó, fingiendo indiferencia, arrastrando las palabras.

—Eso quiere decir… ¡lo que de sobra sabe usted! —respondió Pavel Pavlovich, retirando al fin los dedos de la frente.

Ambos callaron unos instantes.

—¿Sabe usted que tiene usted estómago? —continuó Veltchaninov.

—¿Por qué? ¿Porque le he dicho a usted la verdad...? Mire, Aléksieyi Ivanovich, haría usted mucho mejor en ofrecerme algo de beber. Como yo hice en T... con usted, durante todo un año, sin dejar un día... Mande usted que traigan una botella; tengo seca la garganta.

—Con mucho gusto; haberlo dicho antes... ¿Usted qué es lo que bebe?

—Diga usted bebemos, en plural; no irá usted a dejarme beber solo, ¿eh?

Y Pavel Pavlovich le miraba fijamente en los ojos, con aire de reto, y como presa de una extraña inquietud.

—¿Champagne...?

—Evidentemente. Todavía no hemos caído en el aguardiente.

Veltchaninov se levantó sin apresurarse, llamó a Mavra y le hizo el encargo.

—¡Brindaremos por nuestro venturoso encuentro, después de nueve años de separación! —exclamó Pavel Pavlovich, con una carcajada absurda y que abortó—. ¡Ahora, a usted le toca, usted es ya mi único amigo! ¡Stepan Mikhailovich Bagautov desapareció! Es como dijo el poeta: "¡Muerto está el gran Patroclo, y en vida aun el vil Tersites!".

Y al decir Tersites, se señalaba a sí propio con el dedo.

"¡Vamos, animal, explícate más de prisa, que no me agradan las medias palabras!", pensaba Veltchaninov, ardiendo en ira y conteniéndose a duras penas.

—Pero, vamos a ver, diga usted —exclamó, al fin, con evidente mal humor—; si es verdad que tiene usted motivos de agravio contra Stepan Mikhailovich (ya no le llamaba Bagautov a secas) , lo natural es que se alegre usted vivamente de la muerte de su ofensor; y más bien parece usted sentirla.

—¿Alegrarme? ¿Alegrarme? ¿Y por qué?

—¡Caramba, yo juzgo poniéndome en el lugar de usted!

—¡Ah, pues en ese caso debe usted equivocarse de medio a medio respecto a mis sentimientos!

¡Ya lo dijo el sabio: "Bien está el enemigo muerto; mejor aún el enemigo vivo"! ¿No cree usted también?

—Pero, en fin, me parece que en cinco años que le ha visto a usted todos los días, ha tenido usted ya tiempo de contemplarle —replicó Veltchaninov, con acento mordaz y agresivo.

—Pero ¿acaso sabía yo entonces? ¿Es que usted se figura que yo estaba enterado? —exclamó violentamente, poniéndose de nuevo en pie de un salto, y como satisfecho de ver llegar al fin una pregunta que desde hacía tiempo hubiese esperado—. Pero, Aléksieyi Ivanovich, ¿por quién me ha tomado usted?

Y en su mirada brilló de pronto algo nuevo, imprevisto, que transfiguró súbitamente su rostro, hasta entonces descompuesto por una risita sardónica y repulsiva.

—¿Cómo? ¿No sabía usted nada? —gritó Veltchaninov estupefacto.

—¡Ah, con que es cierto!; ¿usted se figuraba que yo sabía…? ¡Ah, estos Júpiter! ¡Para ellos, un hombre es poco más que un perro, y se figuran que todo el mundo está cortado por el mismo miserable patrón que ellos…! ¡Ay, qué asco…!

Y descargó un violento puñetazo sobre la mesa; pero, asustándose en seguida de tanto estrépito, miró a su alrededor con ojos medrosos.

Veltchaninov había recobrado ya toda su sangre fría.

—Mire usted, Pavel Pavlovich, usted comprenderá que a mí me es completamente igual que usted estuviera o no enterado. Claro que el que usted no lo supiera le hace honor a usted, aunque… Por otra parte, no me explico la causa de que me haya tomado usted por confidente.

—No es por usted, de ningún modo… no se enfade usted… no es por usted… —tartamudeó Pavel Pavlovich, con los ojos en tierra. En eso entró Mavra con el champagne.— ¡Ah, aquí viene! —exclamó Pavel Pavlovich, visiblemente encantado de la interrupción—. ¡Copas, madrecita, copas! ¡Magnífico…! Magnífico; es todo lo que necesitamos. ¿Lo han descorchado ya? ¡Admirable, hermosa criatura, admirable! Puede usted retirarse.

Había cobrado otra vez valor. De nuevo miró a Veltchaninov cara a cara, con aire de audacia.

—Confiese usted —dijo otra vez con su risita sardónica—, que todo esto le intriga a usted enormemente, y dista mucho de serle "completamente igual", como decía usted antes. ¡Como que se sentiría usted muy defraudado si yo me fuese ahora sin explicarle nada!

—Está usted en un error; no me sentiría defraudado lo más mínimo.

"¡Estás mintiendo!", parecía decir la sonrisa de Pavel Pavlovich.

—¿Sí? Pues, entonces, bebamos —y llenó las copas.

—Bebamos —repitió, levantando la suya—; a la salud póstuma de nuestro pobre amigo Stepan Mikhailovich.

—Ese brindis es absurdo —dijo Veltchaninov dejando su copa en la mesa, sin beber.

—¿Por qué? No veo; es un pequeño brindis sumamente ingenioso.

—Vamos a ver, ¿estaba usted ya borracho antes de venir?

—Pues, había bebido un poco. ¿Por qué me lo pregunta usted?

—¡Oh!, por nada. Pero me había parecido ver anoche, y esta mañana sobre todo, que tenía usted un verdadero sentimiento por la muerte de Natalia Vasilievna.

—¿Y quién le dice a usted que mi sentimiento es menos verdadero en este instante? —exclamó Pavel Pavlovich, saltando de nuevo, como movido por un resorte.

—No es eso lo que quiero decir. Pero, en fin, usted mismo reconocerá que se engañó respecto a Stepan Mikhailovich, cosa que no deja de tener su importancia.

—¡Ah, está usted ardiendo por saber cómo he podido enterarme de lo que atañe a Stepan Mikhailovich!

Veltchaninov enrojeció de cólera.

—Le repito a usted que me es indiferente.

"¿Y si le pusiera de patitas en la calle con su botella?», pensó. Y su cólera crecía, y sus mejillas se amorataban.

—¡En fin, nada de eso tiene importancia! —dijo Pavel Pavlovich, como si quisiera darle ánimos.

Y se llenó otra vez la copa.

—Voy a explicarle a usted en seguida cómo me enteré de todo. Aunque no sea sino para satisfacer su ardiente curiosidad…, porque es usted un hombre ardiente, Aléksieyi Ivanovich, ¡muy ardiente!

¡Je, je! Pero deme usted un pitillo, ya que desde el mes de marzo…

—Aquí tiene usted.

—Pues sí, Aléksieyi Ivanovich, desde el mes de marzo ha sido que empecé a echarme a perder. Yo le diré a usted cómo ha sido. Escúcheme con atención. (Breve pausa. Luego, cada vez con más familiaridad): La tisis, como usted sabe perfectamente, amigo mío, la tisis es una enfermedad curiosísima. Generalmente, el tísico se muere casi sin darse cuenta. Como que cinco horas antes de expirar estaba Natalia Vasilievna pensando en ir a ver, dentro de quince días, a una tía suya que vivía a cuarenta verstas de nosotros. Por otra parte, ya sabe usted la costumbre, o, mejor dicho, la manía que tienen muchas mujeres, y quizás también muchos hombres, de conservar todas las cartas de amor. Lo más seguro, ¿verdad?, es echarlas al fuego. Pues nada, ellas se empeñan en conservar el menor pedacito de papel, y lo guardan cuidadosamente en un sécrétaire o dentro de un cofrecillo; y hasta las clasifican, bien numeradas, por años, por categorías, por series. No sé si encuentran en ello algún consuelo; pero, por lo menos, debe suscitarles una porción de recuerdos agradables… Evidentemente, cuando, cinco horas antes de expirar, proyectaba ir a ver a su tía, no pensaba Natalia Vasilievna lo más mínimo en morirse; ni siquiera una hora antes, cuando quería que llamásemos al doctor Koch. Así sucedió que murió sin preocuparse del cofrecillo de ébano con incrustaciones de plata y nácar que había en su escritorio. Era un cofrecillo precioso, con una llavecita muy diminuta; un recuerdo de familia, que le venía de su abuela. ¡Pues bien, en aquel cofrecillo estaba todo! Pero todo, lo que se llama todo, sin excepción, desde hacía veinte años clasificado por años y por días. Y como Stepan Mikhailovich tenía una marcada afición a la literatura había muy bien en el cofrecillo unas cien cartas suyas; lo suficiente para hacer un folletín apasionado. Verdad es que la cosa había durado cinco años. Algunas de las cartas estaban anotadas por Natalia Vasilievna… Muy agradable para un marido, ¿no le parece a usted?

Veltchaninov reflexionó un momento, recordando que jamás había escrito a Natalia Vasilievna la menor carta; ni siquiera una esquela. Desde Petersburgo había escrito dos cartas, pero dirigidas a ambos esposos, como tenían convenido. Ni siquiera había contestado a la última carta de Natalia Vasilievna en que ésta le licenciaba.

Al terminar su relato, quedó Pavel Pavlovich en silencio un minuto largo, con su sonrisa insolente e interrogadora.

—¿Por qué no responde usted a mi pregunta?

—¿Qué pregunta?

—La referente a los sentimientos tan agradables que experimenta un marido al descubrir un cofrecillo de éstos.

—¿Y a mí qué me importa? —exclamó Veltchaninov, con aire agitado. Y levantándose, se puso a pasear de arriba abajo.

—Apuesto cualquier cosa a que, en este momento, está usted pensando: "¡Habráse visto animal, que, sin que nadie se lo pida, pone al descubierto su deshonra!". ¡Ja, ja! ¡Pone usted una cara de repugnancia!

—No pienso semejante cosa. Al contrario. Usted está sobreexcitado por la muerte del hombre que le ofendió, y además ha bebido usted demasiado. No veo que tenga nada de particular. Comprendo perfectamente el interés de usted en que Bagautov viviese, y la decepción que ha sufrido con su muerte; pero…

—¿Y por qué cree usted que yo tenía tanto interés en que Bagautov viviese?

—Eso, usted sabrá.

—¿A que pensaba usted en un duelo?

—¡Al diablo! —exclamó Veltchaninov, cada vez menos dueño de sí mismo—. Lo que pensaba es que un hombre que sea un caballero... en un caso de este género, no se rebaja a habladurías absurdas, estúpidos visajes, gemidos ridículos y equívocos repugnantes, que no hacen más que degradar a quien los emplea; sino que procede francamente, abiertamente, sin reticencias... ¡como un caballero!

—¡Ja, ja! ¿De modo que yo no soy un caballero?

—Eso, también es cuenta de usted... Pero, vamos a ver, si no era por eso, ¿por qué demonios tenía usted tanto interés en que Bagautov viviese?

—¿Qué por qué? ¡Pues aunque no hubiera sido más que por el gusto de verle! Habríamos mandado buscar una botella, y la habríamos bebido juntos.

—Él se habría negado a beber con usted.

—¿Y por qué razón? Noblesse óblige! ¿No bebe usted conmigo? Pues ¿por qué iba a ser él más escrupuloso?

—¿Yo? Yo no he bebido con usted.

—¿A qué viene, de pronto, ese orgullo?

Veltchaninov se echó a reír, con una risa nerviosa y agitada.

—Pero ¡caramba!, se pone usted verdaderamente feroz. ¡Y yo que creía que no era usted más que un "eterno marido"!

—¿Cómo un eterno marido? ¿Qué quiere usted decir con eso? —exclamó Pavel Pavlovich, aguzando el oído.

—¡Oh!, nada, un tipo de marido... Es demasiado largo de explicar. Además, ya es hora de que se vaya usted. Es tarde y estoy muy cansado.

—¿Y por qué feroz? Ha dicho usted feroz.

—¿No comprende usted que se lo he dicho en broma?

—¡No! ¡Qué es lo que ha querido usted decir? ¡Dígamelo usted, Aléksieyi Ivanovich, se lo suplico, dígamelo, por amor de Dios o de Cristo!

—¡Vamos, basta! —dijo Veltchaninov, encolerizado—. ¡Ya es hora; váyase usted!

—¡No, no basta! —gritó Pavel Pavlovich, con voz vibrante—. Es muy posible que le esté molestando; pero no me iré sin brindar antes con usted y beber en su compañía. Bebamos y en seguida me iré. ¡Antes, de ningún modo!

—Vamos a ver, Pavel Pavlovich, se va usted al diablo, sí o no?

—Me iré al diablo, si usted quiere, ¡pero después que hayamos bebido! Usted dijo que no quería beber conmigo; ¡pues bien, yo sí quiero que beba usted conmigo!

Ya no reía sardónicamente, ya no disimulaba. En todo su rostro se había operado una transformación tan completa, que Veltchaninov quedó estupefacto.

—¡Vamos, pues, Aléksieyi Ivanovich, bebamos! ¡Ya no se negará usted! —continuó Pavel Pavlovich, cogiéndole fuertemente de la mano y fijando en él una mirada extraña.

Evidentemente, ya no se trataba sólo de un vaso de vino.

—Sea, ya que usted se empeña —murmuró Veltchaninov—. Pero, mire usted, casi no queda…

—Todavía quedan muy bien dos copas. ¡Vamos, bebamos y brindemos! Tenga usted la bondad de coger su copa.

Chocaron los vasos y bebieron.

—Bueno, ahora… puesto que… ¡Ah!

Y Pavel Pavlovich se llevó las manos a la frente, permaneciendo así unos instantes. Veltchaninov aguardaba, creyendo que esta vez el otro iba a decirlo todo, hasta la última palabra. Pero Pavel Pavlovich no dijo nada. Miraba tranquilamente a Veltchaninov, con la boca torcida en una sonrisa convulsiva y sarcástica.

—¿Me dirá usted, al fin, qué es lo que quiere de mí, borracho? —gritó Veltchaninov, con voz furiosa, dando con el pie en tierra.

—¡No grite usted! ¿A qué viene gritar? —repuso el otro, muy de prisa, calmándole con un ademán—. ¡No hablo en broma, no…! ¡Ah, usted no sabe lo que es ya para mí.

Y con un movimiento rápido le besó la mano, sin dar tiempo a Veltchaninov de retirarla.

—¡Eso es lo que es usted para mí…! ¡Ahora, me voy al diablo, como usted quería!

—¡Espere, quédese! —exclamó Veltchaninov—. Olvidaba decirle… Pavel Pavlovich, que ya estaba cerca de la puerta, volvió atrás.

—Mire usted —dijo Veltchaninov, casi en voz baja, muy de prisa, hurtando la mirada y sonrojándose—; es conveniente que vaya usted mañana, sin falta a casa de los Pogoreltsev, para conocerlos y darles las gracias… ¡pero sin falta!

—¡Seguramente, sin falta! ¡Es natural! —respondió Pavel Pavlovich con una premura desusada, haciendo con la mano señal de que era superfluo insistir.

—Tanto más cuanto que Liza tiene muchos deseos de verle. Se lo he prometido.

—¿Liza? —repitió Pavel Pavlovich—. ¿Liza? ¿Sabe usted lo que Liza ha sido para mí, lo que ha sido y lo que es? (Y gritaba, como transportado.) Pero todo eso… todo eso… más adelante, más adelante… Por el momento, no basta que haya usted bebido conmigo, Aléksieyi Ivanovich; me es absolutamente indispensable otra satisfacción…

Y dejando el sombrero encima de una silla, miró de nuevo a Veltchaninov, cara a cara, un poco jadeante.

—Déme usted un beso, Aléksieyi Ivanovich —dijo bruscamente.

—¡Está usted borracho! —exclamó Veltchaninov, retrocediendo.

—¿Borracho? Sí, es posible; pero no se trata de eso. Deme usted un beso, Aléksieyi Ivanovich… ¡Es preciso que me dé usted un beso! ¿No le besé yo a usted antes la mano?

Veltchaninov quedó un momento en silencio, como si le hubiesen asestado un palo en la cabeza. Luego, con un ademán brusco, se inclinó hacia Pavel Pavlovich, que estaba allí, muy cerca de él, y le besó en la boca, que olía horriblemente a vino. Todo fue tan instantáneo, tan extraño, que más tarde, cuando pensaba en ello, no sabía si realmente lo había besado.

—¡Ah, ahora… ahora…! —exclamó Pavel Pavlovich en un transporte de borracho con los ojos muy brillantes—. ¡Ah, yo me decía, ¿sabe usted? "¡Cómo, también él! Pero, entonces, si es verdad, ¿en quién creer?".

Y se deshizo en lágrimas.

—¡Ah, qué amigo, qué amigo es usted ya para mí…! Y cogiendo el sombrero, huyó.

Veltchaninov quedó en pie unos instantes, clavado en el sitio, lo mismo que después de la primera visita de Pavel Pavlovich.

"¡Bah; es un borracho y un estrafalario, simplemente! —y se encogió de hombros—. ¡Un idiota y nada más!", insistió enérgicamente, mientras se desnudaba para meterse en la cama.

VIII
LIZA, ENFERMA

Al día siguiente por la mañana, en espera de Pavel Pavlovich, que había prometido ser puntual, para ir a casa de los Pogoreltsev, Veltchaninov se paseaba por su cuarto, después de haber tomado el café, fumando un cigarro y vacilando, en el estado de ánimo de un hombre que, al despertar se acuerda de haber recibido la víspera una bofetada. Mmmm… De sobra sabe él a qué atenerse. Quiere vengarse de mí por medio de Liza» pensaba, atemorizándose.

La carita delicada y triste de la niña surgió ante él. Le palpitaba con violencia el corazón al pensar que aquel mismo día muy pronto, dentro de un par de horas, vería de nuevo a su Liza.

"No hay duda —se afirmaba con exaltación—; ésa es ya toda mi vida, y mi única finalidad. ¡Qué me importan todas las bofetadas y esos regresos al pasado…! ¿Para qué ha servido mi vida hasta hoy? Desorden y dolor… Pero, ahora, todo ha cambiado; ¡ya es otra cosa!".

Sin embargo, a despecho de su entusiasmo, cada vez le asaltaban más preocupaciones.

"¡Se vengará de mí por medio de Liza; la cosa está clara! y se vengará también en Liza… ¡Mmmmm…! ¡Estoy resuelto a no tolerarle más despropósitos como los de anoche! —Y enrojecía de vergüenza al recordarlo—. ¡Pero no llega, y ya son las doce!".

Aguardó todavía hasta las doce y media con angustia creciente. Pavel Pavlovich no llegaba. Al fin, la idea de que si no venía era únicamente por añadir una extravagancia más a las muchas de la víspera, esta idea que ya había apuntado antes, se apoderó de él por completo, trastornándole.

"¡Sabe que me tiene cogido! ¿Cómo voy yo a presentarme ahora ante Liza, sin él?".

A la una no pudo ya contenerse, y tomó un coche, que le llevó a casa de Pavel Pavlovich. Allí le dijeron que éste no había pasado en ella la noche, que había vuelto a las nueve de la mañana, que apenas estuvo un cuarto de hora, y que había vuelto a marcharse.

Veltchaninov escuchaba las explicaciones de la criada en pie ante la puerta de Pavel Pavlovich, dándole vueltas inconscientemente al poíno de la puerta. Cuando la criada hubo terminado, escupió, soltó la puerta y pidió ver a María Sysoevna. Ésta, al saber quién era, acudió sin demora.

Era una excelente mujer, "una mujer de sentimientos muy generosos", como decía de ella Veltchaninov cuando, más tarde, contaba a Claudia Petrovna su conversación con ella. Inmediatamente, después de preguntarle por la niña, se puso a murmurar de Pavel Pavlovich.

—Si no hubiese sido por la pequeña, hace ya tiempo que lo habría echado con cajas destempladas. Aun así, ya habían tenido que mudarle del hotel al pabellón, a causa del desorden de su vida. ¿No es un verdadero crimen traer mujerzuelas a su casa, teniendo a una niña en edad de comprender…? Y la dice a gritos: "¡Mira, ésta será tu madre cuando a mí se me antoje!". Figúrese usted que la misma mujer que había traído le escupió a La cara, de aseo. Y otras veces la dice: "¡Tú no eres mi hija, tú eres una bastarda!".

—¡Cómo! —profirió Veltchaninov, espantado.

—Como usted oye. Yo misma lo he oído. Cierto que es un borracho, y no sabe lo que dice; pero, de todos modos, esas cosas no se deben decir delante de una niña. Por pequeña que sea todo esto le entra en la cabeza, y allí se queda. ¡Y que no llora la pobrecita que digamos! Hace unos días hubo una desgracia en casa. Un hombre comisario, según parece, vino una noche a alquilar una habitación, y al día siguiente por la mañana amaneció ahorcado. Dicen que había perdido en el juego. La gente se agolpa; Pavel Pavlovich no estaba en casa; la niña, que se encontraba sola, sale, y de pronto, yo, que también había acudido al corredor, me la veo contemplando al ahorcado con una expresión muy extraña. La cojo en seguida y me la llevo; pero ya era tarde. Empieza a dar diente con diente, de fiebre, se pone completamente negra y, apenas entramos en su cuarto, se cae al suelo, muy tiesa. Le di fricciones, golpecitos en las manos, ¡qué sé yo!; me costó la mar de trabajo hacerla volver en sí. Debe ser alferecía, ¿verdad? Desde entonces que no está buena. Cuando el padre volvió, y se enteró de todo, empezó por darla un pellizco muy fuerte —el muy canalla tiene más afición a los pellizcos que a los golpes—; luego se sirve un buen vaso de vino, y la dice, para asustarla: "Yo también voy a ahorcarme y tú eres la causa de que yo me ahorque. Mira, ésta es la cuerda con que me ahorcaré", y hace un nudo corredizo delante de ella. Entonces la niña perdió la cabeza, se echó sobre él, agarrándose con sus manitas, y gritando: "¡No volveré a hacerlo! ¡No volveré a hacerlo!". ¡Diga usted si no es una compasión!

Cosas muy raras esperaba Veltchaninov; pero este relato le consternó a tal punto, que no podía creer fuese verdad. Todavía le contó más María Sysoevna. Una vez, por ejemplo, seguramente que si ella no llega a estar allí se tira por una ventana. Al separarse de María Sysoevna, iba Veltchaninov como un borracho. "¡Le mataré, le mataré como a un perro, de uno palo en la cabeza!", mascullaba para sí.

Agarró un coche para ir a casa de los Pogoreltsev, Antes de llegar a las afueras tuvo que detenerse el coche en una plaza próxima a un puente, por el que desfilaba en aquel momento un largo entierro. Los alrededores del puente estaban invadidos por una multitud compacta de mirones y una porción de carruajes detenidos. El entierro era suntuoso y la fila de coches interminable. De pronto, en uno de ellos, vio aparecer Veltchaninov el rostro de Pavel Pavlovich. No habría dado fe a sus ojos, si el otro no se hubiera inclinado por la ventanilla, saludándole con la mano, muy risueño. Evidentemente, estaba encantado del encuentro. Veltchaninov saltó a tierra, y a pesar de la muchedumbre y de los agentes, se deslizó hasta la portezuela del coche, que ya entraba en el puente. Pavel Pavlovich iba solo.

—¿Por qué no ha ido usted a buscarme? —le gritó Veltchaninov—. ¿Cómo es que está usted aquí?

—Cumpliendo los últimos deberes… ¡No grite usted, no grite…! Estoy cumpliendo los últimos deberes —dijo Pavel Pavlovich, haciendo un guiño malicioso—; acompañando los restos mortales de mi queridísimo amigo Stepan Mikhailovich.

—¡Todo eso es absurdo, borracho estúpido! —gritó más fuerte aun Veltchaninov momentáneamente desconcertado—. ¡Vamos, baje usted inmediatamente, y acompáñeme! ¡Vamos, en seguida…!

—Imposible… Es un deber…

—¡Le llevaré a usted a la fuerza! —aulló Veltchaninov.

—¡Y yo gritaré, gritaré! —repuso Pavel Pavlovich, con su misma risa jovial, como si el juego fuera de su agrado, refugiándose en un rincón del coche.

—¡Cuidado! ¡Cuidado! ¡Que le van a atropellar a usted! —gritó un agente.

Y en efecto, venía un coche en sentido inverso al cortejo, metiendo mucho ruido. Veltchaninov tuvo que saltar de lado, y la muchedumbre y otros coches interponiéndose, le llevaron más lejos. Escupiendo de contrariedad volvió a su coche.

"Lo mismo da. Después de todo, no hubiera sido posible llevarle en ese estado", pensó, inquieto y en plena confusión.

Cuando le contó las historias de María Sysoevna y el extraño encuentro en el entierro, Claudia Petrovna quedó pensativa.

—Temo por usted —le dijo al fin—. Es preciso que rompa usted toda relación con ese hombre; y cuanto antes, mejor.

—¡Bah!, no es más que un borracho y un ser grotesco —exclamó Veltchaninov con arrebato—. ¡Voy yo a tenerle miedo! Y ¿cómo quiere usted que rompa toda relación con él, estando Liza de por medio? ¡Usted no tiene en cuenta a Liza!

Liza estaba en cama, y enferma. Le había entrado la noche antes una fiebre muy alta, y estaban esperando al médico, un médico de fama, que habían mandado a buscar a la ciudad muy de mañana.

Al saber la noticia sintióse Veltchaninov completamente trastornado. Claudia Petrovna le condujo al lado de la enfermita.

—Me he fijado ayer en ella con mucha atención —le dijo, antes de entrar—; es huraña y de humor triste. Está avergonzada de encontrarse aquí, abandonada por su padre. A mi juicio, ésa es toda su enfermedad.

—¡Cómo! ¿Abandonada? ¿Por qué cree usted que la ha abandonado?

—¡Oh!, el solo hecho de haberla dejado venir aquí a una casa enteramente desconocida, con un hombre… casi tan desconocido como la casa, o por lo menos…

—¡Pero si soy yo quien la he traído, casi a la fuerza! No veo…

—Sí, ya lo sé. Si no lo digo por mí, sino por Liza, que es una niña y ve las cosas a su modo… Por, mi parte estoy segura de que él no vendrá nunca.

Cuando Liza vio que Veltchaninov había venido solo no se sorprendió. Sonrió tristemente, y volvió hacia la pared su cabecita, devorada por la fiebre. No contestó a las tímidas palabras de consuelo ni a las solemnes promesas de Veltchaninov, que se comprometió a traerle a su padre al día siguiente sin falta; pero en cuanto él hubo salido, se echó a llorar.

Hasta el anochecer no llegó el médico. Apenas había aún examinado a la enferma, cuando asustó a todo el mundo, declarando que deberían haberlo llamado antes. Le dijeron que hasta la víspera por la noche no había caído enferma, y al principio no quiso creerlo.

—Todo depende de cómo pase la noche —pronosticó al fin.

Hizo una receta y se fue, prometiendo volver al día siguiente lo más temprano posible.

Veltchaninov quería a toda costa quedarse a pasar la noche, pero Claudia Petrovna le rogó que hiciera otra tentativa más para traer a aquella "fiera".

—¡Lo que es esta vez —afirmó Veltchaninov arrebatadamente—, lo que es esta vez vendrá, aunque tuviera que traerlo atado!

La idea de cogerlo, atarlo, y traerlo como un fardo se apoderó de él hasta obsesionarle.

—¡Desde este momento no me siento culpable ni tanto así respecto a él! —aseguró a Claudia Petrovna, despidiéndose; y añadió, indignado—: ¡Reniego de todas mis sensiblerías y jeremiadas de ayer!

Liza, al parecer, se encontraba un poco mejor. Con los ojos cerrados, inmóvil, parecía dormir. Cuando Veltchaninov se inclinó sobre ella, con precaución, para besar algo suyo, aunque sólo fuera el borde de su camisón, antes de irse abrió, de pronto, los ojos, como si le hubiese oído, y le dijo muy quedo:

—¡Lléveme usted!

Era una súplica dulce y triste, sin nada de la irritación exaltada de la víspera, pero en la que se sentía una especie de resignación, como la certidumbre de que su ruego no sería atendido. Cuando Veltchaninov, desesperado, empezó a explicarle que era imposible, cerró los ojos y no dijo ya nada como si no le oyese ni viese.

Apenas de vuelta en la ciudad, se fue derecho a Pokrov. Serían las diez; Pavel Pavlovich no había vuelto. Veltchaninov le esperó una media hora, yendo y viniendo por el corredor, en un estado de impaciencia dolorosa. María Sysoevna acabó por hacerle comprender que Pavel Pavlovich seguramente no volvería hasta la mañana siguiente.

—Volveré, pues, al amanecer. Y se dirigió hacia su casa.

Se quedó de una pieza, al llegar, cuando Mavra le dijo que el señor de la víspera estaba aguardándole desde las diez.

—Ha tomado té con nosotras, y luego ha mandado a buscar vino, como ayer, dándome un billete de cinco rublos.

IX
VISIÓN

Pavel Pavlovich se había instalado con toda comodidad. Sentado en la misma silla de la otra noche, fumaba un pitillo y acababa de servirse la cuarta y última copa de la botella. Encima de la mesa, a su lado, estaban la tetera y la taza, casi intacta. Su cara congestionada resplandecía de satisfacción. Se había quitado la americana, quedándose en mangas de camisa.

—Usted me dispensa, ¿verdad, amigo mío? —exclamó al ver a Veltchaninov, levantándose para ponerse de nuevo la americana—; me la había quitado para estar más cómodo...

Veltchaninov se dirigió hacia él con aire amenazador.

—¿Sigue usted completamente borracho? ¿O está usted todavía en estado de entender lo que se le diga?

Pavel Pavlovich titubeó un instante.

—Hombre... no... no del todo... He cumplido mis últimos deberes con el difunto, y... no, no del todo.

—Bueno; ¿se siente usted capaz de comprenderme?

—Precisamente para eso he venido, para comprenderle...

—En ese caso —dijo entonces Veltchaninov con voz apagada por la cólera—, en ese caso empezaré por decirle terminantemente que es usted un miserable.

—Sí así empieza usted, ¿cómo demonios va a concluir? —repuso Pavel Pavlovich, un tanto desconcertado.

Pero Veltchaninov prosiguió sin oírle:

—Su hija se muere, está gravísima. ¿La ha abandonado usted del todo, sí o no?

—¿Moribunda...? ¿De verdad?

—Está mal, muy mal, gravemente enferma.

—¡Oh!, acaso una simple crisis...

—¡Vamos, no diga usted estupideces! Está muy grave. Ya debería usted haber ido, aunque sólo fuera para...

—¿Para dar las gracias por la hospitalidad? ¡Sí, de sobra lo sé! Aléksieyi Ivanovich, amigo mío, mi único amigo —tartamudeó cogiéndole la mano entre las suyas con un enternecimiento de beodo, asomándole las lágrimas a los ojos, y como si implorase perdón—, Aléksieyi Ivanovich, no grite usted, no grite... ¡Así me muera en el acto, así me caiga al Neva en este instante... ¡¿Para qué, en las circunstancias actuales...? En cuanto a los Pogoreltsev, siempre será tiempo...

Recobróse Veltchaninov, consiguiendo dominarse.

—Está usted borracho, y no comprendo lo que quiere decir —replicó duramente—. Yo estoy siempre dispuesto a explicarme con usted y es más, quiero que sea lo antes posible... Precisamente iba... Pero antes que nada le diré que tengo decidido pase usted aquí la noche. Mañana por la mañana vendrá usted conmigo. ¡No espere usted que le suelte —gritó con voz tonante—; le ataré a usted si es preciso, y le llevaré con mis propias manos...! Vamos a ver: ¿le servirá a usted ese diván...!

Y señalaba un diván ancho y muelle, que hacía pareja, arrimado a la pared de enfrente, con el que le servía de lecho a él.

—¡Oh!, lo mismo da, en cualquier parte…

—No, en cualquier parte, no. ¡En este diván! Aquí tiene usted sábanas, una colcha, una almohada… —Y diciendo y haciendo sacó todo ello de un armario tirándoselo a Pavel Pavlovich, que tendía los brazos con aire resignado—. ¡Vamos hágase usted la cama; en seguida!

Pavel Pavlovich continuaba en el centro de la habitación con los brazos cargados, como indeciso, sonriendo con una ancha sonrisa de borracho. A una segunda intimación de Veltchaninov, que amenazaba encolerizarse, puso manos a la obra precipitadamente. Apartó la mesa, y soplando y resoplando, desdobló y dispuso las sábanas. Veltchaninov acudió en su ayuda. Sentíase satisfecho de la docilidad y la estupefacción de su huésped.

—Apure usted ese vaso y acuéstese —ordenó, comprendiendo que era preciso mandar—. ¿Es usted quien ha enviado a buscar vino?

—Sí, yo he sido… Sabía que usted se negaría a mandar otra vez por él, Aléksieyi Ivanovich.

—Bien, bien; no está mal que lo haya usted comprendido; pero hay todavía otra cosa que es preciso acabe usted de comprender. Le aseguro a usted que mi resolución está tomada, y que estoy decidido a no soportar por más tiempo esas farsas y carantoñas de borracho.

—¡Oh!, puede usted estar tranquilo Aléksieyi Ivanovich —replicó el otro, sonriendo—; ya sé de sobra que esas cosas no son posibles más que una vez.

Al oír esto, Veltchaninov, que paseaba por el cuarto, se paró en seco delante de Pavel Pavlovich, con aire solemne.

—¡Hable usted claro, Pavel Pavlovich! Usted es listo, lo repito; pero le aseguro que va usted por mal camino. Hable usted claro, con toda franqueza, y le doy mi palabra de honor de que contestaré a todas sus preguntas.

Pavel Pavlovich sonrió de nuevo, con aquella dilatada sonrisa que bastaba para exasperar a Veltchaninov.

—¡Vamos! ¡Nada de subterfugios! Le estoy viendo a usted hasta el fondo. Se lo repito: le doy a usted mi palabra de honor de contestar a todo, y de darle todas las satisfacciones posibles… quiero decir, todas las satisfacciones, posibles o no… ¡Ah, cuánto me alegraría de que usted me comprendiese…!

—Pues bien, ya que es usted tan amable —dijo Pavel Pavlovich, con aire circunspecto—, le confesaré que me ha intrigado mucho la palabra "feroz" que empleó usted ayer...

Veltchaninov escupió en tierra, y siguió paseando, más aceleradamente, por el cuarto.

—¡No, no, Aléksieyi Ivanovich, no escupa usted porque yo tengo interés en saber eso! He venido exprofeso para saberlo... ¡Sí, hoy tengo la lengua de través, pero usted será indulgente! Hace tiempo leí algo, en una revista, respecto a los individuos del tipo "feroz" y del tipo "bonachón" ; esta mañana, sin querer, lo he recordado... sólo que ya no me acuerdo con exactitud de lo que decía; y, a decir verdad, tampoco acabé de entenderlo cuando lo leí... Por ejemplo: Stepan Mikhailovich, ¿era del tipo feroz, o del tipo bonachón? Me gustaría saberlo. Usted qué cree: ¿feroz o bonachón?

Veltchaninov continuaba callado, paseando de arriba abajo. Bruscamente, se detuvo y habló con verdadera rabia:

—El hombre del tipo feroz es el hombre que se habría apresurado a echar veneno en la copa de Bagautov, al brindar con él en honor de una amistad tan felizmente reanudada... ¡Como hizo usted ayer conmigo! ¡Pero un hombre de esa especie no habría ido a acompañarle al cementerio, como usted ha hecho hoy, sabe Dios por qué motivos secretos, canallescos y viles; ni se habría permitido tanto aspaviento ridículo!

—Seguro que no habría ido —repuso Pavel Pavlovich—; pero, realmente, usted me trata...

—¡El hombre del tipo feroz —prosiguió animadamente Veltchaninov, sin prestar atención a nada— no es hombre de afectaciones, ni se presenta en justiciero infalible y escrupuloso, ni estudia su caso, como un pedante, sacando de él materia para una lección; ni lloriquea, arrojándose al cuello del prójimo; ni se queda tan satisfecho del empleo de su tiempo... ¡Vamos a ver, dígame usted la verdad: ¿es cierto que quiso usted ahorcarse?

—¡Bah...! Sabe usted... es muy posible; en un momento de embriaguez... No recuerdo... Pero, caramba, Aléksieyi Ivanovich, personas como nosotros no pueden echar mano de un veneno. Aparte de que yo soy un funcionario muy estimado, tengo algún dinerillo, y no veo por qué no voy a pensar en casarme de nuevo...

—Además, con el veneno corre uno el riesgo de los trabajos forzados.

—¡Naturalmente! Y es muy desagradable. Aunque ahora el Jurado no se oponga a reconocer muchas circunstancias atenuantes… Escuche usted, Aléksieyi Ivanovich, esta mañana en el coche me iba acordando de una historieta muy curiosa, que quiero contarle. Hace un momento hablaba usted de "los que se arrojan al cuello del prójimo". ¿Se acuerda usted, por casualidad, de Semió Petrovich Livtsov, que llegó a T… en tiempos de usted? Pues bien tenía un hermano menor, un pollo de Petersburgo, como él, que desempeñaba un destino en el Gobierno civil de V… y era muy considerado. Un día riñó con Golubenko, el coronel, en una reunión donde había una porción de señoras, entre ellas la novia de Livtsov. Éste se sintió muy humillado, pero se tragó la ofensa, y no dijo palabra. Poco después Golubenko le birló la dama, y la pidió en matrimonio. ¿Qué creerá usted que hizo Livtsov? Pues hacerse amigo íntimo de Golubenko; es más, se las arregló de modo que le nombraron testigo. El día de la boda desempeñó perfectamente su papel, pero cuando, después de la bendición nupcial se acercó al recién casado para abrazarle y darle la enhorabuena, entonces, delante de todo el mundo, delante de tanta gente distinguida, saca mi Livtsov un cuchillo y le asesta una tremenda cuchillada en el vientre. Inútil decir que Golubenko cayó patas arriba… ¡Imagínese usted! ¡Su propio testigo! ¡Y no es eso todo! Lo mejor es que, después de la cuchillada, va y se echa en tierra, gritando: "¡Ay, qué es lo que he hecho, Dios mío!", y llora, y se arranca los pelos, como un energúmeno y se arroja al cuello de todo el mundo, incluso a las señoras. "¡Ay, qué es lo que he hecho…!". ¡Ja, ja, ja! Era para reventar de risa. ¡Si no hubiera sido por el pobre Golubenko! Aunque, según parece, logró salvar el pellejo…

—No veo a qué viene esa historia —dijo Veltchaninov secamente, frunciendo el ceño.

—¡Oh, a nada! Únicamente por la cuchillada —replicó Pavel Pavlovich, todavía riendo—. No deja de tener gracia, ¿verdad?, un mocoso a quien el miedo hace faltar a todas las conveniencias hasta el punto de arrojarse al cuello de las señoras, en presencia del gobernador… y que, sin embargo, acaba de clavarle a otro un cuchillo en el vientre… Nada más que por eso se lo contaba a usted.

—¡Al diablo! —aulló Veltchaninov, con la voz muy cambiada, como si algo en su interior se hubiese roto—. ¡Al diablo con tanto equívoco y tanta insidia, embaucador, trapacero! Conque quiere usted hacerme miedo, ¿eh? ¡Sinvergüenza, cobarde… cobarde… cobarde! —gritó exasperado, fuera de sí, teniendo que tomar aliento a cada palabra.

El ultraje pareció transfigurar a Pavel Pavlovich. Su embriaguez se desvaneció instantáneamente; los labios le temblaban.

—¿Y es usted, Aléksieyi Ivanovich, usted, quien me trata, a mí, de cobarde? Veltchaninov ya se había dominado.

—Estoy dispuesto a presentarle mis excusas —dijo, después de un momento de reflexión, que le aterró—. Pero con una condición: que se decida usted, desde este momento, a proceder con toda lealtad.

—Yo, en su lugar, Aléksieyi Ivanovich, habría presentado excusas sin condiciones.

—¡Bueno, sea como usted quiera...! (Pausa breve). Le presento a usted mis excusas; pero usted mismo convendrá Pavel Pavlovich, en que, después de todo esto, puedo considerarme en paz con usted... Y no me refiero sólo a este incidente, sino a todo lo ocurrido.

—Pero... ¿qué cuenta puede haber pendiente entre nosotros, Aléksieyi Ivanovich? —preguntó Pavel Pavlovich, con una sonrisa burlona y los ojos fijos en tierra.

—¡Bien, ya que es así, tanto mejor, tanto mejor! Vamos, acabe usted de beberse esa copa, y acuéstese. Estoy completamente decidido a no dejarle marchar...

—¡Ah, sí, el vino...! —dijo Pavel Pavlovich, un tanto confuso, acercándose a la mesa.

Quizá había bebido ya demasiado; el caso es que le temblaba la mano y que derramó parte del contenido, manchándose la camisa y el chaleco. Sin embargo, apuró hasta la última gota, como si sintiera dejar algo. Luego depositó la copa sobre la mesa, con mucho cuidado, y fue dócilmente a su diván, para desnudarse.

—Pero... ¿no sería preferible... que no pasara aquí la noche? —preguntó de pronto.

—¡De ningún modo! ¡No, señor, no sería preferible! —respondió violentamente Veltchaninov que paseaba por el cuarto, sin mirarle.

El otro acabó de desnudarse y se metió en la cama. Un cuarto de hora después acostóse también Veltchaninov, apagando la bujía.

Adormecióse a los pocos minutos, pero sin conseguir recobrar el sosiego. Algo nuevo, más indistinto aun que todo el resto, algo que nunca había previsto, le oprimía ahora. Al mismo tiempo, sentíase como avergonzado de esta angustia.

Iba ya a quedarse dormido, cuando le despertó un ruido. Dirigió inmediatamente la vista hacia el diván de Pavel Pavlovich. A pesar de la obscuridad (corridas como estaban las cortinas), creyó ver que Pavel Pavlovich se había incorporado en la cama.

—¿Qué le pasa a usted? —preguntó Veltchaninov.

—¡La sombra! —musitó Pavel Pavlovich, al cabo de un momento, con voz sorda apenas perceptible.

—¿Cómo, qué sombra?

—Ahí, en el otro cuarto, junto a la puerta, me ha parecido ver una sombra.

—¿La sombra de quién? —preguntó Veltchaninov, después de un silencio.

—De Natalia Vasilievna.

Veltchaninov saltó de la cama, echó un vistazo por el recibimiento, luego por el cuarto de al lado, cuya puerta continuaba abierta. Esta habitación no tenía cortinas en las ventanas, que dejaban entrar un poco de claridad.

—¡No hay nada en ese cuarto; está usted borracho; duérmase! —ordenó Veltchaninov, volviendo a la cama y arropándose.

Pavel Pavlovich se dejó caer también sobre la almohada sin decir palabra.

—¿Es que ha visto usted fantasmas alguna vez? —preguntó, de pronto Veltchaninov, al cabo de diez minutos.

—Una sola vez —contestó Pavel Pavlovich, con voz apagada. Luego, todo quedó de nuevo en silencio.

Veltchaninov no sabía, exactamente, si dormía o no. Así transcurrió una hora. De pronto, se estremeció. Esta vez no era un ruido lo que le había despertado. Creyó ver allí, a pocos pasos, en el centro de la habitación, en medio de la obscuridad una forma blanca. Incorporándose en la cama, miró fijamente en aquella dirección durante un minuto entero.

—¿Es usted Pavel Pavlovich? —dijo, al fin, débilmente.

Esta voz alterada, en el silencio y las tinieblas, le causó a él mismo una impresión extraña. No obtuvo respuesta; pero no había la menor duda: allí había alguien, en pie.

—¿Es usted, Pavel Pavlovich? —repitió más fuerte; tan fuerte, que Pavel Pavlovich, de haber estado durmiendo tranquilamente en su cama, seguramente se habría despertado sobresaltado y respondido a la pregunta.

Tampoco hubo respuesta; pero le pareció que la forma blanca, ahora casi precisa, se movía en dirección a él. Entonces ocurrió una cosa muy singular: de pronto, experimentó la misma sensación que hacía un momento la sensación de que algo se rompía en su interior, y gritó, con todas sus fuerzas, con una voz ronca, estrangulada, ahogándose casi a cada palabra:

—¡Borracho ridículo; si te figuras que vas a hacerme miedo…! Me voy a volver hacia la pared, y a envolverme hasta la cabeza en la colcha, y a estarme así toda la noche… para demostrarte el caso que hago de ti… Puedes prolongar, si quieres, esta farsa hasta que amanezca… ¡Idiota!

Y escupió con rabia hacia lo que presumía ser Pavel Pavlovich; luego, volvióse bruscamente hacia la pared, se tapó por completo con la colcha, y quedó inmóvil como un muerto. Se hizo un silencio terrible. Veltchaninov no veía, no podía ver si el fantasma avanzaba hacia él o seguía quieto y el corazón le palpitaba hasta romperse. Cinco minutos transcurrieron así. Luego, súbitamente, oyó, a dos pasos de distancia, la voz de Pavel Pavlovich, débil y quejumbrosa:

—Soy yo, Aléksieyi Ivanovich, que me he levantado a buscar el… (y nombró un objeto indispensable). No encontré ninguno debajo de la cama… y he venido lo más suavemente que he podido a ver si debajo de la de usted…

—¿Y por qué no ha contestado usted cuando llamé? —preguntó Veltchaninov con voz entrecortada, después de una larga pausa.

—Tuve miedo. ¡Gritó usted de un modo…! Tuve miedo.

—Ahí, a la izquierda, junto al rincón… en la mesita de noche… Encienda usted la bujía…

—¡Oh!, ya no vale la pena… —dijo Pavel Pavlovich, muy dulcemente—. Ya encontraré… Usted perdonará, Aléksieyi Ivanovich que le haya molestado… Me he sentido de pronto completamente borracho…

Veltchaninov no contestó ya. De cara a la pared, se pasó así toda la noche, sin hacer el menor movimiento. ¿Quería cumplir su palabra, y demostrarle que le despreciaba…? Ni él mismo sabía lo que pasaba en él; la sacudida había sido tan violenta, que todo él se sentía trastornado, y le costó un trabajo ímprobo conciliar el sueño.

Las diez de la mañana serían cuando se despertó sobresaltado, incorporándose en la cama, como movido por un resorte. ¡Pero Pavel Pavlovich no estaba ya en el cuarto! La cama estaba vacía, en desorden. Había huido al amanecer.

—¡Estaba seguro! —exclamó Veltchaninov, dándose una palmada en la frente.

EN EL CEMENTERIO

El médico había previsto bien: el estado de Liza empeoró más de lo que Veltchaninov y Claudia Petrovna presumieran la noche antes. Por la mañana, cuando llegó Veltchaninov, la enfermita tenía aún todo su conocimiento a pesar de estar ardiendo de fiebre. Más tarde juraba él que la niña le había sonreído y hasta tendido su manecita. Fuera cierto, o simplemente una ilusión consoladora, ya no era tiempo de comprobarlo. Al llegar la noche, Liza había perdido el conocimiento, y así estuvo hasta el final. Al décimo día de su entrada en casa de los Pogoreltsev murió.

Los días que precedieron a su muerte fueron horribles para Veltchaninov. Los Pogoreltsev llegaron a temer por su razón. Junto a ellos pasó la mayor parte de ese período de angustia. Durante los últimos días se pasaba horas enteras en un rincón, solo, sin pensar en nada. Claudia Petrovna venía a veces a distraerle, pero él apenas contestaba y hasta daba a entender que estas conversaciones le eran penosas. Nunca se hubiese figurado ella que Veltchaninov pudiera sufrir tanto. Únicamente los niños conseguían distraerle. A veces hasta se reía con ellos. Pero a cada instante se levantaba para ir de puntillas a ver a la enferma. En varias ocasiones se le antojó que ella le reconocía. No tenía ninguna esperanza de que se salvara; pero le era imposible alejarse del cuarto en que agonizaba, y generalmente se quedaba en la habitación contigua.

Dos veces en el curso de este período se sintió presa de una actividad imperiosa. Corrió a Petersburgo, fue a ver a los médicos más afamados y los reunió en consultas. La última tuvo lugar la víspera misma de la muerte. Tres días antes, Claudia Petrovna le había dicho que era preciso, a toda costa, encontrar a Trusotskii: "En caso de una desgracia, hasta sería imposible enterrarla sin la presencia de su padre". Veltchaninov había contestado distraídamente que iba a escribirle. Pogoreltsev declaró entonces que le haría buscar por la Policía. En vista de eso, acabó Veltchaninov por escribirle una esquela sumamente lacónica, que llevó en persona al hotel. Pavel Pavlovich no estaba, como de costumbre, y se vio obligado a confiar la carta a María Sysoevna.

Al fin murió Liza, durante un admirable atardecer, mientras el sol se ponía.

Fue para Veltchaninov como si saliera de un sueño. Cuando la pusieron un vestidito blanco, el vestido de los días de fiesta de una de las niñas de la casa, y la acostaron con las manos juntas, sobre la mesa grande del salón, toda cubierta de flores, se acercó a Claudia Petrovna y, con los ojos relampagueantes, la declaró que iba a buscar al asesino y a traerle inmediatamente. No quiso atender consejo alguno, negándose a aplazarlo para el día siguiente, y partió en dirección a la ciudad.

Sabía dónde encontrar a Pavel Pavlovich. Cuando, durante aquellos últimos días, había venido a Petersburgo, no era sólo para consultar médicos. A veces pensaba que si consiguiese traer a Liza su padre ella volvería a la vida sólo con oír su voz. Pero luego, desanimado, había renunciado a buscarle.

Pavel Pavlovich seguía viviendo en el mismo sitio, pero no se trataba de encontrarlo en casa. "A veces se está tres días seguidos sin dormir aquí y hasta sin que se le vea el pelo —contaba María Sysoevna—; y cuando viene, el muy borracho, apenas si está una hora. ¡Todo le tiene ya sin cuidado, al muy indecente!". El mozo del hotel informó a Veltchaninov de que ya hacía tiempo que Pavel Pavlovich andaba enredado con unas pérdidas que vivían en la perspectiva Vosnesenski.

Poco trabajo le costó a Veltchaninov dar con ellas. Después de bien convidadas y regaladas, recordaron fácilmente al cliente —el sombrero de la gasa negra les había llamado mucho la atención—, y se quejaron amargamente de que ya no le veían. Una de ellas, Katia, declaró que "era muy sencillo encontrar a Pavel Pavlovich", ya que ahora no se separaba un momento de Machka Prostakova. Katia no creía poder dar con ellos en seguida; pero lo prometió con toda formalidad para el día siguiente. Así Veltchaninov se vio obligado a contar con su ayuda.

Volvió, pues, al día siguiente, a las diez, a recoger a Katia, y con ella se puso en campaña, sin saber siquiera lo que haría con Pavel Pavlovich: si lo dejaría muerto en el sitio, o se contentaría con anunciarle la muerte de su hija, y explicarle que su presencia en el entierro era indispensable. Las primeras pesquisas fueron infructuosas, enterándose de que hacía tres días que Machka Prostakova había reñido con Pavel Pavlovich, tirándole un banquillo a la cabeza.

Al fin, a eso de las dos de la mañana, en el momento en que salía de una taberna que le habían indicado, se dio de manos a boca con él.

Pavel Pavlovich iba completamente borracho. Dos mujeres le arrastraban hacia la taberna sosteniéndolo una de ellas por el brazo. Un fornido mocetón les pisaba los talones, gritando a voz en cuello furiosos denuestos contra Pavel Pavlovich. Entre otras cosas, aullaba "que lo había explotado miserablemente, y envenenado su vida…". Sin duda, se trataba de dinero. Las mujeres tenían un miedo tremendo y se daban toda la prisa que podían.

En cuanto divisó a Veltchaninov arrojóse sobre él Pavel Pavlovich, con las manos tendidas, gritando como si le degollasen:

—¡Socorro, hermano, socorro!

El mocetón que le seguía, apenas hubo visto la terrible silueta de Veltchaninov, desapareció en un santiamén. Pavel Pavlovich, orgulloso de su victoria, le mostró el puño lanzando gritos de triunfo; pero Veltchaninov le cogió violentamente por los hombros y, sin saber él mismo por qué, se puso a sacudirlo con toda la fuerza de sus brazos, hasta el punto de hacerle dar diente con diente.

Pavel Pavlovich dejó inmediatamente de gritar, clavando en él los ojos con una estupefacción idiota de borracho.

Veltchaninov, no sabiendo, sin duda, qué hacer con él, le sentó de golpe sobre un poyo de piedra.

—¡Liza ha muerto! —gritó.

Pavel Pavlovich continuaba mirándole, sentado sobre el poyo y mantenido en equilibrio por una de las mujeres. Al fin, acabó por comprender. Se le puso terrosa la cara, y todas sus facciones parecieron sumirse y descomponerse.

—¡Muerta…! —murmuró, con una voz muy extraña.

Si fue simplemente su ancha e innoble sonrisa de borracho o si hubo, en efecto, un no sé qué perverso y taimado que pasó por sus ojos, es cosa que Veltchaninov no pudo poner en claro.

Al cabo de un momento, Pavel Pavlovich levantó con gran trabajo la mano derecha, para hacer la señal de la cruz; pero ésta quedó a medio hacer, y la mano, toda temblona, cayó pesadamente. Al cabo de otra breve pausa se levantó con gran esfuerzo, agarrándose a la mujer, y apoyado en ella pretendió seguir adelante, como si nada hubiese ocurrido, sin hacer caso de Veltchaninov.

Éste le aferró de nuevo por los hombros.

—¿Acabarás de comprender bestia de borracho, que no pueden enterrarla sin ti? —gritó, ahogándose de furor.

El otro volvió la cabeza hacia él.

—El teniente… ¿sabe usted…? el teniente de Artillería… —tartamudeó, con lengua estropajosa.

—¿Qué? —gritó Veltchaninov, todo trémulo.

—¡Que es el padre! Búscalo… para el entierro.

—¡Mientes, canalla! —aulló Veltchaninov, presa de una rabia frenética—. ¡Ya sabía yo que me saldrías con ésa!

Y fuera de sí, levantó el puño sobre la cabeza de Pavel Pavlovich. Un momento más, y lo acogotaba. Las mujeres, lanzando gritos estridentes, se apartaron a un lado. Pero Pavel Pavlovich no hizo el menor movimiento; todo su rostro se contrajo en una expresión de maldad salvaje y de bellaquería.

—¿Sabes —dijo con voz firme como si la embriaguez le hubiese abandonado—, sabes lo que decimos en ruso? (Y pronunció una palabra que no puede transcribirse.) ¡Toma para ti...! ¡Y ahora, a marcharse; y de prisita!

Tan violentamente se desprendió de manos de Veltchaninov, que estuvo a punto de caerse cuán largo era. Las mujeres le sostuvieron y se lo llevaron apresuradamente, casi a rastras. Veltchaninov no los siguió.

Al día siguiente, a la una de la tarde, se presentó en casa de los Pogoreltsev un señor muy correcto, de edad madura, vestido con uniforme de funcionario. Muy cortésmente entregó a Claudia Petrovna un paquetito a su nombre, de parte de Pavel Pavlovich Trusotskii. El paquetito contenía una carta, trescientos rublos y los papeles necesarios para el entierro de Liza.

La carta era breve, muy deferente y de una perfecta corrección. Expresaba toda su gratitud a Su Excelencia Claudia Petrovna por la bondad y el interés que había demostrado a la huérfana, y que "sólo Dios podía pagarle". Explicaba en términos vagos que una indisposición bastante grave no le permitía venir en persona al entierro de su pobre y muy querida hija, y que delegaba para todo lo preciso en la angelical bondad de Su Excelencia. Los trescientos rublos, añadía, representaban los gastos del entierro y los ocasionados por la enfermedad; si la suma era excesiva, le rogaba muy respetuosamente que se "afectara el remanente" a la celebración de unas misas por el eterno descanso del alma de Liza.

El funcionario que traía la carta no pudo añadir nada. Claramente se deducía, por las pocas palabras que pronunció, que Pavel Pavlovich había tenido que insistir fuertemente para hacerle aceptar la misión. La frase "los gastos que hubiera ocasionado la enfermedad" exasperó a Pogoreltsev, que evaluó los gastos del entierro en cincuenta rublos —no era posible impedir a un padre que costeara el entierro de su hija—, y quiso devolver incontinenti al señor Trusotskii los doscientos cincuenta restantes. Al fin, Claudia Petrovna decidió que, en lugar de devolvérselos, se le remitiría un recibo de la iglesia atestiguando que los doscientos cincuenta rublos habían sido consagrados a la celebración de oficios por el eterno descanso del alma de la niña. Recibo que en efecto fue entregado a Veltchaninov, quien lo envió por correo a Pavel Pavlovich.

Después del entierro, desapareció Veltchaninov. Dos semanas estuvo vagando por la ciudad, sin rumbo fijo, absorto, hasta el punto de tropezar por la calle con los transeúntes. A veces se pasaba el día entero echado en su diván, dando al olvido todo, hasta las cosas más elementales. Los Pogoreltsev, más de una vez le invitaron insistentemente; pero Veltchaninov prometía y luego no se acordaba. Claudia Petrovna vino un día en persona a verle; pero no le encontró en casa. Su abogado fue el único que consiguió dar con él: al fin su asunto parecía tocar a su desenlace; la parte contraria consentía en un arreglo; bastaba renunciar a una parcela insignificante de la propiedad. Sólo faltaba el consentimiento de Veltchaninov. Estupefacto quedó el abogado, al encontrar una indiferencia tan absoluta en el cliente meticuloso y turbulento de antes.

Habían llegado ya los días más calurosos de julio; pero Veltchaninov ni siquiera se daba cuenta de ello. Sufría, sin tregua, de un dolor acerbo como un absceso maduro. Le atormentaban de continuo ciertas ideas, que no conseguía ahuyentar. Su mayor pena era que Liza no hubiese tenido tiempo de conocerle, que hubiera muerto sin saber hasta qué punto era grande y encendida su ternura. El fin único de su vida, ese fin que había entrevisto en un momento de júbilo, se había sumido para siempre en las tinieblas. Ese fin que él había soñado, y en el que pensaba ahora sin cesar, era que Liza hubiese sentido en todo momento, durante todos los días de su vida, la ternura que él tenía por ella.

"¡Sí —meditaba a veces, con una exaltación desesperada—, sí; no hay en el mundo motivo más elevado de existencia! ¡Ninguno tan sagrado! Ayudado por mi amor a Liza, yo habría purificado y rescatado todo mi pasado absurdo e inútil; yo habría educado para la vida a un ser puro y bueno y a causa de este ser, todo me habría sido perdonado; hasta yo mismo me habría absuelto de todo…".

Estos pensamientos venían siempre acompañados de la visión clara, cercanísima y conmovedora de la niña muerta. Veía su pobre carita, tan pálida; veía su expresión. La veía en el ataúd, en medio de las flores; la veía sin conocimiento, devorada por la fiebre, con los ojos fijos, muy abiertos. Recordaba la emoción profunda que había experimentado al verla tendida sobre la mesa y recordaba haber observado que uno de sus dedos se había vuelto casi negro. La vista de aquel pobre dedito le había inspirado un violento deseo de buscar acto seguido a Pavel Pavlovich, para matarlo sin más explicaciones. ¿Era su dignidad humillada lo que había destruido aquel pobre corazón de niña, o bien aquellos tres meses de sufrimientos que le había hecho soportar su padre, el amor de pronto cambiado en odio, las palabras de desprecio, el desdén por sus lágrimas, y, por último, su abandono en manos de unos extraños…?

Todo aquello le volvía al espíritu, sin cesar, bajo mil formas distintas… "¿Sabe usted lo que Liza ¿ha sido para mí?". Recordó aquel grito de Trusotskii, y comprendió que no había sido un latiguillo, que su desgarramiento era sincero, y que acaso escondía una gran ternura. "¿Cómo habrá podido ese monstruo ser tan cruel con un ser al que adoraba? ¿Es creíble esto?". Pero siempre acababa por esquivar esta interrogación. Había en ella tan terrible elemento de incertidumbre, algo insoportable e insoluble.

Un día, sin saber él mismo cómo llegó al cementerio en que estaba enterrada Liza. Desde la tarde del entierro no había venido. Temía que el dolor fuera demasiado fuerte, y no se atrevía. Cosa extraña, después de haberse inclinado y besado la lápida que la cubría, se sintió menos oprimido el corazón. Era un espléndido atardecer; el sol se ocultaba ya en el horizonte; alrededor de la tumba crecía una hierba verde y lozana; muy cerca, zumbaba una abeja, revoloteando de agavanzo en agavanzo; las flores y las coronas que los hijos de Claudia Petrovna habían depositado sobre la tumba todavía estaban allí, medio deshojadas. Por vez primera desde hacía mucho tiempo, iluminó su corazón cierta esperanza. "¡Qué bien se está aquí!", pensó sintiéndose invadido por la paz del cementerio y contemplando el cielo claro y tranquilo. Sintió afluir una especie de alegría pura y fuerte, que le anegó el alma. "Liza es quien me envía esta paz; ella es quien me está hablando", pensó.

Era noche cerrada cuando salía del cementerio. Muy cerca de la puerta, a la orilla de la carretera, vio una casucha de madera que servía de taberna.

Las ventanas estaban abiertas de par en par. Las mesas estaban llenas de gente bebiendo. De pronto, le pareció que uno de ellos, que miraba por la ventana, era Pavel Pavlovich, que le había visto y le examinaba con curiosidad. Continuó su camino sin hacer caso; pero no tardó en oír pasos detrás, como de alguien que tratase de darle alcance. Era Pavel Pavlovich, en efecto. Sin duda, el aire pacífico de Veltchaninov le había dado ánimos. Le abordó, con ademán un tanto medroso, sonriendo, pero no con su sonrisa de antes, no. En aquel momento no estaba borracho.

—Buenas noches —dijo.

—Buenas noches —contestó Veltchaninov.

XI
PAVEL PAVLOVICH QUIERE CASARSE

Al mismo tiempo que contestaba "buenas noches" quedó sorprendido Veltchaninov de lo que experimentaba. Le parecía extraño ver ahora a este hombre sin la menor cólera, sintiendo hacía él algo distinto, como una veleidad de otros sentimientos.

—¡Hermosa noche! —dijo Pavel Pavlovich, mirándole bien en los ojos.

—¿Pero ¿no se había marchado usted? —repuso Veltchaninov, más en tono de reflexión que de pregunta, y sin detenerse.

—Ha habido dificultades; pero al fin he conseguido el destino con aumento de sueldo.

Seguramente me iré mañana.

—¿Que ha conseguido usted el destino? —dijo Veltchaninov, esta vez ya preguntando.

—¿Y por qué no? —replicó Pavel Pavlovich con una mueca.

—¡Oh!, por nada; lo decía por decir… —se excusó Veltchaninov frunciendo el entrecejo y mirando de soslayo a Pavel Pavlovich.

Quedó vivamente sorprendido al observar que el traje, el sombrero con su gasa negra y todo el exterior de Trusotskii eran incomparablemente más decentes que dos semanas antes. "Pero; a qué demonio se encontraba en esa taberna?", pensó.

—Tengo que participarle también otra buena noticia. Aléksieyi Ivanovich —añadió Pavel Pavlovich.

—¿Una buena noticia?

—Sí… me caso.

—¡Cómo!

—Tras el dolor, la alegría… ¡Así es la vida! Yo, con mucho gusto, Aléksieyi Ivanovich… pero temo… Usted, según parece, lleva prisa…

—Sí, sí, tengo mucha prisa, y además… no me encuentro nada bien.

Bruscamente se había apoderado de él un violento deseo de desembarazarse de Pavel Pavlovich.

Todos sus buenos propósitos se desvanecían.

—Pues sí; yo bien hubiera querido…

Pavel Pavlovich no acababa de decir lo que él hubiera querido. Veltchaninov seguía en silencio.

—En fin, otra vez será; si tengo el gusto de volver a verle…

—Sí, sí, otra vez —se apresuró a decir Veltchaninov, sin mirarle ni detenerse. Callaron un minuto. Pavel Pavlovich continuaba marchando a su lado.

—¡Bueno, hasta la vista! —dijo al fin.

—Hasta la vista; espero que…

Veltchaninov volvió a su casa, otra vez trastornado. El contacto de "aquel hombre" le era decididamente insoportable. Era más fuerte que él. Mientras se acostaba, preguntábase aún: "¿Qué estaría haciendo junto al cementerio?".

A la mañana siguiente, resolvió, al fin, ir a casa de los Pogoreltsev. Le costaba trabajo decidirse; toda simpatía, hasta la de ellos le era ya enojosa. Pero estaban tan inquietos de no verle, que no había más remedio que ir. De pronto, pensó que acaso le sería demasiado violento encontrarse de nuevo con ellos. "¿Qué hago? ¿Voy, o no voy?", reflexionaba, acabando de desayunar, cuando, con enorme asombro suyo, entró Pavel Pavlovich.

A pesar del encuentro de la víspera, aguardaba tan poco la visita de este hombre, y se quedó tan desconcertado, que le miró sin encontrar palabra que decirle. Pero Pavel Pavlovich no se azoró lo más mínimo. Le saludó como si tal cosa y se sentó en la misma silla en que había estado sentado la última noche, hacía tres semanas. Inmediatamente acudió el recuerdo de esta visita al espíritu de Veltchaninov que miró a su huésped con inquietud y repugnancia.

—¿Le sorprende a usted? —comenzó Pavel Pavlovich, notando la mirada de Veltchaninov.

Su actitud era más segura que la víspera, y al mismo tiempo se echaba de ver que se sentía más intimidado. Ya su exterior bastaba para llamar la atención. Iba vestido muy rebuscadamente, con chaqué, pantalón claro muy ceñido, chaleco de fantasía, guantes, unas gafas de oro, una camisa irreprochable, y todo él muy perfumado, con un no sé qué de ridículo extraño y desagradable.

—Sí, Aléksieyi Ivanovich —prosiguió, inclinándose—; mi visita le sorprende a usted; no trate de ocultarlo. Pero, a mi juicio, hay cosas que no pueden darse tan fácilmente al olvido, y de las que siempre subsiste algo… ¿No le parece a usted?, algo que está por encima de todas las eventualidades y todas las desavenencias posibles... ¿no le parece a usted?

—Mire usted, Pavel Pavlovich, le agradeceré que me diga rápidamente y sin frases lo que tenga usted que decirme —replicó Veltchaninov, frunciendo el ceño.

—Bueno; en dos palabras: me caso. Voy ahora a casa de mi futura, al campo. Quisiera que me hiciese usted el señaladísimo honor de permitirme que le presente en esa casa, y he venido a rogarle a usted, a suplicarle —y bajó la cabeza humildemente— que me acompañe.

—¿Acompañarle? ¿Adonde? —preguntó Veltchaninov, abriendo mucho los ojos.

—A su casa, al campo. Usted perdonará; me expreso mal, con una precipitación febril; pero ¡tengo tanto miedo de que vaya usted a negarse!

Y miraba a Veltchaninov con ojos suplicantes.

—¿Que quiere usted que yo le acompañe ahora a casa de su futura? —repitió Veltchaninov, estupefacto, sin dar crédito a sus oídos ni a sus ojos.

—¡Sí —dijo Pavel Pavlovich, tímidamente—. Por favor, Aléksieyi Ivanovich, no se enfade usted; no vea en ello un atrevimiento, sino sólo una súplica humildísima. Yo me había hecho ilusiones de que acaso usted no se negase.

—¡Imposible!   ¡Completamente   imposible!   —interrumpió Veltchaninov muy agitado.

—Tengo verdadero interés en ello —insistió el otro, en tono suplicante—, y no le ocultaré el motivo. Yo hubiera preferido decírselo a usted luego, pero le suplico, con la mayor humildad...

Y se levantó respetuosamente.

—¡Imposible! ¡Sea el que sea, usted mismo debe comprender que es imposible! —exclamó Veltchaninov, levantándose a su vez.

—¿Y por qué, Aléksieyi Ivanovich? No veo por qué va a ser imposible. Yo quería presentarle a usted. Se trata del señor Zakhlebinine, consejero de Estado.

—¡Cómo! —dijo Veltchaninov, con sorpresa. Era el consejero de Estado que él tratara inútilmente de ver dos meses antes, y que representaba en su pleito a la parte contraria.

—Lo que usted oye —contestó Pavel Pavlovich, sonriendo, como si la viva sorpresa de Veltchaninov le diese alientos—, lo que usted oye. El mismo con quien hablaba usted una vez que nos encontramos, y yo me paré a mirarle, ¿no se acuerda? Yo esperaba, para abordarle, que se fuera usted. Hemos sido colegas hace dos años; cuando me acerqué a saludarle, después que usted se fue, aún no tenía la menor idea… La idea se me ocurrió de pronto, hace ocho días.

—Pero, oiga usted, ¿no son gente "bien"? —preguntó Veltchaninov, ingenuamente.

—Sin duda, ¿y qué? —replicó Pavel Pavlovich, torciendo el gesto.

—¡Oh!, nada; no es que… pero me pareció notar, cuando estuve en su casa…

—Sí, ellos también se acuerdan de que usted estuvo en su casa —interrumpió Pavel Pavlovich, con una precipitación llena de regocijo—; sólo que no vio usted a la familia. El padre le recuerda perfectamente, y le tiene en gran estima. Yo le he hablado de usted en los términos más entusiastas!

—Pero ¿cómo es posible que habiendo enviudado hace nada más tres meses…?

—¡Oh!, la boda no se celebrará en seguida. Lo más pronto dentro de nueve o diez meses, que ya habrá terminado mi luto. Puede usted estar seguro de que todo marchará como sobre ruedas. Primero, Fedosieyi Petrovich me conoce desde la infancia, conoció a mi mujer, sabe cómo he vivido, cuál ha sido mi carrera; además, tengo cierta fortuna, acabo de obtener un destino con aumento de sueldo… En fin, que todo va bien.

—¿Y es su hija?

—Ya le contaré a usted todo despacio —dijo Pavel Pavlovich, con el tono más amable del mundo—. Permítame usted que encienda un pitillo. Por otra parte, usted mismo ha de verlo hoy. Aquí en Petersburgo, sabe usted, se acostumbra a evaluar la fortuna de los funcionarios como Fedosieyi Petrovich por la importancia de sus destinos. Pues bien, aparte de su sueldo y el resto —suplementos de todo género, gratificaciones, indemnizaciones por concepto de casa y comida, y lo que caiga—, no tiene un céntimo. Viven muy bien, hasta con lujo; pero con una familia tan numerosa no hay ahorro posible. ¡Figúrese usted: ocho hijas y un hijo pequeño! Si él se muriese ahora, no le quedaría más que una miserable pensión. ¡Y ocho hijas! ¡Figúrese usted! Sólo un par de zapatos para cada una, piense usted a lo que sube. Cinco de ellas ya son casaderas. La mayor tiene veinticuatro años (una muchacha preciosa, ya verá usted) ; la sexta tiene quince y está todavía en el colegio. ¡Cinco hijas a quienes buscar marido! Y lo antes posible, pues el padre tiene que llevarlas a sociedad, y figúrese usted lo que esto supone. Así que cuando yo me presenté como pretendiente, el padre, que me conocía desde hacía tiempo y sabía el estado de mi fortuna…

Pavel Pavlovich hablaba con una especie de embriaguez. Veltchaninov le interrumpió:

—¿Y es la mayor la que usted ha pedido?

—No… la mayor, no; he pedido a la sexta, la que está todavía en el colegio.

—¿Cómo? —exclamó entonces Veltchaninov, con una sonrisa involuntaria—. ¡Si acaba usted de decirme que tiene quince años!

—Quince años ahora; pero dentro de diez meses tendrá dieciséis, dieciséis y tres meses. ¡Una edad excelente…! Ella todavía no sabe nada. No sería prudente. Hemos convenido la cosa entre los padres y yo… ¿Qué, no le parece a usted todo perfectamente?

—Entonces, ¿no hay nada decidido?

—¿Decidido? Naturalmente; todo está decidido. ¿Verdad que es muy acertado?

—¿Y ella no sabe nada?

—Ni una palabra. Es decir, a ella no le han dicho nada; pero se debe sospechar algo —respondió Pavel Pavlovich, guiñando amablemente un ojo—. ¿Qué, me hará usted ese favor, Aléksieyi Ivanovich? —concluyó, muy humildemente.

—Pero ¿qué quiere usted que yo vaya a hacer allí? Además —añadió precipitadamente—, como de todos modos no iré inútil buscar razones que puedan decidirme.

—¿Aléksieyi Ivanovich…!

—Pero, vamos a ver, ¿cree usted que yo puedo ir a ningún sitio con usted? ¡Tenga usted un poco de sentido común!

Distraído un momento por la charla de Pavel Pavlovich, sentía que volvían a apoderarse de él su antipatía y su aversión. A poco más, le habría plantado en la calle. Estaba profundamente descontento de sí mismo.

—Vamos a ver, querido Aléksieyi Ivanovich, venga usted aquí, a mi lado, y no se agite, por favor —suplicó Pavel Pavlovich con voz lacrimosa—. ¡No, no! —añadió, contestando a un gesto resuelto de Veltchaninov—. ¡No, Aléksieyi Ivanovich, no se niegue usted así en redondo…! Veo que no me ha entendido usted bien. Ya sé que no podemos ser camaradas; no crea usted que soy tan tonto para no comprenderlo. El favor que le pido a usted ahora no le compromete lo más mínimo para el futuro. Yo me voy pasado mañana, para siempre, y todo quedará como estaba. Será un hecho aislado, sin consecuencias. Yo he venido a usted, confiando en la nobleza de sus sentimientos, que quizás los últimos sucesos han despertado en su corazón… Ya ve usted si le hablo con sinceridad. ¿Me dirá usted todavía que no?

Pavel Pavlovich estaba prodigiosamente agitado. Veltchaninov le miraba, con un asombro rayano en la estupefacción.

—Me pide usted un favor de tal naturaleza, y con tal insistencia, que forzosamente es para desconfiar. Necesito saberlo todo.

—El único favor que le pido a usted es que me acompañe. Al regreso se lo contaré a usted todo, como a un confesor. ¡Aléksieyi Ivanovich, fíe usted en mí!

Pero Veltchaninov persistía en negarse. Se negaba con tanta más tenacidad, cuanto que sentía crecer en él un mal pensamiento. Había germinado sordamente en él, desde el mismo momento en que Pavel Pavlovich empezara a hablarle de su futura. ¿Era una simple curiosidad o bien otro impulso, todavía obscuro? El caso es que sentía como una tentación de consentir. Mientras más crecía la tentación, más se obstinaba él en resistirle. Continuaba sentado, de codos en la mesa, pensativo, mientras Pavel Pavlovich insistía, suplicándole, acosándole con amabilidades y halagos.

—¡Bueno, está bien, iré! —exclamó, al fin. Veltchaninov levantándose, presa de una agitación casi enfermiza.

Pavel Pavlovich desbordó de satisfacción.

—¡De prisa, Aléksieyi Ivanovich; vístase usted corriendo!

Y daba vueltas a su alrededor, frotándose las manos de alegría.

"Pero ¿por qué tendrá tanto interés en que le acompañe? ¡Qué raro!", pensaba Veltchaninov.

—Además, Aléksieyi Ivanovich, es preciso que me haga usted otro favor: darme un buen consejo.

—¿Respecto a qué?

—¡Ah!, es una cuestión muy seria. Se trata de mi gasa negra. ¿Qué cree usted más procedente: quitarla o conservarla?

—Lo que a usted le parezca. —No, usted es quien tiene que decidir. ¿Qué haría usted en mi lugar? A mi juicio, el conservarla sería dar prueba de constancia en mis afectos, cosa que en cierto modo, no dejaría de favorecerme…

—Lo procedente y lo correcto es quitarla.

—¿Está usted seguro...? (Y Pavel Pavlovich quedó pensativo un momento.) Pues no, yo opino que sería mejor conservarla... —¡Como usted guste...!

"Bueno, desconfía de mí; esto va bien", pensó Veltchaninov.

Salieron. Pavel Pavlovich miraba con satisfacción a Veltchaninov, que, realmente, tenía un aire muy distinguido, y que, en aquel momento, le inspiraba una gran consideración y respeto. Veltchaninov iba, sin acabar de entender a su acompañante ni de comprenderse a sí mismo. Un coche muy lujoso les esperaba a la puerta.

—¿Cómo, había tomado usted un coche de antemano? ¿Tan seguro estaba usted de que yo le acompañaría?

—¡Oh¡, yo había tomado el coche para mí; pero estaba seguro de que usted cedería —contestó Pavel Pavlovich, con el acento de un hombre enteramente satisfecho.

—Oiga usted, Pavel Pavlovich —dijo Veltchaninov, un tanto nervioso, una vez ya en camino—; ¿no estará usted demasiado seguro de mí?

—Pero diga usted, Aléksieyi Ivanovich, ¿no será usted el que se figura que yo soy un imbécil? — contestó Pavel Pavlovich, gravemente, con voz fuerte.

"¿Y Liza?", pensó Veltchaninov. E inmediatamente rechazó esta idea, como un sacrilegio. Le pareció, de pronto que se conducía de un modo bajo y mezquino; le pareció que el pensamiento que le había tentado era un pensamiento vil y despreciable... Le acometió un violento deseo de plantarlo todo, y saltar del coche, aunque luego tuviera que librarse de Pavel Pavlovich a viva fuerza. Pero éste comenzó de nuevo a hablarle, y otra vez la tentación se adueñó de su corazón.

—Aléksieyi Ivanovich, ¿es usted entendido en joyas?

—¿Qué joyas?

—En diamantes.

—Pues naturalmente.

—Quisiera llevar algo. Aconséjeme usted: ¿es procedente o no?

—A mi juicio, no es necesario.

—Pero es que me gustaría tanto... Sólo que no sé qué comprar. ¿Debo comprar todo el aderezo, broche, pendientes y pulsera; o sólo una de las tres cosas?

—¿Cuánto quiere usted gastarse?

—Cuatrocientos o quinientos rublos.

—¡Demonios!

—¿Encuentra usted que es demasiado? —preguntó con inquietud Pavel Pavlovich.

—Compre usted una pulsera de cien rublos; es suficiente.

Pero esto no le satisfacía a Pavel Pavlovich. Quería algo más caro y, si era posible, un aderezo, completo. Como se mantenía firme en su idea, se dirigieron a una joyería.

Acabaron por comprar simplemente una pulsera, y no la que más gustaba a Pavel Pavlovich sino la que eligió Veltchaninov. Pavel Pavlovich quedó muy descontento cuando el joyero, que había pedido ciento setenta y cinco rublos, la dejó en ciento cincuenta. De buena gana habría dado doscientos; tal era su deseo de comprar algo caro.

—No hay inconveniente en que yo le haga ya regalos —se apresuró a explicar, en cuanto se hubieron puesto otra vez en camino—. No son gente del gran mundo, sino muy llana y muy sencilla… La edad de la inocencia es aficionada a los regalos —añadió con una sonrisa espiritual y regocijada—. Antes, cuando le dije que tenía quince años, usted se ha sorprendido, Aléksieyi Ivanovich. Pues justamente eso es lo que me atrae. Una muchachita que va al colegio, con el cartapacio debajo del brazo, y sus cuadernos, y sus plumas… ¡Je, je…! Eso es lo que me ha seducido. Yo, Aléksieyi Ivanovich, estoy por la inocencia. Lo esencial, para mí, es eso; mucho más que la belleza del rostro. ¡Ah, esas muchachitas que se ríen a carcajadas, en un rincón! ¿Y por qué, dirá usted? ¡Pues porque el gatito ha saltado a la cama desde la cómoda y ha ido rodando como una pelota! ¡Eso es ingenuidad, frescura, olor a manzanas recién cogidas…! Pero, dígame usted, ¿qué le parece: debo quitarme la gasa o no?

—¡Como a usted le parezca!

—¡Qué demonios; yo la quito!

Y cogiendo el sombrero, arrancó la gasa negra, que tiró en medio de la calle. Al volver a encasquetárselo en la cabeza calva, creyó ver Veltchaninov en sus ojos un claro rayo de esperanza.

"Pero, vamos a ver, ¿habrá algo de sincero en todo esto? ¿Qué significa, en el fondo, este empeño de llevarme consigo? ¿Tiene realmente la confianza que dice en la generosidad de mis sentimientos? (Y esta hipótesis le hacía casi el efecto de una ofensa). En fin de cuentas: ¿es un farsante, un memo, o un eterno marido? ¡De todos modos, sea lo que sea, va siendo ya intolerable!".

EN CASA DE LOS ZAKHLEBININE

Los Zakhlebinine eran en efecto, "gente bien", como dijera antes Veltchaninov, y Zakhlebinine ocupaba un alto puesto en la Administración. Lo que Pavel Pavlovich contara respecto a sus recursos económicos era igualmente exacto: "Viven con lujo, pero, si el padre se muriese, no les quedaría un céntimo".

El viejo Zakhlebinine recibió a Veltchaninov con una cordialidad perfecta. Pronto el "adversario" de antaño se trocó en un excelente amigo.

—Mi más cariñosa enhorabuena por el feliz término de su pleito —le dijo en seguida, con la mayor afabilidad—. Yo siempre fui partidario de una solución amistosa, y Pedro Karlovich (el abogado de Veltchaninov), desde este punto de vista, es un hombre precioso. Le corresponderán a usted sesenta mil rublos, que podrá percibir sin más trámites, ni moratorias ni molestias de ninguna clase. Mientras que, en caso contrario, todavía habría podido durar muy bien tres años el pleito.

Acto seguido, Veltchaninov fue presentado a la señora de Zakhlebinine, mujer ya madura y obesa, de facciones vulgares y ajadas. Luego, les tocó el turno a las muchachas, de una en una o de dos en dos. Eran un verdadero regimiento; Veltchaninov contó diez o doce; luego, cansado, renunció. Unas entraban, otras salían, acudían vecinas…

La casa de los Zakhlebinine era un caserón de madera, de un gusto bastante mediocre y un tanto estrambótico, constituido por varios cuerpos de edificio de épocas distintas. Rodeábalo un jardín, al que daban otras tres o cuatro villas; jardín común, que aprovechaban igualmente, y en la mejor armonía, todas las muchachas de la vecindad.

Desde las primeras palabras comprendió Veltchaninov que le esperaban y que su visita, en calidad de amigo de Pavel Pavlovich que deseaba ser presentado, era un acontecimiento. Pronto sus ojos, avezados a ello, desentrañaron en todo esto una intención particular. La acogida, excesivamente cordial, de los padres, una cierta manera de mirarle en las muchachas, lo compuestas que estaban (verdad que era día de fiesta), le hicieron sospechar inmediatamente que Pavel Pavlovich le había jugado alguna de las suyas, y que sin duda se había permitido respecto a él ciertas insinuaciones, que podían tomarse como preliminares, anunciándole como un hombre "de lo más distinguido", solterón, rico, cansado del celibato, y acaso dispuesto a sentar la cabeza y tomar estado, "sobre todo ahora, que acaba de entrar en posesión de esa herencia".

Algo de ello debía de haber en la mayor de las hijas, Catalina Fedosiéyevna la que tenía veinticuatro años, y que Pavel Pavlovich pintaba como una muchacha encantadora. Se distinguía de sus hermanas por el mayor esmero en la toilette y el peinado tan original que se había hecho con sus trenzas espléndidas. Sus hermanas y las muchachas de la vecindad parecían plenamente persuadidas de que Veltchaninov venía «por Katia». Sus miradas y algunas palabras a hurtadillas acabaron de convencerle de lo exacto de su hipótesis.

Catalina Fedosiéyevna era una muchacha alta, rubia, fuerte, de facciones extraordinariamente dulces y carácter evidentemente apacible, vacilante y dócil. "Es raro que una muchacha así no se haya casado aún —pensó, sin querer, Veltchaninov, contemplándola con un verdadero placer—. Verdad que no tiene dote, y que engordará muy de prisa, pero para eso hay aficionados a este granero de belleza"…

Las hermanas eran todas bonitas, y entre las amigas advirtió una porción de caras agradables y alguna hasta realmente preciosa. Todo esto no dejaba de complacerle; pero había venido ya en una disposición de ánimo muy particular.

Nadechka Fedosiéyevna la sexta, la colegiala, la futura de Pavel Pavlovich, se hacía esperar. Veltchaninov estaba impaciente por verla, cosa que a él mismo le sorprendió y hasta pareció un tanto ridícula. Al fin llegó, causando su entrada cierta sensación. Venía acompañada por una amiga, María Nikitichna, morenucha nada bonita, pero muy viva y graciosa, que indudablemente causaba verdadero terror a Pavel Pavlovich. Esta María Nikitichna, de veintitrés años de edad, risueña y traviesa era institutriz en una casa vecina. Hacía tiempo que los Zakhlebinine la trataban como si fuera de la familia y las muchachas la querían mucho. Nadia, sobre todo, no podía pasarse sin ella.

Desde el primer momento se dio cuenta Veltchaninov de que todas las muchachas, incluso las de la vecindad, estaban en contra de Pavel Pavlovich; y no llevaba Nadia un minuto en la habitación, cuando ya estaba él seguro de que también ella le detestaba. Convencióse igualmente de que Pavel Pavlovich no sospechaba lo más mínimo o no quería darse por enterado.

Nadia era, incontestablemente, la más bonita de todas las hermanas. Morena, un poco arisca al parecer, con un aplomo de nihilista: un diablejo, de ojos ardientes, de sonrisa deliciosa a veces un tanto picaresca, de labios y dientes admirables; esbelta y espigada, con una expresión altiva y resuelta y al mismo tiempo un no sé qué de infantil. Cada uno de sus pasos, cada palabra, iban diciendo que tenía quince años.

La pulsera tuvo escaso éxito; como que, más bien, produjo mal efecto. Pavel Pavlovich, en cuanto ella entró, se le había acercado, muy sonriente. Dio como pretexto "el enorme placer que había experimentado la otra vez oyéndola cantar, acompañada al piano, aquella preciosísima romanza"…

Se hizo un lío, no consiguió acabar la frase y se quedó parado, sin saber qué hacer, desconcertado, tendiendo el estuche, empeñado en dejarlo en manos de Nadia. Ésta se negó a aceptarlo, se ruborizó de confusión y de ira, retiró la mano y, volviéndose hacia su madre, que también parecía desconcertada, le dijo en voz alta:

—¡No quiero, mamá!

—Acepta y da las gracias —dijo el padre en tono tranquilo y severo, pero también muy descontento—. "¡Era inútil, realmente inútil" añadió por lo bajo a Pavel Pavlovich, de un modo muy significativo.

Nadia, resignada, tomó el estuche y, con los ojos bajos, hizo una reverencia, enderezándose vivamente, como movida por un resorte. Una de sus hermanas se acercó para ver la joya. Nadia le tendió el estuche sin abrirlo, en señal del poco caso que hacía de él. Sólo la madre se atrevió a decir tímidamente, que la pulsera era preciosa. Pavel Pavlovich hubiera dado cualquier cosa por meterse bajo tierra.

Veltchaninov sacó a todo el mundo del apuro.

Aprovechando la primera ocasión, empezó a hablar animadamente. A los cinco minutos, todos los presentes no tenían oídos más que para él. Veltchaninov poseía a conciencia el aire de la conversación, el arte de tomar un aire de convicción y candor, dando así a su auditorio la impresión de que él también los consideraba a ellos como personas convencidas y sin malicia. Sabía, cuando convenía, parecer el más alegre y feliz de los mortales. Tenía una rara habilidad para colocar en el momento oportuno una frase espiritual y mordaz, una alusión regocijante, un juego de palabras gracioso; todo ello con la mayor naturalidad, aparentando no darle importancia, aun cuando la cosa estuviese preparada de antemano, y aprendida de memoria y colocada por centésima vez, pero, en este momento, no precisaba recurrir a su arte; todo él se sentía en juego.

Se encontraba muy excitado, sintiendo con una certeza plena y triunfante que unos cuantos minutos le bastarían para tener fijas en él todas las miradas, para que toda aquella gente no escuchase más que a él, y sólo para él tuviera sonrisas. Y, en efecto, poco a poco, todo el mundo entró en la conversación, que él conducía con una maestría absoluta. Nadia le observaba a hurtadillas; bien claro se veía que estaba prevenida en contra suya, cosa que estimulaba aún más la locuacidad de Veltchaninov La maligna María Nikitichna había hecho correr, por cuenta suya, un rumor que dañaba a su prestigio, afirmando que Pavel Pavlovich le había hablado el día antes de Veltchaninov como de un amigo de la niñez, cosa que envejecía a este último en siete años largos. Pero, en este momento, la misma María Nikitichna participaba de la sugestión. Pavel Pavlovich, en cambio, ponía cara de idiota, dándose cuenta de lo que constituía la superioridad de su amigo. Al principio había parecido encantado de su éxito y, como los demás, había reído y tomado parte en la conversación; pero, poco a poco, fue cayendo en un ensimismamiento y, al fin, en una especie de tristeza, que se traslucía claramente en su semblante.

—¡Caramba, es usted el hombre más ameno que he conocido! —exclamó alegremente el viejo Zakhlebinine, levantándose para subir a su despacho, donde, a pesar de ser día festivo, le aguardaban legajos y papelotes—. ¡Y yo que le tenía por un hipocondríaco empedernido! ¡Cómo se equivoca uno!

Como había en el salón un piano de cola, Veltchaninov preguntó quién era la que tocaba, y se volvió de repente hacia Nadia.

—Pero usted canta, ¿verdad?

—¿Quién se lo ha dicho a usted? —contestó ella secamente.

—Pavel Pavlovich es quien lo decía antes.

—Pues no es cierto. Canto por cantar, en broma. No tengo ni un hilo de voz.

—Pues yo tampoco tengo voz y, sin embargo, canto.

—¿Quiere usted, entonces, cantarnos algo? Y yo, luego, le cantaré a usted también algo —dijo Nadia, rebrillándole los ojos—. Aunque no, ahora no; después de comer... Yo no puedo soportar la música —añadió—; ese piano me exaspera. ¡De la mañana a la noche no se hace aquí otra cosa que tocar y cantar! Katia es la única que sabe un poco.

Veltchaninov cogió la pelota al vuelo, y todos convinieron en que, efectivamente, Katia era la única que se ocupaba en serio de música.

Inmediatamente la rogó él que tocara algo. Todos parecieron encantados de que se dirigiese a Katia, y la madre se puso encarnada de satisfacción.

Levantóse Katia sonriendo y se dirigió al piano. Al sentarse, y sin saber por qué, se sintió enrojecer repentinamente. Se avergonzó de estar sonrojado así, como una chicuela, ella, una mujer de veinticuatro años y de alma bien templada… Y todo ello se reflejaba en su rostro, al sentarse a tocar. Tocó una piececita de Haydn, correctamente, sin expresión; pero se veía que estaba azorada. Al terminar, Veltchaninov hizo un gran elogio, no de ella, sino de Haydn y de aquella piececita. Ella experimentó una satisfacción tan visible, y escuchó con aire tan agradecido y tan contento el elogio que él estaba haciendo, no de ella, sino de Haydn, que Veltchaninov no pudo menos de mirarla más atenta y cordialmente. "¡La verdad es que eres una muchacha excelente!", decía su mirada. Y todos comprendieron su mirada, especialmente Catalina.

—¡Qué espléndido jardín tienen ustedes! —exclamó él dirigiéndose a todas y echando una ojeada hacia las puertas acristaladas de la terraza—. ¿Por qué no vamos todos al jardín?

—¡Sí, eso es! ¡Muy bien! ¡Al jardín!

Fue un grito de alegría, como si la proposición hubiera respondido al deseo de todos.

Bajaron, pues, al jardín, para esperar la hora de la comida. La señora de Zakhlebinine, que desde hacía un rato no pensaba más que en la siesta, se vio obligada a salir con todos, pero se detuvo prudentemente en la terraza, donde se sentó y quedó dormida inmediatamente. Una vez en el jardín, pronto Veltchaninov y las muchachas hicieron más amistades. De las villas vecinas salieron, para unirse a ellos, dos o tres jóvenes: uno de ellos estudiante, el otro todavía nada más que colegial. Ambos fueron en busca de la muchacha por la cual venían. El tercero era un mozo de veinte años, de aire sombrío, melena enmarañada y enormes gafas azules. Se puso a hablar en voz baja, muy de prisa, arrugando el ceño, con María Nikitichna y Nadia. Miraba de reojo severamente a Veltchaninov, y parecía tener verdadero empeño en adoptar con él una actitud extraordinariamente despectiva.

Algunas de las muchachas propusieron que se jugase. Veltchaninov preguntó a qué jugaban habitualmente. Le respondieron que a toda clase de juegos, pero con preferencia a los refranes. Se lo explicaron: todo el mundo se sienta, menos uno, que se aleja un momento; se elige entonces un proverbio cualquiera, y luego, después de haber hecho volver al que le toca adivinar, cada uno tiene que decirle por turno una frase que contenga una de las palabras del refrán, que el otro debe reconstruir íntegramente.

—¡Pues es muy divertido! —dijo Veltchaninov.

—¡Ca; es aburridísimo! —le contestaron simultáneamente dos o tres voces.

—También jugamos al teatro —dijo Nadia dirigiéndose a él—. ¿Ve usted este árbol tan grande rodeado de bancos? Los actores se ponen detrás del árbol, como si estuvieran entre bastidores, y salen uno por uno: el rey, la reina, la princesa, el primer galán. Cada uno sale cuando le parece, dice lo que se le ocurre y se marcha.

—¡Divertidísimo!

—¡Ca; es muy aburrido! Al principio, tiene cierta gracia, pero luego nadie sabe qué decir ni cómo acabar. Puede que con usted salga mejor… Nosotros creíamos que era usted amigo de Pavel Pavlovich, pero ya vemos que eran cosas de él. Me alegro de que haya usted venido… por una cosa —dijo mirando a Veltchaninov muy seriamente, con insistencia; y corriendo en seguida a reunirse con María Nikitichna.

—Esta noche jugaremos a los refranes —dijo en voz baja a Veltchaninov una de las amigas, que todavía no había abierto la boca y en la que apenas se había fijado—. Ya verá usted; nos reiremos de Pavel Pavlovich, y usted nos ayudará.

—¡Ya lo creo! ¡Qué bien ha hecho usted en venir! ¡Estamos aquí tan aburridas! —exclamó otra amiga, en quien tampoco se había fijado: una pelirroja, toda jadeante de la carrera que se había dado. Pavel Pavlovich cada vez se sentía menos a gusto. Veltchaninov estaba ya en la mejor armonía con Nadia. Ésta no le miraba ya de reojo, como antes; se reía oyéndole, brincaba, charlaba, y por dos veces le cogió una mano. Se sentía completamente feliz, y hacía el mismo caso de Pavel Pavlovich que si éste no estuviera presente. Veltchaninov estaba ya seguro de que existía un complot contra Pavel Pavlovich. Nadia, con un grupo de muchachas, había traído a Veltchaninov hacia un rincón del jardín; otro corro de amigas, con diversos pretextos, se llevaba a Pavel Pavlovich aparte; pero éste conseguía zafarse de ellas, y corría en derechura al grupo de Nadia y Veltchaninov, adelantando su cabeza calva y desconfiada para escuchar lo que decían. No tardó en prescindir de toda compostura, y sus gestos y ademanes eran a veces de una ingenuidad inconcebible.

Veltchaninov no pudo menos de observar atentamente a Catalina Fedosiéyevna. Ésta, a no dudar, se daba ya perfectamente cuenta de que él no había venido por ella, y que, en cambio, se interesaba en extremo por Nadia; pero su rostro seguía tan dulce y sosegado como antes. Parecía satisfecha de encontrarse entre ellos y de oír lo que decía el nuevo amigo, incapaz ella misma de intervenir hábilmente en la conversación.

—¡Qué excelente muchacha debe ser su hermana Katia! —dijo Veltchaninov en voz baja a Nadia.

—¿Katia? ¡No se puede ser mejor! ¡Es nuestro ángel, y yo la adoro! —contestó ella con fuego.

A las cinco llamaron para comer. Evidentemente habían hecho una porción de extraordinarios en honor del comensal, añadiendo al menú ordinario dos o tres platos selectos (uno de ellos tan selecto, que nadie pudo con él). Además de los vinos corrientes, sirvieron una botella de Tokai, y en los postres, con un pretexto cualquiera, abrieron una de champagne.

El viejo Zakhlebinine, después de haber bebido un poco más que de costumbre, se sentía lleno de animación, celebrando y riendo todo lo que decía Veltchaninov. Al fin, Pavel Pavlovich no pudo contenerse más. Quiso, él también, producir su efecto, y lanzó un chiste. Inmediatamente, al otro lado de la mesa, estalló una sonora carcajada.

—¡Papá, papá! —gritaron juntas dos de las niñas pequeñas—. ¡Pavel Pavlovich acaba de hacer un chiste!

—¡Ah, conque también él hace chistes! ¡Veamos; veamos el chiste! —dijo el anciano, volviéndose con agrado hacia Pavel Pavlovich, y sonriéndose familiarmente.

Costó cierto trabajo hacerle comprender en qué consistía el juego de palabras.

—¡Ah, muy bien, muy bien! —señaló, después que se lo explicaron—. ¡Ya otra vez le saldrá alguno mejor!

—¡Qué quiere usted, Pavel Pavlovich! ¡No se pueden tener todos los talentos a la vez! —observó en voz alta, y un tanto burlona, María Nikitichna—. ¡Santo Dios, se le ha atragantado una espina! — exclamó, precipitándose hacia él.

Se produjo un tumulto general, que es lo que ella quería. Pavel Pavlovich, después de su fracaso, quiso ocultar su confusión apurando su vaso, y se había atragantado; pero María Nikitichna afirmaba rotundamente que "era una espina, que estaba segura, y que no sería el primer caso de personas que hubiesen muerto por tragarse una espina".

—Hay que darle unos golpecitos en la espalda indicó una.

—Sí, sí, eso es —aprobó Zakhlebinine. Y se precipitaron sobre el infortunado. Todas: María Nikitichna, la pelirroja, y hasta la madre, toda asustada, rivalizaron en aporrearle las espaldas.

Pavel Pavlovich tuvo que levantarse y escapar. Cuando volvió, explicó largamente que no había sido una espina, sino un sorbo de vino que se le había atragantado. Entonces comprendieron que había sido una broma pesada de María Nikitichna. "¡Revoltosa!", quiso decir severamente la señora de Zakhlebinine; pero, sin poder contenerse soltó una carcajada, cosa desusada en ella y que también hizo su efecto.

Después de los postres salieron a tomar el café a la terraza.

—¡Qué días tan hermosos! —exclamó efusivamente el viejo, contemplando el jardín con ojos satisfechos—. Ahora, lo único que falta es un poco de lluvia… Vamos, me voy a descansar un rato. Que ustedes se diviertan. ¡Sí, hay que divertirse! —añadió, dándole una palmadita en el hombro a Pavel Pavlovich.

Mientras bajaban de nuevo al jardín alcanzó Pavel Pavlovich a Veltchaninov y le tiró de la manga.

—Un minuto, haga usted el favor —le murmuró en voz muy queda, con aire agitado. Tomaron por un sendero apartado del jardín.

—¡Lo que es aquí, no crea usted que voy a dejarle que… ah, no, no lo permitiré! —dijo, ahogándose de rabia y apretándole con fuerza el brazo.

—¿El qué; el qué? —preguntó Veltchaninov, abriendo mucho los ojos. Pavel Pavlovich le miró sin decir palabra con una sonrisa de cólera.

—Pero, ¿dónde se ha metido usted? Qué están ustedes haciendo ¡Ya estamos esperando! —gritaban las muchachas, impacientes.

Encogiéndose de hombros, Veltchaninov se dirigió hacia ellas. Pavel Pavlovich le siguió.

—Apuesto cualquier cosa a que le estaba pidiendo a usted un pañuelo —dijo María Nikitichna—. Ya la otra vez se olvidó del pañuelo.

—¡Siempre se olvida! —exclamó otra de las muchachas.

—¡Se ha olvidado el pañuelo! ¡Pavel Pavlovich se ha olvidado el pañuelo! ¡Mamá, Pavel Pavlovich se ha olvidado otra vez el pañuelo! ¡Mamá, otra vez está acatarrado Pavel Pavlovich! —gritaban todas.

—Pero ¿por qué no lo dice? ¡Es usted demasiado tímido, Pavel Pavlovich! —suspiró la señora de Zakhlebinine con su voz lánguida—. No se puede jugar con los catarros… Voy a mandar que le traigan en seguida un pañuelo… Pero ¿cómo es que está usted siempre acatarrado

—añadió, alejándose, encantada de un pretexto que le permitía volver a casa.

—¡Pero si tengo dos pañuelos y ni el menor asomo de catarro! —le gritó Pavel Pavlovich.

Pero ella no le oyó, y no había pasado un minuto cuando Pavel Pavlovich, que trataba de seguir a los demás y no perder de vista a Nadia y Veltchaninov, vio venir hacia él a una doncella, que le traía, toda jadeante, el pañuelo.

—¡Juguemos, juguemos, juguemos a los refranes! —gritaron todas, como si contasen divertirse una atrocidad con este juego.

Eligieron sitio, y todo el mundo tomó asiento. María Nikitichna fue la primera designada para quedarse. La hicieron alejarse lo bastante para que no pudiera oír, escogieron el refrán, y se distribuyeron las palabras. María Nikitichna volvió, y adivinó a la primera.

Luego le tocó el turno al joven de la melena enmarañada y gafas azules. Le enviaron todavía más lejos, junto a un pabellón, donde se estuvo con la nariz pegada a la pared. El joven cumplió su cometido con un airecillo de desdén altanero. Se hubiera dicho que se sentía un poco humillado. Cuando le llamaron no supo adivinar, y después de hacerse repetir dos veces las cosas y de haber meditado largamente, con gesto sombrío, tuvo que declararse vencido. El refrán en cuestión era el siguiente: "La oración a Dios y el servicio al zar nunca se pierden".

—¡Qué estúpido refrán! —murmuró el joven, despechado y molesto, volviendo a su sitio.

—¡Esto es un aburrimiento! —protestaron algunas voces.

Ahora le tocaba a Veltchaninov. Le llevaron más lejos todavía, y tampoco adivinó nada.

—¡Esto es un aburrimiento! —repitieron algunas voces, en mayor número.

—¡Bueno; ahora me toca a mí! —dijo Nadia.

—¡No, no; le toca a Pavel Pavlovich! —gritaron todos en coro.

Se lo llevaron hasta un extremo del jardín, plantándole en un rincón, con la cara contra el muro, y para que no pudiera volverse le pusieron de centinela a la pelirroja. Pavel Pavlovich, que había recobrado un poco de animación, quiso desempeñar su papel muy a conciencia, y allí se estuvo, derecho como un poste con los ojos fijos en el muro. La pelirroja le vigilaba, a veinte pasos de distancia, y hacía señales a los demás, en un estado de agitación extrema. Era evidente que esperaban algo con gran impaciencia. De repente, la pelirroja les hizo una señal, con los brazos en alto. En un abrir y cerrar de ojos todas echaron a correr, lo más de prisa que podían.

—¡Corra usted, corra! —dijeron a Veltchaninov diez voces, inquietas de verle inmóvil.

—Pero ¿qué pasa? ¿Qué es lo que ocurre? —preguntó él, echando a correr detrás de ellas.

—¡Psss! ¡No grite usted! Que se quede en su rincón, mirando a la pared, mientras nosotros nos vamos a otra parte. ¡Mire usted cómo Nastia echa también a correr!

Nastia, la pelirroja, corría que se las pelaba, agitando los brazos. Al cabo de unos instantes ya estaban todas reunidas en la otra punta del jardín, detrás del estanque. Cuando llegó Veltchaninov, vio que Catalina censuraba vivamente a sus compañeras, sobre todo a Nadia y a María Nikitichna.

—¡Katia, amor mío, no te enfades! —decía Nadia, besándola.

—Bueno; no diré nada a mamá, pero me voy, porque eso no está ni medio bien. ¡Qué pensará el infeliz, ahí contra el muro!

Se fue, pero las demás no compartieron su lástima ni sintieron remordimiento alguno. Antes bien, le rogaron insistentemente a Veltchaninov que estuviera como si tal cosa cuando viniese a buscarles Pavel Pavlovich.

—¡Y ahora juguemos todos a las cuatro esquinas! —gritó la pelirroja, encantada.

Lo menos un cuarto de hora tardó en reunírseles Pavel Pavlovich, que, efectivamente, se había estado más de diez minutos en su rincón, esperando que le llamasen. Cuando llegó, el juego estaba en su apogeo; todos gritaban y reían. Ciego de ira, Pavel Pavlovich se fue derecho a Veltchaninov, a quien cogió de un brazo.

—¡Un minuto, tenga usted la bondad!

—¡Vamos, otra vez con el minuto! —gritaron algunas de las muchachas.

—¡Todavía pide otro pañuelo! —contestaron otras.

—Esta vez ha sido usted… sí, es culpa suya…

Y Pavel Pavlovich, dando cliente con diente, no pudo proseguir.

Veltchaninov le invitó, muy cordialmente, a poner mejor cara y distraerse con ellos.

—¿No comprende usted que el darle bromas es porque está usted de mal humor, cuando todo el mundo está alegre?

Con gran asombro suyo, su consejo determinó en Pavel Pavlovich un cambio completo de actitud. Se calmó inmediatamente, hizo como si reconociera que había sido culpa suya, tomó parte en todos los juegos y al cabo de media hora ya había recobrado su alegría. En todos los juegos formaba pareja, cuando había lugar a ello, con la pelirroja o alguna de las Zakhlebinine. Y lo que acabó de asombrar a Veltchaninov es que ni una sola vez dirigió la palabra a Nadia, a pesar de estar casi siempre muy cerca de ella. Parecía aceptar su situación como cosa natural. Pero al anochecer volvió a presentarse ocasión de jugarle una trastada.

Se jugaba al escondite, estando permitido esconderse donde uno quisiera. A Pavel Pavlovich, que había conseguido ocultarse detrás de unos arbustos, se le ocurrió de pronto la idea de esconderse en la casa. Pero las muchachas le vieron y empezaron a gritar. Entonces él subió las escaleras de cuatro en cuatro hasta el entresuelo, donde recordaba un excelente escondrijo, detrás de una cómoda. Pero la pelirroja subió tras él, de puntillas, sin que él lo advirtiera y cerró con la llave la puerta del cuarto donde se había refugiado. Todos, como habían hecho antes, se fueron jugando más allá del estanque, al otro lado extremo del jardín. A los diez minutos Pavel Pavlovich, viendo que ya no le buscaban, asomó la cabeza a la ventana. ¡Nadie! Corrió a la puerta y la encontró cerrada. No se atrevió a llamar, por temor a causar alguna perturbación en la casa: por otra parte, los criados habían recibido la orden terminante de no aparecer por allí ni hacer caso de las voces de Pavel Pavlovich. Sólo Catalina hubiera podido socorrerle, pero ésta se había metido en su cuarto y echado a dormir un rato. Así estuvo cerca de una hora. Al fin, las muchachas se dejaron ver, pasando en grupos de dos o tres y como por casualidad.

—Pero ¿qué hace usted, Pavel Pavlovich, que no viene con nosotros? ¡Si usted supiese lo que nos hemos divertido! Estamos jugando al teatro y Aléksieyi Ivanovich hace de galán joven.

—¿Por qué no baja usted, Pavel Pavlovich? ¡Cuidado que es usted raro! —dijeron otras, pasando.

—¿Por qué raro? —preguntó de pronto la voz de la señora de Zakhlebinine, que acababa de despertarse y se decidía a dar una vuelta por el jardín, hasta la hora del té, para ver cómo jugaban "los chicos".

—¡Mírelo usted dónde está!

Y le señalaron la ventana por la que el otro asomaba la cabeza, con una sonrisa forzada, lívido de rabia.

—¡Qué ocurrencia, estarse encerrado cuando todo el mundo se divierte! —dijo la madre, sacudiendo la cabeza.

Durante este tiempo, Nadia le exponía, al fin, a Veltchaninov, la razón por la cual se había alegrado tanto de verle, y el importante asunto que la preocupaba. La explicación tuvo lugar en una avenida desierta. María Nikitichna había hecho una señal a Veltchaninov, que tomaba parte en todos los juegos y empezaba a aburrirse de firme, y le había conducido a aquel sitio, donde le dejó a solas con Nadia.

—Estoy completamente segura —comenzó a decir ésta con voz precipitada— de que no es usted tan íntimo de Pavel Pavlovich como éste dice. Usted es la única persona que puede prestarme un servicio de extraordinaria importancia. Mire usted: aquí está su pulsera —y sacó el estuche del bolsillo—; yo le suplico a usted muy encarecidamente que se la devuelva hoy mismo; pues yo no quiero volver a dirigirle la palabra en todos los días de mi vida. Naturalmente que puede usted decirle que es de mi parte, y le ruego a usted que añada que no se le vuelva a ocurrir hacer ningún regalo. En cuanto a lo demás, ya haré que se lo diga quien corresponda. ¿Quiere usted hacerme ese enorme favor?

—¡Por Dios, se lo suplico a usted, no me exija semejante cosa! —replicó Veltchaninov, casi con un grito de desesperación.

—¿Cómo? ¿Cómo? ¿Que se niega usted? —exclamó Nadia toda desconcertada abriendo de par en par los ojos y a punto de romper a llorar.

Veltchaninov sonrió.

—No vaya usted a creer que… Yo habría tenido mucho gusto… Pero no estoy en muy buenas relaciones con él, y…

—¡Ya sabía yo que no era usted amigo suyo, y que mentía! —interrumpió ella con volubilidad—. ¡Yo no seré jamás su mujer! ¡Jamás! ¡Ni siquiera sé cómo se ha atrevido…! ¡Pero es absolutamente preciso que le devuelva usted esta pulsera! ¿Qué quiere usted que haga, si no… Tengo verdadero empeño en devolvérsela hoy mismo. ¡Y que si me delata a papá, ya verá él lo que le ocurre!

En este instante surgió, de pronto, detrás de unas plantas, el joven de melena enmarañada y gafas azules.

—¡Es preciso que devuelva usted esa pulsera! —gritó a Veltchaninov, con una especie de rabia—. ¡Aunque sólo sea en nombre de los derechos de la mujer! Suponiendo que sea usted capaz de comprender la trascendencia de esta cuestión.

No tuvo tiempo de seguir. Cogiéndolo violentamente por un brazo, Nadia le rechazó lejos de Veltchaninov.

—¡Dios mío; cuidado que es usted tonto, Predposylov! —dijo—. ¡Váyase usted, váyase; y no vuelva a escuchar lo que se habla! ¿No le había ordenado que se mantuviera a distancia...

Y dio con el pie en tierra. Ya había desaparecido el otro, y continuaba ella caminando de arriba abajo, fuera de sí, con los ojos echando chispas y los puños crispados.

—¡No puede usted figurarse hasta qué punto son idiotas! —dijo, parándose en seco delante de Veltchaninov—. ¡Usted, ya sé que lo encontrará ridículo; pero no puede usted figurarse lo que esto supone para mí!

—¡Entonces, no es él? —preguntó Veltchaninov, sonriendo.

—¡Claro que no! ¿Cómo ha podido siquiera imaginarlo? —repuso Nadia, sonriendo también y ruborizándose—. Éste no es más que un amigo de él. Pero ¡qué modo de elegir amigos! No lo entiendo. ¡Todo el mundo dice que éste es un chico "de porvenir!". Nada, que no lo entiendo... Usted, Aléksieyi Ivanovich, es la única persona a quien puedo recurrir. Vamos a ver, dígame usted su última palabra: ¿le devolverá usted la pulsera, si o no?

—¡Bueno, como usted quiera! Se la devolveré; démela.

—¡Qué bueno es usted! —exclamó ella, radiante de alegría, tendiéndole el estuche—. Le cantaré a usted todo lo que quiera, durante toda la noche, si se le antoja. ¡Y no crea usted que lo hago mal! ¡Ca; le dije a usted una mentira al decirle que no me gustaba la música! ¡Ah, cuánto me alegraría de que volviese usted otra vez! Se lo contaría todo, todo; y también otra porción de cosas; porque usted es muy bueno, muy bueno... ¡tan bueno... como Katia!

En efecto, cuando volvieron a la casa para tomar el té. Nadia cantó dos romanzas, con una voz todavía poco educada, pero agradable y bastante extensa. Pavel Pavlovich estaba sentado con los padres, junto a la mesita del té, sobre la cual habían dispuesto un servicio antiguo de Sévres, alrededor de un inmenso samovar. Sin duda estaba habiéndoles de cosas extraordinariamente serias, ya que al día siguiente debía marcharse de Petersburgo para nueve meses, lo menos. No hizo, pues, el menor caso cuando volvieron del jardín las muchachas, y ni siquiera tuvo una mirada para Veltchaninov. Indudablemente, se había calmado, y no pensaba en quejarse de la mala pasada.

Pero en cuanto Nadia empezó a cantar se acercó al piano. Ninguna de las veces que la dirigió la palabra contestó ella; pero no por eso se desconcertaba. De pie tras ella, apoyado en el respaldo de su silla, parecía decir con su actitud que aquel sitio era suyo y que no lo cedería a nadie.

—¡Ahora le toca a Aléksieyi Ivanovich, mamá! ¡Aléksieyi Ivanovich prometió que cantaría! —gritaron a coro las muchachas, apretujándose alrededor del piano, mientras Veltchaninov tomaba asiento, muy seguro de sí, para acompañarse él mismo.

Los padres y Catalina Fedosiéyevna, que estaba con ellos sirviendo el té, se aproximaron. Veltchaninov escogió una romanza de Glinka, hoy casi olvidada:

Cuando llegue el momento feliz en que abras tus labios y me hables, más amorosa y tierna que una paloma...

Cantaba, vuelto hacia Nadia, que estaba en pie junto a él. Ya hacía tiempo que no le quedaba más que un resto de voz; pero este resto bastaba para probar que había debido cantar muy bien. Veinte años antes, siendo estudiante, había oído esta romanza de labios mismos de Glinka, en una cena artística y literaria ofrecida por un amigo del compositor. Aquella noche, Glinka había tocado y cantado sus obras predilectas. Apenas tenía ya voz; pero Veltchaninov recordaba el efecto extraordinario que había sacado de esta romanza. Un cantante de profesión nunca habría conseguido producir una impresión tan honda. En esta romanza, la pasión brota y se eleva con cada verso, con cada palabra; la gradación es tan intensa y tan sostenida, que la menor nota falsa, el menor desfallecimiento, que pasan inadvertidos en una ópera, quitan a la pieza todo su valor y alcance. Para cantar esta obrita, tan sencilla, pero tan extraordinaria, eran indispensables la sinceridad, la inspiración, una verdadera pasión, o, por lo menos, muy bien simulada. De otro modo, no era sino una romancita cualquiera, trivial y casi inconveniente, pues no es posible expresar con tal fuerza la tensión suprema de la pasión sin provocar repugnancia, a menos que la sinceridad y la sencillez del corazón lo salven todo. Veltchaninov recordaba el éxito que le había valido siempre esta romanza. Habíase apropiado en lo posible la manera de Glinka, y todavía ahora, desde la primera nota, desde el primer verso, una verdadera inspiración se apoderaba de su alma y fluía de su voz. A cada palabra, el sentimiento crecía en fuerza y en audacia; al final tuvo verdaderos gritos de pasión.

Mirando a Nadia, con los ojos inflamados, cantaba los últimos versos de la romanza:

Y ahora me miro con más osadía en tus ojos.

¡Acerco mis labios y, sin fuerzas para escuchar, quiero sólo besarte, besarte, besarte, quiero sólo besarte, besarte, besarte!

Nadia se estremeció de miedo y dio un paso atrás; sus mejillas se sonrojaron, y hubo como un relámpago que pasase de Veltchaninov a su rostro, alterado de turbación y casi de vergüenza. Los demás oyentes quedaron, a la vez, encantados y desconcertados. Todos parecían decir que, realmente, era excesivo cantar con tanto fuego; pero, al mismo tiempo, todos aquellos ojos juveniles brillaban y centelleaban. Tan radiante estaba el rostro de Catalina Fedosiéyevna, que Veltchaninov la encontró casi bonita.

—¡Preciosa romanza! —murmuró el viejo Zakhlebinine, un tanto cortado—. Pero… ¿no le parece a usted un poco… violenta? Sí, es muy hermosa, pero un poco violenta.

—Sí; es demasiado violenta… —quiso, a su vez decir la mujer.

Pero Pavel Pavlovich no le dio tiempo a concluir. Levantándose de un salto, como un loco, cogió a Nadia por un brazo, apartándola lejos de Veltchaninov, y se plantó resueltamente ante éste, mirándole con ojos extraviados y temblándole horrorosamente los labios.

—Un minuto, se lo ruego —pudo articular al fin.

Veltchaninov comprendió en seguida que, si tardaba lo más mínimo, aquel extravagante se dejaría llevar a extremos mucho más absurdos. Le cogió, pues, de un brazo, y sin cuidarse de la sorpresa de todos, se lo llevó a la terraza y bajó con él al jardín, que estaba ya casi a obscuras.

—Usted comprenderá que no puede quedarse aquí un momento más, ¿eh? —dijo Pavel Pavlovich.

—En absoluto. No veo por qué…

—¿Se acuerda usted —prosiguió Pavel Pavlovich, con rabia—, se acuerda usted de que en una ocasión me rogó que le dijera toda la verdad, toda, francamente, de cabo a rabo ¿Se acuerda usted? ¡Pues bien, llegó el momento…! ¡Vamos!

Veltchaninov reflexionó, miró otra vez a Pavel Pavlovich y, al fin, consintió en marcharse. Esta partida imprevista desoló a los padres y exasperó a las muchachas.

—¡Otra taza de té, cuando menos! —suplicó la señora de Zakhlebinine.

—Pero, en fin, ¿qué te pasa, que estás tan agitado? —preguntó el anciano a Pavel Pavlovich, que sonreía y callaba.

—Pavel Pavlovich, ¿por qué se lleva usted a Aléksieyi Ivanovich? —gimieron las muchachas, dirigiéndole furiosas miradas.

Nadia le miró tan duramente, que él hizo una mueca; pero no cedió.

—Pavel Pavlovich, en efecto, me ha hecho el favor de recordarme un asunto muy urgente, que yo olvidaba —exclamó Veltchaninov, sonriendo.

Estrechó la mano al padre y se inclinó ante la señora de Zakhlebinine y las muchachas, en particular ante Katia, cosa que fue notada, y comentada más tarde.

—Gracias por haber venido a vernos. Que no sea ésta la última vez. Todos nos alegraremos mucho, todos —dijo con insistencia el viejo Zakhlebinine.

—¡Oh, sí; todos nos alegraremos mucho! —repitió la madre calurosamente.

—¡Que vuelva usted, Aléksieyi Ivanovich que vuelva usted! —gritaban las muchachas, desde la terraza, mientras él subía al coche con Pavel Pavlovich.

Y una vocecita añadió, en voz más queda que las otras:

—¡Sí, que vuelva usted pronto, querido Aléksieyi Ivanovich!

—Ésa debe ser la pelirroja —pensó Veltchaninov.

XIII
HACIA QUÉ LADO SE INCLINA LA BALANZA

Pensaba todavía en la pelirroja, y no obstante el remordimiento y el disgusto de sí mismo le quemaban el corazón desde hacía rato.

Ni un solo momento, durante todo el día, tan divertido en apariencia, le había abandonado la tristeza. Antes de ponerse a cantar, no sabía ya cómo librarse de ella; quizás ésa era la razón de que hubiese cantado con tanto entusiasmo.

"¡Y yo, yo, he podido rebajarme hasta ese punto… olvidarme de todo!", pensaba.

Pero no tardó en poner coto a sus remordimientos. Parecíale humillante gemir sobre sí mismo; hubiera preferido cien veces desahogar inmediatamente su ira sobre otro cualquiera.

—¡Imbécil! —gruñó con cólera, mirando de reojo a Pavel Pavlovich, sentado junto a él en el coche, inmóvil y sin despegar los labios.

Pavel Pavlovich guardaba un obstinado silencio. Parecía replegarse sobre sí mismo, preparándose para el salto. De cuando en cuando, con gesto impaciente, se quitaba el sombrero para esponjarse la frente con el pañuelo.

—¡Está hecho una sopa! —gruñó Veltchaninov.

Sólo una vez abrió la boca Pavel Pavlovich, para preguntar al cochero si estallaría la tempestad.

—¡Ya lo creo! ¡Y que será buena! Por algo hemos estado achicharrándonos todo el día.

En efecto, el cielo se obscurecía, surcado por relámpagos, todavía lejanos. Serían las diez y media cuando llegaron a la ciudad.

—Le acompaño a usted —dijo Pavel Pavlovich, volviéndose hacia Veltchaninov, al llegar cerca de su casa.

—Ya lo veo. Pero le prevengo a usted que me siento realmente mal.

—¡Oh!, me iré en seguida.

Al pasar por la portería, Pavel Pavlovich se apartó un momento para hablar con Mavra.

—¿Qué ha ido usted a decirle? —le preguntó severamente Veltchaninov, una vez en el cuarto.

—¡Oh!, nada… que el cochero…

—¡Le advierto a usted que lo que es aquí no bebe!

El otro no contestó. Veltchaninov encendió una bujía. Pavel Pavlovich se instaló en una butaca.

Veltchaninov se plantó delante de él, muy ceñudo.

—Yo también le he prometido a usted decirle mi última palabra —dijo, con una agitación interior que a duras penas conseguía dominar—. Pues bien, oiga usted: estimo que todo ha terminado definitivamente entre nosotros, y que, por consiguiente, nada tenemos ya que decirnos… ¿Lo oye usted? ¡Nada! Así, que lo mejor es que tome usted el portante inmediatamente, y me deje en paz de una vez.

—¡Liquidemos cuentas, Aléksieyi Ivanovich! —repuso Pavel Pavlovich, mirándole fijamente y con gran dulzura.

—¿Cómo que "liquidemos cuentas"? —exclamó Veltchaninov, asombrado—. ¡Qué expresión tan rara…! ¿Y qué cuentas son ésas…? ¿Ah, conque ésa era la "última palabra", la revelación que me prometía usted antes?

—Justamente.

—¡Nosotros no tenemos cuenta alguna que liquidar! ¡Hace tiempo que todo está liquidado! —replicó Veltchaninov, con altanería.

—¿Sí? ¿Usted cree? —preguntó Pavel Pavlovich, con tono incisivo.

Y al mismo tiempo hacía el gesto extraño de juntar las manos y llevárselas al pecho.

Veltchaninov calló, y se puso a caminar de arriba abajo por el aposento. El recuerdo de Liza le llenó el corazón: fue como un llamamiento quejumbroso.

—Vamos a ver, ¿qué cuentas son ésas que quiere usted liquidar? —dijo, al cabo de un prolongado silencio, deteniéndose ante él, con la frente contraída.

Pavel Pavlovich no había cesado de seguirle con los ojos, sin separar las manos juntas del pecho.

—¡No vuelva usted allí! —rogó en voz casi imperceptible, suplicante. Y se levantó bruscamente de la silla.

—¿Cómo? ¿Sólo se trata de eso? —exclamó Veltchaninov, sonriendo malignamente—. ¡Caramba, me lleva usted hoy de sorpresa en sorpresa! —continuó con acento mordaz. Luego, bruscamente, cambió de actitud—. Escuche usted —dijo, con una expresión de tristeza y de profunda sinceridad—; creo que nunca, en ninguna ocasión, me he degradado hasta el punto que hoy: primero, consintiendo en acompañarle a usted; y luego, conduciéndome allí como me he conducido... ¡Todo ha sido tan mezquino, tan lamentable...! Me he envilecido y ensuciado, dejándome arrastrar... sin darme cuenta... Por otra parte —y se rehízo instantáneamente—, usted me cogió desprevenido; estaba enfermo, sobreexcitado... ¡En fin, no tengo por qué justificarme! No volveré a casa de los Zakhlebinine, y puede usted estar seguro de que nada me atrae a ella —concluyó, resueltamente.

—¿De veras? ¿Completamente de veras? —exclamó Pavel Pavlovich, transportado de júbilo. Veltchaninov le lanzó una mirada despectiva y volvió a pasearse por el cuarto.

—Por lo visto está usted decidido a ser otra vez feliz a toda costa, ¿eh? —no pudo menos de decir al fin.

—¡Naturalmente! —contestó Pavel Pavlovich, en un impulso de ingenuidad.

"Es un extravagante —pensó Veltchaninov—. Toda su maldad no es más que tontería. Pero, en fin, eso no es cuenta mía; y, de todos modos, no tengo otro remedio que odiarle... ¡aunque, en realidad, ni siquiera lo merezca!".

—¡Sabe usted, yo soy un "eterno marido"! —dijo Pavel Pavlovich, con una sonrisa sumisa y resignada—. Hace tiempo que conocía esa frase de usted, Aléksieyi Ivanovich. Sí, desde que nos conocimos en T... ¡Oh!, he retenido una porción de frases suyas de entonces. La otra vez, aquí, cuando habló usted del "eterno marido", le comprendí perfectamente. Entró Marra con una botella de champagne y dos copas.

—Usted perdonará, Aléksieyi Ivanovich; pero ya sabe usted que no puedo prescindir... No se enfade usted si me he permitido... Yo estoy muy por debajo de usted, y ya sé que no soy digno de su amistad...

—¡Bien, bien! —interrumpió Veltchaninov, con repugnancia—. Pero le aseguro a usted que me siento muy mal.

—¡Oh!, acabaré en seguida... cuestión sólo de un minuto —respondió el otro precipitadamente—. Una copa, una copita nada más; tengo la garganta... Y vaciando la copa de un trago, ávidamente, volvió a sentarse, mirando a Veltchaninov con una especie de ternura. Mavra salió.

—¡Qué asco! —murmuró Veltchaninov.

—Mire usted, la culpa es de sus amigas —empezó a explicar Pavel Pavlovich, súbitamente reanimado.

—¿Cómo? ¿El qué? ¡Ah, sí! Pero ¿sigue pensando usted en esa historia...?

—¡La culpa es de sus amigas! ¡Ella es aún tan joven! A esa edad no se piensa más que en hacer locuras y disparates, para reírse... ¿Y por qué? ¡Si está muy bien...! Más adelante será otra cosa. Yo me pasaré la vida a sus pies, mimándola de continuo; ella se verá considerada y respetada... Además, el trato de gentes, la sociedad... ¡En fin, ya tendrá tiempo de transformarse!

"¡Habrá que ir pensando en devolverle la pulsera!", pensaba Veltchaninov, preocupado, palpando el estuche en el fondo de su bolsillo.

—Decía usted antes que si estaba decidido a ser feliz otra vez a toda costa. ¡Pues sí, Aléksieyi Ivanovich! Por eso necesito casarme —prosiguió Pavel Pavlovich, con voz comunicativa, aunque un tanto trémula—. ¿Qué quiere usted que haga si no? ¡Ya lo está usted viendo...! —Y señalaba con el dedo la botella—. ¡Y eso que ésta no es sino la más insignificante de mis... cualidades! Yo no puedo materialmente vivir sin una mujer, sin un afecto, sin un ser al que adorar. Sí; adoraré, y seré salvo.

"Pero ¡a qué demonio me dice usted todo esto?", estuvo a punto de gritar Veltchaninov, que tuvo que hacer un esfuerzo para no romper a reír. Afortunadamente, pudo contenerse; habría sido demasiado cruel.

—Pero ¿acabará usted de decirme por qué me llevó allí casi a la fuerza? —preguntó—. ¿De qué podía yo servirle?

—Era para hacer una prueba —contestó Pavel Pavlovich, cortado.

—¿Qué prueba?

—Para ver el efecto que... Mire usted, Aléksieyi Ivanovich, hace poco más de una semana que yo voy allí en calidad de... (Y cada vez se le veía más emocionado.) Ayer, al venir aquí, pensé:

"Nunca la he visto delante de hombres; es decir, delante de otros hombres que yo...". Fue una idea estúpida; ahora lo comprendo. Era completamente inútil. Pero ¡qué se le va a hacer!, me encapriché en ello. ¡Culpa siempre de este maldito carácter!

Y al mismo tiempo levantó la cabeza y enrojeció.

"¿Será verdad todo eso?", pensó Veltchaninov, perplejo.

—Bueno, ¿y qué más? —dijo en voz alta.

Pavel Pavlovich sonrió, con una sonrisa afable y solapada.

—¡Nada; todo han sido niñerías! La culpa la tienen las amigas... Y usted tiene que perdonarme mi conducta tan estúpida con usted. Le aseguro que no volverá a suceder.

—A mí tampoco me volverá a suceder. No pienso poner allí más los pies —dijo Veltchaninov sonriendo.

—¡Perfectamente! Eso es lo que deseo.

—Pero yo no soy solo en el mundo; hay otros hombres —advirtió Veltchaninov, inclinándose hacia adelante.

Pavel Pavlovich tornó a ponerse muy colorado.

—Me lastima usted, Aléksieyi Ivanovich. Yo tengo en el mejor concepto a Nadechka Fedosiéyevna, y...

—Usted perdone; no lo decía con la menor intención... Lo que me extraña es que tenga usted tan alta idea de mis medios de seducción... y... que haya depositado usted en mí una confianza...

—Sí lo he hecho ha sido teniendo en cuenta todo lo ocurrido en otros tiempos.

—Entonces, ¿me considera usted todavía como un hombre de honor? —exclamó Veltchaninov, deteniéndose en seco ante él.

En cualquier otro momento, se hubiera aterrado de una pregunta tan cándida e imprudente.

—Nunca he dejado de tenerle a usted por tal —contestó Pavel Pavlovich, bajando los ojos.

—Sí, no faltaba más... No es eso lo que quería decir... quería preguntarle si no tiene usted ya la menor... la menor prevención...

—¡En absoluto!

—¿Y cuándo llegó usted a Petersburgo?

Veltchaninov no pudo menos de hacerle esta pregunta, aunque de sobra comprendía lo imprudente de su curiosidad.

—Cuando llegué a Petersburgo, le tenía también por el hombre más honorable del mundo. Yo siempre le he tenido a usted en gran aprecio, Aléksieyi Ivanovich.

Y Pavel Pavlovich, levantando los ojos, le miró frente a frente, sin la menor turbación.

Veltchaninov, de pronto, tuvo miedo. Por nada del mundo hubiera querido provocar él una ruptura.

—Yo le he querido a usted mucho, Aléksieyi Ivanovich —dijo Pavel Pavlovich, como si, de pronto, se decidiera—. Sí, yo le he querido mucho durante su estancia en T... Claro que usted no se daba cuenta —continuó, con una voz temblona, que espantó a Veltchaninov—; yo era muy poca cosa a su lado para que usted se fijase. Más vale así, después de todo. Durante estos nueve años me he acordado mucho de usted. ¡Ningún año tan feliz como aquél! —Y los ojos le rebrillaban singularmente—. He conservado una porción de frases e ideas de usted. Siempre le he recordado como a un hombre dotado de buenos sentimientos, culto, cultísimo, y muy inteligente. "Los grandes pensamientos provienen menos de un gran espíritu que de un gran corazón", dijo usted una vez. Usted quizás lo haya olvidado, pero yo lo recuerdo perfectamente. Siempre le he considerado a usted como un hombre de grandísimo corazón, y tal le he creído... a pesar de todo...

Le temblaba la barbilla. Veltchaninov se sentía aterrado. Era preciso, costara lo que costara, poner término a estas expansiones inesperadas.

—¡Basta! Se lo ruego, Pavel Pavlovich —interrumpió con voz sorda y estremecida—. ¿Por qué, por qué —y elevó súbitamente la voz hasta gritar— por qué cebarse así en un hombre enfermo, agotado, a dos dedos del delirio, y arrastrarlo así a todas estas tinieblas...? Cuando todo no es sino fantasmas, ilusión, mentira y vergüenza. Y lo más vergonzoso es que usted y yo, los dos, somos un par de hombres viciosos, embusteros y viles... ¿Quiere usted que le pruebe ahora mismo, no sólo que usted no puede quererme, sino que me odia usted con todas sus fuerzas, y que miente, puede que sin darse cuenta? Usted vino a buscarme y me llevó a esa casa, no por lo que usted dice de poner a prueba a su futura, ¡ni mucho menos! ¿Acaso puede ocurrírsele a nadie semejante idea...? No, usted me llevó allí para enseñármela, y decirme: "¿La ves? ¿Ves lo hermosa que es? ¡Pues será mía! ¡Ven por ella, ahora, si te atreves!"... ¡Fue un reto que me lanzó usted...! ¡Quién sabe! Es muy posible que ni usted mismo se diera cuenta de ello, pero ese fue el verdadero motivo… Y para que a uno se le ocurra semejante cosa, es preciso que haya odio. ¡Sí, usted me odia!

Corría por el cuarto, manoteando, gritando, y sintiéndose al mismo tiempo ofendido, humillado sobre todo a la idea de rebajarse así hasta Pavel Pavlovich.

—¡Yo quería hacer las paces con usted, Aléksieyi Ivanovich! —dijo de pronto el otro, con voz decidida, pero entrecortada, y temblándole la barbilla.

Un furor salvaje se apoderó de Veltchaninov, como si acabase de sufrir la más terrible de las injurias.

—¡Le repito a usted —aulló— que se ceba en un hombre enfermo, agotado, para arrancarle en su delirio no sé qué palabra que no quiere decirle…! ¡Fuera, fuera de aquí…! ¡Al fin y al cabo no somos de la misma clase! ¡Compréndalo usted de una vez! ¡Y además… además, hay entre nosotros una tumba! —concluyó, tartamudeando de rabia y acordándose de pronto.

—¿Y cómo puede usted saber…? —Y el rostro de Pavel Pavlovich se desencajó, súbitamente, poniéndose lívido—. ¿Cómo puede usted saber lo que esa tumba representa para mí, aquí dentro? — gritó, dirigiéndose hacia Veltchaninov y golpeándose el pecho con el puño, con un gesto ridículo, pero terrible—. ¡Ah, yo conozco esa tumba, y tanto usted como yo estamos al lado de ella; sólo que del mío hay más que del de usted, sí, mucho más…! —balbuceó como en delirio, golpeándose todavía el pecho—. ¡Sí, mucho más, mucho más…!

Un violento campanillazo les hizo volver bruscamente en sí. Tan fuerte llamaban, que parecía como si quisieran arrancar de golpe el cordón.

—¡En mi casa no se llama de ese modo! —exclamó irritado Veltchaninov.

—Pues en la mía no es —dijo entre dientes Pavel Pavlovich, que, en un abrir y cerrar de ojos, había recobrado su aspecto habitual.

Veltchaninov frunció el entrecejo y fue a abrir.

—¿El señor Veltchaninov, si no me engaño? —dijo desde la escalera una voz juvenil, sonora y perfectamente segura de sí misma.

—¿Qué desea usted?

—Sé con certeza —prosiguió la voz sonora— que en este momento se encuentra en casa de usted un tal Trusotskii, y necesito verle inmediatamente.

A Veltchaninov se le pasaron ganas de echar de un puntapié escaleras abajo al sujeto tan seguro de sí mismo, pero reflexionó, se apartó a un lado y le dejó pasar.

—Sí, aquí está el señor Trusotskii. Adelante…

XIV
SACHENKA Y NADECHKA

Entró en el cuarto. Era un muchacho de diecinueve años, acaso menos, tan joven parecía su semblante altivo y aplomado. Iba vestido con elegancia; por lo menos todo lo que llevaba le sentaba muy bien. Estatura poco más que mediana, cabello negro, largo y rizoso, y los ojos grandes, atrevidos y obscuros, que daban a su rostro una expresión singular. La nariz era un tanto ancha y remangada; sin ella, habría sido muy guapo. Entró dándose importancia.

—Sin duda, es el señor Trusotskii con quien tengo la ocasión de hablar —y recalcó con una satisfacción particular la palabra «ocasión», como dando a entender que no encontraba que esta conversación fuera para él ni un honor ni un gusto.

Veltchaninov empezaba a comprender y Pavel Pavlovich parecía sospechar algo, pues aunque se contuviese, en su rostro se reflejaba cierta inquietud.

—Como no tengo el honor de conocer a usted —respondió tranquilamente—, no creo que tengamos nada que decirnos.

—Escuche usted primero y luego podrá hablar lo que guste —dijo el joven, con un aplomo maravilloso.

Luego se puso unos lentes de oro que colgaban de un cordoncito de seda y examinó la botella de champaña que había sobre la mesa. Cuando la hubo contemplado suficientemente, volvióse de nuevo hacia Pavel Pavlovich, y dijo:

—Alejandro Lovob.

—¿Qué es eso de Alejandro Lovob?

—Soy yo. ¿No me conoce usted de nombre?

—No.

—¡Sí, realmente no sé cómo iba usted a conocerme! Vengo por un asunto muy importante, que le concierne en particular a usted. Pero, ante todo, usted permitirá que me siente. Estoy cansadísimo…

—Siéntese usted —dijo Veltchaninov.

Pero ya el joven se había sentado sin aguardar su indicación. A pesar del sufrimiento que le laceraba el pecho, Veltchaninov empezaba a interesarse por aquel joven descarado. En aquel rostro gracioso de adolescente había como un lejano parecido con Nadia.

—Siéntese usted —dijo el joven a Pavel Pavlovich designándole negligentemente, con un signo de cabeza, un asiento frente a él.

—No, gracias. Continúo de pie.

—Se cansará usted… Y usted, señor Veltchaninov, puede quedarse.

—No tengo ninguna razón para irme; estoy en mi casa.

—Como usted quiera. Por otra parte, me alegro que asista usted a la explicación que voy a tener con el señor. Nadechka Fedosiéyevna me ha hablado de usted en términos muy halagüeños.

—¿De verdad? ¿Y cuándo ha sido eso?

—En seguida de irse ustedes. De allí vengo. He aquí de lo que se trata, señor Trusotskii —dijo, volviéndose hacia Pavel Pavlovich y hablando entre dientes, cómodamente repantigado en su sillón—. Hace ya largo tiempo que Nadechka Fedosiéyevna y yo nos queremos, habiéndonos dado palabra de casamiento uno a otro. Usted ha venido a meterse de por medio, y yo vengo a invitarle a dejar el sitio. ¿Está usted dispuesto a retirarse?

Pavel Pavlovich se estremeció, palideció, y una sonrisa de maldad se dibujó en sus labios.

—De ningún modo —contestó rotundamente.

—¡Bueno, está bien! —dijo el joven, acomodándose mejor en el sillón y cruzando las piernas.

—Además, ni siquiera sé con quién hablo —añadió Pavel Pavlovich—. Y me parece que ya ha durado bastante la conversación.

Y al decir esto creyó conveniente sentarse.

—Ya le decía yo que se cansaría —observó indolentemente el joven—. Tuve la ocasión de decirle, hace sólo un momento, que me llamo Lovob, y que Nadechka Fedosiéyevna y yo nos hemos dado palabra de casamiento. Por tanto, no puede usted pretender, como acaba de hacerlo, que no sabe con quién habla. Tampoco puede usted opinar que no tenemos nada que decirnos. No se trata de mí; se trata de Nadechka Fedosiéyevna, a la que persigue usted de un modo indecente. Ya ve usted si hay materia de conversación.

Dijo todo esto entre dientes, como un petulante que se dignase apenas articular las palabras.

Cuando hubo terminado, volvió a calarse los lentes, y aparentó mirar atentamente algo indiferente.

—Usted dispense, joven... —exclamó Pavel Pavlovich, con voz vibrante.

Pero el "joven2 le paró en seco. —En cualquier otra circunstancia le habría prohibido en absoluto que me llamase "joven", pero en el caso de que se trata usted mismo reconocerá que mi juventud constituye precisamente, si se compara con usted, mi superioridad principal. Convendrá usted que hoy, por ejemplo al ofrecer la pulsera, habría usted dado cualquier cosa por tener siquiera un adarme más de juventud.

—¡Habráse visto desparpajo! —murmuró Veltchaninov.

—En todo caso, señor mío —repuso Pavel Pavlovich con aires de dignidad—; los motivos que usted invoca, y que por mi parte considero de un gusto muy dudoso y sumamente inconvenientes, no me parecen de tal naturaleza que puedan justificar esta conversación. Todo esto son chiquilladas y tonterías. Mañana iré a ver a Fedosieyi Semionovich; por el momento, le agradeceré a usted que nos deje en paz.

—¡Pero ve usted la dignidad de este hombre! —gritó el otro a Veltchaninov, perdiendo, al fin, su soberbia sangre fría—. ¡Le echan de allí, sacándole la lengua, y ni por ésas! Ya está pensando en ir a contárselo todo al padre. ¿Qué mejor prueba, hombre desleal, de que quiere usted obtener a la muchacha a viva fuerza, de que pretende usted comprarla a quienes ya la edad privó de todo juicio, y que se aprovechan de la barbarie social para disponer de ella a su antojo...? ¿No le ha dado ella a usted bastantes pruebas de su desprecio? Hoy mismo ¿no le ha mandado devolver a usted su estúpido regalo, esa pulsera ridícula...? ¿Qué más necesita usted?

—Nadie me ha devuelto ninguna pulsera... No es posible —dijo Pavel Pavlovich con un escalofrío.

—¿Cómo que no es posible? ¿Acaso no se la ha devuelto a usted el señor Veltchaninov?

"¡Que el diablo le lleve!", pensó Veltchaninov.

—En efecto —dijo en voz alta, con aire sombrío—; Nadechka Fedosiéyevna me encargó esta tarde que le devolviera a usted este estuche, Pavel Pavlovich. Yo no quería hacerme cargo de él, pero insistió tanto... Aquí lo tiene usted... Siento mucho que...

Y sacó del bolsillo el estuche, que alargó con aire confuso a Pavel Pavlovich boquiabierto.

—¿Por qué no lo había usted devuelto ya? —preguntó severamente el joven, volviéndose hacia Veltchaninov.

—No se había presentado ocasión —repuso éste malhumorado.

—Es raro.

—¿Qué?

—Que es raro. Usted mismo convendrá… En fin, quiero creer que todo esto no ha sido más que un olvido.

A Veltchaninov se le pasaron unas ganas atroces de darle un tirón de orejas al mancebo; pero, a pesar suyo, soltó una carcajada, que el joven acompañó con otra. Sólo Pavel Pavlovich no se reía. Si Veltchaninov hubiese advertido la mirada que les lanzó mientras ambos reían, habría comprendido que, en aquel instante, aquel hombre se transformaba en una bestia peligrosa… Veltchaninov no vio la mirada, pero comprendió que había que acudir en socorro de Pavel Pavlovich.

—Escuche usted, señor Lovob —dijo en tono amistoso—; sin prejuzgar el resto de la cuestión, en la que no quiero entremeterme, le haré observar a usted que Pavel Pavlovich, al pretender la mano de Nadechka Fedosiéyevna, tiene en su abono: primero, el consentimiento de esa honorable familia; segundo, una posición considerable; y por último, una buena fortuna; y que, por tanto, está en su perfecto derecho al sorprenderse de la rivalidad de un hombre como usted, admirablemente dotado quizá, pero, al fin y al cabo, tan joven, que nadie puede tomarlo en serio por un rival… Y que, por tanto, no deja de tener razón al rogarle que se dé por terminada la entrevista.

—¿Qué entiende usted por eso de "tan joven2? Tengo diecinueve años, cumplidos hace un mes, y desde hace tiempo la edad que exige la ley para el matrimonio.

—Sí, ¿pero qué padre se decidiría a confiarle, hoy, su hija, por muy destinado que estuviese usted a ser millonario el día de mañana, o un bienhechor de la humanidad? Un hombre a los diecinueve años apenas puede responder de sí propio y usted ¿no tendría inconveniente en cargar, tan tranquilo, con el porvenir de otro ser, tan niño o más que usted…? Vamos, vamos, reflexione usted, y verá que no puede ser… Si yo me permito hablarle así, es porque usted mismo hace un instante, me invocó como árbitro entre Pavel Pavlovich y usted.

—¡Ah!, ¿se llama Pavel Pavlovich? —exclamó el joven—. ¿Por qué se me habría figurado a mí que era Vassili Petrovich…? A decir verdad —y se volvió hacia Veltchaninov—, el discurso de usted no me ha sorprendido lo más mínimo. ¡Ya sabía yo que todos ustedes eran iguales!

¡Y eso que me habían hablado de usted como de un hombre bastante a la moderna… En fin, todo eso son vaciedades. Lo esencial es que yo, lejos de conducirme mal en todo este asunto, como usted se ha permitido decir, me he comportado inmejorablemente, así espero hacérselo comprender. Ante todo, ya le dije que nos hemos dado palabra de casamiento; además, yo le he prometido solemnemente, en presencia de dos testigos, que si algún día, después de casados, ella se enamorase de otro hombre o, por cualquier causa, se sintiese deseosa de romper conmigo, yo me reconocería, sin vacilar, culpable de adulterio, para procurarle un motivo de divorcio. Y no es esto todo: como hay que prever el caso en que yo me desdijese de mi promesa, y me negase a procurarle este motivo, el mismo día que nos casemos, para asegurar su porvenir, yo le haré entrega de un pagaré de cien mil rublos, a fin de que si a mí se me ocurriera hacerla frente faltando a mis compromisos, pudiese ella negociarlo en debida forma y llevarme a la cárcel. Ya ve usted que todo está previsto, sin comprometer el porvenir de nadie. Eso, en lo que se refiere al primer punto.

—Me apuesto cualquier cosa a que ha sido Predposylov el autor de esa combinación —dijo Veltchaninov.

—¡Je, je, je! —rio sarcásticamente Pavel Pavlovich.

—¿Qué es lo que tanta gracia le hace a este caballero…? Sí, señor, adivinó usted: es una idea de Predposylov; y usted reconocerá que ha sido un acierto. De este modo, nuestra absurda legislación nada puede en contra nuestra. Claro que yo estoy decidido a quererla siempre, y que ella se ríe de todas estas precauciones; pero, en fin, no podrá usted menos de reconocer que todo ello está hábil y generosamente combinado, y que no todo el mundo sería capaz de hacerlo.

—A mi juicio, el procedimiento no sólo carece de nobleza, sino que es a todas luces poco limpio.

El joven se encogió de hombros.

—No me sorprende lo más mínimo su opinión —dijo, después de una breve pausa—. Hace tiempo que han dejado de asombrarme estas cosas. Predposylov le diría a usted sin rodeos que su completa ininteligencia de las cosas más naturales proviene de que sus ideas y sentimientos han sido enteramente pervertidos por la existencia estúpida y ociosa que usted ha llevado… Así que es muy posible que ni siquiera nos comprendamos uno a otro. ¡Y eso que me hablaron de usted en muy buenos términos…! Pero ya cumplió usted los cincuenta, ¿verdad?

—Si le parece a usted, volvamos a su asunto.

—Perdone la indiscreción y no se ofenda. Era sin la menor intención. Continúo… Yo no soy, ni mucho menos, el futuro millonario que usted se complace en imaginar… ¡idea muy peregrina, por cierto…! Soy lo que usted ve; pero tengo una absoluta confianza en mi porvenir. Tampoco pienso ser un héroe ni un bienhechor de la humanidad, pero sí aseguraré la existencia de mi mujer y la mía… aunque, a decir verdad, no tenga en los momentos actuales ni un céntimo. Ellos, los padres de Nadechka, me educaron desde mi infancia…

—¿Y cómo eso?

—Soy hijo de un pariente lejano de la señora de Zakhlebinine. Al quedar huérfano, a los ocho años, me recogieron en su casa y, más tarde, me pusieron en el colegio. El padre es una excelente persona, puede usted creerme.

—Ya lo sé.

—Sí, sólo que ha envejecido mucho y está muy atrasado. Pero es una buena persona. Hace largo tiempo que yo me emancipé de su tutela, para ganarme la vida y no deber nada a nadie.

—¿Sí; desde cuándo? —preguntó Veltchaninov con curiosidad.

—Pronto hará cuatro meses.

—¡Ah, vamos; todo se explica ahora! Son ustedes amigos de infancia… ¿Y tiene usted algún destino?

—Sí, un destino provisional, en casa de un notario. Veinticinco rublos mensuales. Pero le diré a usted que cuando pedí su mano ni siquiera ganaba tanto. Estaba colocado en ferrocarriles, donde sólo me daban diez rublos… Pero, ya digo, esto es provisional.

—¿De modo que pidió usted su mano a la familia?

—Sí, con todos los requisitos; hace ya tiempo; lo menos tres semanas.

—¿Qué le contestaron?

—El padre comenzó por reír a carcajadas; luego, se puso furioso. Encerraron a Nadechka en un cuarto del entresuelo; pero ella se mantuvo heroica y no cedió. Por otra parte, si tuve tan poco éxito con el padre fue debido a que desde hace tiempo me la tiene guardada, por haber dejado un destino que me había procurado en su oficina hace cuatro meses, antes de entrar en ferrocarriles. Es un pobre anciano, imposibilitado por la edad. Todavía, en su casa, es una persona llana y encantadora; pero, en su oficina, no puede usted figurarse. ¡Ni un Júpiter! Yo le di a entender bien claramente que su manera de ser no me agradaba; pero el que encendió la mecha fue el segundo jefe, que tuvo la ocurrencia de ir a quejarse de que yo había estado grosero con él, cuando lo único que hice fue llamarle retrógrado. Les envié a paseo a los dos, y ya ve usted que ahora estoy en casa del notario.

—¿Tenía usted un buen sueldo en la oficina?

—¡Ca, era supernumerario…! El viejo era el que me daba lo que me hacía falta. Repito que es una excelente persona… Pero ¡caramba!; nosotros no somos gente para ceder… Claro que veinticinco rublos distan mucho de ser suficientes; pero cuento con que dentro de poco me encarguen de arreglar los asuntos del conde Zavileisky, que están muy embrollados. Entonces, para empezar, tendré tres mil rublos, que es más de lo que puede ganar cualquier hombre de negocios ya versado en la materia. Ya me lo están gestionando… ¡Diablo, qué trueno! Se avecina la tempestad; es una suerte haber llegado antes de que estallase. He venido a pie desde allí, corriendo casi todo el tiempo.

—¿Perdón; pero ¿cómo, si no le reciben a usted ya en la casa, ha podido hablar con Nadechka Fedosiéyevna?

—¡Pues por encima de la tapia…! ¿Se fijó usted en la pelirroja? —añadió sonriendo—. Pues bien, está de nuestra parte; y María Nikitichna también. ¡Y que no es lista que digamos María Nikitichna! Una verdadera serpiente… Pero ¿por qué hace usted esa mueca? ¿Es que tiene miedo a los truenos?

—No; me siento mal, muy mal…

Veltchaninov acababa de sentir una punzada en el pecho. Se levantó, poniéndose a caminar por el cuarto.

—Entonces, le estoy molestando… No se apure usted, me voy en seguida. Y el joven se levantó del sillón.

—No me molesta usted lo más mínimo; no es nada —contestó con mucha dulzura Veltchaninov.

—No es nada, como dice Kobylnikov cuando le duele el estómago… ¿Recuerda usted la novela

de Chtchedrine? ¿Le gusta a usted Chtchedrine?

—¡Sin duda!

—A mí también… ¡Bueno, Vassili… perdón, Pavel Pavlovich, acabemos de una vez! —continuó volviéndose muy amablemente, sonriendo hacia Pavel Pavlovich—. A fin de que comprenda usted mejor, le repetiré una vez más, con toda claridad, la pregunta: ¿consiente usted en renunciar mañana, oficialmente, en presencia de los padres y mía, toda pretensión respecto a Nadechka Fedosiéyevna?

—No consiento en nada absolutamente —exclamó Pavel Pavlovich, levantándose, lleno de impaciencia y de ira— y le ruego a usted, por última vez, que me deje en paz… Todo eso no son sino chiquilladas y tonterías.

—¡Tenga usted cuidado! —respondió el joven con una sonrisa arrogante amenazándole con el dedo—. No haga usted cálculos equivocados. Usted no sabe adonde podría llevarle un error semejante en esos cálculos. Le prevengo a usted que, dentro de nueve meses, cuando después de haberse gastado una porción de dinero y tomado un trabajo de todos los diablos, se encuentre de vuelta en Petersburgo, usted mismo se verá obligado a renunciar a Nadechka Fedosiéyevna; y si tampoco entonces renunciase tendría usted que atenerse a las consecuencias… Usted no sabe lo que le aguarda, si se obstina… Debo prevenirle a usted que en estos momentos está usted representando el papel del perro del hortelano, y usted perdone la comparación, ¡ni mío ni de nadie! Se lo repito caritativamente: reflexione, procure meditar seriamente, siquiera una vez en su vida…

—¡Le agradeceré a usted que me ahorre todas esas consideraciones! —gritó Pavel Pavlovich, enfurecido—. ¡Y en cuanto a esas confidencias comprometedoras, desde mañana mismo tomaré las medidas necesarias, medidas radicales!

—¿Confidencias comprometedoras? ¿Qué quiere usted decir con eso? Usted sí que es un indecente en pensar semejantes cosas. Bueno, aguardaré hasta mañana; pero si… ¡Caramba; otra vez empieza a tronar…! Hasta la vista; he tenido mucho gusto en haberle conocido — dijo a Veltchaninov.

Y se fue precipitadamente, con la esperanza de adelantarse a la tempestad y evitar la lluvia.

XV
LIQUIDACIÓN DE CUENTAS

Pero ¿ha visto usted? ¿Ha visto usted? —gritó Pavel Pavlovich a Veltchaninov, apenas hubo salido el joven.

—¡Sí; tiene usted poca suerte! —dijo Veltchaninov.

A no sentirse exasperado por el dolor creciente que le torturaba el pecho, no habría dejado escapar esta frase. Pavel Pavlovich se estremeció, como si hubiese recibido una quemadura.

—Bueno, y el papel de usted en todo esto, ¿cuál ha sido? Sin duda fue por lástima hacia mí que se encargó usted de la pulsera, ¿no?

—No tuve tiempo de…

—Sin duda porque me compadecía usted de todo corazón, como un verdadero amigo compadece a otro, ¿no?

—¡Pues sí, señor, le compadecía a usted! —exclamó Veltchaninov empezando a irritarse.

Sin embargo, le contó en pocas palabras cómo se había visto obligado a aceptar la pulsera, cómo Nadechka Fedosiéyevna le forzara a entremeterse en el asunto.

—Ya puede usted comprender que yo no quería encargarme de ella bajo ningún concepto. ¡Ya sin eso llevo sufridas bastantes molestias!

—¡Pero se dejó usted enternecer y aceptó! —dijo con una risita sardónica Pavel Pavlovich.

—Bien sabe usted que está diciendo una estupidez. Pero, en fin, hay que perdonarle… Ya ha podido ver usted, hace un momento, que no soy yo el que desempeña el papel principal en este asunto.

—¡Nada, nada, que se dejó usted enternecer! Y, sentándose, Pavel Pavlovich llenó su copa.

—¿Y usted se figura que, sin más ni más voy a cederle el sitio a ese mequetrefe? ¡Sí, sí; como no se lo ceda! Lo partiré en dos pedazos, lo mismo que una caña. Mañana iré a casa de Zakhlebinine y todo se pondrá en orden. Barreremos todas esas chiquilladas…

Vació su copa casi de un sorbo y se sirvió otra, sin preocuparse lo más mínimo de Veltchaninov.

—¡Je, je! ¡Nadechka y Sachenka! ¡Preciosos! ¡Je, je, je!

No podía contener ya su rabia. En esto estalló un trueno formidable, acompañado de relámpagos y de una lluvia torrencial. Pavel Pavlovich se levantó y fue a cerrar la ventana.

—Hace un momento le preguntaba a usted ese mocoso si tenía miedo a los truenos… ¡Je, je! ¡Veltchaninov tener miedo a los truenos…! ¡Y luego con su Kobylnikov! ¿Recuerda usted? ¡Sí, sí, Kobylnikov…! ¡Y que si tenía usted cincuenta años! ¡Je, je! ¿Recuerda usted? —preguntó Pavel Pavlovich, con aire burlón.

—Bueno, aquí se queda usted… —dijo Veltchaninov, que apenas podía hablar de dolores—. Yo voy a acostarme… Usted hará lo que tenga por conveniente.

—¡Caramba, ni a un perro se le echaría con un tiempo semejante! —gruñó Pavel Pavlovich, herido por la indicación y casi encantado de encontrar una ocasión de darse por ofendido.

—Bueno, pues quédese usted bebiendo. ¡En fin, pase usted la noche como guste! —murmuró Veltchaninov echándose en el diván y gimiendo lastimeramente.

—¿Pasar la noche aquí…? ¿No le da a usted miedo?

—¿Miedo? ¿De qué? —preguntó Veltchaninov, levantando bruscamente la cabeza.

—¡Qué sé yo! La otra vez me parece recordar que le entró a usted un miedo horrible…

—¡Es usted un imbécil! —gritó Veltchaninov, fuera de sí, volviéndose hacia la pared.

—¡Bueno, bueno, como usted quiera! —dijo condescendientemente Pavel Pavlovich.

Apenas se había echado el enfermo cuando se quedó dormido. Después de la sobreexcitación ficticia que le había mantenido en pie durante todo el día y que ya desde hacía algún tiempo le sostenía, sentíase débil como un niño. Pero el mal venció, dominando el sueño y la fatiga. No había pasado una hora cuando ya Veltchaninov se despertaba, incorporándose en el diván con ayes de dolor. La tempestad había cesado; el cuarto estaba lleno de humo de tabaco; la botella, vacía sobre la mesa, y Pavel Pavlovich durmiendo en el otro diván. Habíase acostado cuan largo era, sin quitarse el traje ni los zapatos siquiera. Los lentes se le habían resbalado del bolsillo y colgaban del cordoncito de seda, casi a ras del suelo. El sombrero había rodado por tierra, a poca distancia suya.

Veltchaninov le miró con mal humor y no quiso despertarle. Levantándose, se puso a caminar por el cuarto, incapaz de seguir acostado, gimiendo y pensando en su enfermedad con angustia.

Tenía miedo, y no sin motivo. Hacía largo tiempo que estaba sujeto a aquellas crisis, pero al principio sólo se producían con largos intervalos, al cabo de uno y hasta dos años. Sabía que tenían su origen en el hígado. Empezaban con un dolorcito en la cavidad del estómago o un poco más arriba; dolor sordo bastante leve, pero exasperante. Luego el dolor crecía, poco a poco, sin tregua, a veces durante diez horas, una tras otra, y acababa por adquirir tal violencia, por hacerse tan intolerable, que el enfermo creía morirse. Cuando la última crisis, un año antes, después de esta exacerbación progresiva del dolor, se había sentido tan aniquilado, que apenas podía mover la mano, a pesar de lo cual el médico sólo le permitió tomar durante todo el día un poco de té muy ligero y un pedacito de pan mojado en caldo. Las crisis sobrevenían producidas por motivos muy diversos, pero siempre después de conmociones nerviosas excesivas. Tampoco evolucionaban siempre de la misma manera. A veces, se conseguía cortarlas desde el principio, en la primera media hora, con la aplicación de simples compresas calientes. Otras veces, todos los remedios eran impotentes, y sólo se conseguía calmar el dolor, y eso a la larga, a fuerza de vomitivos. La última vez, por ejemplo, el médico había declarado más tarde que al principio creyó en un envenenamiento.

Todavía faltaba mucho para que amaneciese, y no quería mandar a buscar un médico a medianoche. Por otra parte, era poco amigo de médicos. Al fin, no pudo contenerse y gimió en voz alta. Sus quejidos despertaron a Pavel Pavlovich, que se incorporó en el diván espantado al ver a Veltchaninov correr como un loco por las habitaciones. El champaña que bebiera había producido de tal modo su efecto que aun tardó un buen rato en recobrar del todo su juicio. Al fin comprendió y se acercó a Veltchaninov, que balbuceó una respuesta.

—Eso es cosa del hígado. Yo he visto varios casos —dijo Pavel Pavlovich con una volubilidad sorprendente—. Piotr Kusmitch y Polosukhine tuvieron exactamente lo mismo, y era del hígado… Lo mejor son compresas calientes. Piotr Kusmitch se ponía siempre compresas… ¡Oh, puede uno morirse muy fácilmente! ¿Quiere usted que avise a Mavra?

—¡No vale la pena, no vale la pena! —dijo Veltchaninov, extenuado—. ¡No necesito nada!

Pero Pavel Pavlovich, sabe Dios por qué, estaba fuera de sí, tan trastornado como si se tratara de salvar a un hijo. Sin querer oír nada insistió vivamente: no había más remedio que poner compresas calientes y, además tomarse muy de prisa, de un trago, dos o tres tazas de té flojo, lo más caliente posible, casi hirviendo. Sin esperar el permiso de Veltchaninov, corrió en busca de Mavra, la trajo a la cocina, hizo fuego, encendió el samovar, Al mismo tiempo decidía al enfermo a acostarse, le desnudaba, le arropaba con una colcha; y al cabo de veinte minutos estaba hecho el té, y caliente la primera compresa.

—¡Ajajá! ¡No hay compresa mejor…! ¡Platos bien calientes, quemando! —exclamó, con un entusiasmo apasionado, aplicando sobre el estómago de Veltchaninov un plato envuelto en una servilleta—. No hay otras compresas a mano, y se tardaría demasiado en ir a buscarlas…

Además, yo le garantizo a usted que no hay nada mejor. Lo sé por experiencia, cuando Piotr Kusmitch… ¡Y que puede uno morirse muy fácilmente, sabe usted…! ¡Tenga, bébase ese té de prisa; tanto peor si se quema usted…! Se trata de salvarle a usted, y no de andarse con remilgos!

Empujaba a Mavra, que seguía casi dormida; cambiaba los platos cada tres o cuatro minutos. Después del tercer plato y la segunda taza de té hirviendo, que tomó de un trago, Veltchaninov se sintió bastante aliviado.

—¡Buen síntoma, cuando se consigue dominar el dolor! —exclamó Pavel Pavlovich. Y, todo contento, corrió a traer otro plato y otra taza de té.

—¡Que lleguemos a calmar completamente el dolor y verá usted! ¡Eso es lo esencial! —repetía a cada momento.

Al cabo de media hora, el dolor había desaparecido, pero el enfermo estaba tan extenuado que, a pesar de las súplicas de Pavel Pavlovich, se negó tenazmente a dejarse aplicar un «último platito». Los ojos se le cerraban de debilidad.

—¡Dormir! ¡Dormir! —murmuró con voz apagada.

—¡Sí, sí, ahora! —dijo Pavel Pavlovich.

—Acuéstese usted también… ¿Qué hora es?

—Van a dar las dos menos cuarto.

—Acuéstese usted.

—Sí, sí, ya me acuesto.

Un minuto después el enfermo llamó de nuevo a Pavel Pavlovich que acudió en seguida.

—Es usted… es usted… mejor que yo… Gracias.

—¡Duerma, duerma! —dijo en voz queda Pavel Pavlovich. Y volvió a su diván de puntillas.

Todavía le oyó el enfermo hacer con mucho tiento la cama, desnudarse, apagar la bujía, y acostarse a su vez, conteniendo el aliento, para no molestarle.

Veltchaninov debió dormirse, sin duda, en cuanto apagaron la luz. Más tarde lo recordaba perfectamente. Pero, en sueños, hasta el momento en que se despertó, le parecía que no dormía, ni conseguía dormirse a pesar de su extrema debilidad.

Soñó que deliraba, que no podía ahuyentar las imágenes que se agolpaban tercamente ante su espíritu, aunque teniendo plena conciencia de que sólo eran imágenes y no realidades. Reconocía toda la escena: su cuarto, lleno de gente, y la puerta, en la sombra, abierta de par en par. La muchedumbre invadía el cuarto, subía por la escalera en filas apretadas. En el centro de la habitación, junto a una mesa, había un hombre sentado exactamente lo mismo que en su sueño de hacía un mes. Lo mismo que entonces, el hombre continuaba sentado, de codos sobre la mesa, en silencio; pero esta vez llevaba un sombrero con una gasa negra. "¿Cómo? Entonces, ¿también era Pavel Pavlovich la otra vez?", pensó Veltchaninov; pero, al examinar el rostro del hombre taciturno, se convenció de que era otro. «Pero ¿por qué llevará una gasa negra?», caviló. La multitud se apretujaba en torno de la mesa, hablando y gritando. El tumulto era atroz. Aquella gente parecía más irritada contra Veltchaninov, más amenazadora, que en el sueño anterior. Tendían los puños hacia él, y gritaban a voz en cuello. Pero por más esfuerzos que hacía no llegaba a comprender qué gritaban ni que querían.

"¡Vamos, vamos, calma! Todo esto no es más que un delirio —pensó—. De sobra sé que no he podido dormirme, y me he levantado, y estoy en pie, porque no podía seguir acostado, a causa de los dolores…". Y, sin embargo, los gritos, la gente, los ademanes, todo, adquiría tal precisión, tal aire de realidad, que a veces se le ocurrían ciertas dudas. «¿Es realmente, una alucinación todo esto? ¿Qué me querrá toda esta gente, Dios mío? Pero… si esto no es un delirio, ¿cómo es posible que Pavel Pavlovich no se despierte con los gritos? ¡Pues el caso es que él sigue durmiendo ahí, en ese diván!»

Al fin sucedió lo que había sucedido en el otro sueño: todos refluyeron hacia la puerta y se precipitaron por la escalera; pero eran rechazados hacia el cuarto por una nueva muchedumbre que subía. Los recién llegados traían algo, algo grande y pesado, pues se oían resonar en la escalera los pasos dificultosos de los portadores, en medio de rumores y voces enronquecidas de gritar. En el cuarto, todos gritaron: "¡Ahí lo traen! ¡Ahí lo traen!" Todos los ojos lanzaron chispas y se clavaron, amenazadores, en Veltchaninov, mientras le señalaban violentamente la escalera. Ya no le cabía la menor duda de que todo aquello no era una alucinación, sino una realidad. Se alzó de puntillas para ver antes, por encima de las cabezas qué era lo que traían. El corazón le palpitaba hasta romperse… Y de pronto, exactamente como en el otro sueño, resonaban tres violentos campanillazos. Y de nuevo eran tan claros, tan precisos, que era imposible que no fuesen reales… Lanzó un grito, y se despertó.

Pero no corrió hacia la puerta, como la vez pasada. ¿Qué idea súbita dirigió su primer movimiento…? ¿Fue siquiera una idea lo que en ese momento le impulsó a obrar…? Fue, más bien, como si alguien le dijera al oído lo que había que hacer. Saltando rápidamente de la cama se precipitó hacia delante, en dirección al diván en que dormía Pavel Pavlovich, con las manos extendidas como para prevenir y rechazar un ataque. Sus manos tropezaron con otras manos, extendidas hacia él, a las que se aferró vigorosamente. Alguien estaba allí, en pie, frente a él. Las cortinas estaban corridas, pero la obscuridad no era completa; de la habitación contigua, que no tenía cortinas opacas venía una luz débil. De pronto, un dolor terrible le desgarró la palma y los dedos de la mano izquierda, y comprendió que había apretado con esta mano el filo de un cuchillo o de una navaja de afeitar En el mismo momento, oyó el ruido seco de un objeto que caía en tierra.

Veltchaninov era lo menos tres veces más fuerte que Pavel Pavlovich. Sin embargo, la lucha fue ruda, prolongándose cuatro o cinco minutos. Al fin, le derribó en tierra, juntándole las manos detrás de la espalda con objeto de atárselas. Mientras con la mano izquierda, mantenía firme al asesino con la otra buscó algo que pudiera servir de cuerda, el cordón de las cortinas, por ejemplo. Después de tantear largo rato, dio al fin con él y lo arrancó de un tirón. Él mismo se quedó sorprendido, luego, del vigor extraordinario que le había requerido este esfuerzo.

Durante aquellos minutos, ni uno ni otro dijeron una sola palabra. Únicamente se oía el jadear de ambos, y el ruido sordo de la lucha. Cuando consiguió atar las manos a Pavel Pavlovich, lo dejó echado en tierra se levantó, fue a la ventana y descorrió las cortinas. La calle estaba desierta; el día comenzaba a clarear. Abrió la ventana y descansó unos momentos, apoyado en el alféizar, respirando a pleno pulmón el aire fresco. Eran cerca de las cinco. Cerró de nuevo la ventana, fue al armario, cogió una toalla y se envolvió con ella sólidamente la mano, a fin de cortar la hemorragia. Vio a sus pies, sobre la alfombra la navaja abierta. La recogió, limpió y guardó en su estuche que había olvidado aquella mañana encima de una mesita que había al lado del diván donde durmiera Pavel Pavlovich. Luego, guardó el estuche en su escritorio, bajo llave. Por último, se acercó a Pavel Pavlovich, al que se quedó contemplando.

Éste había conseguido, a costa de grandes esfuerzos, levantarse y sentarse en un sillón. Estaba sin vestir y sin calzar, con la camisa manchada de sangre —sangre de Veltchaninov— en la espalda y las mangas.

No cabía duda que era Pavel Pavlovich, pero estaba irreconocible, a tal punto se le había descompuesto y desfigurado el rostro. Estaba sentado, con las manos atadas a la espalda, haciendo esfuerzos por mantenerse derecho, con todas las facciones convulsas y como devastadas, verde a fuerza de palidez. De cuando en cuando se estremecía. Miraba a Veltchaninov con ojos fijos, pero apagados, sin vista. De pronto, tuvo una sonrisa estúpida y extraviada, señaló con la cabeza la jarra de agua que había encima de la mesa, y tartajeó con voz débil:

—De beber…

Veltchaninov llenó un vaso y se lo acercó él mismo a los labios. Pavel Pavlovich sorbía el agua glotonamente. Al cabo de tres sorbos levantó la cabeza y miró muy fijamente, cara a cara, a Veltchaninov, que seguía en pie, con el vaso en la mano. Sin decir nada, volvió a beber. Cuando hubo terminado respiró profundamente. Veltchaninov cogió su almohada, su ropa, y pasó al otro cuarto, dejando a Pavel Pavlovich encerrado con llave. Los dolores del estómago habían desaparecido por completo, pero después del enorme esfuerzo que acababa de hacer, su debilidad era cada vez mayor. Trató de reflexionar en lo que había ocurrido, pero sus ideas no conseguían coordinarse. La sacudida había sido demasiado fuerte. Se amodorró, dormitando unos minutos. De pronto, se sintió sacudido por un temblor general y despertó. En seguida recordó todo. Levantando con precaución la mano izquierda, que seguía envuelta en la toalla, húmeda de sangre, se puso a reflexionar, presa de una agitación febril. Sólo un punto no le ofrecía duda alguna: que Pavel Pavlovich había querido positivamente degollarle, pero que acaso un cuarto de hora antes de la tentativa él mismo ignoraba lo que iba a hacer. Quizá al acostarse se fijara, sin premeditación alguna, en el estuche de las navajas, y luego el recuerdo de estas navajas obrase sobre él como una obsesión. (Generalmente, las navajas estaban guardadas bajo llave en el escritorio; la víspera, Veltchaninov las había sacado para usarlas, olvidándose luego de volverlas a su sitio).

"Si hubiese tenido la intención de matarme se habría provisto de un puñal o de una pistola. No era posible que contase con mis navajas, de las que aún no tenía la menor idea", pensó.

En esto, dieron las seis. Veltchaninov volvió en sí, y después de vestirse rápidamente se dirigió hacia el cuarto en que había dejado encerrado a Pavel Pavlovich. Mientras abría la puerta, se preguntaba, sin acertar a responder, cómo en lugar de encerrarlo no lo había echado acto seguido de su casa. Se sorprendió de verle ya vestido. El prisionero había conseguido soltar sus ataduras y estaba sentado en un sillón. Al entrar Veltchaninov se levantó. Tenía el sombrero en la mano. Su mirada turbia decía: "Inútil hablar; no tenemos nada que decirnos…".

—¡Váyase! —dijo Veltchaninov—. Coja usted su pulsera —añadió.

Pavel Pavlovich volvió hasta la mesa, cogió el estuche, lo guardó en el bolsillo y se dirigió hacia la escalera. Veltchaninov estaba en pie junto a la puerta, para cerrarla en cuanto saliera. Sus miradas se encontraron por última vez. Pavel Pavlovich se detuvo. Por espacio de cinco segundos se miraron frente a frente, bien en los ojos. Ambos parecían indecisos. Al fin, Veltchaninov le hizo una señal con la mano.

—¡Vayase! —añadió a media voz. Y cerró la puerta con llave.

XVI
ANÁLISIS

Un sentimiento de alegría inaudita, inmensa, le invadió por entero. Algo se desataba, concluía al fin. Le quitaban de encima un peso horrible, que desde hacía cinco semanas le aplastaba. Ahora se daba cuenta. Levantó la mano, contemplando largamente la toalla

manchada de sangre y murmuró:

—¡Sí; lo que es esta vez ya se acabó todo!

Y durante toda aquella mañana, por primera vez desde hacía tres semanas, apenas pensó en Liza, como si aquella sangre que corría de sus dedos heridos le hubiese también libertado de esta otra obsesión.

Ahora se daba perfecta cuenta del peligro terrible que le había amenazado. "Con esa clase de hombres —pensaba— nunca se sabe. Un minuto antes no saben si van o no a degollarle a uno, y luego, una vez que tienen un cuchillo entre las manos y sienten el primer chorro de sangre en los dedos, no se contentan con degollarle a uno, sino que tienen que cortarle la cabeza…".

No podía estarse quieto. A toda costa, era preciso que hiciera algo, inmediatamente, para evitar sabe Dios qué. Salió, vagando al azar por las calles, deseoso de encontrar a alguien con quien hablar, aunque fuese un desconocido.

Este deseo le sugirió la idea de ver a un médico que le hiciera la primera cura. Se dirigió, pues, a casa del médico amigo suyo.

Éste examinó la herida y le preguntó con curiosidad:

—¿Cómo ha podido usted hacerse esto?

Veltchaninov contestó con una chanza, se echó a reír y estuvo a punto de contarle todo, pero pudo contenerse. El médico le tomó el pulso y, al saber la crisis que había padecido aquella noche, le hizo tomar una cucharada de una poción calmante que tenía a mano. En cuanto a la herida, le tranquilizó:

—Esto no puede tener consecuencias.

Veltchaninov se echó a reír y declaró que ya las había tenido, y excelentes por cierto.

Otras veces, durante aquel mismo día, sintió tentaciones de contarlo todo. Una de ellas, a un señor completamente desconocido, a quien él fue el primero en dirigir la palabra en una pastelería.

¡Él, que siempre había detestado trabar conversación con personas desconocidas!

Entró en una tienda a comprar un periódico, y se dirigió a casa de su sastre, donde se encargó un traje. La idea de la visita a los Pogoreltsev continuaba seduciéndole poco. Apenas se acordaba de ellos; y, por otra parte, no podía pensar en ir tan lejos. Era absolutamente preciso que él estuviese en Petersburgo en espera sabe Dios de qué.

Comió con apetito, habló con el mozo y con su vecino de mesa, y bebió media botella de vino, sin pensar siquiera en la posible repetición de la crisis de la víspera. Estaba convencido de que en el preciso momento en que, después de hora y media de sueño, y a pesar de su extremada debilidad, saltó de la cama para luchar con su asesino, había desaparecido la enfermedad.

Sin embargo, al anochecer, la cabeza empezó a darle vueltas y en algunos momentos sentía invadirle algo muy parecido a su delirio de la noche anterior.

Al entrar en su casa, ya puesto el sol, casi sintió miedo. Sentíase oprimido y agitado. Recorrió varias veces toda la casa, habitación por habitación. Hasta miró en la cocina, donde nunca entraba.

"Aquí es donde anoche calentaron los platos", pensó. Cerró la puerta con cerrojo y, más temprano que de costumbre, encendió las bujías. Entonces recordó que hacía un momento, al pasar por la portería, había llamado a Mavra para preguntarle: "¿No ha venido Pavel Pavlovich en mi ausencia?", como si semejante cosa hubiera sido posible.

Una vez bien cerrada la puerta, sacó del escritorio el estuche de las navajas, y abrió la "de ayer" para examinarla. En el mango de marfil se veían aún algunas gotas de sangre. La guardó otra vez en su estuche, y éste en el escritorio. Deseaba dormir. Era preciso que se acostara en seguida. De otro modo, "mañana estaría hecho un trapo". Aquella mañana se le antojaba un día llamado en cierto modo a ser nefasto y "definitivo". Pero los mismos pensamientos que, durante todo el día, mientras vagaba por las calles, no le abandonaran un solo instante, invadieron tumultuosamente su espíritu enfermo, sin que él pudiera apartarlos ni poner orden en ellos. Y pensando, pensando, le era imposible dormirse…

"Dando por supuesto que se levantara a degollarme sin premeditación alguna —pensó, ¿no se le habría ocurrido nunca antes la misma idea, no habría soñado alguna vez con ella, en sus peores momentos?".

A esto encontraba una singular respuesta: "Pavel Pavlovich quería matarle, pero la idea del crimen no había acudido una sola vez al espíritu del futuro criminal". Es decir: "Pavel Pavlovich quería matarle, pero no sabía que quería matarle. "Es incomprensible, pero es así", pensó Veltchaninov. No era para buscar un destino, ni a causa de Bagautov por lo que había venido a Petersburgo… Aunque, una vez aquí buscase el destino, y no dejase en paz a Bagautov, y la muerte de éste le produjese tal sacudida… No, Bagautov le importaba un rábano. "Si vino aquí, y con Liza, fue por mí… Y yo, ¿esperaba yo lo que ha sucedido…?".

Se respondió resueltamente que sí, que se lo esperaba desde el día que le vio en coche, en el entierro de Bagautov:

"Sí, algo me esperaba yo, pero claro que esto no… de ningún modo que se le ocurriera cortarme el cuello…".

"Pero, vamos a ver, ¿sería sincero —continuó preguntándose, levantando bruscamente la cabeza de la almohada y abriendo los ojos— sería sincero todo lo que ese… loco me decía ayer de su ternura hacia mí, con la barbilla temblona y dándose golpes de pecho…".

"Sí, era perfectamente sincero —se contestó, ahondando aquel análisis desordenado—. Era lo bastante idiota y generoso para tomar afecto al amante de su mujer, cuya conducta encontrara tan irreprochable durante veinte años. Y durante nueve años me ha estimado, honrando mi recuerdo y conservando mis expresiones en su memoria. No es posible que ayer mintiera. ¿Acaso no me quería ayer, cuando me decía: "Liquidemos cuentas?". Sí, me quería odiándome; no hay cariño más intenso que éste…".

"Es posible que en T…, cuando nos conocimos, le hice una impresión extraordinaria, sí, extraordinaria hasta el punto de subyugarle. Con un ser semejante esto no tiene nada de particular. Porque en mi presencia se sentía tan insignificante, me hacía en imaginación cien veces mejor de lo que soy… Me gustaría saber con exactitud, qué era lo que en mí le hacía tanto efecto… Después de todo, puede que no fuera más que los guantes, y la manera de ponérmelos. Unos guantes son cosa más que suficiente para ciertas almas escogidas, sobre todo para ciertas almas de ′eternos maridos. El resto, se lo exageran, lo multiplican por mil; y si a uno se le antojase se pegarían por uno… ¡De qué manera admiraba mis medios de seducción! Es muy posible que eso fuera precisamente lo que le hizo más efecto… Y su exclamación, el otro día: ′¡También él! ¡Pero, entonces, ya no hay medio de fiarse de nadie…!′. Cuando un hombre ha llegado a ese punto, deja de ser un hombre, para convertirse en menos que una bestia…".

"¡Hm! Él vino a Petersburgo para ′abrazarme y que llorásemos juntos′, como declaraba con su aire socarrón; lo que quiere decir que venía para cortarme el pescuezo, creyendo venir para abrazarme y llorar… Y trajo a Liza consigo. Sí, eso es: si yo hubiese llorado con él, puede que, en efecto, me hubiese perdonado, pues tenía unas ganas tremendas de perdonarme. Todo ello se resolvió, desde nuestra primera entrevista, en enternecimientos de borracho, nimiedades grotescas y chillerías ridículas de mujer ofendida. Por eso vino borracho como una cuba; para poder hablar. En estado normal, seguro que nunca habría podido… ¡Y qué afición a la farsa y a todos los embelecos! ¡Qué alegría la suya cuando cometí la ridiculez de abrazarlo…! Sólo que él no sabía entonces si todo aquello acabaría con un abrazo o una puñalada… ¡Bueno; ya vino la solución! La mejor de todas, la única verdadera: el abrazo y la puñalada, ambas cosas a la vez. La solución más lógica, al fin y al cabo".

"Fue bastante necio para llevarme a ver a su futura… ¡Su futura, santo cielo! Sólo a un ente semejante podía ocurrírsele la idea de ′renacer a una vida nueva′ por ese medio. Sin embargo, tuvo sus dudas; necesitaba la alta sanción de su ídolo Veltchaninov. Era preciso que Veltchaninov le asegurase que el sueño no era sueño, que todo aquello era perfectamente real… Me llevó allí porque me admiraba infinito, porque tenía una confianza sin límites en la nobleza de mis sentimientos… y ¡quién sabe!, acaso porque esperaba que allí, debajo de los árboles, nos abrazaríamos y lloraríamos juntos, a dos pasos de su casta prometida… Sí, era inevitable que alguna vez, al fin, aquel 'eterno marido' se vengase de todo y para ello había cogido la navaja… sin premeditación, es cierto; pero el caso es que la había cogido… Vamos a ver, cuando me contó la historia de aquel Livtsov, ¿sería con alguna intención? El caso es que acabó por clavarle un cuchillo en el vientre; sí señor, el caso es que acabó por clavárselo, 'y en presencia del gobernador!'… ¿Tendría, efectivamente, alguna intención la otra noche, cuando se levantó y se acercó a mi cama? ¡Hm, vaya usted a saber…! Pero no, evidentemente fue para gastarme una broma. Se había levantado sin mala intención, y luego al ver que yo tenía miedo, se estuvo allí quieto, sin contestar, durante diez minutos, simplemente porque le hacía gracia que yo tuviese miedo de él… Es muy posible que en aquel momento se le ocurriera por primera vez la idea, mientras estaba allí, de pie, en medio de la obscuridad…".

"Pero, vamos a ver, si yo no hubiese olvidado ayer mis navajas de afeitar encima de la mesa… pues seguramente no habría ocurrido nada. ¡Evidentemente! ¡Si hacía ya tiempo que evitaba mi encuentro, si hacía más de quince días que no aparecía por aquí, de lástima que me tenía; si a quien él odiaba era a Bagautov y no a mí…! ¡Si anoche mismo se levantó para calentar los platos, esperando sin duda que el enternecimiento desviaría el cuchillo…! ¡Como que aquellos platos los calentaba más por él que por mí…!".

Largo rato aun trabajó su espíritu enfermo, tejiendo así en el vacío, hasta el momento en que se amodorró.

Despertó a la mañana siguiente con la cabeza tan dolorida como la víspera, pero presa, además, de un terror nuevo, inesperado…

Este terror provenía de la súbita convicción que había adquirido de que él, Veltchaninov, iría aquel mismo día, motu proprio, a casa de Pavel Pavlovich… ¿Por qué: ¿Con qué objeto? Nada sabía, nada quería saber; pero de lo que estaba seguro, es de que iría.

Su locura —no encontraba otro nombre— creció a tal punto, que acabó por hallar a esta resolución un aspecto razonable y un pretexto plausible. Ya, la víspera, se había visto obsesionado por la idea de que Pavel Pavlovich de vuelta en su casa, debía de haberse ahorcado, exactamente lo mismo que el comisario de que le hablara María Sysoevna. Esta alucinación de la víspera se había convertido, poco a poco, para él, en una certidumbre, absurda pero imposible de desarraigar…

"Pero ¿por qué demonios se habrá ahorcado ese idiota!", se preguntaba a cada momento. Recordaba las palabras de Liza… "Por otra parte, en su lugar, yo también me hubiese ahorcado…", pensó una vez.

Al fin, no pudo contenerse. En lugar de irse a comer, se dirigió a casa de Pavel Pavlovich. "Me contentaré con preguntar a María Sysoevna", se dijo. Pero apenas había llegado al portal, cuando se detuvo.

—¡Vamos, vamos! —exclamó todo confuso y furioso—. ¿Seré capaz de ir allí para "abrazarnos y que lloremos juntos"? ¿Será posible que me rebaje hasta ese punto, que caiga en una vergüenza e insensatez semejante?

La Providencia, que vela por los hombres de honor, le salvó de aquella "vergüenza e insensatez". Apenas había puesto el pie en la calle cuando se tropezó con Alejandro Lovob, que venía jadeante y sumamente agitado.

—¡Ah, justamente iba a casa de usted! Nuestro amigo Pavel Pavlovich…

—¿Se ha ahorcado? —murmuró Veltchaninov, con aire extraviado.

—¿Cómo ahorcado…? ¿Y por qué? —dijo Lovob, abriendo mucho los ojos.

—Nada… nada… no haga usted caso… creí que… continúe usted.

—¡Qué idea tan extravagante…! ¡Qué se ha de ahorcar! ¿Y por qué se iba a ahorcar? Al contrario, lo que ha hecho es marcharse. Acabo de dejarle en el tren… Pero ¡cuidado que bebe! ¡Una atrocidad! Se ha metido en el vagón cantando a voz en grito. Me dio recuerdos para usted… Vamos a ver, ¿usted qué cree? ¿Es un sinvergüenza?

Alejandro Lovob estaba sumamente sobreexcitado. Su rostro encendido, sus ojos relampagueantes y la lengua un poco torpe bastaban a demostrarlo. Veltchaninov se desternilló de risa.

—¡Ja, ja! ¡De modo que también ellos han acabado por fraternizar! ¡Ja, ja! ¡Se han abrazado y llorado juntos!

—Sepa usted que antes de marcharse ha ido también allá, y se ha despedido para no volver… Ha cantado de plano y nos ha delatado al padre, que ha mandado encerrar a Nadia en el entresuelo, sin hacer caso de sus lágrimas ni de sus gritos. ¡Pero no cederemos…! ¡Cuidado que bebe! ¿No se ha fijado usted? ¡Es un horror! No ha cesado de hablarme de usted… pero ¡qué diferencia de usted a él! Usted sí es un hombre distinguido, que siempre ha frecuentado la mejor sociedad… y si, ahora, se ha visto usted obligado a apartarse, ha sido por motivos económicos, ¿verdad?

—¡Ah!, ¿es él quien le ha contado a usted todo eso?

—Sí él ha sido; pero no se enfade usted. No hay motivo. Ser buen ciudadano vale mucho más que ser un hombre del gran mundo. Mi opinión, completamente personal, es que hoy, en Rusia, no sabe uno a quién estimar. Y usted convendrá que es una espantosa calamidad para una época, sea cual sea, no saber a quién estimar… ¿no es cierto?

—Certísimo… Pero ¿y él?

—¿Él? ¿Quién…? ¡Ah, sí…! ¿Por qué demonios diría: "Veltchaninov tiene cincuenta años, pero está arruinado?". ¿Por qué pero, y no y? Se reía a mandíbula batiente y lo ha repetido un sin fin de veces. Se subió al vagón cantando, y luego lloró… ¡Era una vergüenza, le digo a usted! ¡Hasta daba lástima ver a aquel hombre borracho…! ¡Ah, qué poco me gustan los imbéciles…! Y, para colmo, echaba dinero a los pobres por el eterno descanso de Liza… Era su mujer, ¿verdad?

—Su hija.

—Pero ¿qué tiene usted en esa mano?

—Me he hecho una cortadura.

—Eso no es nada; ya pasará… Ha hecho bien en irse, pero apostaría la cabeza a que se casará muy pronto en donde vaya… ¿no lo cree usted?

—¿Y qué? ¿No quiere usted también casarse?

—¿Yo? ¡Oh!, pero es muy distinto… ¡Si será usted raro! Lo que es, si usted tiene cincuenta años, él debe tener sesenta; y en esta materia hay que tener un poco de lógica, amigo mía… Además, debo decirle que, en otros tiempos, yo era un paneslavista furibundo, pero que ahora esperamos que la aurora venga de Occidente… Bueno, hasta la vista; me alegro mucho de haberle encontrado sin buscarle. No, no puedo subir a su casa; no me lo pida usted; imposible.

Y se alejó apresuradamente.

—¡Ah!, pero ¿dónde tendré la cabeza? —exclamó, volviendo sobre sus pasos—. ¡Pavel Pavlovich me encargó que le diera una carta! Aquí la tiene usted… ¿Cómo es que no fue usted a la estación?

Veltchaninov subió a su casa, y abrió el sobre.

Dentro no había una sola línea de Pavel Pavlovich; únicamente una carta de otra letra, que Veltchaninov reconoció en seguida. La carta era antigua; el tiempo había amarilleado el papel, y la tinta había palidecido. Estaba dirigida a él, con fecha de hacía diez años, dos meses después de su marcha de T…; pero no fue enviada. Natalia Vasilievna la había sustituido por la otra, por la que él recibió. Instantáneamente, Veltchaninov se dio cuenta de todo.

En aquella carta, Natalia Vasilievna le decía adiós para siempre —lo mismo que en la que había recibido—, y le declaraba que estaba enamorada de otro hombre, al que no había revelado que estaba encinta. Para consolarle, le prometía confiarle el hijo que iba a nacer, le recordaba los nuevos deberes que esto les impondría, viniendo también a sellar para siempre la amistad de ambos… En suma, la carta era muy poco lógica, pero decía con toda claridad que la dejase en paz con su amor. Por otra parte, le daba permiso para volver a T… dentro de un año, si quería conocer al niño… Luego, por lo visto, había reflexionado y, sabe Dios por qué, escrito la otra carta.

Veltchaninov palideció mientras leía. Se imaginaba a Pavel Pavlovich encontrando esta carta y leyéndola por vez primera, delante del cofrecillo de familia, el cofrecillo de ébano con incrustaciones de nácar.

"También él debió ponerse pálido como un muerto —pensó al observar su propia palidez en el espejo—. Sí, seguramente que, cuando la leyó debió cerrar los ojos, y luego abrirlos bruscamente, con la esperanza de ver convertida la carta en un simple papel en blanco… ¡Sí, tres veces seguidas, lo menos, debió de repetir la experiencia…!".

XVII
EL ETERNO MARIDO

Dos años después, un hermoso día de verano, se encontrabaa Veltchaninov en un tren, camino de Odessa, para visitar a un amigo. Esperaba, además, que este amigo le presentaría a una señora sumamente interesante, que desde hacía tiempo deseaba conocer más íntimamente.

Había cambiado mucho, o mejor dicho, ganado muchísimo en el transcurso de estos dos años. Apenas le quedaban rastros de su pasada hipocondría.

De todos los "recuerdos" que le atormentaron dos años antes, en Petersburgo, durante su interminable pleito, sólo le quedaba cierta confusión, cuando se ponía a pensar en aquella época de pusilanimidad y remordimientos enfermizos. Se consolaba diciéndose que aquel estado de ánimo no volvería a producirse y que nadie se enteraría jamás de ello.

Cierto que, en aquel entonces, había roto con todo el mundo, manteniéndose completamente aislado, y que sus conocidos no habían dejado de notarlo. Pero luego, había vuelto al trato de gentes con tan perfecta contrición, y se había mostrado tan sociable, tan seguro de sí mismo, que todos le perdonaron su deserción momentánea. Los mismos que habían dejado de saludarle fueron los primeros en reconocerle y tenderle la mano sin hacerle preguntas enojosas, como si hubiese tenido que dedicar todo aquel tiempo a asuntos personales, que a nadie más que a él concernían.

La causa principal de tan ventajosa transformación era, desde luego, el feliz término de su pleito. Le habían tocado sesenta mil rublos: poca cosa, evidentemente, pero mucho para él. De nuevo pisaba en un terreno firme; tenía la seguridad de que aquellos recursos no los malgastaría como los anteriores, y que le durarían hasta su muerte. "Ya pueden remover y trastornar a su antojo el edificio social, y vociferar hasta ensordecernos lo que gusten —pensaba en ocasiones, considerando las cosas extraordinarias y excelentes que en toda Rusia se estaban realizando— ya pueden cambiar los hombres y las ideas, que a mí se me importa un bledo; sé que hasta que me muera podré comer y cenar a mi gusto; el resto, allá los demás". Esta disposición de ánimo, burguesa y voluptuosa, había transformado poco a poco hasta su persona física. El histérico agitado de antes había desaparecido por completo, cediendo el sitio a un nuevo hombre, jovial, abierto y equilibrado. Hasta las arrugas inquietantes que apuntaran un momento alrededor de los ojos y en la frente casi se habían borrado, y su tez había vuelto a su antiguo sonrosado.

Estaba cómodamente instalado en un vagón de primera, acariciando con el pensamiento una idea deliciosa. A la estación siguiente había empalme con otra línea. "Puedo elegir, pues: si dejase la línea directa para torcer a la derecha, podría hacer una visita a una dama que yo sé, que acaba de llegar del extranjero y se encuentra allí en una soledad muy propicia para mí y muy aburrida para ella; distracción tan amena como la que me aguarda en Odessa; sin contar que siempre sería tiempo de continuar viaje a Odessa…". Vacilaba todavía, sin acabar de decidirse, en espera de una inspiración repentina. Pero la estación se aproximaba, y la inspiración no venía.

El tren paraba en aquella estación cuarenta minutos, y la cena estaba ya servida en el restaurant. A la puerta de la sala de espera de primera y segunda clase había un tumulto de gente que se empujaba y atropellaba para ver mejor. Sin duda había ocurrido algo; probablemente, un escándalo. Una señora, que acababa de bajar de un vagón de segunda, muy bonita, pero demasiado compuesta para ir de viaje, tiraba con todas sus fuerzas de un oficial de caballería, joven y muy apuesto, que trataba de zafarse de ella. En seguida se advertía que el oficial estaba completamente borracho, y que la dama, probablemente parienta suya, y poco mayor que él, le impedía ir a la cantina para seguir bebiendo. En eso, tropezó el oficial con un joven comerciante, igualmente borracho, que venía en sentido contrario. Hacía dos días que el joven comerciante no salía de la estación, ocupado en beber y tirar el dinero en compañía de unos amigos, sin pensar en proseguir viaje. Se cruzaron palabras gruesas; el oficial gritaba, vociferaba el comerciante; la dama, desesperada, trataba de poner fin a la disputa, tirando del oficial y diciéndole con voz suplicante:

—¡Mitenka! ¡Mitenka! —cosa que el joven comerciante encontró "asquerosa".

Todo el mundo se reía a carcajadas, pero él se juzgaba profundamente herido en su dignidad.

—¿Conque ésas tenemos? ¡Mitenka! ¡Mitenka! —gritó, imitando la voz aguda y suplicante de la dama—. ¡Y no le da a usted vergüenza, delante de todo el mundo?

La dama se había dejado caer sobre una silla, consiguiendo que el oficial se sentara junto a ella. El joven comerciante se les acercó dando traspiés, les contempló con aire de desprecio y aulló un insulto.

La dama lanzó gritos desgarradores; mirando en torno suyo, con angustia, si no habría nadie que acudiese en su defensa, toda avergonzada y aterrada. Para colmo, el oficial se levantó de su silla, vociferando amenazas, quiso arrojarse sobre el comerciante, resbaló, y volvió a caer sentado sobre la silla. Aumentaron las risas, pero a nadie se le ocurrió salir en defensa de ellos.

Veltchaninov fue el salvador. Cogió al comerciante por el cuello de la chaqueta, le hizo dar dos vueltas sobre sí mismo, y de un empellón lo envió rodando a diez pasos de la dama. Esto puso punto final al escándalo.

El joven comerciante, súbitamente calmado por la sacudida y la inquietante estatura de Veltchaninov, se dejó conducir por sus amigos. El aspecto imponente de aquel señor tan elegante hizo tal efecto, que todas las risas cesaron. La dama, toda colorada, con los ojos llenos de lágrimas, le expresó efusivamente su gratitud. El oficial tartamudeó: "¡Gracias! ¡Gracias!", y quiso tender la mano a Veltchaninov, pero, cambiando de idea, se acostó sobre dos sillas y le tendió los pies.

—¡Mitenka! —gimió la dama, con un gesto de horror.

Veltchaninov se sentía muy satisfecho de la aventura y de su desenlace. La dama le interesaba. Indudablemente, se trataba de una provinciana acomodada, vestida sin gusto, pero con coquetería, de modales un poquitín cursis. En fin, todo lo necesario para hacer concebir esperanzas a un Don Juan de Petersburgo.

Trabaron conversación. La dama, con mucha animación, le contó toda la historia, quejándose de su marido, "que había desaparecido de repente y era la causa de todo... Siempre desaparecía en el preciso momento en que se le necesitaba...".

—Ha ido... —tartamudeó el oficial.

—¡Vamos, vamos! ¡Mitenka! —interrumpió ella, suplicante.

"¡Bueno! ¡Cuidado con el marido!", pensó Veltchaninov.

—¿Cómo se llama? —preguntó en voz alta—. Puedo ir a buscarle.

—Pa... Pa... Pa... lich —farfulló el oficial.

—¿Se llama su marido de usted Pavel Pavlovich? —preguntó Veltchaninov con curiosidad.

En el mismo momento, la cabeza calva que tanto conocía, surgió entre él y la dama. Instantáneamente, tuvo la visión del jardín de los Zakhlebinine; de aquellos juegos inocentes, de aquella insoportable cabeza calva que sin cesar se interponía entre Nadechka Fedosiéyevna y él.

—¡Vamos; ya era hora! —exclamó la dama con sorna.

Era Pavel Pavlovich en persona, que se quedó mirando a Veltchaninov con terror y asombro, petrificado, como a la vista de un fantasma. Tal era su estupefacción que, durante un buen rato, no oyó ninguno de los violentos reproches que su mujer le dirigía con lengua singularmente expedita. Al fin comprendió, vio lo que le amenazaba, y se echó a temblar.

—Sí, es culpa tuya; y este caballero —continuaba ella, señalando a Veltchaninov—, ha sido, realmente, nuestro ángel salvador, mientras que tú... tú, siempre que se te necesita, desapareces...

Veltchaninov soltó una carcajada.

—¡Pero si somos antiguos amigos, amigos de infancia! —exclamó mirando a la dama, toda sorprendida, y poniendo la mano familiarmente, con aire protector, sobre el hombro de Pavel Pavlovich, que sonreía vagamente, muy pálido—. ¿No le ha hablado él a usted nunca de Veltchaninov?

—No, nunca —contestó ella, después de un momento de reflexión.

—¡En ese caso, presénteme usted a su mujer, amigo olvidadizo!

—En efecto, querida Lipotchka, el señor Veltchaninov, aquí presente…

Se embrolló, acabó por hacerse un lío y no pudo continuar. Su mujer, toda encendida, le miraba con ojos furibundos, evidentemente por haberla llamado Lipotchka.

—¡Y figúrese usted que ni siquiera me ha dado parte de su casamiento, ni me ha invitado a la boda! Pero yo le ruego a usted, Olimpia…

—Semiónovna —apuntó Pavel Pavlovich.

—Semiónovna —repitió el oficial, medio dormido.

—Yo le ruego a usted, Olimpia Semiónovna, que le perdone. Hágame usted ese favor, en gracia de nuestro encuentro… ¡Es un marido excelente!

Y Veltchaninov dio una amistosa palmadita en el hombro a Pavel Pavlovich.

—No tuve más remedio que apartarme un momento, alma mía —empezó a disculparse Pavel Pavlovich.

—¡Sí, dejando que insultaran a tu mujer! Cuando se te necesita, nunca se te encuentra; pero, en cambio, cuando no haces falta, no hay cuidado que te pierdas…

—¡Sí, sí! Cuando no hace falta, no hay cuidado que… —apoyó el oficial.

Lipotchka se ahogaba de ira. Comprendía que no estaba bien, delante de Veltchaninov, y se avergonzaba de ello, pero no podía contenerse.

—¡Ya sabes, cuando no hay motivo, tomas tus precauciones!

—Hasta debajo de la cama… ve amantes… hasta debajo de la cama… cuando no hay motivo… cuando no hay motivo… —gritó Mitenka, animándose a su vez.

Pero nadie hacía caso de Mitenka.

Todo acabó por apaciguarse. La amistad empezada se hizo más íntima. Enviaron a Pavel Pavlovich en busca de café y un poco de caldo. Olimpia Semiónovna explicó a Veltchaninov que venían de O…, donde su marido estaba destinado, y que iban a pasar dos meses al campo, no muy lejos, a cuarenta verstas de aquella estación; que tenían allí una casa muy bonita, con jardín, que algunos amigos iban a pasar una temporada con ellos, que la vecindad era agradable, y que si Aléksieyi Ivanovich tenía la amabilidad de hacerles una visita en "su soledad", ella lo acogería "como a su ángel de la guarda", pues no podía pensar sin terror en lo que hubiera podido suceder si… etc., etc. En una palabra: «como a su ángel de la guarda».

—Sí, como a un salvador —apoyó calurosamente el oficial.

Veltchaninov dio las gracias, declaró que estaría encantado, que por otra parte él disponía de su tiempo, ya que no tenía ninguna ocupación imprescindible, y que la invitación de Olimpia Semiónovna le seducía, y colocó dos o tres galanterías muy oportunas, que hicieron enrojecer de satisfacción a Lipotchka. Cuando volvió Pavel Pavlovich, ella le anunció, con gran entusiasmo, que Aléksieyi Ivanovich había tenido la bondad de aceptar su invitación, que iría a pasar con ellos un mes entero en el campo, y que había prometido llegar dentro de una semana. Pavel Pavlovich sonrió con aire desesperado y no dijo nada. Olimpia Semiónovna se encogió de hombros y levantó los ojos al cielo. Al fin se despidieron: nuevas acciones de gracias, otra vez "ángel de la guarda" y "salvador", otra vez "Mitenka"; después de lo cual Pavel Pavlovich condujo a su mujer y al oficial a su vagón. Veltchaninov encendió un cigarro y se puso a pasear de arriba abajo por el andén, aguardando la salida del tren. Suponía que Pavel Pavlovich volvería para hablar hasta el último momento; y es lo que sucedió. Pavel Pavlovich apareció de nuevo ante él, con los ojos rebosantes de interrogaciones anhelosas. Veltchaninov sonrió, le cogió afectuosamente de un brazo, arrastrándolo hasta un banco próximo, y le hizo sentar a su lado, sin despegar los labios, con la intención de que Pavel Pavlovich fuera el primero en hablar.

—¿De modo que vendrá usted a nuestra casa de campo? —preguntó éste, de pronto, yendo directamente a la cuestión.

—¡Estaba seguro! ¡Ah, es usted siempre el mismo! —exclamó Veltchaninov, riendo—. Vamos a ver —continuó, dándole una palmadita en el hombro—, ¿ha podido usted creer un solo momento que yo iría de huésped a su casa, y nada menos que por un mes? ¡Ja, ja, ja!

Pavel Pavlovich estaba radiante de alegría.

—¿De modo que no vendrá usted? —gritó.

—¡No, hombre, no, no iré, no iré! —dijo Veltchaninov, con una sonrisa regocijada.

No comprendía por qué todo esto le parecía tan extraordinariamente cómico, pero el caso es que cada vez lo encontraba más divertido.

—¿De verdad…? ¿Habla usted en serio?

Y Pavel Pavlovich se estremecía de inquietud y de impaciencia.

—¡Ya le he dicho a usted que no iré! ¡Cuidado que es usted extravagante!

—Pero, entonces, ¿qué voy a decir…? ¿Cómo explicarle a Olimpia Semiónovna, dentro de una semana, cuando vea que usted no llega?

—¡Vaya una cosa! ¡Puede usted decir que me he roto una pierna, o lo que usted quiera!

—¡No lo creerá! —gimió Pavel Pavlovich.

—¿Y qué, le reñirá a usted? —dijo Veltchaninov, siempre sonriente—. Pero ¿sabe usted, amigo mío, que me parece que su encantadora mujer le tiene en un puño?

Pavel Pavlovich hizo todo lo posible por sonreír, pero no lo consiguió. Que Veltchaninov hubiese prometido no ir, estaba perfectamente, pero que se permitiese esas bromas respecto a su mujer, era inadmisible. Pavel Pavlovich se ensombreció, cosa que echó de ver Veltchaninov. Mientras, acababan de dar el segundo toque de campana. Una vocecita chillona salió de un vagón, llamando impaciente a Pavel Pavlovich. Éste se agitó mucho, pero no atendió al llamamiento. Bien claro se veía que aún esperaba algo de Veltchaninov; sin duda, una nueva promesa de no ir.

—¿De qué familia es su mujer? —preguntó Veltchaninov, como si no se diese cuenta de la inquietud de Pavel Pavlovich.

—Es la hija de nuestro pope —respondió aquél, mirando de soslayo hacia el vagón.

—Sí, ya veo que se ha casado usted con ella por su belleza. Pavel Pavlovich se ensombreció de nuevo.

—¿Y quién es ese Mitenka?

—Es un pariente mío lejano; el hijo de una difunta prima hermana. Se llama Golubtchikov. Le echaron del servicio por una historia que hubo… Ahora acaba de volver a él; nosotros le hemos equipado… Es un pobre chico, que ha tenido muy mala suerte…

"Eso es; bien, bien; no falta nada", pensó Veltchaninov.

—¡Pavel Pavlovich! —gritó de nuevo la vocecita que salía del vagón, pero esta vez con tono más agudo e imperativo.

—¡Pa… el Pa… Lich! —repitió otra voz, voz de borracho.

Pavel Pavlovich se agitó más aún, haciendo ademán de echar a correr, pero Veltchaninov le cogió vigorosamente de un brazo y le mantuvo inmóvil.

—¿Qué le parece a usted si fuera a contarle a su mujer que una noche quiso usted asesinarme?

—¿Qué? ¿Cómo? —exclamó Pavel Pavlovich, espantado—. ¡No quiera Dios semejante cosa!

—¡Pavel Pavlovich! ¡Pavel Pavlovich! —gritó de nuevo la voz.

—¡Bueno, vaya usted, vaya! —dijo Veltchaninov, riéndose de muy buena gana.

—¿De modo que no vendrá usted, eh? —murmuró por última vez Pavel Pavlovich, desesperado, con las manos juntas, como en otro tiempo.

—¡Le juro a usted que no! ¡Vamos, váyase usted, o le van a armar una trapatiesta!

Y le tendió cordialmente la mano. Pero, con gran sorpresa de su parte, Pavel Pavlovich retiró la suya.

La campana sonó por tercera vez.

Algo extraño pasó entonces entre ellos. Los dos estaban como transformados. Veltchaninov ya no reía. Había sentido, dentro, un temblor, un desgarramiento repentino. Cogió a Pavel Pavlovich por los hombros, violentamente, brutalmente.

—¡Pero si yo, yo, le tiendo a usted esta mano —y le mostraba la palma de su mano izquierda, en la que aún se veía la larga cicatriz de la herida— supongo que no irá usted a rehusarla! —dijo en voz baja, con los labios pálidos y trémulos.

Pavel Pavlovich se puso lívido, y una convulsión pareció descomponerle el rostro.

—¿Y Liza? —dijo con voz sorda, entrecortada.

Y de pronto sus labios se estremecieron, le tembló la barbilla y los ojos se le arrasaron en lágrimas. Veltchaninov seguía en pie, ante él, como petrificado:

—¡Pavel Pavlovich! ¡Pavel Pavlovich!

Y esta vez fue como un aullido, como si estuviesen degollando a alguien. Al mismo tiempo, sonó un silbato.

Pavel Pavlovich volvió en sí y echó a correr desesperadamente. El tren se ponía en marcha.

Consiguió agarrarse a la portezuela y saltar en el vagón.

Veltchaninov se quedó allí hasta la noche. Luego, continuó su viaje interrumpido. No torció a la derecha, ni fue a ver a la dama recién llegada del extranjero; no estaba ya de humor para eso… Pero la verdad es que no tardó mucho en arrepentirse de la omisión.

EL JUGADOR

CAPÍTULO 1

Por fin he regresado al cabo de quince días de ausencia. Tres hace ya que nuestra gente está en Roulettenburg. Yo pensaba que me estarían aguardando con impaciencia, pero me equivoqué. El general tenía un aire muy despreocupado, me habló con altanería y me mandó a ver a su hermana. Era evidente que habían conseguido dinero en alguna parte. Tuve incluso la impresión de que al general le daba cierta vergüenza mirarme. Marya Filippovna estaba atareadísima y me habló un poco por encima del hombro, pero tomó el dinero, lo contó y escuchó todo mi informe. Esperaban a comer a Mezentzov, al francesito y a no sé qué inglés. Como de costumbre, en cuanto había dinero invitaban a comer, al estilo de Moscú. Polina Aleksandrovna me preguntó al verme por qué había tardado tanto; y sin esperar respuesta salió para no sé dónde. Por supuesto, lo hizo adrede. Menester es, sin embargo, que nos expliquemos. Hay mucho que contar.

Me asignaron una habitación exigua en el cuarto piso del hotel. Saben que formo parte del séquito del general. Todo hace pensar que se las han arreglado para darse a conocer. Al general le tienen aquí todos por un acaudalado magnate ruso. Aun antes de la comida me mandó, entre otros encargos, a cambiar dos billetes de mil francos. Los cambié en la caja del hotel. Ahora, durante ocho días por lo menos, nos tendrán por millonarios. Yo quería sacar de paseo a Misha y Nadya, pero me avisaron desde la escalera que fuera a ver al general, quien había tenido a bien enterarse de adónde iba a llevarlos. No cabe duda de que este hombre no puede fijar sus ojos directamente en los míos; él bien quisiera, pero le contesto siempre con una mirada tan sostenida, es decir, tan irrespetuosa que parece azorarse.

En tono altisonante, amontonando una frase sobre otra y acabando por hacerse un lío, me dio a entender que llevara a los niños de paseo al parque, más allá del Casino, pero terminó por perder los estribos y añadió mordazmente: "Porque bien pudiera ocurrir que los llevara usted al Casino, a la ruleta. Perdone —añadió—, pero sé que es usted bastante frívolo y que quizá se sienta inclinado a jugar. En todo caso, aunque no soy mentor suyo ni deseo serlo, tengo al menos derecho a esperar que usted, por así decirlo, no me comprometa...".

—Pero si no tengo dinero —respondí con calma—. Para perderlo hay que tenerlo.

—Lo tendrá enseguida —respondió el general ruborizándose un tanto. Revolvió en su escritorio, consultó un cuaderno y de ello resultó que me correspondían unos ciento veinte rublos.

—Al liquidar—añadió—hay que convertir los rublos en táleros. Aquí tiene cien táleros en números redondos. Lo que falta no caerá en olvido.

Tomé el dinero en silencio.

—Por favor, no se enoje por lo que le digo. Es usted tan quisquilloso... Si le he hecho una observación ha sido por ponerle sobre aviso, por así decirlo; a lo que por supuesto tengo algún derecho...

Cuando volvía a casa con los niños antes de la hora de comer, vi pasar toda una cabalgata. Nuestra gente iba a visitar unas ruinas. ¡Dos calesas soberbias y magníficos caballos!

Mademoiselle Blanche iba en una de ellas con Marya Filippovna y Polina; el francesito, el inglés y nuestro general iban a caballo. Los transeúntes se paraban a mirar. Todo ello era de muy buen efecto, sólo que a expensas del general. Calculé que con los cuatro mil francos que yo había traído y con los que ellos, por lo visto, habían conseguido reunir, tenían ahora siete u ocho mil, cantidad demasiado pequeña para mademoiselle Blanche.

Mademoiselle Blanche, a la que acompaña su madre, reside también en el hotel. Por aquí anda también nuestro francesito. La servidumbre le llama monsieur le comte y a mademoiselle Blanche madame la comtesse. Es posible que, en efecto, sean comte y comtesse.

Yo bien sabía que monsieur le comte no me reconocería cuando nos encontráramos a la mesa. Al general, por supuesto, no se le ocurriría presentarnos o, por lo menos, presentarme a mí, puesto que monsieur le comte ha estado en Rusia y sabe lo poquita cosa que es lo que ellos llaman un outchitel, esto es, un tutor. Sin embargo, me conoce muy bien. Confieso que me presenté en la comida sin haber sido invitado; el general, por lo visto, se olvidó de dar instrucciones, porque de otro modo me hubiera mandado de seguro a comer a la mesa redonda. Cuando llegué, pues, el general me miró con extrañeza. La buena de Marya Filippovna me señaló un puesto a la mesa, pero el encuentro con mister Astley salvó la situación y acabé formando parte del grupo, al menos en apariencia.

Tropecé por primera vez con este inglés excéntrico en Prusia, en un vagón en que estábamos sentados uno frente a otro cuando yo iba al alcance de nuestra gente; más tarde volví a encontrarle cuando viajaba por Francia y por último en Suiza dos veces en quince días; y he aquí que inopinadamente topaba con él de nuevo en Roulettenburg. En mi vida he conocido a un hombre más tímido, tímido hasta lo increíble; y él sin duda lo sabe porque no tiene un pelo de tonto. Pero es hombre muy agradable y flemático. Le saqué conversación cuando nos encontramos por primera vez en Prusia. Me dijo que había estado ese verano en el Cabo Norte y que tenía gran deseo de asistir a la feria de Nizhni Novgorod. Ignoro cómo trabó conocimiento con el general. Se me antoja que está locamente enamorado de Polina. Cuando ella entró se le encendió a él el rostro con todos los colores del ocaso. Mostró alegría cuando me senté junto a él a la mesa y, al parecer, me considera ya como amigo entrañable.

A la mesa el francesito galleaba más que de costumbre y se mostraba desenvuelto y autoritario con todos. Recuerdo que ya en Moscú soltaba pompas de jabón. Habló por los codos de finanzas y de política rusa. De vez en cuando el general se atrevía a objetar algo, pero discretamente, para no verse privado por entero de su autoridad.

Yo estaba de humor extraño y, por supuesto, antes de mediada la comida me hice la pregunta usual y sempiterna: "¿Por qué pierdo el tiempo con este general y no le he dado ya esquinazo?". De cuando en cuando lanzaba una mirada a Polina Aleksandrovna, quien ni se daba cuenta de mi presencia. Ello ocasionó el que yo me desbocara y echara por alto toda cortesía.

La cosa empezó con que, sin motivo aparente, me entrometí de rondón en la conversación ajena. Lo que yo quería sobre todo era reñir con el francesito. Me volví hacia el general y en voz alta y precisa, interrumpiéndole por lo visto, dije que ese verano les era absolutamente imposible a los rusos sentarse a comer a una mesa redonda de hotel. El general me miró con asombro.

—Si uno tiene amor propio—proseguí—no puede evitar los altercados y tiene que aguantar las afrentas más soeces. En París, en el Rin, incluso en Suiza, se sientan a la mesa redonda tantos polaquillos y sus simpatizantes franceses que un ruso no encuentra modo de intervenir en la conversación.

Dije esto en francés. El general me miró perplejo, sin saber si debía mostrarse ofendido o sólo maravillado de mi desplante.

—Bien se ve que alguien le ha dado a usted una lección—dijo el francesito con descuido y desdén.

—En París, Para empezar, cambié insultos con un polaco—respondí—y luego con un oficial francés que se puso de parte del polaco. Pero después algunos de los franceses se pusieron a su vez de parte mía, cuando les conté cómo quise escupir en el café de un monsignore.

—¿Escupir?—preguntó el general con fatua perplejidad y mirando en torno suyo. El francesito me escudriñó con mirada incrédula.

—Así como suena –contesté—. Como durante un par de días creí que tendría que hacer una rápida visita a Roma por causa de nuestro negocio, fui a la oficina de la legación del Padre Santo en París para que visaran el pasaporte. Allí me salió al encuentro un clérigo pequeño, cincuentón, seco y con cara de pocos amigos. Me escuchó cortésmente, pero con aire avinagrado, y me dijo que esperase. Aunque tenía prisa, me senté, claro está, a esperar, saqué L'Opinion Nationale y me puse a leer una sarta terrible de insultos contra Rusia. Mientras tanto oí que alguien en la habitación vecina iba a ver a Monsignore y vi al clérigo hacerle una reverencia. Le repetí la petición anterior y, con aire aún más agrio, me dijo otra vez que esperara. Poco después entró otro desconocido, en visita de negocios; un austriaco, por lo visto, que también fue atendido y conducido al piso de arriba. Yo ya no pude contener mi enojo: me levanté, me acerqué al clérigo y le dije con retintín que puesto que Monsignore recibía, bien podía atender también a mi asunto. Al oír esto el clérigo dió un paso atrás, sobrecogido de insólito espanto. Sencillamente no podía comprender que un ruso de medio pelo, una nulidad, osara equipararse a los invitados de Monsignore. En el tono más insolente, como si se deleitara en insultarme, me miró de pies a cabeza y gritó: "¿Pero cree que Monsignore va a dejar de tomar su café por usted?". Yo también grité, pero más fuerte todavía: "¡Pues sepa usted que escupo en el café de su Monsignore! ¡Si ahora mismo no arregla usted lo de mi pasaporte, yo mismo voy a verle!". "¡Cómo! ¿Ahora que está el cardenal con él?", exclamó el clérigo, apartándose de mí espantado, lanzándose a la puerta y poniendo los brazos en cruz, como dando a entender que moriría antes que dejarme pasar. "Yo le contesté entonces que soy un hereje y un bárbaro, que je suis hérétique et barbare, y que a mí me importan un comino todos esos arzobispos, cardenales, monseñores, etc., etc.; en fin, mostré que no cejaba en mi propósito. El clérigo me miró con infinita ojeriza, me arrancó el pasaporte de las manos y lo llevó al piso de arriba. Un minuto después estaba visado. Aquí está. ¿Tiene usted a bien examinarlo?—saqué el pasaporte y enseñé el visado romano.

—Usted, sin embargo...—empezó a decir el general.

—Lo que le salvó a usted fue declararse bárbaro y hereje—comentó el francesito sonriendo con ironía—. Cela n'était pas si bête.

—¿Pero es posible que se mire así a nuestros compatriotas? Se plantan aquí sin atreverse a decir esta boca es mía y dispuestos, por lo visto, a negar que son rusos. A mí, por lo menos, en mi hotel de París empezaron a tratarme con mucha mayor atención cuando les conté lo de mi pelotera con el clérigo. Un caballero polaco, gordo él, mi adversario más decidido a la mesa redonda, quedó relegado a segundo plano. Hasta los franceses se reportaron cuando dije que dos años antes había visto a un individuo sobre el que había disparado un soldado francés en 1812 sólo para descargar su fusil. Ese hombre era entonces un niño de diez años cuya familia no había logrado escapar de Mosni.

—¡No puede ser!—exclamó el francesito—. ¡Un soldado francés no dispararía nunca contra un niño!

—Y, sin embargo, así fue—repuse—. Esto me lo contó un respetable capitán de reserva y yo mismo vi en su mejilla la cicatriz que dejó la bala.

El francés empezó a hablar larga y rápidamente. El general quiso apoyarle, pero yo le aconsejé que leyera, por ejemplo, ciertos trozos de las Notas del general Perovski, que estuvo prisionero de los franceses en 1812. Finalmente, Marya Filippovna habló de algo para dar otro rumbo a la conversación. El general estaba muy descontento conmigo, porque el francés y yo casi habíamos empezado a gritar. Pero a mister Astley, por lo visto, le agradó mucho mi disputa con el francés. Se levantó de la mesa y me invitó a tomar con él un vaso de vino. A la caída de la tarde, como era menester, logré hablar con Polina Aleksandrovna un cuarto de hora. Nuestra conversación tuvo lugar durante el paseo. Todos fuimos al parque del Casino. Polina se sentó en un banco frente a la fuente y dejó a Nadyenka que jugara con otros niños sin alejarse mucho. Yo también solté a Misha junto a la fuente y por fin quedamos solos.

Para empezar tratamos, por supuesto, de negocios. Polina, sin más, se encolerizó cuando le entregué sólo setecientos gulden. Había estado segura de que, empeñando sus brillantes, le habría traído de París por lo menos dos mil, si no más.

—Necesito dinero—dijo—, y tengo que agenciármelo sea como sea. De lo contrario estoy perdida.

Yo empecé a preguntarle qué había sucedido durante mi ausencia.

—Nada de particular, salvo dos noticias que llegaron de Petersburgo: primero, que la abuela estaba muy mal, y dos días después que, por lo visto, estaba agonizando. Esta noticia es de Timofei Petrovich—agregó Polina—, que es hombre de crédito. Estamos esperando la última noticia, la definitiva.

—¿Así es que aquí todos están a la expectativa?—pregunté.

—Por supuesto, todos y todo; desde hace medio año no se espera más que esto.

—¿Usted también?—inquirí.

—¡Pero si yo no tengo ningún parentesco con ella! Yo soy sólo hijastra del general. Ahora bien, sé que seguramente me recordará en su testamento.

—Tengo la impresión de que heredará usted mucho—dije con énfasis.

—Sí, me tenía afecto. ¿Pero por qué tiene usted esa impresión?

—Dígame—respondí yo con una pregunta—, ¿no está nuestro marqués iniciado en todos los secretos de la familia?

—¿Y a usted qué le va en ello?—preguntó Polina mirándome seca y severamente.

—¡Anda, porque si no me equivoco, el general ya ha conseguido que le preste dinero!

—Sus sospechas están bien fundadas.

—¡Claro! ¿Le daría dinero si no supiera lo de la abuela? ¿Notó usted a la mesa que mencionó a la abuela tres veces y la llamó "la abuelita", la baboulinka? ¡Qué relaciones tan íntimas y amistosas!

—Sí, tiene usted razón. Tan pronto como sepa que en el testamento se me deja algo, pide mi mano. ¿No es esto lo que quería usted saber?

—¿Sólo que pide su mano? Yo creía que ya la había pedido hacía tiempo

—¡Usted sabe muy bien que no!—dijo Polina, irritada—. ¿Dónde conoció usted a ese inglés?—añadió tras un minuto de silencio.

—Ya sabía yo que me preguntaría usted por él.

Le relaté mis encuentros anteriores con mister Astley durante el viaje.

—Es hombre tímido y enamoradizo y, por supuesto, ya está enamorado de usted.

—Sí, está enamorado de mí—repuso Polina.

—Y, claro, es diez veces más rico que el francés. ¿Pero es que el francés tiene de veras algo? ¿No es eso motivo de duda?

—No, no lo es. Tiene un château o algo por el estilo. Ayer, sin ir más lejos, me hablaba el general de ello, y muy positivamente. Bueno, ¿qué? ¿Está usted satisfecho?

—Yo que usted me casaría sin más con el inglés.

—¿Por qué?—preguntó Polina.

—El francés es mejor mozo, pero es un granuja, y el inglés, además de ser honrado, es diez veces más rico—dije con brusquedad.

—Sí, pero el francés es marqués y más listo—respondió ella con la mayor tranquilidad.

—¿De veras?

—Como lo oye.

A Polina le desagradaban mucho mis preguntas, y eché de ver que quería enfurecerme con el tono y la brutalidad de sus respuestas. Así se lo dije al momento.

—De veras que me divierte verle tan rabioso. Tiene que pagarme de algún modo el que le permita hacer preguntas y conjeturas parecidas.

—Es que yo, en efecto, me considero con derecho a hacer a usted toda clase de preguntas —respondí con calma—, precisamente porque estoy dispuesto a pagar por ellas lo que se pida, y porque estimo que mi vida no vale un comino ahora.

Polina rompió a reír.

—La última vez, en el Schlangenberg, dijo usted que a la primera palabra mía estaba dispuesto a tirarse de cabeza desde allí, desde una altura, según parece, de mil pies. Alguna vez pronunciaré esa palabra, aunque sólo sea para ver cómo paga usted lo que se pida, y puede estar seguro de que seré inflexible. Me es usted odioso, justamente porque le he permitido tantas cosas, y más odioso aún porque le necesito. Pero mientras le necesite, tendré que ponerle a buen recaudo.

Se dispuso a levantarse. Hablaba con irritación. Últimamente, cada vez que hablaba conmigo, terminaba el coloquio en una nota de enojo y furia, de verdadera furia.

—Permítame preguntarle: ¿qué clase de persona es mademoiselle Blanche?— dije, deseando que no se fuera sin una explicación.

—Usted mismo sabe qué clase de persona es mademoiselle Blanche. No hay por qué añadir nada a lo que se sabe hace tiempo. Mademoiselle Blanche será probablemente esposa del general, es decir, si se confirman los rumores sobre la muerte de la abuela, porque mademoiselle Blanche, lo mismo que su madre y que su primo el marqués, saben muy bien que estamos arruinados.

—¿Y el general está perdidamente enamorado?

—No se trata de eso ahora. Escuche y tenga presente lo que le digo: tome estos setecientos florines y vaya a jugar; gáneme cuanto pueda a la ruleta; necesito ahora dinero de la forma que sea.

Dicho esto, llamó a Nadyenka y se encaminó al Casino, donde se reunió con el resto de nuestro grupo. Yo, pensativo y perplejo, tomé por la primera vereda que vi a la izquierda. La orden de jugar a la ruleta me produjo el efecto de un mazazo en la cabeza. Cosa rara, tenía bastante de qué preocuparme y, sin embargo, aquí estaba ahora, metido a analizar mis sentimientos hacia Polina. Cierto era que me había sentido mejor durante estos quince días de ausencia que ahora, en el día de mi regreso, aunque todavía en el camino desatinaba como un loco, respingaba como un azogado, y a veces hasta en sueños la veía. Una vez (esto pasó en Suiza), me dormí en el vagón y, por lo visto, empecé a hablar con Polina en voz alta, dando mucho que reír a mis compañeros de viaje. Y ahora, una vez más, me hice la pregunta: ¿la quiero?

Y una vez más no supe qué contestar; o, mejor dicho, una vez más, por centésima vez, me contesté que la odiaba. Sí, me era odiosa. Había momentos (cabalmente cada vez que terminábamos una conversación) en que hubiera dado media vida por estrangularla. Juro que si hubiera sido posible hundirle un cuchillo bien afilado en el seno, creo que lo hubiera hecho con placer. Y, no obstante, juro por lo más sagrado que si en el Schlangenberg, en esa cumbre tan a la moda, me hubiera dicho efectivamente: "¡Tírese!", me hubiera tirado en el acto, y hasta con gusto. Yo lo sabía. De una manera u otra había que resolver aquello. Ella, por su parte, lo comprendía perfectamente, y sólo el pensar que yo me daba cuenta justa y cabal de su inaccesibilidad para mí, de la imposibilidad de convertir mis fantasías en realidades, sólo el pensarlo, estaba seguro, le producía extraordinario deleite; de lo contrario, ¿cómo podría, tan discreta e inteligente como es, permitirse tales intimidades y revelaciones conmigo? Se me antoja que hasta entonces me había mirado como aquella emperatriz de la antigüedad que se desnudaba en presencia de un esclavo suyo, considerando que no era hombre. Sí, muchas veces me consideraba como si no fuese hombre...

Pero, en fin, había recibido su encargo: ganar a la ruleta de la manera que fuese. No tenía tiempo para pensar con qué fin y con cuánta rapidez era menester ganar y qué nuevas combinaciones surgían en aquella cabeza siempre entregada al cálculo. Además, en los últimos quince días habían entrado en juego nuevos factores, de los cuales aún no tenía idea.

Era preciso averiguar todo ello, adentrarse en muchas cuestiones y cuanto antes mejor. Pero de momento no había tiempo. Tenía que ir a la ruleta.

CAPÍTULO 2

Confieso que el mandato me era desagradable, porque aunque había resuelto jugar no había previsto que empezaría jugando por cuenta ajena. Hasta me sacó un tanto de quicio, y entré en las salas de juego con ánimo muy desabrido. No me gustó lo que vi allí a la primera ojeada. No puedo aguantar el servilismo que delatan las crónicas de todo el mundo, y sobre todo las de nuestros periódicos rusos, en las que cada primavera los que las escriben hablan de dos cosas: primera, del extraordinario esplendor y lujo de las salas de juego en las "ciudades de la ruleta2 del Rin; y, segunda, de los montones de oro que, según dicen, se ven en las mesas. Porque en definitiva, no se les paga por ello, y sencillamente lo dicen por puro servilismo. No hay esplendor alguno en estas salas cochambrosas, y en cuanto a oro, no sólo no hay montones de él en las mesas, sino que apenas se ve. Cierto es que alguna vez durante la temporada aparece de pronto un tipo raro, un inglés o algún asiático, un turco, como sucedió este verano, y pierde o gana sumas muy considerables; los demás, sin embargo, siguen jugándose unos míseros gulden, y la cantidad que aparece en la mesa es por lo general bastante modesta.

Cuando entré en la sala de juego (por primera vez en m vida) dejé pasar un rato sin probar fortuna. Además, la muchedumbre era agobiante. Sin embargo, aunque hubiera estado solo, creo que en esa ocasión me hubiera marchado sin jugar. Confieso que me latía fuertemente el corazón y que no las tenía todas conmigo; muy probablemente sabía, y había decidido tiempo atrás, que de Roulettenburg no saldría como había llegado; que algo radical y definitivo iba a ocurrir en mi vida. Así tenía que ser y así sería. Por ridícula que parezca mi gran confianza en los beneficios de la ruleta, más ridícula aún es la opinión corriente de que es absurdo y estúpido esperar nada del juego. ¿Y por qué el juego habrá de ser peor que cualquier otro medio de procurarse dinero, por ejemplo, el comercio? Una cosa es cierta: que de cada ciento gana uno. Pero eso ¿a mí qué me importa?

En todo caso, decidí desde el primer momento observarlo todo con cuidado y no intentar nada serio, en esa ocasión. Si algo había de ocurrir esa noche, sería de improviso, y nada del otro jueves; y de ese modo me dispuse a apostar. Tenía, por añadidura, que aprender el juego mismo, ya que a pesar de las mil descripciones de la ruleta que había leído con tanta avidez, la verdad es que no sabría nada de su funcionamiento hasta que no lo viera con mis propios ojos.

En primer lugar, todo me parecía muy sucio, algo así como moralmente sucio e indecente. No me refiero, ni mucho menos, a esas caras ávidas e intranquilas que a decenas, hasta a centenares, se agolpan alrededor de las mesas de juego. Francamente, no veo nada sucio en el deseo de ganar lo más posible y cuanto antes: siempre he tenido por muy necia la opinión de un moralista acaudalado y bien nutrido, quien, oyendo decir a alguien, por vía de justificación, que "al fin y al cabo estaba apostando cantidades pequeñas", contestó: "Tanto peor, pues el afán de lucro también será mezquino". ¡Como si ese afán no fuera el mismo cuando se gana poco que cuando se gana mucho! Es cuestión de proporción. Lo que para Rothschild es poco, para mí es la riqueza; y si de lo que se trata es de ingresos o ganancias, entonces no es sólo en la ruleta, sino en cualquier transacción, donde uno le saca a otro lo que puede. Que las ganancias y las pérdidas sean en general algo repulsivo es otra cuestión que no voy a resolver aquí. Puesto que yo mismo sentía agudamente el afán de lucro, toda esa codicia y toda esa porquería codiciosa me resultaban, cuando entré en la sala, convenientes y, por así decirlo, familiares. Nada más agradable que cuando puede uno dejarse de cumplidos en su trato con otro y cada cual se comporta abiertamente, a la pata la llana. ¿Y de qué sirve engañarse a sí mismo? ¡Qué menester tan trivial y poco provechoso!

Repelente en particular, a primera vista, en toda esa chusma de la ruleta era el respeto con que miraba lo que se estaba haciendo, la seriedad, mejor dicho, la deferencia con que se agolpaba en torno a las mesas. He aquí por qué en estos casos se distingue con esmero entre los juegos que se dicen de mauvais genre y los permitidos a las personas decentes. Hay dos clases de juego: una para caballeros y otra plebeya, mercenaria, propia de la canalla. Aquí la distinción se observa rigurosamente; ¡y qué vil, en realidad, es esa distinción! Un caballero, por ejemplo, puede hacer una puesta de cinco o diez luises, rara vez más; o puede apostar hasta mil francos, si es muy rico, pero sólo por jugar, sólo por divertirse, en realidad sólo para observar el proceso de la ganancia o la pérdida; pero de ningún modo puede mostrar interés en la ganancia misma. Si gana, puede, por ejemplo, soltar una carcajada, hacer un comentario a cualquiera de los concurrentes, incluso apuntar de nuevo o doblar su puesta, pero sólo por curiosidad, para estudiar y calcular las probabilidades, pero no por el deseo plebeyo de ganar. En suma, que no debe ver en todas estas mesas de juego, ruletas y trente et quarante, sino un entretenimiento organizado exclusivamente para su satisfacción. Los vaivenes de la suerte, en que se apoya y se justifica la banca, no debe siquiera sospecharlos. No estaría mal que se figurara, por ejemplo, que todos los demás jugadores, toda esa chusma que tiembla ante un guiden, son en realidad tan ricos y caballerosos como él y que juegan sólo para divertirse y pasar el tiempo. Este desconocimiento completo de la realidad, esta ingenua visión de lo que es la gente, son, por supuesto, típicos de la más refinada aristocracia. Vi que muchas mamás empujaban adelante a sus hijas, jovencitas inocentes y elegantes de quince o dieciséis años, y les daban unas monedas de oro para enseñarlas a jugar. La señorita ganaba o perdía sonriendo y se marchaba tan satisfecha. Nuestro general se acercó a la mesa con aire grave e imponente. Un lacayo corrió a ofrecerle una silla, pero él ni siquiera le vio. Con mucha lentitud sacó el portamonedas; de él, con mucha lentitud, extrajo trescientos francos en oro, los apuntó al negro y ganó. No recogió lo ganado y lo dejó en la mesa. Salió el negro otra vez y tampoco recogió lo ganado. Y cuando la tercera vez salió el rojo, perdió de un golpe mil doscientos francos. Se retiró sonriendo y sin perder la dignidad. Yo estaba seguro de que por dentro iba consumido de rabia y que si la puesta hubiera sido dos o tres veces mayor, hubiera perdido la serenidad y dado suelta a su turbación. Por otra parte, un francés, en mi presencia, ganó y perdió hasta treinta mil francos, alegre y tranquilamente. El caballero auténtico, aunque pierda cuanto tiene, no debe alterarse. El dinero está tan por bajo de la dignidad de un caballero que casi no vale la pena pensar en él. Sería muy aristocrático, por supuesto, no darse cuenta de la cochambre de toda esa chusma y esa escena. A veces, sin embargo, no es menos aristocrático y refinado el darse cuenta, es decir, observar con cuidado, examinar con impertinentes, como si dijéramos, a toda esa chusma; pero sólo viendo en esa cochambre y en toda esa muchedumbre una forma especial de pasatiempo, un espectáculo organizado para divertir a los caballeros. Uno puede abrirse paso entre el gentío y mirar en torno, pero con el pleno convencimiento de que, en rigor, uno es sólo observador y de ningún modo parte del grupo. Pero, por otro lado, no se debe observar con demasiada atención, pues ello sería actitud impropia de un caballero, ya que al fin y al cabo el espectáculo no merece ser observado larga y atentamente; y sabido es que pocos espectáculos son dignos de la cuidadosa atención de un caballero. Sin embargo, a mí me parecía que todo esto merecía la atención más solícita, especialmente cuando venía aquí no sólo para observar, sino para formar parte, sincera y conscientemente, de esa chusma. En cuanto a mis convicciones morales más íntimas, es claro que no hallan acomodo en el presente razonamiento. En fin, ¡qué le vamos a hacer! Hablo sólo para desahogar mi conciencia. Pero una cosa sí haré notar: que últimamente me ha sido—no sé por qué—profundamente repulsivo ajustar mi conducta y mis pensamientos a cualquier género de patrón moral. Era otro patrón el que me guiaba...

Es verdad que la chusma juega muy sucio. No ando lejos de pensar que a la mesa de juego misma se dan casos del más vulgar latrocinio. Para los crupieres, sentados a los extremos de la mesa, observar y liquidar las apuestas es trabajo muy duro. ¡Ésa es otra chusma! Franceses en su mayor parte. Por otro lado, yo observaba y estudiaba no para describir la ruleta, sino para "hacerme al juego", para saber cómo conducirme en el futuro. Noté, por ejemplo, que nada es más frecuente que ver salir de detrás de la mesa una mano que se apropia lo que uno ha ganado. Se produce un altercado, a menudo se oye una gritería, ¡y vaya usted a buscar testigos para probar que la puesta es suya!

Al principio todo me parecía un galimatías sin sentido. Sólo adiviné y distinguí no sé cómo que las puestas eran al número, a pares y nones y al color. Del dinero de Polina Aleksandrovna decidí arriesgar esa noche cien gulden. La idea de entrar a jugar y no por propia incumbencia me tenía un poco fuera de quicio. Era una sensación sumamente desagradable y quería sacudírmela de encima cuanto antes. Se me antojaba que empezando con Polina daba al traste con mi propia suerte. ¿No es verdad que es imposible acercarse a una mesa de juego sin sentirse en seguida contagiado por la superstición? Empecé sacando cinco federicos de oro, esto es, cincuenta gulden, y poniéndolos a los pares. Giró la rueda, salió el quince y perdí. Con una sensación de ahogo, sólo para liberarme de algún modo y marcharme, puse otros cinco federicos al rojo. Salió el rojo. Puse los diez federicos, salió otra vez el rojo. Lo puse todo al rojo, y volvió a salir el rojo. Cuando recibí cuarenta federicos puse veinte en los doce números medios sin tener idea de lo que podría resultar. Me pagaron el triple. Así, pues, mis diez federicos de oro se habían trocado de pronto en ochenta. La extraña e insólita sensación que ello me produjo se me hizo tan insoportable que decidí irme. Me parecía que de ningún modo jugaría así si estuviera jugando por mi propia cuenta. Sin embargo, puse los ochenta federicos una vez más a los pares. Esta vez salió el cuatro; me entregaron otros ochenta federicos, y cogiendo el montón de ciento sesenta federicos de oro salí a buscar a Polina Aleksandrovna.

Todos se habían ido de paseo al parque y no conseguí verla hasta después de la cena. En esta ocasión no estaba presente el francés, y el general se despachó a sus anchas: entre otras cosas juzgó necesario advertirme una vez más que no le agradaría verme junto a una mesa de juego. Pensaba que le pondría en un gran compromiso si perdía demasiado; "pero aunque ganara usted mucho, quedaría yo también en un compromiso—añadió entonces con intención—… Por supuesto que no tengo derecho a dirigir sus actos, pero usted mismo estará de acuerdo en que—...". Ahí se quedó, como era costumbre suya, sin acabar la frase. Yo respondí secamente que tenía muy poco dinero y, por lo tanto, no podía perder cantidades demasiado llamativas aun si llegaba a jugar. Cuando subía a mi habitación logré entregar a Polina sus ganancias y le anuncié que no volvería a jugar más por cuenta de ella.

—¿Y eso por qué?—preguntó alarmada.

—Porque quiero jugar por mi propia cuenta—respondí mirándola asombrado— y esto me lo impide.

—¿Conque sigue usted convencido de que la ruleta es su única vía de salvación?—preguntó irónicamente. Yo volví a contestar muy seriamente que sí; en cuanto a mi convencimiento de que ganaría sin duda alguna—... bueno, quizá fuera absurdo, de acuerdo, pero que me dejaran en paz.

Polina Aleksandrovna insistió en que fuera a medias con ella en las ganancias de hoy, y me ofreció ochenta federicos de oro, proponiendo que en el futuro continuásemos el juego sobre esa base. Yo rechacé la oferta, de plano y sin ambages, y declaré que no podía jugar por cuenta de otros, no porque no quisiera hacerlo, sino porque probablemente perdería.

—Y, sin embargo, yo también, por estúpido que parezca, cifro mis esperanzas casi únicamente en la ruleta—dijo pensativa—. Por consiguiente, tiene usted que seguir jugando conmigo a medias, y, por supuesto, lo hará.

Con esto se apartó de mí sin escuchar mis ulteriores objeciones.

CAPÍTULO 3

Polina, sin embargo, ayer no me habló del juego en todo el día, más aún, evitó en general hablar conmigo. Su previa manera de tratarme no se alteró; esa completa despreocupación en su actitud cuando nos encontrábamos, con un matiz de odio y desprecio. Por lo común no procura ocultar su aversión hacia mí; esto lo veo yo mismo. No obstante, tampoco me oculta que le soy necesario y que me reserva para algo. Entre nosotros han surgido unas relaciones harto raras, en gran medida incomprensibles para mí, habida cuenta del orgullo y la arrogancia con que se comporta con todos. Ella sabe, por ejemplo, que yo la amo hasta la locura, me da venia incluso para que le hable de mi pasión (aunque, por supuesto, nada expresa mejor su desprecio que esa licencia que me da para hablarle de mi amor sin trabas ni circunloquios:

"Quiere decirse que tengo tan en poco tus sentimientos que me es absolutamente indiferente que me hables de ellos, sean los que sean". De sus propios asuntos me hablaba mucho ya antes, pero nunca con entera franqueza. Además, en sus desdenes para conmigo hay cierto refinamiento: sabe, por ejemplo, que conozco alguna circunstancia de su vida o alguna cosa que la trae muy inquieta; incluso ella misma me contará algo de sus asuntos si necesita servirse de mí para algún fin particular, ni más ni menos que si fuese su esclavo o recadero; pero me contará sólo aquello que necesita saber un hombre que va a servir de recadero) y aunque la pauta entera de los acontecimientos me sigue siendo desconocida, aunque Polina misma ve que sufro y me inquieto por—causa de sus propios sufrimientos e inquietudes, jamás se dignará tranquilizarme por completo con una franqueza amistosa, y eso que, confiándome a menudo encargos no sólo engorrosos, sino hasta arriesgados, debería, en mi opinión, ser franca conmigo. Pero ¿por qué habría de ocuparse de mis sentimientos, de que también yo estoy inquieto y de que quizá sus inquietudes y desgracias me preocupan y torturan tres veces más que a ella misma?

Desde hacía unas tres semanas conocía yo su intención de jugar a la ruleta. Hasta me había anunciado que tendría que jugar por cuenta suya, porque sería indecoroso que ella misma jugara. Por el tono de sus palabras saqué pronto la conclusión de que obraba a impulsos de una grave preocupación y no simplemente por el deseo de lucro. ¿Qué significaba para ella el dinero en sí mismo? Ahí había un propósito, alguna circunstancia que yo quizá pudiera adivinar, pero que hasta este momento ignoro. Claro que la humillación y esclavitud en que me tiene podrían darme (a menudo me dan) la posibilidad de hacerle preguntas duras y groseras. Dado que no soy para ella sino un esclavo, un ser demasiado insignificante, no tiene motivo para ofenderse de mi ruda curiosidad. Pero es el caso que, aunque ella me permite hacerle preguntas, no las contesta. Hay veces que ni siquiera se da cuenta de ellas. ¡Así están las cosas entre nosotros!

Ayer se habló mucho del telegrama que se mandó hace cuatro días a Petersburgo y que no ha tenido contestación. El general, por lo visto, está pensativo e inquieto. Se trata, ni que decir tiene, de la abuela. También el francés está agitado. Ayer, sin ir más lejos, estuvieron hablando largo rato después de la comida. El tono que emplea el francés con todos nosotros es sumamente altivo y desenvuelto. Aquí se da lo del refrán: "les das la mano y se toman el pie". Hasta con Polina se muestra desembarazado hasta la grosería; pero, por otro lado, participa con gusto en los paseos por el parque y en las cabalgatas y excursiones al campo. Desde hace bastante tiempo conozco algunas de las circunstancias que ligan al francés y al general. En Rusia proyectaron abrir juntos una fábrica, pero no sé si el proyecto se malogró o si sigue todavía en pie. Además, conozco por casualidad parte de un secreto de familia: el francés, efectivamente, había sacado de apuros al general el año antes, dándole treinta mil rublos para que completara cierta cantidad que faltaba en los fondos públicos antes de presentar la dimisión de su cargo. Y, por supuesto, el general está en sus garras; pero ahora, cabalmente ahora, quien desempeña el papel principal en este asunto es mademoiselle Blanche, y en esto estoy seguro de no equivocarme.

¿Quién es mademoiselle Blanche? Aquí, entre nosotros, se dice que es una francesa de noble alcurnia y fortuna colosal, a quien acompaña su madre. También se sabe que tiene algún parentesco, aunque muy remoto, con nuestro marques: prima segunda o algo por el estilo. Se dice que hasta mi viaje a París el francés y mademoiselle Blanche se trataban con bastante más ceremonia, como si quisieran dar ejemplo de finura y delicadeza. Ahora, sin embargo, su relación, amistad y parentesco parecen menos delicados y más íntimos. Quizá estiman que nuestros asuntos van por tan mal camino que no tienen por qué mostrarse demasiado corteses con nosotros o guardar las apariencias. Yo ya noté anteayer cómo mister Astley miraba a mademoiselle Blanche y a la madre de ésta. Tuve la impresión de que las conocía. Me pareció también que nuestro francés había tropezado previamente con mister Astley; pero éste es tan tímido, reservado y taciturno que es casi seguro que no lavará en público los trapos sucios de nadie. Por lo pronto, el francés apenas le saluda y casi no le mira, lo que quiere decir, por lo tanto, que no le teme. Esto se comprende.

¿Pero por qué mademoiselle Blanche tampoco le mira? Tanto más cuanto el marqués reveló anoche el secreto—de pronto, no recuerdo con qué motivo, dijo en conversación general que mister Astley es colosalmente rico y que lo sabe de buena fuente. ¡Buena ocasión era ésa para que mademoiselle Blanche mirara a mister Astley! De todos modos, el general estaba intranquilo. Bien se comprende lo que puede significar para él el telegrama con la noticia de la muerte de su tía.

Aunque estaba casi seguro de que Polina evitaría, como de propósito, conversar conmigo, yo también me mostré frío e indiferente, pensando que ella acabaría por acercárseme. En consecuencia, ayer y hoy he concentrado principalmente mi atención en mademoiselle Blanche. ¡Pobre general, ya está perdido por completo! Enamorarse a los cincuenta y cinco años y con pasión tan fuerte es, por supuesto, una desgracia. Agréguese a ello su viudez, sus hijos, la ruina casi total de su hacienda, sus deudas, y, para acabar, la mujer de quien le ha tocado en suerte enamorarse. Mademoiselle Blanche es bella, pero no sé si se me comprenderá si digo que tiene uno de esos semblantes de los que cabe asustarse. Yo al menos les tengo miedo a esas mujeres. Tendrá unos veinticinco años. Es alta y ancha de hombros, terminados en ángulos rectos. El cuello y el pecho son espléndidos. Es trigueña de piel, tiene el pelo negro como el azabache y en tal abundancia que hay bastante para dos coiffures. El blanco de sus ojos tira un poco a amarillo, la mirada es insolente, los dientes son de blancura deslumbrante, los labios los lleva siempre pintados, huele a almizcle. Viste con ostentación, en ropa de alto precio, con chic, pero con gusto exquisito. Sus manos y pies son una maravilla. Su voz es un contralto algo ronco. De vez en cuando ríe a carcajadas y muestra todos los dientes, pero por lo común su expresión es taciturna y descarada, al menos en presencia de Polina y de Marya Filippovna. (Rumor extraño: Marya Filippovna regresa a Rusia.) Sospecho que mademoiselle Blanche carece de instrucción; quizá incluso no sea inteligente, pero por otra parte es suspicaz y astuta. Se me antoja que en su vida no han faltado las aventuras. Para decirlo todo, puede ser que el marqués no sea pariente suyo y que la madre no tenga de tal más que el nombre. Pero hay prueba de que en Berlín, adonde fuimos con ellos, ella y su madre tenían amistades bastante decorosas.

En cuanto al marqués, aunque sigo dudando de que sea marqués, es evidente que pertenece a la buena sociedad, según ésta se entiende, por ejemplo, en Moscú o en cualquier parte de Alemania. No sé qué será en Francia; se dice que tiene un château. He pensado que en estos quince días han pasado muchas cosas y, sin embargo, todavía no sé a ciencia cierta si entre mademoiselle Blanche y el general se ha dicho algo decisivo. En resumen, todo depende ahora de nuestra situación económica, es decir, de si el general puede mostrarles dinero bastante. Si, por ejemplo, llegara la noticia de que la abuela no ha muerto, estoy seguro de que mademoiselle Blanche desaparecería al instante. A mí mismo me sorprende y divierte lo chismorrero que he llegado a ser. ¡Oh, cómo me repugna todo esto! ¡Con qué placer mandaría a paseo a todos y todo! ¿Pero es que puedo apartarme de Polina? ¿Es que puedo renunciar a huronear en torno a ella? El espionaje es sin duda una bajeza, pero ¿a mí qué me importa?

Interesante también me ha parecido mister Astley ayer y hoy. Sí, tengo la seguridad de que está enamorado de Polina. Es curioso y divertido lo que puede expresar a veces la mirada tímida y mórbidamente casta de un hombre enamorado, sobre todo cuando ese hombre preferiría que se lo tragara la tierra a decir o sugerir nada con la lengua o los ojos. Mister Astley se encuentra con nosotros a menudo en los paseos. Se quita el sombrero y pasa de largo, devorado sin duda por el deseo de unirse a nuestro grupo. Si le invitan, rehúsa al instante. En los lugares de descanso, en el Casino, junto al quiosco de la música o junto a la fuente, se instala siempre no lejos de nuestro asiento; y dondequiera que estemos —en el parque, en el bosque, o en lo alto del Schlangenberg— basta levantar los ojos y mirar en torno para ver indefectiblemente —en la vereda más cercana o tras un arbusto— a mister Astley en su escondite. Sospecho que busca ocasión para hablar conmigo a solas. Esta mañana nos encontramos y cambiamos un par de palabras. A veces habla de manera sumamente inconexa. Sin darme los «buenos días» me dijo:

—¡Ah, mademoiselle Blanche! ¡He visto a muchas mujeres como mademoiselle Blanche!

Guardó silencio, mirándome con intención. No sé lo que quiso decir con ello, porque cuando le pregunté "¿y eso qué significa?", sonrió astutamente, sacudió la cabeza y añadió: "En fin, así es la vida. ¿Le gustan mucho las flores a mademoiselle Polina?".

—No sé; no tengo idea.

—¿Cómo? ¿Que no lo sabe? —gritó presa del mayor asombro.

—No lo sé. No me he fijado—repetí riendo.

—Hmm. Eso me da que pensar.—Inclinó la cabeza y prosiguió su camino. Pero tenía aspecto satisfecho. Estuvimos hablando en un francés de lo más abominable.

CAPÍTULO 4

Hoy ha sido un día chusco, feo, absurdo. Son ahora las once de la noche. Estoy sentado en mi cuchitril y hago inventario de lo acaecido. Empezó con que por la mañana tuve que jugar a la ruleta por cuenta de Polina Aleksandrovna. Tomé sus ciento sesenta federicos de oro, pero bajo dos condiciones: primera, que no jugaría a medias con ella, es decir, que si ganaba no aceptaría nada; y segunda, que esa noche Polina me explicaría por qué le era tan urgente ganar y exactamente cuánto dinero. Yo, en todo caso, no puedo suponer que sea sólo por dinero. Es evidente que lo necesita, y lo más pronto posible, para algún fin especial. Prometió explicármelo y me dirigí al Casino. En las salas de juego la muchedumbre era terrible. ¡Qué insolentes y codiciosos eran todos! Me abrí camino hasta el centro y me coloqué junto al crupier; luego empecé cautelosamente a "probar el juego" en posturas de dos o tres monedas. Mientras tanto observaba y tomaba nota mental de lo que veía; me pareció que la "combinación" no significa gran cosa y no tiene, ni con mucho, la importancia que le dan algunos jugadores. Se sientan con papeles llenos de garabatos, apuntan los aciertos, hacen cuentas, deducen las probabilidades, calculan, por fin realizan sus puestas y.. pierden igual que nosotros, simples mortales, que jugamos sin "combinación". Sin embargo, saqué una conclusión que me parece exacta: aunque no hay, en efecto, sistema, existe no obstante, una especie de pauta en las probabilidades, lo que, por supuesto, es muy extraño. Ocurre, por ejemplo, que después de los doce números medios salen los doce últimos; dos veces —digamos— la bola cae en estos doce últimos y vuelve a los doce primeros. Una vez que ha caído en los doce primeros, vuelve otra vez a los doce medios, cae en ellos tres o cuatro veces seguidas y pasa de nuevo a los doce últimos; y de ahí, después de salir un par de veces, pasa de nuevo a los doce primeros, cae en ellos una vez y vuelve a desplazarse para caer tres veces en los números medios; y así sucesivamente durante la hora y media o dos horas. Uno, tres y dos; uno, tres y dos. Es muy divertido. Otro día, u otra mañana, ocurre, por ejemplo, que el rojo va seguido del negro y viceversa en giros consecutivos de la rueda sin orden ni concierto, hasta el punto de que no se dan más de dos o tres golpes seguidos en el rojo o en el negro. Otro día u otra noche no sale más que el rojo, llegando, por ejemplo, hasta más de veintidós veces seguidas, y así continúa infaliblemente durante un día entero. Mucho de esto me lo explicó mister Astley, quien pasó toda la mañana junto a las mesas de juego, aunque no hizo una sola puesta. En cuanto a mí, perdí hasta el último kopek —y muy deprisa— Para empezar puse veinte federicos de oro a los pares y gané, puse cinco y volví a ganar, y así dos o tres veces más. Creo que tuve entre manos unos cuatrocientos federicos de oro en unos cinco minutos. Debiera haberme retirado entonces, pero en mí surgió una extraña sensación, una especie de reto a la suerte, un afán de mojarle la oreja, de sacarle la lengua. Apunté con la puesta más grande permitida, cuatro mil gulden, y perdí. Luego, enardecido, saqué todo lo que me quedaba, lo apunté al mismo número y volví a perder. Me aparté de la mesa como atontado. Ni siquiera entendía lo que me había pasado y no expliqué mis pérdidas a Polina Aleksandrovna hasta poco antes de la comida. Mientras tanto estuve vagando por el parque.

Durante la comida estuve tan animado como lo había estado tres días antes. El francés y mademoiselle Blanche comían una vez más con nosotros. Por lo visto, mademoiselle Blanche había estado aquella mañana en el Casino y había presenciado mis hazañas. En esta ocasión habló conmigo más atentamente que de costumbre. El francés se fue derecho al grano y me preguntó sin más si el dinero que había perdido era mío. Me pareció que sospechaba de Polina. En una palabra, ahí había gato encerrado. Contesté al momento con una mentira, diciendo que el dinero era mío.

El general quedó muy asombrado. ¿De dónde había sacado yo tanto dinero? Expliqué que había empezado con diez federicos de oro, y que seis o siete aciertos seguidos, doblando las puestas, me habían proporcionado cinco o seis mil gulden; y que después lo había perdido todo en dos golpes.

Todo esto, por supuesto, era verosímil. Mientras lo explicaba miraba a Polina, pero no pude leer nada en su rostro. Sin embargo, me había dejado mentir y no me había corregido; de ello saqué la conclusión de que tenía que mentir y encubrir el hecho de haber jugado por cuenta de ella. En todo caso, pensé para mis adentros, está obligada a darme una explicación, y poco antes había prometido revelarme algo.

Yo pensaba que el general me haría alguna observación, pero guardó silencio; noté, sin embargo, por su cara, que estaba agitado e intranquilo. Acaso, dados sus apuros económicos, le era penoso escuchar cómo un majadero manirroto como yo había ganado y perdido en un cuarto de hora ese respetable montón de oro.

Sospecho que anoche tuvo con el francés una acalorada disputa, porque estuvieron hablando largo y tendido a puerta cerrada. El francés se fue por lo visto irritado, y esta mañana temprano vino de nuevo a ver al general, probablemente para proseguir la conversación de ayer.

Habiendo oído hablar de mis pérdidas, el francés me hizo observar con mordacidad, más aún, con malicia, que era menester ser más prudente. No sé por qué agregó que, aunque los rusos juegan mucho, no son siquiera, a su parecer, diestros en el juego.

—En mi opinión, la ruleta ha sido inventada sólo para los rusos— observé yo; y cuando el francés sonrió desdeñosamente al oír mi dictamen, dije que yo llevaba razón porque, cuando hablo de los rusos como jugadores, lo hago para insultarlos y no para alabarlos, y, por lo tanto, es posible creerme.

—¿En qué funda usted su opinión?—preguntó el francés.

—En que en el catecismo de las virtudes y los méritos del hombre civilizado de Occidente figura histórica y casi primordialmente la capacidad de adquirir capital. Ahora bien, el ruso no sólo es incapaz de adquirir capital, sino que lo derrocha sin sentido, indecorosamente. Lo que no quita que el dinero también nos sirva a los rusos —añadí— ; por consiguiente, nos atraen y cautivan aquellos métodos, como, por ejemplo, la ruleta, con los cuales puede uno enriquecerse de repente, en dos horas, sin esfuerzo. Esto es para nosotros una gran tentación; y como jugamos sin sentido, sin esfuerzo, pues perdemos.

—Eso es hasta cierto punto verdad—subrayó el francés con fatuidad.

—No, eso no es verdad, y debería darle vergüenza hablar así de su patria— apuntó el general en tono severo y petulante.

—Perdón—le respondí—; en realidad no se sabe todavía qué es más repugnante: la perversión rusa o el método alemán de acumular dinero por medio del trabajo honrado.

—¡Qué idea tan indecorosa!—exclamó el general.

—¡Qué idea tan rusa!—exclamó el francés.

Yo me reí. Tenía unas ganas locas de azuzarlos.

—Yo prefiero con mucho vivir en tiendas de lona como un quirguiz a inclinarme ante el ídolo alemán.

—¿Qué ídolo?—gritó el general, que ya empezaba a sulfurarse en serio.

—El método alemán de acumular riqueza. No llevo aquí mucho tiempo, pero lo que hasta ahora vengo observando y comprobando subleva mi sangre tártara. ¡Juro por lo más sagrado que no quiero tales virtudes! Ayer hice un recorrido de unas diez verstas. Pues bien, todo coincide exactamente con lo que dicen esos librillos alemanes con estampas que enseñan moralidad. Aquí, en cada casa, hay un Vater, terriblemente virtuoso y extremadamente honrado. Tan honrado es que da miedo acercarse a él. Yo no puedo aguantar a las personas honradas a quienes no puede uno acercarse sin miedo. Cada uno de esos Vater tiene su familia, y durante las veladas toda ella lee en voz alta libros de sana doctrina. Sobre la casita murmuran los olmos y los castaños. Puesta de sol, cigüeña en el tejado, y todo es sumamente poético y conmovedor..

—No se enfade, general. Permítame contar algo todavía más conmovedor. Yo recuerdo que mi padre, que en paz descanse, también bajo los tilos, en el jardín, solía leernos a mi madre y a mí durante las veladas libros parecidos... Así pues, puedo juzgar con tino. Ahora bien, cada familia de aquí se halla en completa esclavitud y sumisión con respecto al Vater. Todos trabajan como bueyes y todos ahorran como judíos. Supongamos que el Vater ha acaparado ya tantos o cuantos gulden y que piensa traspasar al hijo mayor el oficio o la parcela de tierra; a ese fin, no se da una dote a la hija y ésta se queda para vestir santos; a ese fin, se vende al hijo menor como siervo o soldado y el dinero obtenido se agrega al capital doméstico. Así sucede aquí; me he enterado. Todo ello se hace por pura honradez, por la más rigurosa honradez, hasta el punto de que el hijo menor cree que ha sido vendido por pura honradez; vamos, que es ideal cuando la propia víctima se alegra de que la lleven al matadero. Bueno, ¿qué queda? Pues que incluso para el hijo mayor las cosas no van mejor: allí cerca tiene a su Amalia, a la que ama tiernamente; pero no puede casarse porque aún no ha reunido bastantes gulden. Así pues, los dos esperan honesta y sinceramente y van al sacrificio con la sonrisa en los labios. A Amalia se le hunden las mejillas, enflaquece. Por fin, al cabo de veinte años aumenta la prosperidad; se han ido acumulando los gulden honesta y virtuosamente. El Vater bendice a su hijo mayor, que ha llegado a la cuarentena, y a Amalia, que con treinta y cinco años a cuestas tiene el pecho hundido y la nariz colorada... En tal ocasión echa unas lagrimitas, pronuncia una homilía y muere. El hijo mayor se convierte en virtuoso Vater y... vuelta a las andadas. De este modo, al cabo de cincuenta o sesenta años, el nieto del primer Vater junta, efectivamente, un capital considerable que hereda a su hijo, éste al suyo, este otro al suyo, y al cabo de cinco o seis generaciones sale un barón Rothschild o una Hoppe y Compañía, o algo por el estilo. Bueno, señores, no dirán que no es un espectáculo majestuoso: trabajo continuo durante uno o dos siglos, paciencia, inteligencia, honradez, fuerza de voluntad, constancia, cálculo, ¡y una cigüeña en el tejado! ¿Qué más se puede pedir? No hay nada que supere a esto, y con ese criterio los alemanes empiezan a juzgar a todos los que son un poco diferentes de ellos, y a castigarlos sin más. Bueno, señores, así es la cosa. Yo, por mi parte, prefiero armar una juerga a la rusa o hacerme rico con la ruleta. No me interesa llegar a ser Hoppe y Compañía al cabo de cinco generaciones. Necesito el dinero para mí mismo y no me considero indispensable para nada ni subordinado al capital. Sé que he dicho un montón de tonterías, pero, en fin, ¿qué se le va a hacer? Ésas son mis convicciones.

—No sé si lleva usted mucha razón en lo que ha dicho —dijo pensativo el general , pero lo que sí sé es que empieza a bufonear de modo inaguantable en cuanto se le da la menor oportunidad...

Según costumbre suya, no acabó la frase. Si nuestro general se ponía a hablar de un tema algo más importante que la conversación cotidiana, nunca terminaba sus frases. El francés escuchaba distraídamente, con los ojos algo saltones. No había entendido casi nada de lo que yo había dicho. Polina miraba la escena con cierta indiferencia altiva. Parecía no haber oído mis palabras ni nada de lo que se había dicho a la mesa.

CAPÍTULO 5

Estaba más absorta que de ordinario, pero no bien nos levantamos de la mesa me mandó que fuera con ella de paseo. Recogimos a los niños y nos dirigimos a la fuente del parque.

Como me encontraba sobremanera agitado, pregunté estúpida y groseramente por qué el marqués Des Grieux, nuestro francés, no sólo no la acompañaba ahora cuando iba a algún sitio, sino que ni hablaba con ella durante días enteros.

—Porque es un canalla—fue la extraña contestación. Hasta ahora, nunca la había oído hablar en esos términos de Des Grieux. Guardé silencio, por temor a comprender su irritación.

—¿Ha notado que hoy no se llevaba bien con el general?

—¿Quiere usted saber de qué se trata?—respondió con tono seco y enojado—. Usted sabe que el general lo tiene todo hipotecado con el francés; toda su hacienda es de él, y si la abuela no muere, el francés entrará en posesión de todo lo hipotecado.

—¡Ah! ¿Conque es verdad que todo está hipotecado? Lo había oído decir, pero no lo sabía de cierto.

—Pues sí.

—Si es así, adiós a mademoiselle Blanche —dije yo—. En tal caso no será generala. ¿Sabe? Me parece que el general está tan enamorado que puede pegarse un tiro si mademoiselle Blanche le da esquinazo. Enamorarse así a sus años es peligroso.

—A mí también me parece que algo le ocurrirá—apuntó pensativa Polina Aleksandrovna.

—¡Y qué estupendo sería! —exclamé—. No hay manera más burda de demostrar que iba a casarse con él sólo por dinero. Aquí ni siquiera se han observado las buenas maneras; todo ha ocurrido sin ceremonia alguna. ¡Cosa más rara! Y en cuanto a la abuela, ¿hay algo más grotesco e indecente que mandar telegrama tras telegrama preguntando: ¿ha muerto? ¿ha muerto?¿Qué le parece, Polina Aleksandrovna?

—Todo eso es una tontería—respondió con repugnancia, interrumpiéndome—. Pero me asombra que esté usted de tan buen humor. ¿Por qué está contento? ¿No será por haber perdido mi dinero?

—¿Por qué me lo dio para que lo perdiera? Ya le dije que no puedo jugar por cuenta de otros y mucho menos por la de usted. Obedezco en todo aquello que usted me mande; pero el resultado no depende de mí. Ya le advertí que no resultaría nada positivo. Dígame, ¿le duele haber perdido tanto dinero? ¿Para qué necesita tanto?

—¿A qué vienen estas preguntas?

—¡Pero si usted misma prometió explicarme!—.Mire, estoy plenamente seguro de que ganaré en cuanto empiece a jugar por mi cuenta (y tengo doce federicos de oro). Entonces pídame cuanto necesite.

Hizo un gesto de desdén.

—No se enfade conmigo—proseguí—por esa propuesta. Estoy tan convencido de que no soy nada para usted, es decir, de que no soy nada a sus ojos, que puede usted incluso tomar dinero de mí. No tiene usted por qué ofenderse de un regalo mío. Además, he perdido su dinero.

Me lanzó una rápida ojeada y, notando que yo hablaba en tono irritado y sarcástico, interrumpió de nuevo la conversación.

—No hay nada que pueda interesarle en mis circunstancias. Si quiere saberlo, es que tengo deudas. He pedido prestado y quisiera devolverlo. He tenido la idea extraña y temeraria de que aquí ganaría irremisiblemente al juego. No sé por qué he tenido esta idea, pero he creído en ella porque no me quedaba otra alternativa.

—O porque era absolutamente necesario ganar. Por lo mismo que el que se ahoga se agarra a una paja. Confiese que si no se ahogara, no creería que una paja es una rama de árbol.

Polina se mostró sorprendida.

—¡Cómo!—exclamó—. ¡Pero si usted también pone sus esperanzas en lo mismo! Hace quince días me dijo usted con muchos pormenores que estaba completamente convencido de que ganaría aquí a la ruleta, y trató de persuadirme de que no le tuviera por loco. ¿Hablaba usted en broma entonces? Recuerdo que hablaba usted con tal seriedad que era imposible creer que era guasa.

—Es cierto—repliqué pensativo—. Todavía tengo la certeza absoluta de que ganaré. Confieso que me lleva usted ahora a hacerme una pregunta: ¿por qué la pérdida estúpida y vergonzosa de hoy no ha dejado en mí duda alguna? Sigo creyendo a pies juntillas que tan pronto como empiece a jugar por mi cuenta ganaré sin falta.

—¿Por qué está tan absolutamente convencido?

—Si puede creerlo, no lo sé. Sólo sé que me es preciso ganar, que ésta es también mi única salida. He aquí quizá por qué tengo que ganar irremisiblemente, o así me lo parece.

—Es decir, que también es necesario para usted, si está tan fanáticamente seguro.

—Apuesto a que duda de que soy capaz de sentir una necesidad seria.

—Me es igual—contestó Polina en voz baja e indiferente—. Bueno, si quiere, sí. Dudo que nada serio le traiga a usted de cabeza. Usted puede atribularse, pero no en serio. Es usted un hombre desordenado, inestable. ¿Para qué quiere el dinero? Entre las razones que adujo usted entonces, no encontré ninguna seria.

—A propósito—interrumpí—, decía usted que necesitaba pagar una deuda. ¡Bonita deuda será! ¿No es con el francés?

—¿Qué preguntas son éstas? Hoy está usted más impertinente que de costumbre. ¿No está borracho?

—Ya sabe que me permito hablar de todo y que pregunto a veces con la mayor franqueza. Repito que soy su esclavo y que no importa lo que dice un esclavo. Además, un esclavo no puede ofender.

—¡Tonterías! No puedo aguantar esa teoría suya sobre la "esclavitud".

—Fíjese en que no hablo de mi esclavitud porque me guste ser su esclavo.

Hablo de ella como de un simple hecho que no depende de mí.

—Diga sin rodeos, ¿por qué necesita dinero?

—Y usted, ¿por qué quiere saberlo?

—Como guste—respondió con un movimiento orgulloso de la cabeza.

—No puede usted aguantar la teoría de la esclavitud, pero exige esclavitud: "¡Responder y no razonar!". Bueno, sea. ¿Por qué necesito dinero, pregunta usted? ¿Cómo que por qué? El dinero es todo.

—Comprendo, pero no hasta el punto de caer en tal locura por el deseo de tenerlo. Porque usted llega hasta el frenesí, hasta el fatalismo. En ello hay algo, algún motivo especial. Dígalo sin ambages. Lo quiero.

Empezaba por lo visto a enfadarse y a mí me agradaba mucho que me preguntara con acaloramiento.

—Claro que hay un motivo —dije—, pero temo no saber cómo explicarlo. Sólo que con el dinero seré para usted otro hombre, y no un esclavo.

—¿Cómo? ¿Cómo conseguirá usted eso?

—¿Que cómo lo conseguiré? ¿Conque usted no concibe siquiera que yo pueda conseguir que no me mire como a un esclavo? Pues bien, eso es lo que no quiero, esa sorpresa, esa perplejidad.

—Usted decía que consideraba esa esclavitud como un placer. As! lo pensaba yo también.

—Así lo pensaba usted —exclamé con extraño deleite— ¡Ah, qué deliciosa es esa ingenuidad suya! ¡Conque sí, sí, usted mira mi esclavitud como un placer. Hay placer, sí, cuando se llega al colmo de la humildad y la insignificancia— continué en mi delirio— ¿Quién sabe? Quizá lo haya también en el knut cuando se hunde en la espalda y arranca tiras de carne... Pero quizá quiero probar otra clase de placer. Hoy, a la mesa, en presencia de usted, el general me predicó un sermón a cuenta de los setecientos rublos anuales que ahora puede que no me pague. El marqués Des Grieux me mira alzando las cejas, y ni me ve siquiera. Y yo, por mi parte, quizá tenga un deseo vehemente de tirar de la nariz al marqués Des Grieux en presencia de usted.

—Palabras propias de un mocosuelo. En toda situación es posible comportarse con dignidad. Si hay lucha, que sea noble y no humillante.

—Eso viene derechito de un manual de caligrafía. Usted supone sin más que no sé portarme con dignidad. Es decir, que podré ser un hombre digno, pero que no sé portarme con dignidad. Comprendo que quizá sea verdad. Sí, todos los rusos son así y le diré por qué: porque los rusos están demasiado bien dotados, son demasiado versátiles, para encontrar de momento una forma de la buena crianza. Es cuestión de forma. La mayoría de nosotros, los rusos, estamos tan bien dotados que necesitamos genio para lograr una forma de la buena crianza. Ahora bien, lo que más a menudo falta es el genio, porque en general se da raramente. Sólo entre los franceses y quizá entre algunos otros europeos, está tan bien definida la buena crianza que una persona puede tener un aspecto dignísimo y ser totalmente indigna. De ahí que la forma signifique tanto para ellos. El francés aguanta un insulto, un insulto auténtico y directo, sin pestañear, pero no tolerará un papirotazo en la nariz, porque ello es una violación de la forma recibida y consagrada de la buena crianza. De ahí la afición de nuestras mocitas rusas a los franceses, porque los modales de éstos son impecables. A mi modo de ver, sin embargo, no tienen buena crianza, sino sólo "gallo", le coq gaulois. Pero claro, yo no comprendo eso porque no soy mujer. Quizá los gallos tienen también buenos modales. Está visto que estoy desbarrando y que no me para usted los pies. Interrúmpame más a menudo. Cuando hablo con usted quiero decirlo todo, todo, todo. Pierdo todo sentido de lo que son los buenos modales; hasta convengo en que no sólo no tengo buenos modales, sino ni dignidad siquiera. Se lo explicaré. No me preocupo en lo más mínimo de las cualidades morales. Ahora en mí todo está como detenido. Usted misma sabe por qué. No tengo en la cabeza un solo pensamiento humano. Hace ya mucho que no sé lo que sucede en el mundo, ni en Rusia ni aquí., He pasado por Dresde y ni recuerdo cómo es Dresde. Usted misma sabe lo que me ha sorbido el seso. Como no abrigo ninguna esperanza y soy un cero a los ojos de usted, hablo sin rodeos. Dondequiera que estoy sólo veo a usted, y lo demás me importa un comino. No sé por qué ni cómo la quiero. ¿Sabe? Quizá no tiene usted nada de guapa. Figúrese que ni tengo idea de si es usted hermosa de cara. Su corazón, huelga decirlo, no tiene nada de hermoso y acaso sea usted innoble de espíritu.

—¿Es por eso por lo que su intención es comprarme con dinero? —preguntó—. ¿Porque no cree en mi nobleza de espíritu?

—¿Cuándo he pensado en comprarla con dinero?—grité.

—Se le ha ido la lengua y ha perdido el hilo. Si no comprarme a mí misma, sí piensa comprar mi respeto con dinero.

—¡Que no, de ningún modo! Ya le he dicho que me cuesta trabajo explicarme. Usted me abruma. No se enfade con mi cháchara. Usted comprende por qué no Vale la pena enojarse conmigo: estoy sencillamente loco. Pero, por otra parte, me da lo mismo que se enfade usted. Allá arriba, en mi cuchitril, me basta sólo recordar e imaginar el rumor del vestido de usted y ya estoy para morderme las manos. ¿Y por qué se enfada conmigo? ¿Porque me llamo su esclavo? ¡Aprovéchese, aprovéchese de mi esclavitud, aprovéchese de ella! ¿Sabe que la mataré algún día? Y no la mataré por haber dejado de quererla, ni por celos; la mataré sencillamente porque siento ganas de comérmela. Usted se ríe...

—No me río, no, señor —dijo indignada— Le mando que se calle.

Se detuvo, con el aliento entrecortado por la ira. ¡Por Dios vivo que no sé si era hermosa! Lo que sí sé es que me gustaba mirarla cuando se encaraba conmigo así, por lo que a menudo me agradaba provocar su enojo. Quizá ella misma lo notaba y se enfadaba de propósito. Se lo dije.

—¡Qué porquería! —exclamó con repugnancia.

—Me es igual —proseguí— Sepa que hay peligro en que nos paseemos juntos; más de una vez he sentido el deseo irresistible de golpearla, de desfigurarla, de estrangularla. ¿Y cree usted que las cosas no llegarán a ese extremo? Usted me lleva hasta el arrebato. ¿Cree que temo el escándalo? ¿El enojo de usted? ¿Y a mí qué me importa su enojo? Yo la quiero sin esperanza y sé que después de esto la querré mil veces más. Si algún día la mato tendré que matarme yo también (ahora bien, retrasaré el matarme lo más posible para sentir el dolor intolerable de no tenerla). ¿Sabe usted una cosa increíble? Que con cada día que pasa la quiero a usted más, lo que es casi imposible. Y después de esto, ¿cómo puedo dejar de ser fatalista? Recuerde que anteayer, provocado por usted, le dije en el Schlangenberg que con sólo pronunciar usted una palabra me arrojaría al abismo. Si la hubiera pronunciado me habría lanzado. ¿No cree usted que lo hubiera hecho?

—¡Qué cháchara tan estúpida!—exclamó.

—Me da igual que sea estúpida o juiciosa—respondí— Lo que sé es que en presencia de usted necesito hablar, hablar, hablar... y hablo. Ante usted pierdo por completo el amor propio y todo me da lo mismo.

—¿Y con qué razón le mandaría tirarse desde el Schlangenberg? Eso para mí no tendría ninguna utilidad.

—¡Magnífico!—exclamé— De propósito, para aplastarme, ha usado usted esa magnífica expresión "ninguna utilidad". Para mí es usted transparente. ¿Dice que "ninguna utilidad"? La satisfacción es siempre útil; y el poder feroz sin cortapisas, aunque sea sólo sobre una mosca, es también una forma especial de placer. El ser humano es déspota por naturaleza y muy aficionado a ser verdugo. Usted lo es en alto grado.

Recuerdo que me miraba con atención reconcentrada. Mi rostro, por lo visto, expresaba en ese momento todos mis sentimientos absurdos e incoherentes. Recuerdo todavía que nuestra conversación de entonces fue en efecto, casi palabra por palabra, como aquí queda descrita. Mis ojos estaban inyectados de sangre. En las comisuras de mis labios espumajeaba la saliva. Y en lo tocante al Schlangenberg, juro por mi honor, aun en este instante, que si me hubiera mandado que me tirara ¡me hubiera tirado! Aunque ella sólo lo hubiera dicho en broma, por desprecio, escupiendo las palabras, ¡me hubiera tirado entonces!

—No, pero sí le creo —concedió, pero de la manera en que a veces ella se expresa, con tal desdén, con tal rencor, con tal altivez, que vive Dios que podría matarla en ese momento. Ella cortejaba el peligro. Yo tampoco mentía al decírselo.

—¿Usted no es cobarde?—me preguntó de pronto.

—No sé; quizá lo sea. No sé; hace tiempo que no he pensado en ello.

—Si yo le dijera: "mate a esa persona", ¿la mataría usted?

—¿A quién?

—A quien yo quisiera.

—¿Al francés?

—No pregunte. Conteste. A quien yo le indicara. Quiero saber si hablaba usted en serio hace un momento.—Aguardaba la contestación con tal seriedad e impaciencia que todo ello me pareció un tanto extraño.

—¡Pero acabemos, dígame qué es lo que pasa aquí! —exclamé— ¿Es que me teme usted? Veo bien la confusión que reina aquí. Usted es hijastra de un hombre loco y arruinado, a quien ha envenenado la pasión por ese diablo de mujer, Blanche. Luego está ese francés con su misteriosa influencia sobre usted y he aquí que ahora me hace usted seriamente una pregunta... insólita. Por lo menos tengo que saber qué hay; de lo contrario me haré un lío y meteré la pata. ¿O es que le da a usted vergüenza de honrarme con su franqueza? ¿Pero es posible que tenga usted vergüenza de mí?

—No le hablo a usted en absoluto de eso. Le he hecho una pregunta y espero contestación.

—Claro que mataría a quien me mandara usted —exclamé—, pero ¿es posible que... es posible que usted mande tal cosa?

—¿Qué se cree? ¿Que le tendré lástima? Se lo mandaré y escurriré el bulto. ¿Aguantará eso? ¡Claro que no podrá aguantarlo! Puede que matara usted cumpliendo la orden, pero vendría a matarme a mí por haberme atrevido a dársela.

Tales palabras me dejaron casi atontado. Por supuesto, yo pensaba que me hacía la pregunta medio en broma, para provocarme, pero había hablado con demasiada seriedad. De todos modos, me asombró que se expresara así, que tuviera tales derechos sobre mi persona, que consintiera en ejercer tal ascendiente sobre mí y que dijera tan sin rodeos: "Ve a tu perdición, que yo me echaré a un lado". En esas palabras había tal cinismo y desenfado que la cosa pasaba de castaño oscuro. Porque, vamos a ver, ¿qué opinión tenía de mí? Esto rebasaba los límites de la esclavitud y la humillación. Opinar así de un hombre es ponerlo al nivel de quien opina. Y a pesar de lo absurdo e inverosímil de nuestra conversación, el corazón me temblaba.

De pronto soltó una carcajada. Estábamos sentados en el banco, junto a los niños, que seguían jugando, de cara al lugar donde se detenían los carruajes para que se apeara la gente en la avenida que había delante del Casino.

—¿Ve usted a esa baronesa gorda? —preguntó— Es la baronesa Burmerhelm. Llegó hace sólo tres días. Mire a su marido: ese prusiano seco y larguirucho con un bastón en la mano. ¿Recuerda cómo nos miraba anteayer? Vaya usted al momento, acérquese a la baronesa, quítese el sombrero y dígale algo en francés.

—¿Para qué?

—Usted juró que se tiraría desde lo alto del Schlangenberg. Usted jura que está dispuesto a matar si se lo ordeno. En lugar de muertes y tragedias quiero sólo pasar un buen rato. Hala, vaya, no hay pero que valga. Quiero ver cómo le apalea a usted el barón.

—Usted me provoca. ¿Cree que no lo haré?

—Sí, le provoco. Vaya. Así lo quiero.

—Perdone, voy, aunque es un capricho absurdo. Sólo una cosa: ¿qué hacer para que el general no se lleve un disgusto o no se lo dé a usted? Palabra que no me preocupo por mí, sino por usted... y, bueno, por el general. ¿Y qué antojo es éste de ir a insultar a una mujer?

—Ya veo que se le va a usted la fuerza por la boca —dijo con desdén—. Hace un momento tenía usted los ojos inyectados de sangre, pero quizá sólo porque había bebido demasiado vino con la comida. ¿Cree que no me doy cuenta de que esto es estúpido y grosero y que el general se va a enfadar? Quiero sencillamente reírme; lo quiero y basta. ¿Y para qué insultar a una mujer? Para que cuanto antes le den a usted una paliza.

Giré sobre los talones y en silencio fui a cumplir su encargo. Sin duda era una acción estúpida, y por supuesto no sabía cómo evitarla, pero recuerdo que cuando me acercaba a la baronesa algo en mí mismo parecía azuzarme, algo así como la picardía de un colegial. Me sentía totalmente desquiciado, igual que si estuviera borracho.

CAPÍTULO 6

Han pasado ya veinticuatro horas desde ese día estúpido, ¡y cuánto jaleo, escándalo, bulle bulle y aspaviento! ¡Qué confusión, qué embrollo, qué necedad, qué ordinariez ha habido en esto, de todo lo cual he sido yo la causa! A veces, sin embargo, me parece cosa de risa, a mí por lo menos. No consigo explicarme lo que me sucedió: ¿estaba, en efecto, fuera de mí o simplemente me salí un momento del carril y me porté como un patán merecedor de que lo aten? A veces me parece que estoy ido de la cabeza, pero otras creo que soy un chicuelo no muy lejos todavía del banco de la escuela, y que lo que hago son sólo burdas chiquilladas de escolar.

Ha sido Polina, todo ello ha sido obra de Polina. Sin ella no hubiera habido esas travesuras. ¡Quién sabe! Acaso lo hice por desesperación (por muy necio que parezca suponerlo). No comprendo, no comprendo en qué consiste su atractivo. En cuanto a hermosa, lo es, debe de serlo, porque vuelve locos a otros hombres. Alta y bien plantada, sólo que muy delgada. Tengo la impresión de que puede hacerse un nudo con ella o plegarla en dos.

Su pie es largo y estrecho —una tortura, eso es, una tortura—. Su pelo tiene un ligero tinte rojizo. Los ojos, auténticamente felinos ¡y con qué orgullo y altivez sabe mirar con ellos! Hace cuatro meses, a raíz de mi llegada, estaba ella hablando una noche en la sala con Des Grieux. La conversación era acalorada. Y ella le miraba de tal modo... que más tarde, cuando fui a acostarme, saqué la conclusión de que acababa de darle una bofetada. Estaba de pie ante él y mirándole... Desde esa noche la quiero.

Pero vamos al caso.

Por una vereda entré en la avenida, me planté en medio de ella y me puse a esperar al barón y la baronesa. Cuando estuvieron a cinco pasos de mí me quité el sombrero y me incliné.

Recuerdo que la baronesa llevaba un vestido de seda de mucho vuelo, gris oscuro, con volante de crinolina y cola. Era mujer pequeña y de corpulencia poco común, con una papada gruesa y colgante que impedía verle el cuello. Su rostro era de un rojo subido; los ojos eran pequeños, malignos e insolentes.

Caminaba como si tuviera derecho a todos los honores. El marido era alto y seco. Como ocurre a menudo entre los alemanes, tenía la cara torcida y cubierta de un sinfín de pequeñas arrugas. Usaba lentes. Tendría unos cuarenta y cinco años. Las piernas casi le empezaban en el pecho mismo, señal de casta. Ufano como pavo real. Un tanto desmañado. Había algo de carnero en la expresión de su rostro que alguien podría tomar por sabiduría.

Todo esto cruzó ante mis ojos en tres segundos.

Mi inclinación de cabeza y mi sombrero en la mano atrajeron poco a poco la atención de la pareja. El barón contrajo ligeramente las cejas. La baronesa navegaba derecha hacia mí.

—Madame la baronne —articulé claramente en voz alta, acentuando cada palabra—, j'ai l'honneur d'être votre esclave.

Me incliné, me puse el sombrero y pasé junto al barón, volviendo mi rostro hacia él y sonriendo cortésmente.

Polina me había ordenado que me quitara el sombrero, pero la inclinación de cabeza y el resto de la faena eran de mi propia cosecha. El diablo sabe lo que me impulsó a hacerlo. Fue sencillamente un patinazo.

—Hein! —gritó o, mejor dicho, graznó el barón, volviéndose hacia mí con mortificado asombro.

Yo también me volví y me detuve en respetuosa espera, sin dejar de mirarle y sonreír. Él, por lo visto, estaba perplejo y alzó desmesuradamente las cejas. Su rostro se iba entenebreciendo. La baronesa se volvió también hacia mí y me miró asimismo con irritada sorpresa. Algunos de los transeúntes se pusieron a observarnos. Otros hasta se detuvieron.

—Heín!— graznó de nuevo el barón, con redoblado graznido y redoblada furia.

—Ja wohl —dije yo arrastrando las sílabas sin apartar mis ojos de los suyos.

—Sind Sie rasend?—gritó enarbolando el bastón y empezando por lo visto a acobardarse. Quizá le desconcertaba mi atavío. Yo estaba vestido muy pulcramente, hasta con atildamiento, como hombre de la mejor sociedad.

—Ja wo o ohl!—exclamé de pronto a voz en cuello, arrastrando la o a la manera de los berlineses, quienes a cada instante introducen en la conversación las palabras ja wohl, alargando más o menos la o para expresar diversos matices de pensamiento y emoción.

El barón y la baronesa, atemorizados, giraron sobre sus talones rápidamente y casi salieron huyendo. De los circunstantes, algunos hacían comentarios y otros me miraban estupefactos. Pero no lo recuerdo bien.

Yo di la vuelta y a mi paso acostumbrado me dirigí a Polina Aleksandrovna; pero aún no había cubierto cien pasos de la distancia que me separaba de su banco cuando vi que se levantaba y se encaminaba con los niños al hotel.

La alcancé en la escalinata.

—He llevado a cabo... la payasada —dije cuando estuve a su lado.

—Bueno, ¿y qué? Ahora arrégleselas como pueda—respondió sin mirarme y se dirigió a la escalera.

Toda esa tarde estuve paseando por el parque. Atravesándolo y atravesando después un bosque, llegué a un principado vecino. En una cabaña tomé unos huevos revueltos y vino. Por este idilio me cobraron nada menos que un tálero y medio.

Eran ya las once cuando regresé a casa. En seguida vinieron a buscarme porque me llamaba el general.

Nuestra gente ocupa en el hotel dos apartamentos con un total de cuatro habitaciones. La primera es grande, un salón con piano. Junto a ella hay otra, amplia, que es el gabinete del general, y en el centro de ella me estaba esperando éste de pie, en actitud majestuosa. Des Grieux estaba arrebañado en un diván.

Permítame preguntarle, señor mío, qué ha hecho usted—dijo para empezar el general, volviéndose hacia mí.

—Desearía, general, que me dijera sin rodeos lo que tiene que decirme. ¿Usted probablemente quiere aludir a mi encuentro de hoy con cierto alemán?

—¿Con cierto alemán? Ese alemán es el barón Burmerhelm, un personaje importante, señor mío. Usted se ha portado groseramente con él y con la baronesa.

—No, señor, nada de eso.

—Los ha asustado usted.

—Repito que no, señor. Cuando estuve en Berlín me chocó oír constantemente tras cada palabra la expresión ja wohl! que allí pronuncian arrastrándola de una manera desagradable. Cuando tropecé con ellos en la avenida me acordé de pronto, no sé por qué, de ese ja wohl! —y el recuerdo me irritó... Sin contar que la baronesa, tres veces ya, al encontrarse conmigo, tiene la costumbre de venir directamente hacia mí, como si yo fuera un gusano que se puede aplastar con el pie. Convenga en que yo también puedo tener amor propio. Me quité el sombrero y cortésmente (le aseguro que cortésmente) le dije: Madame, j'ai l'honneur d'être votre esclave. Cuando el barón se volvió y gritó hein!, de repente me dieron ganas de gritar ja wohl. Lo grité dos veces: la primera, de manera corriente, y la segunda, arrastrando la frase lo más posible. Eso es todo.

Confieso que quedé muy contento de esta explicación propia de un mozalbete. Deseaba ardientemente alargar esta historia de la manera más absurda posible.

—¿Se ríe usted de mí? —exclamó el general. Se volvió al francés y le dijo en francés que yo, sin duda, insistía en dar un escándalo. Des Grieux se rió desdeñosamente y se encogió de hombros.

—¡Oh, no lo crea! ¡No es así ni mucho menos! —exclamé—; mi proceder, por supuesto, no ha sido bonito, y lo reconozco con toda franqueza. Cabe incluso decir que ha sido una majadería, una travesura de colegial, pero nada más. Y sepa usted, general, que me arrepiento de todo corazón. Pero en ello hay una circunstancia que, a mi modo de ver, casi me exime del arrepentimiento. Recientemente, en estas últimas dos o tres semanas, no estoy bien: me siento enfermo, nervioso, irritado, antojadizo, y en más de una ocasión pierdo por completo el dominio sobre mí mismo. A decir verdad, algunas veces he sentido el deseo vehemente de abalanzarme sobre el marqués Des Grieux y.. en fin, no hay por qué acabar la frase; podría ofenderse. En suma, son síntomas de una enfermedad. No sé si la baronesa Burmerhelm tomará en cuenta esta circunstancia cuando le presente mis excusas (porque tengo la intención de presentarle mis excusas). Sospecho que no, que últimamente se ha empezado a abusar de esta circunstancia en el campo jurídico. En las causas criminales, los abogados tratan a menudo de justificar a sus clientes alegando que en el momento de cometer el delito no se acordaban de nada, lo que bien pudiera ser una especie de enfermedad: "Asestó el golpe —dicen— y no recuerda nada". Y figúrese, general, que la medicina les da la razón, que efectivamente corrobora la existencia de tal enfermedad, de una ofuscación pasajera en que el individuo no recuerda casi nada, o recuerda la mitad o la cuarta parte de lo sucedido.

Pero el barón y la baronesa son gentes chapadas a la antigua, sin contar que son junker prusianos y terratenientes. Lo probable es que todavía ignoren ese progreso en el campo de la medicina legal y que, por lo tanto, no acepten mis explicaciones. ¿Qué piensa usted, general?

—¡Basta, caballero!—dijo el general en tono áspero y con indignación mal contenida— ¡Basta ya! Voy a intentar de una vez para siempre librarme de sus chiquilladas. No presentará usted sus excusas a la baronesa y el barón. Toda relación con usted, aunque sea sólo para pedirles perdón, será humillante para ellos. El barón, al enterarse de que pertenece usted a mi casa, ha tenido una conversación conmigo en el Casino, y confieso que faltó poco para que me pidiera una satisfacción. ¿Se da usted cuenta de la situación en que me ha puesto usted a mí, a mí, señor mío? Yo, yo mismo he tenido que pedir perdón al barón y darle mi palabra de que en seguida, hoy mismo, dejará usted de pertenecer a mi casa...

—Un momento, un momento, general, ¿conque ha sido él mismo quien ha exigido que yo deje de pertenecer a la casa de usted, para usar la frase de que usted se sirve?

—No, pero yo mismo me consideré obligado a darle esa satisfacción y, por supuesto, el barón quedó satisfecho. Nos vamos a separar, señor mío. A usted le corresponde percibir de mí estos cuatro federicos de oro y tres florines, según el cambio vigente. Aquí está el dinero y un papel con la cuenta; puede usted comprobar la suma. Adiós. De ahora en adelante somos extraños uno para el otro. Salvo inquietudes y molestias no le debo a usted nada más. Voy a llamar al hotelero para informarle que desde mañana no respondo de los gastos de usted en el hotel. Servidor de usted.

Tomé el dinero y el papel en que estaba apuntada la cuenta con lápiz, me incliné ante el general y le dije muy seriamente:

—General, el asunto no puede acabar así. Siento mucho que haya tenido usted un disgusto con el barón, pero, con perdón, usted mismo tiene la culpa de ello. ¿Por qué se le ocurrió responder de mí ante el barón? ¿Qué quiere decir eso de que pertenezco a la casa de usted? Yo soy sencillamente un tutor en casa de usted, nada más. No soy hijo de usted, no estoy bajo su tutela y no puede usted ser responsable de mis acciones. Soy persona jurídicamente competente. Tengo veinticinco años, poseo el título de licenciado, soy de familia noble y enteramente extraño a usted. Sólo la profunda estima que profeso a su dignidad me impide exigirle ahora una satisfacción y pedirle, además, que explique por qué se arrogó el derecho de contestar por mí al barón.

El general quedó tan estupefacto que puso los brazos en cruz, se volvió de repente al francés y apresuradamente le hizo saber que yo casi le había retado a un duelo. El francés lanzó una estrepitosa carcajada.

—Al barón, sin embargo, no pienso soltarle así como así —seguí con toda sangre fría, sin hacer el menor caso de la risa de M. Des Grieux ; y ya que usted, general, al acceder hoy a escuchar las quejas del barón y tomar su partido, se ha convertido, por así decirlo, en partícipe de este asunto, tengo el honor de informarle que mañana por la mañana a lo más tardar exigiré del barón, en mi propio nombre, una explicación en debida forma de por qué, siendo yo la persona con quien tenía que tratar, me pasó por alto para tratar con otra—, como si yo no fuera digno o no pudiera responder por mí mismo.

Sucedió lo que había previsto. El general, al oír esta nueva majadería, se acobardó horriblemente.

—¿Cómo? ¿Es posible que se empeñe todavía en prolongar este condenado asunto? —exclamó—. ¡Ay, Dios mío! ¿Pero qué hace usted conmigo? ¡No se atreva usted, no se atreva, señor mío, o le juro que... También aquí hay autoridades y yo... yo... por mi posición social... y el barón también... en una palabra, que lo detendrán a usted y que la policía le expulsará de aquí para que no alborote. ¡Téngalo presente! —Y si bien hablaba con voz entrecortada por la ira, estaba terriblemente acobardado.

—General—respondí con calma que le resultaba intolerable—, no es posible detener a nadie por alboroto hasta que el alboroto mismo se produzca. Todavía no he iniciado mis explicaciones con el barón y usted no sabe en absoluto de qué manera y sobre qué supuestos pienso proceder en este asunto. Sólo deseo esclarecer la suposición, que estimo injuriosa para mí, de que me encuentro bajo la tutela de una persona que tiene dominio sobre mi libertad de acción. No tiene usted, pues, por qué preocuparse o alarmarse.

—¡Por Dios santo, por Dios Santo, Aleksei Ivanovich, abandone ese propósito insensato! —murmuró el general, cambiando súbitamente su tono airado en otro de súplica, e incluso cogiéndome de las manos—. ¡Imagínese lo que puede resultar de esto! ¡Más disgustos! ¡Usted mismo convendrá en que debo conducirme aquí de una manera especial, sobre todo ahora!... ¡sobre todo ahora!... ¡Ay, usted no conoce, no conoce, todas mis circunstancias! Cuando nos vayamos de aquí estoy dispuesto a contratarle de nuevo. Hablaba sólo de ahora... en fin, usted conoce los motivos! —gritó desesperado—¡Aleksei Ivanovich, Aleksei Ivanovich!

Una vez más, desde la puerta, le dije con voz firme que no se preocupara, le prometí que todo se haría pulcra y decorosamente, y me apresuré a salir.

A veces los rusos que están en el extranjero se muestran demasiado pusilánimes, temen sobremanera el qué dirán, la manera cómo la gente los mira, y se preguntan si es decoroso hacer esto o aquello; en fin, viven como encorsetados, sobre todo cuando aspiran a distinguirse. Lo que más les agrada es cierta pauta preconcebida, establecida de una vez para siempre, que aplican servilmente en los hoteles, en los paseos, en las reuniones, cuando van de viaje... Ahora bien, al general se le escapó sin querer el comentario de que, además de eso, había otras circunstancias particulares, de que le era preciso "conducirse de manera algo especial". De ahí que se apocara tan de repente y cambiara de tono conmigo. Yo lo observé y tomé nota mental de ello. Y como, sin duda, por pura necedad, él podía apelar mañana a las autoridades, me era preciso tomar precauciones.

Por otra parte, yo en realidad no quería enfurecer al general; pero sí quería enfurecer a Polina. Polina me había tratado tan cruelmente, me había puesto en situación tan estúpida que quería obligarla a que me pidiera ella misma que cesara en mis actos. Mis travesuras Podían llegar a comprometerla, sin contar que en mí iban surgiendo otras emociones y apetencias; porque si ante ella me veo reducido voluntariamente a la nada, eso no significa que sea un "gallina" ante otras gentes, ni por supuesto que pueda el barón "darme de bastonazos". Lo que yo deseaba era reírme de todos ellos y salir victorioso en este asunto.

¡Que mirasen bien! Quizá ella se asustaría y me llamaría de nuevo. Y si no lo hacía, vería de todos modos que no soy un "gallina".

(Noticia sorprendente. Acaba de decirme la niñera, con quien he tropezado en la escalera, que Marya Filippovna ha salido sola, en el tren de esta noche, para Karlsbad con el fin de visitar a una prima suya. ¿Qué significa esto? La niñera dice que venía preparando el viaje desde hacía tiempo, pero ¿cómo es que nadie lo sabía? Aunque bien pudiera ser que yo fuese el único en no saberlo. La niñera me ha dicho, además, que anteayer Marya Filippovna tuvo una disputa con el general. Lo comprendo. El tema, sin duda, fue mademoiselle Blanche. Sí, algo decisivo va a ocurrir aquí).

CAPÍTULO 7

Al día siguiente llamé al hotelero y le dije que preparase mi cuenta por separado. Mi habitación no era lo bastante cara para alarmarme y obligarme a abandonar el hotel. Contaba con diecisiete federicos de oro, y allí... allí estaba quizá la riqueza. Lo curioso era que todavía no había ganado, pero sentía, pensaba y obraba como hombre rico y no podía imaginarme de otro modo.

A pesar de lo temprano de la hora, me disponía a ir a ver a mister Astley en el Hotel d'Angleterre, cercano al nuestro, cuando inopinadamente se presentó Des Grieux. Esto no había sucedido nunca antes; más aún, mis relaciones con este caballero habían sido últimamente harto raras y tirantes. Él no se recataba para mostrarme su desdén, mejor dicho, se esforzaba por mostrármelo; y yo, por mi parte, tenía mis razones para no manifestarle aprecio. En una palabra, le detestaba. Su llegada me llenó de asombró. Me percaté en el acto de que sucedía algo especial.

Entró muy amablemente y me dijo algo lisonjero acerca de mi habitación. Al verme con el sombrero en la mano, me preguntó si salía de paseo a una hora tan temprana. Al oír que iba a visitar a mister Astley para hablar de negocios, pensó un instante, caviló, y su rostro reflejó la más aguda preocupación.

Des Grieux era como todos los franceses, a saber, festivo y amable cuando serlo es necesario y provechoso, y fastidioso hasta más no poder cuando ser festivo y amable deja de ser necesario. Raras veces es el francés naturalmente amable; lo es siempre, como si dijéramos, por exigencia, por cálculo. Si, pongamos por caso, juzga indispensable ser fantasioso, original, extravagante, su fantasía resulta sumamente necia y artificial y reviste formas aceptadas y gastadas por el uso repetido. El francés natural es la encarnación del pragmatismo más angosto, mezquino y cotidiano, en una palabra, es el ser más fastidioso de la tierra. A mi juicio, sólo las gentes sin experiencia, y en particular las jovencitas rusas, se sienten cautivadas por los franceses. A toda persona como Dios manda le es familiar e inaguantable este convencionalismo, esta forma preestablecida de la cortesía de salón, de la desenvoltura y de la jovialidad.

—Vengo a hablarle de un asunto —empezó diciendo con excesiva soltura, aunque con amabilidad— y no le ocultaré que vengo como embajador, o,,mejor dicho, como mediador, del general. Como conozco el ruso muy mal, no comprendí casi nada anoche; pero el general me dio explicaciones detalladas, y confieso que...

—Escuche, monsieur Des Grieux —le interrumpí—. Usted ha aceptado en este asunto el oficio de mediador. Yo, claro, soy un outchitel y nunca he aspirado al honor de ser amigo íntimo de esta familia o de establecer relaciones particularmente estrechas con ella; por lo tanto, no conozco todas las circunstancias. Pero ilumíneme: ¿es que es usted ahora, con todo rigor, miembro de la familia? Porque como veo que toma usted una parte tan activa en todo, que es indefectiblemente mediador en tantas cosas...

No le agradó mi pregunta. Le resultaba demasiado transparente, y no quería irse de la lengua.

—Me ligan al general, en parte, ciertos asuntos, y, en parte, también, algunas circunstancias personales —dijo con sequedad—. El general me envía a rogarle que desista de lo que proyectaba ayer. Lo que usted urdía era, sin duda, muy ingenioso; pero el general me ha pedido expresamente que indique a usted que no logrará su objeto. Por añadidura, el barón no le recibirá, y, en definitiva, cuenta con medios de librarse de toda futura importunidad por parte de usted. Convenga en que es así. Dígame, pues, de qué sirve persistir. El general promete que, con toda seguridad, le repondrá a usted en su puesto en la primera ocasión oportuna y que hasta esa fecha le abonará sus honorarios, vos appointements. Esto es bastante ventajoso, ¿no le parece?

Yo le repliqué con calma que se equivocaba un tanto; que bien podía ser que no me echasen de casa del barón; que, por el contrario, quizá me escuchasen; y le pedí que confesara que había venido probablemente para averiguar qué medidas pensaba tomar yo en este asunto.

—¡Por Dios santo! Puesto que el general está tan implicado, claro que le gustará saber qué hará usted y cómo lo hará. Eso es natural.

Yo me dispuse a darle explicaciones y él, arrellanándose cómodamente, se dispuso a escucharlas, ladeando la cabeza un poco hacia mí, con un evidente y manifiesto gesto de ironía en el rostro. De ordinario me miraba muy por encima del hombro. Yo hacía todo lo posible por fingir que ponderaba el caso con toda la seriedad que requería. Dije que puesto que el barón se había quejado de mí al general como si yo fuera un criado de éste, me había hecho perder mi colocación, en primer lugar, y, en segundo, me había tratado como persona incapaz de responder por sí misma y con quien ni siquiera valía la pena hablar. Por supuesto que me sentía ofendido, y con sobrado motivo; pero, en consideración de la diferencia de edad, del nivel social, etc., etc. (y aquí apenas podía contener la risa), no quería aventurarme a una chiquillada más, como sería exigir satisfacción directamente del barón o incluso sencillamente sugerir que me la diera. De todos modos, me juzgaba con derecho a ofrecerle mis excusas, a la baronesa en particular, tanto más cuanto que últimamente me sentía de veras indispuesto, desquiciado y, por así decirlo, antojadizo, etc., etc. No obstante, el barón, con su apelación de ayer al general, ofensiva para mí, y su empeño en que el general me privase de mi empleo, me había puesto en situación de no poderles ya ofrecer a él y a la baronesa mis excusas, puesto que él, y la baronesa, y todo el mundo pensarían de seguro que lo hacía por miedo, a fin de ser repuesto en mi cargo. De aquí que yo estimase necesario pedir ahora al barón que fuera él quien primero me ofreciera excusas, en los términos más moderados, diciendo, por ejemplo, que no había querido ofenderme en absoluto; y que cuando el barón lo dijera, yo por mi parte, como sin darle importancia, le presentaría cordial y sinceramente mis propias excusas. En suma—dije en conclusión— sólo pedía que el barón me ofreciera una salida.

—¡Uf, qué escrupulosidad y qué finura! ¿Y por qué tiene usted que disculparse? Vamos, monsieur; reconozca, monsieur.. que lo hace usted adrede para molestar al general... y quizá con otras miras personales... mon cher monsieur, pardon, j'ai oublié votre nom, monsieur Alexis ?.. n'est ce pas?

—Pero, perdón, mon cher marquis, ¿a usted qué le va en ello?

—Mais le général..

—¿Y qué le va al general? Él dijo algo ayer de que tenía que conducirse de cierta manera... y que estaba inquieto—... pero yo no comprendí nada.

—Aquí hay,.. aquí hay efectivamente una circunstancia personal— dijo Des Grieux con tono suplicante en el que se notaba cada vez más la mortificación—

¿Usted conoce a mademoiselle de Cominges?

—¿Quiere usted decir mademoiselle Blanche?

—Pues sí, mademoiselle Blanche de Cominges... et madame sa mère...; reconozca que el general... para decirlo de una vez, qué el general está enamorado y que hasta es posible que se celebre la boda aquí. Imagínese que en tal ocasión hay escándalos, historias...

—No veo escándalos ni historias que tengan relación con la boda.

—Pero le baron est si irascible, un caractère prussien, vous savez, enfin, il fera une querelle d'Allemand.

—Pero a mí y no a ustedes, puesto que yo ya no pertenezco a la casa... (Yo trataba adrede de parecer lo más torpe posible.) Pero, perdón, ¿ya está resuelto que mademoiselle Blanche se casa con el general? ¿A qué esperan? Quiero decir.. ¿a qué viene ocultarlo, por lo menos de nosotros, la gente de la casa?

—A usted no puedo... es que todavía no está por completo—.. ; sin embargo... usted sabe que esperan noticias de Rusia; el general necesita arreglar algunos asuntos...

—¡Ah, ah! ¡la baboulinka!

Des Grieux me miró con encono.

—En fin —interrumpió—, confío plenamente en su congénita amabilidad, en su inteligencia, en su tacto.. ; al fin y al cabo, lo haría usted por una familia en la que fue recibido como pariente, querido, respetado...

—¡Perdone, he sido despedido! Usted afirma ahora que fue por salvar las apariencias; pero reconozca que si le dicen a uno: "No quiero, por supuesto, tirarte de las orejas, pero para salvar las apariencias deja que te tire de ellas"—. ¿No es lo mismo?

—Pues si es así, si ninguna súplica influye sobre usted —dijo con severidad y arrogancia—, permítame asegurarle que se tomarán ciertas medidas. Aquí hay autoridades que le expulsarán hoy mismo, que diablel, un blanc bec comme vous desafiar a un personaje como el barón! ¿Cree usted que le van a dejar en paz? Y, créame, aquí nadie le teme a usted. Si he venido a suplicarle ha sido por cuenta propia, porque ha molestado usted al general. ¿De veras cree usted, de veras, que el barón no mandará a un lacayo que le eche a usted a la calle?

—¡Pero si no soy yo quien irá! —respondí con insólita calma—. Se equivoca usted, monsieur Des Grieux. Todo esto se arreglará mucho más decorosamente de lo que usted piensa. Ahora mismo voy a ver a mister Astley para pedirle que sea mi segundo, mi second. Ese señor me tiene aprecio y probablemente no rehusará. Él irá a ver al barón y el barón lo recibirá. Aunque yo soy sólo un outchitel y parezco hasta cierto punto un subalterne, y aunque en definitiva carezco de protección, mister Astley es sobrino de un lord, de un lord auténtico, todo el mundo lo sabe, lord Pibrock, y ese lord está aquí. Puede usted estar seguro de que el barón se mostrará cortés con míster Astley y le escuchará. Y si no le escucha, míster Astley lo considerará como un insulto personal (ya sabe usted lo tercos que son los ingleses) y enviará a un amigo suyo al barón —y por cierto tiene buenos amigos—. Calcule usted ahora que puede pasar algo distinto de lo que piensa.

El francés quedó claramente sobrecogido; efectivamente, todo esto tenía visos de verdad; por consiguiente yo podía muy bien provocar un disgusto.

—Le imploro que deje todo —dijo con voz verdaderamente suplicante—. A usted le agradaría que ocurriera algo desagradable. No es una satisfacción lo que usted busca, sino una contrariedad. Ya he dicho que todo esto es divertido y aun ingenioso que bien pudiera ser lo que usted busca. En fin—terminó diciendo al ver que me levantaba y cogía el sombrero—, he venido a entregarle estas dos palabras de cierta persona. Léalas, porque se me ha encargado que aguarde contestación.

Dicho esto, sacó del bolsillo un papelito doblado y sellado con lacre y me lo alargó. Del puño de Polina, decía así:

"Me parece que se propone usted continuar este asunto. Está usted enfadado y empieza a hacer travesuras. Hay, sin embargo, circunstancias especiales que quizá le explique más tarde. Por favor, desista y deje el camino franco. ¡Cuántas bobadas hay en esto! Le necesito y usted prometió obedecerme. Recuerde Schlangenberg. Le pido que sea obediente y, si es preciso, se lo mando.

Su P.

P S. Si está enojado conmigo por lo de ayer, perdóneme".

Cuando leí estos renglones me pareció que se me iba la cabeza. Mis labios perdieron su color y empecé a temblar. El maldito francés me miraba con aire de intensa circunspección y apartaba de mí los ojos como para no ver mi zozobra. Mejor hubiera sido que se hubiera reído de mí abiertamente.

—Bien —respondí—, diga a mademoiselle que no se preocupe. Permítame, no obstante, hacerle una pregunta —añadí con aspereza—, ¿por qué ha tardado tanto en darme esta nota? En lugar de decir tantas nimiedades, creo que debiera usted haber comenzado con esto... si, en efecto, vino con este encargo.

—Ah, yo quería... todo esto es tan insólito que usted perdonará mi natural impaciencia... Yo quería enterarme por mi cuenta, personalmente, de cuáles eran las intenciones de usted. Pero como no conozco el contenido de esa nota, pensé que no corría prisa en dársela.

—Comprendo. A usted sencillamente le mandaron que la entregara sólo como último recurso, y que no la entregara si lograba su propósito de palabra. ¿No es así? ¡Hable con franqueza, monsieur Des Grieux!

—Peut étre—dijo, tomando un aire muy comedido y dirigiéndome una mirada algo peculiar.

Cogí el sombrero; él hizo una inclinación de cabeza y salió. Tuve la impresión de que llevaba una sonrisa burlona en los labios. ¿Acaso cabía esperar otra cosa?

—Tú y yo, franchute, tenemos todavía cuentas que arreglar. Mediremos fuerzas —murmuré bajando la escalera. Aún no sabía qué era aquello que había causado tal mareo. El aire me refrescó un poco.

Un par de minutos después, cuando apenas había empezado a discurrir con claridad, surgieron luminosos en mi mente dos pensamientos: primero, que de unas naderías, de unas cuantas amenazas inverosímiles de escolar, lanzadas anoche al buen tuntún, había resultado un desasosiego general, y segundo, ¿qué clase de ascendiente tenía este francés sobre Polina? Bastaba una palabra suya para que ella hiciera cuanto él necesitaba: me escribía una nota y hasta me suplicaba. Sus relaciones, por supuesto, habían sido siempre un enigma para mí, desde el principio mismo, desde que empecé a conocerlos. Sin embargo, en estos últimos días había notado en ella una evidente aversión, por no decir desprecio, hacia él; y él, por su parte, apenas se fijaba en ella, la trataba con la grosería más descarada. Yo lo había notado. Polina misma me había hablado de aversión; ahora se le escapaban revelaciones harto significativas. Es decir, que él sencillamente la tenía en su poder; que ella, por algún motivo, era su cautiva...

CAPÍTULO 8

En la promenade, como aquí la llaman, esto es, en la avenida de los castaños, tropecé con mi inglés.

—¡Oh, oh!—dijo al verme , yo iba a verle a usted y usted venía a verme a mí. ¿Conque se ha separado usted de los suyos?

—Primero, dígame cómo lo sabe —pregunté asombrado— ¿o es que ya lo sabe todo el mundo?

—¡Oh, no! Todos lo ignoran y no tienen por qué saberlo. Nadie habla de ello.

—¿Entonces, cómo lo sabe usted?

—Lo sé, es decir, que me he enterado por casualidad. Y ahora ¿adónde irá usted desde aquí? Le tengo aprecio y por eso iba a verle.

—Es usted un hombre excelente, míster Astley —respondí (pero, por otra parte, la cosa me chocó mucho: ¿de quién lo había sabido?)—. Y como todavía no he tomado café y usted, de seguro, lo ha tomado malo, vamos al café del Casino. Allí nos sentamos, fumamos, yo le cuento y usted me cuenta.

El café estaba a cien pasos. Nos trajeron café, nos sentamos y yo encendí un cigarrillo. Míster Astley no fumó y, fijando en mí los ojos, se dispuso a escuchar.

—No voy a ninguna parte —empecé diciendo—. Me quedo aquí.

—Estaba seguro de que se quedaría —dijo mister Astley en tono aprobatorio.

Al dirigirme a ver a míster Astley no tenía intención de decirle nada, mejor dicho, no quería decirle nada acerca de mi amor por Polina. Durante esos días apenas le había dicho una palabra de ello. Además, era muy reservado. Desde el primer momento advertí que Polina le había causado una profunda impresión, aunque jamás pronunciaba su nombre. Pero, cosa rara, ahora, de repente, no bien se hubo sentado y fijado en mí sus ojos color de estaño, sentí, no sé por qué, el deseo de contarle todo, es decir, todo mi amor, con todos sus matices. Estuve hablando media hora, lo que para mí fue sumamente agradable. Era la primera vez que hablaba de ello. Notando que se turbaba ante algunos de los pasajes más ardientes, acentué de propósito el ardor de mi narración. De una cosa me arrepiento: quizá hablé del francés más de lo necesario...

—Míster Astley escuchó inmóvil, sentado frente a mí, sin decir palabra ni emitir sonido alguno y con sus ojos fijos en los míos; pero cuando comencé a hablar del francés, me interrumpió de pronto y me preguntó severamente si me juzgaba con derecho a aludir a un terna que nada tenía que ver conmigo. Míster Astley siempre hacía preguntas de una manera muy rara.

—Tiene usted razón. Me temo que no —respondí.

—¿De ese marqués y de miss Polina no puede usted decir nada concreto? ¿Sólo conjetura?

Una vez más me extrañó que un hombre tan. apocado como míster Astley hiciera una pregunta tan categórica.

—No, nada concreto —contesté—; nada, por supuesto.

—En tal caso ha hecho usted mal no sólo en hablarme a mí de ello, sino hasta en pensarlo usted mismo.

—Bueno, bueno, lo reconozco; pero ahora no se trata de eso— interrumpí asombrado de mí mismo. Y entonces le conté toda la historia de ayer, con todos sus detalles, la ocurrencia de Polina, mi aventura con el barón, mi despido, la insólita pusilanimidad del general y, por último, le referí minuciosamente la visita de Des Grieux esa misma mañana, sin omitir ningún detalle. En conclusión le enseñé la nota.

—¿Qué saca de esto? —pregunté—. He venido precisamente para averiguar lo que usted piensa. En lo que a mí toca, me parece que hubiera matado a ese franchute y quizá lo haga todavía.

—Yo también —dijo míster Astley—. En cuanto a miss Polina, usted sabe que entramos en tratos aun con gentes que nos son odiosas, si a ello nos obliga la necesidad. Ahí puede haber relaciones que ignoramos y que dependen de circunstancias ajenas al caso. Creo que puede estar usted tranquilo —en parte, claro—. En cuanto a la conducta de ella ayer, no cabe duda de que es extraña, no porque quisiera librarse de usted exponiéndole al garrote del barón (quien, no sé por qué, no lo utilizó aunque lo tenía en la mano), sino porque semejante travesura en una miss tan... tan excelente no es decorosa. Claro que ella no podía suponer que usted pondría literalmente en práctica sus antojos...

—¿Sabe usted? —grité de repente, clavando la mirada en míster Astley—. Me parece que usted ya ha oído hablar de todo esto. ¿Y sabe quién se lo ha dicho? La misma miss Polina.

Míster Astley me miró extrañado.

—Le brillan a usted los ojos y en ellos veo la sospecha —dijo, y en seguida volvió a su calma anterior , pero no tiene usted el menor derecho a revelar sus sospechas. No puedo reconocer ese derecho y me niego en redondo a contestar a su pregunta.

—¡Bueno, basta! ¡Por otra parte no es necesario! —exclamé extrañamente agitado y sin comprender por qué se me había ocurrido tal cosa. ¿Cuándo, dónde y cómo hubiera podido míster Astley ser elegido por Polina como confidente? Sin embargo, a veces en días recientes había perdido de vista a míster Astley, y Polina siempre había sido un enigma para mí, un enigma tal que ahora, por ejemplo, habiéndome lanzado a contar a míster Astley la historia de mi amor, vi de pronto con sorpresa mientras la contaba que de mis relaciones con ella apenas podía decir nada preciso y positivo. Al contrario, todo era ilusorio, extraño, infundado, sin la menor semejanza con cosa alguna.

—Bueno, bueno, desbarro; y ahora no puedo sacar en limpio mucho más— respondí, como si me faltara el aliento— De todos modos, es usted una buena persona. Ahora a otra cosa, y le pido, no consejo, sino su opinión.

Callé un instante y proseguí.

—En opinión de usted, ¿por qué se asustó tanto el general? ¿Por qué todos ellos han hecho de mi estúpida picardía algo que les trae de cabeza? Tan de cabeza que hasta el propio Des Grieux ha creído necesario intervenir (y él interviene sólo en los casos más importantes), me ha visitado (¡hay que ver!), me ha requerido y suplicado, ¡a mí, él, Des Grieux, a mí! Por último, observe usted que ha venido a las nueve, y que la nota de miss Polina ya estaba en sus manos. ¿Cuándo, pues, fue escrita?, cabe preguntar. ¡Quizá despertaran a miss Polina para ello! Salvo deducir de esto que miss Polina es su esclava (¡porque hasta a mí me pide perdón!), salvo eso, ¿qué le va a ella, personalmente, en este asunto? ¿Por qué está tan interesada? ¿Por qué se asustaron tanto de un barón cualquiera? ¿Y qué tiene que ver con ello que el general se case con mademoiselle Blanche de Cominges? Ellos dicen que cabalmente por eso necesita conducirse de una manera especial, pero convenga en que esto es ya demasiado especial. ¿Qué piensa usted? Por lo que me dicen sus ojos estoy seguro de que de esto sabe usted más que yo.

Míster Asdey sonrió y asintió con la cabeza.

—En efecto, de esto creo saber mucho más que usted —apuntó—. Aquí se trata sólo de mademoiselle Blanche, y estoy seguro de que es la pura verdad.

—¿Pero por qué mademoiselle Blanche? —grité impaciente (tuve de pronto la esperanza de que ahora se revelaría algo acerca de mademoiselle Polina).

—Se me antoja que en el momento presente mademoiselle Blanche tiene especial interés en evitar a toda costa un encuentro con el barón y la baronesa, tanto más cuanto que el encuentro sería desagradable, por no decir escandaloso.

—¿Qué me dice usted?

—El año antepasado, mademoiselle Blanche estuvo ya aquí, en Roulettenberg, durante la temporada. Yo también andaba por aquí. Mademoiselle Blanche no se llamaba todavía mademoiselle de Cominges y, por el mismo motivo, tampoco existía su madre, madame veuve Cominges. Al menos, no había mención de ella. Des Grieux... tampoco había Des Grieux. Tengo la profunda convicción de que no sólo no hay parentesco entre ellos, sino que ni siquiera se conocen de antiguo. Tampoco empezó hace mucho eso de marqués Des Grieux; de ello estoy seguro por una circunstancia. Cabe incluso suponer que empezó a llamarse Des Grieux hace poco. Conozco aquí a un individuo que le conocía bajo otro nombre.

—¿Pero no es cierto que tiene un respetable círculo de amistades?

—¡Puede ser! También puede tenerlo mademoiselle Blanche. Hace dos años, sin embargo, a resultas de una queja de esta misma baronesa, fue invitada por la policía local a abandonar la ciudad y así lo hizo.

—¿Cómo fue eso?

—Se presentó aquí primero con un italiano, un príncipe o algo así, que tenía un nombre histórico, Barberini o algo por el estilo. Iba cubierto de sortijas y brillantes, y por cierto de buena ley. Iban y venían en un espléndido carruaje. Mademoiselle Blanche jugaba con éxito a trente et quarante, pero después su suerte cambió radicalmente, si mal no recuerdo. Me acuerdo de que una noche perdió una cantidad muy elevada. Pero lo peor de todo fue que un beau matin su príncipe desapareció sin dejar rastro. Desaparecieron los caballos y el carruaje, desapareció todo. En el hotel debían una suma enorme. Mademoiselle Zelma (en lugar de Barberini empezó a llamarse de pronto mademoiselle Zelma) daba muestras de la más profunda desesperación. Chillaba y gemía por todo el hotel, y de rabia hizo jirones su vestido. Había entonces en el hotel un conde polaco (todos los viajeros polacos son condes), y mademoiselle Blanche, con aquello de rasgar su vestido y arañarse el rostro como una gata con sus manos bellas y perfumadas, produjo en él alguna impresión. Conversaron, y a la hora de la comida ella había recobrado la calma. A la noche se presentaron del brazo en el casino. Mademoiselle Zelma, según su costumbre, reía con estrépito y en sus ademanes se notaba mayor desenvoltura que antes. Entró sin más en esa clase de señoras que, al acercarse a la mesa de la ruleta, dan fuertes codazos a los jugadores para procurarse un sitio. Aquí, entre tales damas, se considera eso como especialmente chic. Usted lo habrá notado, sin duda.

—Sí.

—No vale la pena notarlo. Por desgracia para las personas decentes, estas damas no desaparecen, por lo menos las que todos los días cambian a la mesa billetes de mil francos. Pero cuando dejan de cambiar billetes se les pide al momento que se vayan. Mademoiselle Zelma seguía cambiando billetes; pero la fortuna le fue aún más adversa. Observe que muy a menudo estas señoras juegan con éxito; saben dominarse de manera asombrosa. Pero mi historia toca a su fin. Llegó un momento en que, al igual que el príncipe, desapareció el conde. Mademoiselle Zelma se presentó una noche a jugar sola, ocasión en que nadie se presentó a ofrecerle el brazo. En dos días perdió cuanto le quedaba. Cuando hubo arriesgado su último louis d'or y lo hubo perdido, miró a su alrededor y vio junto a sí al barón Burmerhelm, que la observaba atentamente y muy indignado. Pero mademoiselle Zelma no notó la indignación y, mirando al barón con la consabida sonrisa, le pidió que le pusiera diez louis dor al rojo. Como consecuencia de esto y por queja de la baronesa, aquella noche fue invitada a no presentarse más en el Casino. Si le extraña a usted que me sean conocidos estos detalles nimios y francamente indecorosos, sepa que, en versión definitiva, los oí de labios de míster Feeder, un pariente mío que esa misma noche condujo en su coche a mademoiselle Zelma de Roulettenburg a Spa. Ahora mire: mademoiselle Blanche quiere ser generala, seguramente para no recibir en adelante invitaciones como la que recibió hace dos años de la policía del Casino. Ya no juega, pero es porque, según todos los indicios, tiene ahora un capital que da a usura a los jugadores locales. Esto es mucho más prudente. Yo hasta sospecho que el infeliz general le debe dinero. Quizá también se lo debe Des Grieux. Quizá ella y Des Grieux trabajan juntos. Comprenderá usted que, al menos hasta la boda, ella no quiera atraerse por ningún motivo la atención del barón y la baronesa. En una palabra, que en su situación nada sería menos provechoso que un escándalo. Usted está vinculado a ese grupo, y las acciones de usted podrían causar ese escándalo, tanto más cuanto ella se presenta a diario en público del brazo del general o acompañada de miss Polina. ¿Ahora lo entiende usted?

—No, no lo entiendo —exclamé golpeando la mesa con tal fuerza que el garzón, asustado, acudió corriendo.

—Diga, míster Astley —dije con arrebato—, si usted ya conocía toda esta historia y, por consiguiente, sabe al dedillo qué clase de persona es mademoiselle Blanche de Cominges, ¿cómo es que no me avisó usted, a mí al menos; luego al general y, sobre todo, a miss Polina, que se presentaba aquí en el Casino, en público, del brazo de mademoiselle Blanche? ¿Cómo es posible?

—No tenía por qué avisarle a usted, ya que usted no podía hacer nada —replicó tranquilamente míster Astley—. Y, por otro lado, ¿avisarle de qué? Puede que el general sepa de mademoiselle Blanche todavía más que yo y, en fin de cuentas, se pasea con ella y con miss Polina. El general es un infeliz. Ayer vi que mademoiselle Blanche iba montada en un espléndido caballo junto con míster Des Grieux y ese pequeño príncipe ruso, mientras que el general iba tras ellos en un caballo de color castaño. Por la mañana decía que le dolían las piernas, pero se tenía muy bien en la silla. Pues bien, en ese momento me vino la idea de que ese hombre está completamente arruinado. Además, nada de eso tiene que ver conmigo, y sólo desde hace poco tengo el honor de conocer a miss Polina. Por otra parte (dijo míster Astley reportándose), ya le he advertido que no reconozco su derecho a hacer ciertas preguntas, a pesar de que le tengo a usted verdadero aprecio...

—Basta— dije levantándome—, ahora para mí está claro como el día que también miss Polina sabe todo lo referente a mademoiselle Blanche. Tenga usted la seguridad de que ninguna otra influencia la haría pasearse con mademoiselle Blanche y suplicarme en una nota que no toque al barón. Ésa cabalmente debe de ser la influencia ante la que todos se inclinan. ¡Y pensar que fue ella la que me azuzó contra el barón! ¡No hay demonio que lo entienda!

—Usted olvida, en primer lugar, que mademoiselle de Cominges es la prometida del general, y en segundo, que miss Polina, hijastra del general, tiene un hermano y una hermana de corta edad, hijos del general, a quienes este hombre chiflado tiene abandonados por completo y a quienes, según parece, ha despojado de sus bienes.

—¡Sí, sí, eso es! Apartarse de los niños significa abandonarlos por completo; quedarse significa proteger sus intereses y quizá también salvar un jirón de la hacienda. ¡Sí, sí, todo eso es cierto! ¡Y, sin embargo, sin embargo! ¡Ah, ahora entiendo por qué todos se interesan por la abuelita!

—¿Por quién?

—Por esa vieja bruja de Moscú que no se muere y acerca de la cual esperan un telegrama diciendo que se ha muerto.

—¡Ah, sí, claro! Todos los intereses convergen en ella. Todo depende de la herencia. Se anuncia la herencia y el general se casa; miss Polina queda libre, y Des Grieux..

—Y Des Grieux, ¿qué?

—Y a Des Grieux se le pagará su dinero; no es otra cosa lo que espera aquí.

—¿Sólo eso? ¿Cree usted que espera sólo eso?

—No tengo la menor idea.—Míster Astley guardó obstinado silencio.

—Pues yo sí, yo sí —repetí con ira—. Espera también la herencia porque Polina recibirá una dote y, en cuanto tenga el dinero, le echará los brazos al cuello. ¡Así son todas las mujeres! Aun las más orgullosas acaban por ser las esclavas más indignas. Polina sólo es capaz de amar con pasión y nada más. ¡Ahí tiene usted mi opinión de ella! Mírela usted, sobre todo cuando está sentada sola, pensativa... ¡es como si estuviera predestinada, sentenciada, maldita! Es capaz de echarse encima todos los horrores de la vida y la pasión—... es... es... ¿pero quién me llama? —exclamé de repente— ¿Quién grita? He oído gritar en ruso "¡Aleksei Ivanovich!". Una voz de mujer. ¡Oiga, oiga!

Para entonces habíamos llegado ya a nuestro hotel. Hacía rato que, sin notarlo apenas, habíamos salido del café.

—He oído gritos de mujer, pero no sé a quién llamaban. Y en ruso. Ahora veo de dónde vienen —señaló míster Astley—. Es aquella mujer la que grita, la que está sentada en aquel sillón que los lacayos acaban de subir por la escalinata. Tras ella están subiendo maletas, lo que quiere decir que acaba de llegar el tren.

—¿Pero por qué me llama a mí? Ya está otra vez voceando. Mire, nos está haciendo señas.

—¡Aleksei Ivanovich! ¡Aleksei Ivanovich! ¡Ay, Dios, se habrá visto mastuerzo! —llegaban gritos de desesperación desde la escalinata del hotel.

Fuimos casi corriendo al pórtico. Y cuando llegué al descansillo se me cayeron los brazos de estupor y las piernas se me volvieron de piedra.

CAPÍTULO 9

En el descansillo superior de la ancha escalinata del hotel, transportada peldaños arriba en un sillón, rodeada de criados, doncellas y el numeroso y servil personal del hotel, en presencia del Oberkellner, que había salido al encuentro de una destacada visitante que llegaba con tanta bulla y alharaca, acompañada de su propia servidumbre y de un sinfín de baúles y maletas, sentada como reina en su trono estaba... la abuela. Sí, ella misma, formidable y rica, con sus setenta y cinco años a cuestas: Antonida Vasilyevna Tarasevicheva, terrateniente y aristocrática moscovita, la baboulinka, acerca de la cual se expedían y recibían telegramas, moribunda pero no muerta, quien de repente aparecía en persona entre nosotros como llovida del cielo. La traían, por fallo de las piernas, en un sillón, como siempre en estos últimos años, pero, también como siempre, marrullera, briosa, pagada de sí misma, muy tiesa en su asiento, vociferante, autoritaria y con todos regañona; en fin, exactamente como yo había tenido el honor de verla dos veces desde que entré como tutor en casa del general. Como es de suponer, me quedé ante ella paralizado de asombro. Me había visto a cien pasos de distancia cuando la llevaban en el sillón, me había reconocido con sus ojos de lince y llamado por mi nombre y patronímico, detalle que, también según costumbre suya, recordaba de una vez para siempre. "¡Y a ésta —pensé— esperaban verla en un ataúd, enterrada y dejando tras sí una herencia! ¡Pero si es ella la que nos enterrará a todos y a todo el hotel! Pero, santo Dios, ¿qué será de nuestra gente ahora? ¿qué será ahora del general? ¡Va a poner el hotel patas arriba!".

—Bueno, amigo, ¿por qué estás plantado ahí con esos ojos saltones? —continuó gritándome la abuela—. ¿Es que no sabes dar la bienvenida? ¿No sabes saludar? ¿O es que el orgullo te lo impide? ¿Quizá no me has reconocido? ¿Oyes, Potapych?—dijo volviéndose a un viejo canoso, de calva sonrosada, vestido de frac y corbata blanca, su mayordomo, que la acompañaba cuando iba de viaje ; ¿oyes? ¡No me reconoce! Me han enterrado. Han estado mandando un telegrama tras otro: ¿ha muerto o no ha muerto? ¡Pero si lo sé todo! ¡Y yo, como ves, vivita y coleando!

—Por Dios, Antonida Vasilyevna, ¿por qué había yo de desearle nada malo? —respondí alegremente cuando volví en mi acuerdo—. Era sólo la sorpresa... ¿y cómo no maravillarse cuando tan inesperadamente—...?

—¿Y qué hay de maravilla en ello? Me metí en el tren y vine. En el vagón va una muy cómoda, sin traqueteo ninguno. ¿Has estado de paseo?

—Sí, me he llegado al Casino.

—Esto es bonito —dijo la abuela mirando en torno ; el aire es tibio y los árboles son hermosos. Me gusta. ¿Está la familia en casa? ¿El general?

—En casa, sí; a esta hora están todos de seguro en casa.

—¿Y qué? ¿Lo hacen aquí todo según el reloj y con toda ceremonia? Quieren dar el tono. ¡Me han dicho que tienen coche, les seigneurs ruses! Se gastan lo que tienen y luego se van al extranjero. ¿Praskovya está también con ellos?

—Sí, Polina Aleksandrovna está también.

—¿Y el franchute? En fin, yo misma los veré a todos. Aleksei Ivanovich, enseña el camino y vamos derechos allá. ¿Lo pasas bien aquí?

—Así, así, Antonida Vasilyevna.

—Tú, Potapych, dile a ese mentecato de Kellner que me preparen una habitación cómoda, bonita, baja, y lleva las cosas allí en seguida. ¿Pero por qué quiere toda esta gente llevarme? ¿Por qué se meten donde no los llaman? ¡Pero qué gente más servil! ¿Quién es ése que está contigo? —preguntó dirigiéndose de nuevo a mí.

—Éste es míster Astley —contesté.

—¿Y quién es mister Astley?

—Un viajero y un buen amigo mío; amigo también del general.

—Un inglés. Por eso me mira de hito en hito y no abre los labios. A mí, sin embargo, me gustan los ingleses. Bueno, levantadme y arriba; derechos al cuarto del general. ¿Por dónde cae?

Cargaron con la abuela. Yo iba delante por la ancha escalera del hotel. Nuestra procesión era muy vistosa. Todos los que topaban con ella se paraban y nos miraban con ojos desorbitados. Nuestro hotel era considerado como el mejor, el más caro y el más aristocrático del balneario. En la escalera y en los pasillos se tropezaba de continuo con damas espléndidas e ingleses de digno aspecto. Muchos pedían informes abajo al Oberkellner, también hondamente impresionado. Éste, por supuesto, respondía que era una extranjera de alto copete, une russe, une comtesse, grande dame, que se instalaría en los mismos aposentos que una semana antes había ocupado la grande duchesse de N. El aspecto imperioso e imponente de la abuela, transportada en un sillón, era lo que causaba el mayor efecto. Cuando se encontraba con una nueva persona la medía con una mirada de curiosidad y en voz alta me hacía preguntas sobre ella. La abuela era de un natural vigoroso y, aunque no se levantaba del sillón, se presentía al mirarla que era de elevada estatura. Mantenía la espina tiesa como un huso y no se apoyaba en el respaldo del asiento. Llevaba alta la cabeza, que era grande y canosa, de fuertes y acusados rasgos. Había en su modo de mirar algo arrogante y provocativo, y estaba claro que tanto esa mirada como sus gestos eran perfectamente naturales. A pesar de sus setenta y cinco años tenía el rostro bastante fresco y hasta la dentadura en buen estado. Llevaba un vestido negro de seda y una cofia blanca.

—Me interesa extraordinariamente —murmuró mister Astley, que subía junto a mí.

"Ya sabe lo de los telegramas —pensaba yo— Conoce también a Des Grieux, pero por lo visto no sabe todavía mucho de mademoiselle Blanche". Informé de esto a míster Astley.

¡Pecador de mí! En cuanto me repuse de mi sorpresa inicial me alegré sobremanera del golpe feroz que íbamos a asestar al general dentro de un instante. Era como un estimulante, y yo iba en cabeza con singular alegría.

Nuestra gente estaba instalada en el tercer piso. Yo no anuncié nuestra llegada y ni siquiera llamé a la puerta, sino que sencillamente la abrí de par en par y por ella metieron a la abuela en triunfo. Todo el mundo, como de propósito, estaba allí, en el gabinete del general. Eran las doce y, al parecer, proyectaban una excursión: unos irían en coche, otros a caballo, toda la pandilla; y además habían invitado a algunos conocidos. Amén del general, de Polina con los niños y de la niñera, estaban en el gabinete Des Grieux, mlle. Blanche, una vez más en traje de amazona, su madre mile. veuve Cominges, el pequeño príncipe y un erudito alemán, que estaba de viaje, a quien yo veía con ellos por primera vez. Colocaron el sillón con la abuela en el centro del gabinete, a tres pasos del general. ¡Dios mío, nunca olvidaré la impresión que ello produjo! Cuando entramos, el general estaba contando algo, y Des Grieux le corregía. Es menester indicar que desde hacía dos o tres días, y no se sabe por qué motivo, Des Grieux y mlle. Blanche hacían la rueda abiertamente al pequeño príncipe à la barbe du pauvre général, y que el grupo, aunque quizá con estudiado esfuerzo, tenía un aire de cordial familiaridad.

A la vista de la abuela el general perdió el habla y se quedó en mitad de una frase con la boca abierta. Fijó en ella los ojos desencajados, como hipnotizado por la mirada de un basilisco. La abuela también le observó en silencio, inmóvil, ¡pero con qué mirada triunfal, provocativa y burlona! Así estuvieron mirándose diez segundos largos, ante el profundo silencio de todos los circunstantes. Des Grieux quedó al principio estupefacto, pero en su rostro empezó pronto a dibujarse una inquietud inusitada. Mlle. Blanche, con las cejas enarcadas y la boca abierta, observaba atolondrada a la abuela. El príncipe y el erudito, ambos presa de honda confusión, contemplaban la escena. El rostro de Polina reflejaba extraordinaria sorpresa y perplejidad, pero de súbito se quedó más blanco que la cera; un momento después la sangre volvió de golpe y coloreó las mejillas. ¡Sí, era una catástrofe para todos! Yo no hacía más que pasear los ojos desde la abuela hasta los concurrentes y viceversa. mister Astley, según su costumbre, se mantenía aparte, tranquilo y digno.

—¡Bueno, aquí estoy! ¡En lugar de un telegrama! —exclamó por fin la abuela rompiendo el silencio— ¿Qué, no me esperaban?

—Antonida Vasilyevna... tía... ¿pero cómo—.. ?—balbuceó el infeliz general. Si la abuela no le hubiera hablado, en unos segundos más le habría dado quizá una apoplejía.

—¿Cómo que cómo? Me metí en el tren y vine. ¿Para qué sirve el ferrocarril? ¿Y vosotros pensabais que ya había estirado la pata y que os había dejado una fortuna? Ya sé que mandabas telegramas desde aquí; tu buen dinero te habrán costado, porque desde aquí no son baratos. Me eché las piernas al hombro y aquí estoy. ¿Es éste el francés? ¿Monsieur Des Grieux, por lo visto?

—Oui, madame—confirmô Des Grieux—et croyez je suis si enchanté.. votre santé.. c'est un miracle... vous voir ici, une surprise charmante...

—Sí, sí, charmante. Ya te conozco, farsante, ¡No me fío de ti ni tanto así!—y le enseñaba el dedo meñique— Y ésta, ¿quién es?—dijo volviéndose y señalando a Blanche. La llamativa francesa, en traje de amazona y con el látigo en la mano, evidentemente la impresionó— ¿Es de aquí?

—Es mademoiselle Blanche de Cominges y ésta es su madre, madame de Cominges. Se hospedan en este hotel—dije yo.

—¿Está casada la hija? —preguntó la abuela sin pararse en barras.

—Mademoiselle de Cominges es soltera —respondí lo más cortésmente posible y, de propósito, a media voz,

—¿Es alegre?

Yo no alcancé a entender la pregunta.

—¿No se aburre uno con ella? ¿Entiende el ruso? Porque cuando Des Grieux estuvo con nosotros en Moscú llegó a chapurrearlo un poco.

Le expliqué que mlle. de Cominges no había estado nunca en Rusia.

—Bonjour! —dijo la abuela encarándose bruscamente con mlle. Blanche.

—Bonjour, madame!—Mlle. Blanche, con elegancia y ceremonia, hizo una leve reverencia. Bajo la desusada modestia y cortesía se apresuró a manifestar, con toda la expresión de su rostro y figura, el asombro extraordinario que le causaba una pregunta tan extraña y un comportamiento semejante.

—¡Ah, ha bajado los ojos, es amanerada y artificiosa! Ya se ve qué clase de pájaro es: una actriz de ésas. Estoy abajo, en este hotel —dijo dirigiéndose de pronto al general—. Seré vecina tuya. ¿Estás contento o no?

—¡Oh, tía! Puede creer en mi sentimiento sincero de satisfacción —dijo el general cogiendo al vuelo la pregunta. Ya había recobrado en parte su presencia de ánimo, y como cuando se ofrecía ocasión sabía hablar bien, con gravedad y cierta pretensión de persuadir, se preparó a declamar ahora también—. Hemos estado tan afectados y alarmados con las noticias sobre su estado de salud... Hemos recibido telegramas que daban tan poca esperanza, y de pronto...

—¡Pues mientes, mientes! —interrumpió al momento la abuela.

—¿Pero cómo es —interrumpió a su vez en seguida el general, levantando la voz y tratando de no reparar en ese "mientes", cómo es que, a pesar de todo, decidió usted emprender un viaje como éste? Reconozca que a sus años y dada su salud... ; de todos modos ha sido tan inesperado que no es de extrañar nuestro asombro. Pero estoy tan contento...; y todos nosotros (y aquí inició una sonrisa afable y seductora) haremos todo lo posible para que su temporada aquí sea de lo más agradable...

—Bueno, basta; cháchara inútil; tonterías como de costumbre; yo sé bien cómo pasar el tiempo. Pero no te tengo inquina; no guardo rencor. Preguntas que cómo he venido. ¿Pero qué hay de extraordinario en esto? De la manera más sencilla. No veo por qué todos se sorprenden. Hola, Praskovya. ¿Tú qué haces aquí?

—Hola, abuela —dijo Polina acercándose a ella—. ¿Ha estado mucho tiempo en camino?

—Ésta ha hecho una pregunta inteligente, en vez de soltar tantos "ohs" y "ahs". Pues mira: me tenían en cama día tras día, y me daban medicinas y más medicinas; conque mandé a paseo a los médicos y llamé al sacristán de Nikola, que le había curado a una campesina una enfermedad igual con polvos de heno. Pues a mí también me sentó bien. A los tres días tuve un sudor muy grande y me levanté. Luego tuvieron otra consulta mis médicos alemanes, se calaron los anteojos y dijeron en coro: "Si ahora va a un balneario extranjero y hace una cura de aguas, expulsaría esa obstrucción que tiene". ¿Y por qué no?, pensé yo. Esos tontos de los Zazhigin se escandalizaron: "¿Hasta dónde va a ir usted?", me preguntaban. Bueno, en un día lo dispuse todo, y el viernes de la semana pasada cogí a mi doncella, y a Potapych, y a Fiodor el lacayo (pero a Fiodor le mandé a casa desde Berlín porque vi que no lo necesitaba), y me vine solita... Tomé un vagón particular, y hay mozos en todas las estaciones que por veinte kopeks te llevan adonde quieras. ¡Vaya habitaciones que tienes! —dijo en conclusión mirando alrededor— ¿De dónde has sacado el dinero, amigo? Porque lo tienes todo hipotecado. ¿Cuántos cuartos le debes a este franchute, sin ir más lejos? ¡Si lo sé todo, lo sé todo!

—Yo, tía...—apuntó el general todo confuso—, me sorprende, tía... me parece que puedo sin fiscalización de nadie... sin contar que mis gastos no exceden de mis medios, y nosotros aquí...

—¿Que no exceden de tus medios? ¿Y así lo dices? ¡Como guardián de los niños les habrás robado hasta el último kopek!

—Después de esto, después de tales palabras... —intervino el general con indignación—ya no sé qué...

—¡En efecto, no sabes! Seguramente no te apartas de la ruleta aquí. ¿Te lo has jugado todo?

El general quedó tan desconcertado que estuvo a punto de ahogarse en el torrente de sus agitados sentimientos.

—¿De la ruleta? ¿Yo? Con mi categoría... ¿yo? Vuelva en su acuerdo, tía; quizá sigue usted indispuesta...

—Bueno, mientes, mientes; de seguro que no pueden arrancarte de ella; mientes con toda la boca. Pues yo, hoy mismo, voy a ver qué es eso de la ruleta. Tú, Praskovya, cuéntame lo que hay que ver por aquí; Aleksei Ivanovich me lo enseñará; y tú, Potapych, apunta todos los sitios adonde hay que ir. ¿Qué es lo que se visita aquí? —preguntó volviéndose a Polina.

—Aquí cerca están las ruinas de un castillo; luego hay el Schlangenberg.

—¿Qué es ese Schlangenberg? ¿Un bosque?

—No, no es un bosque; es una montaña, con una cúspide...

—¿Qué es eso de una cúspide?

—El punto más alto de la montaña, un lugar con una barandilla alrededor.

Desde allí se descubre una vista sin igual.

—¿Y suben sillas a la montaña? No podrán subirlas, ¿verdad?

—¡Oh, se pueden encontrar cargadores!—contesté yo.

En este momento entró Fedosya, la niñera, con los hijos del general, a saludar a la abuela.

—¡Bueno, nada de besos! No me gusta besar a los niños; están llenos de mocos. Y tú, Fedosya, ¿cómo lo pasas aquí?

—Bien, muy bien, Antonida Vasilyevna—replicó Fedosya— ¿Y a usted cómo le ha ido, señora? ¡Aquí hemos estado tan preocupados por usted!

—Lo sé, tú eres un alma sencilla. ¿Y éstos qué son? ¿Más invitados?—dijo encarándose de nuevo con Polina— ¿Quién es este tío menudillo de las gafas?

—El príncipe Nilski, abuela —susurró Polina.

—¿Conque ruso? ¡Y yo que pensaba que no me entendería! ¡Quizá no me haya oído! A mister Astley ya le he visto. ¡Ah, aquí está otra vez! —la abuela le vio—. ¡Muy buenas!—y se volvió de repente hacia él.

Mister Astley se inclinó en silencio.

—¿Qué me dice usted de bueno? Dígame algo. Tradúcele eso, Praskovya. Polina lo tradujo.

—Que estoy mirándola con grandísimo gusto y que me alegro de que esté bien de salud —respondió míster Astley seriamente, pero con notable animación. Se tradujo a la abuela lo que había dicho y a ella evidentemente le agradó.

—¡Qué bien contestan siempre los ingleses! —subrayó—. A mí, no sé por qué, me han gustado siempre los ingleses; ¡no tienen comparación con los franchutes! Venga usted a verme —dijo de nuevo a míster Astley—. Trataré de no molestarle demasiado, Tradúcele eso y dile que estoy aquí abajo —le repitió a mister Astley señalando hacia abajo con el dedo.

Mister Astley quedó muy satisfecho de la invitación.

La abuela miró atenta y complacida a Polina de pies a cabeza.

—Yo te quería mucho, Praskovya —le dijo de pronto—. Eres una buena chica, la mejor de todos, y con un genio que ¡vaya! Pero yo también tengo mi genio ¡Da la vuelta! ¿Es eso que llevas en el pelo moño postizo?

—No, abuela, es mi propio pelo.

—Bien, no me gustan las modas absurdas de ahora. Eres muy guapa. Si fuera un señorito me enamoraría de ti. ¿Por qué no te casas? Pero ya es hora de que me vaya. Me apetece dar un paseo después de tanto vagón... ¿Bueno, qué? ¿Sigues todavía enfadado? —preguntó mirando al general.

—¡Por favor, tía, no diga tal! —exclamó el general rebosante de contento—. Comprendo que a sus años...

—Cette vieílle est tombée en enfance —me dijo en voz baja Des Grieux.

—Quiero ver todo lo que hay por aquí. ¿Me prestas a Aleksei Ivanovich? —inquirió la abuela del general.

—Ah, como quiera, pero yo mismo... y Polina y monsieur Des Grieux... para todos nosotros será un placer acompañarla...

—Mais, madame, cela sera un plaisir —insinuó Des Grieux con sonrisa cautivante.

—Sí, sí, plaisir. Me haces reír, amigo. Pero lo que es dinero no te doy —añadió dirigiéndose inopinadamente al general—. Ahora, a mis habitaciones. Es preciso echarles un vistazo y después salir a ver todos esos sitios. ¡Hala, levantadme!

Levantaron de nuevo a la abuela, y todos, en grupo, fueron siguiendo el sillón por la escalera abajo. El general iba aturdido, como si le hubieran dado un garrotazo en la cabeza. Des Grieux iba cavilando alguna cosa. Mademoiselle Blanche hubiera preferido quedarse, pero por algún motivo decidió irse con los demás. Tras ella salió en seguida el príncipe, y arriba, en las habitaciones del general, quedaron sólo el alemán y madame veuve Cominges.

CAPÍTULO 10

En los balnearios —y al parecer en toda Europa— los gerentes y jefes de comedor de los hoteles se guían, al dar acomodo al huésped, no tanto por los requerimientos y preferencias de éste cuanto por la propia opinión personal que de él se forjan; y conviene subrayar que raras veces se equivocan. Ahora bien, no se sabe por qué, a la abuela le señalaron un alojamiento tan espléndido que se pasaron de rosca; cuatro habitaciones magníficamente amuebladas, con baño, dependencias para la servidumbre, cuarto particular para la camarera, etc., etc. Era verdad que estas habitaciones las había ocupado la semana anterior una grande duchesse, hecho que, ni que decir tiene, se comunicaba a los nuevos visitantes para ensalzar el alojamiento. Condujeron a la abuela,,mejor dicho, la transportaron, por todas las habitaciones y ella las examinó detenida y rigurosamente. El jefe de comedor, hombre ya entrado en años, medio calvo, la acompañó respetuosamente en esta primera inspección.

Ignoro por quién tomaron a la abuela, pero, según parece, por persona sumamente encopetada y, lo que es más importante, riquísima. La inscribieron en el registro, sin más, como "madame la générale princesse de Tarassevitcheva", aunque jamás había sido princesa. Su propia servidumbre, su vagón particular, la multitud innecesaria de baúles, maletas, y aun arcas que llegaron con ella, todo ello sirvió de fundamento al prestigio; y el sillón, el timbre agudo de la voz de la abuela, sus preguntas excéntricas, hechas con gran desenvoltura y en tono que no admitía réplica, en suma, toda la figura de la abuela, tiesa, brusca, autoritaria, le granjearon el respeto general. Durante la inspección la abuela mandaba de cuando en cuando detener el sillón, señalaba algún objeto en el mobiliario y dirigía insólitas preguntas al jefe de comedor, que sonreía atentamente pero que ya empezaba a amilanarse. La abuela formulaba sus preguntas en francés, lengua que por cierto hablaba bastante mal, por lo que yo, generalmente, tenía que traducir. Las respuestas del jefe de comedor no le agradaban en su mayor parte y le parecían inadecuadas; aunque bien es verdad que las preguntas de la señora no venían a cuento y nadie sabía a santo de qué las hacía. Por ejemplo, se detuvo de improviso ante un cuadro, copia bastante mediocre de un conocido original de tema mitológico:

—¿De quién es el retrato?

El jefe respondió que probablemente de alguna condesa.

—¿Cómo es que no lo sabes? ¿Vives aquí y no lo sabes? ¿Por qué está aquí? ¿Por qué es bizca?

El jefe no pudo contestar satisfactoriamente a estas preguntas y hasta llegó a atolondrarse.

—¡Vaya mentecato! —comentó la abuela en ruso.

Pasaron adelante. La misma historia se repitió ante una estatuilla sajona que la abuela examinó detenidamente y que mandó luego retirar sin que se supiera el motivo. Una vez más asedió al jefe: ¿cuánto costaron las alfombras del dormitorio y dónde fueron tejidas? El jefe prometió informarse.

—¡Vaya un asno! —musitó la abuela y dirigió su atención a la cama.

—¡Qué cielo de cama tan suntuoso! Separad las cortinas. Abrieron la cama.

—¡Más, más! ¡Abridlo todo! ¡Quitad las almohadas, las fundas; levantad el edredón!

Dieron la vuelta a todo. La abuela lo examinó con cuidado.

—Menos mal que no hay chinches. ¡Fuera toda la ropa de cama! Poned la mía y mis almohadas. ¡Todo esto es demasiado elegante! ¿De qué me sirve a mí, vieja que soy, un alojamiento como éste? Me aburriré sola. Aleksei Ivanovich, ven a verme a menudo, cuando hayas terminado de dar lección a los niños.

—Yo, desde ayer, ya no estoy al servicio del general —respondí—. Vivo en el hotel por mi cuenta.

—Y eso ¿por qué?

—El otro día llegó de Berlín un conocido barón alemán con su baronesa. Ayer, en el paseo, hablé con él en alemán sin ajustarme ala pronunciación berlinesa.

—Bueno, ¿y qué?

—Él lo consideró como una insolencia y se quejó al general; y el general me despidió ayer.

—¿Es que tú le insultaste? ¿Al barón, quiero decir? Aunque si lo insultaste, no importa.

—Oh, no. Al contrario. Fue el barón el que me amenazó con su bastón.

—Y tú, baboso, ¿permitiste que se tratara así a tu tutor? —dijo, volviéndose de pronto al general ; ¡y como si eso no bastara le has despedido! ¡Veo que todos sois unos pazguatos, todos unos pazguatos!

—No te preocupes, tía—replicó el general con un dejo de altiva familiaridad , que yo sé atender a mis propios asuntos. Además, Aleksei Ivanovich no ha hecho una relación muy fiel del caso.

—¿Y tú lo aguantaste sin más?—me preguntó a mí.

—Yo quería retar al barón a un duelo —respondí lo más modesta y sosegadamente posible, pero el general se opuso.

—¿Por qué te opusiste? —preguntó de nuevo la abuela con curiosidad al general—. Y tú, amigo, márchate y ven cuando se te llame —ordenó dirigiéndose al jefe de comedor—. No tienes por qué estar aquí con la boca abierta. No puedo aguantar esa jeta de Nuremberg.

El jefe se inclinó y salió sin haber entendido las finezas de la abuela.

—Perdón, tía, ¿acaso es permisible el duelo? —inquirió el general con ironía.

—¿Y por qué no habrá de serlo? Los hombres son todos unos gallos, por eso tienen que pelearse. Ya veo que son todos unos pazguatos. No saben defender a vuestra propia patria. ¡Vamos, levantadme! Potapych, pon cuidado en que haya siempre dos cargadores disponibles; ajústalos y llega a un acuerdo con ellos. No hacen falta más que dos; sólo tienen que levantarme en las escaleras; en lo llano, en la calle, pueden empujarme; díselo así. Y págales de antemano porque así estarán más atentos. Tú siempre estarás junto a mí, y tú, Aleksei Ivanovich, señálame a ese barón en el paseo. A ver qué clase de von barón es; aunque sea sólo para echarle un vistazo. Y esa ruleta, ¿dónde está?

Le expliqué que las ruletas estaban instaladas en el Casino, en las salas de juego. Menudearon las preguntas: ¿Había muchas? ¿Jugaba mucha gente? ¿Se jugaba todo el día? ¿Cómo estaban dispuestas? Yo respondí al cabo que lo mejor sería que lo viera todo con sus propios ojos, porque describirlo era demasiado difícil.

—Bueno, vamos derechos allá. ¡Tú ve delante, Aleksei Ivanovich!

—Pero ¿cómo, tía? ¿No va usted siquiera a descansar del viaje? —interrogó solícitamente el general.

Parecía un tanto inquieto; en realidad todos ellos reflejaban cierta confusión y empezaron a cambiar miradas entre sí. Seguramente les parecía algo delicado, acaso humillante, ir con la abuela directamente al Casino, donde cabía esperar que cometiera alguna excentricidad, pero esta vez en público; lo que no impidió que todos se ofrecieran a acompañarla.

—¿Y qué falta me hace descansar? No estoy cansada; y además llevo sentada cinco días seguidos. Luego iremos a ver qué manantiales y aguas medicinales hay por aquí Y dónde están. Y después... ¿cómo decías que se llamaba eso, Praskovya—...? ¿Cúspide, no?

—Cúspide, abuela.

—Cúspide; bueno, pues cúspide. ¿Y qué más hay por aquí?

—Hay muchas cosas que ver, abuela—dijo Polina esforzándose por decir algo.

—¡Vamos, que no lo sabes! Marfa, tú también irás conmigo —dijo a su doncella.

—¿Pero por qué ella, tía? —interrumpió afanosamente el general—. Y, de todos modos, quizá sea imposible. Puede ser que ni a Potapych le dejen entrar en el Casino.

—¡Qué tontería! ¡Dejarla en casa porque es criada! Es un ser humano como otro cualquiera. Hemos estado una semana viaja que te viaja, y ella también quiere ver algo. ¿Con quién habría de verlo sino conmigo? Sola no se atrevería a asomar la nariz a la calle.

—Pero abuela...

—¿Es que te da vergüenza ir conmigo? Nadie te lo exige; quédate en casa. ¡Pues anda con el general! Si a eso vamos, yo también soy generala. ¿Y por qué viene toda esa caterva tras de mí? Me basta con Aleksei Ivanovich para verlo todo.

Pero Des Grieux insistió vivamente en que todos la acompañarían y habló con frases muy amables del placer de ir con ella, etc., etc. Todos nos pusimos en marcha.

—Elle est tombée en enfance —repitió Des Grieux al general , seule elle fera des bêtises... —No pude oír lo demás que dijo, pero al parecer tenía algo entre ceja y ceja y quizás su esperanza había vuelto a rebullir.

Hasta el Casino había un tercio de milla. Nuestra ruta seguía la avenida de los castaños hasta la glorieta, y una vez dada la vuelta a ésta se llegaba directamente al Casino. El general se tranquilizó un tanto, porque nuestra comitiva, aunque harto excéntrica, era digna y decorosa. Nada tenía de particular que apareciera por el balneario una persona de salud endeble imposibilitada de las piernas. Sin embargo, se veía que el general le tenía miedo al Casino: ¿por qué razón iba a las salas de juego una persona tullida de las piernas y vieja por más señas? Polina y mademoiselle Blanche caminaban una a cada lado junto a la silla de ruedas. Mademoiselle Blanche reía, mostraba una alegría modesta y a veces hasta bromeaba amablemente con la abuela, hasta tal punto que ésta acabó por hablar de ella con elogio. Polina, al otro lado, se veía obligada a contestar a las numerosas y frecuentes preguntas de la anciana: "¿Quién es el que ha pasado? ¿Quién es la que iba en el coche? ¿Es grande la ciudad? ¿Es grande el jardín? ¿Qué clase de árboles son éstos? ¿Qué son esas montañas? ¿Hay águilas aquí? ¡Qué tejado tan ridículo!".
Míster Astley caminaba juntó a mí y me decía por lo bajo que esperaba mucho de esa mañana. Potapych y Marfa marchaban inmediatamente detrás de la silla: él en su frac y corbata blanca, pero con gorra; ella —una cuarentona sonrosada pero que ya empezaba a encanecer— en chapelete, vestido de algodón estampado y botas de piel de cabra que crujían al andar. La abuela se volvía a ellos muy a menudo y les daba conversación. Des Grieux y el general iban algo rezagados y hablaban de algo con mucha animación. El general estaba muy alicaído; Des Grieux hablaba con aire enérgico. Quizá quería alentar al general y al parecer le estaba aconsejando. La abuela, sin embargo, había pronunciado poco antes la frase fatal: "lo que es dinero no te doy". Acaso esta noticia le parecía inverosímil a Des Grieux, pero el general conocía a su tía. Yo noté que Des Grieux y mademoiselle Blanche seguían haciéndose señas. Al príncipe y al viajero alemán los columbré al extremo mismo de la avenida: se habían detenido y acabaron por separarse de nosotros. Llegamos al Casino en triunfo. El conserje y los lacayos dieron prueba del mismo respeto que la servidumbre del hotel. Miraban, sin embargo, con curiosidad. La abuela ordenó, como primera providencia, que la llevaran por todas las salas, aprobando algunas cosas,

mostrando completa indiferencia ante otras, y preguntando sobre todas. Llegaron por último a las salas de juego. El lacayo que estaba de centinela ante la puerta cerrada la abrió de par en par presa de asombro.

La aparición de la abuela ante la mesa de ruleta produjo gran impresión en el público. En torno a las mesas de ruleta y al otro extremo de la sala, donde se hallaba la mesa de trente et quarante, se apiñaban quizá un centenar y medio o dos centenares de jugadores en varias filas. Los que lograban llegar a la mesa misma solían agruparse apretadamente y no cedían sus lugares mientras no perdían, ya que no se permitía a los mirones permanecer allí ocupando inútilmente un puesto de juego. Aunque había sillas dispuestas alrededor de la mesa, eran pocos los jugadores que se sentaban, sobre todo cuando había gran afluencia de público, porque de pie les era posible estar más apretados, ahorrar sitio y hacer las puestas con mayor comodidad. Las filas segunda y tercera se apretujaban contra la primera, observando y aguardando su turno; pero en su impaciencia alargaban a veces la mano por entre la primera fila para hacer sus puestas. Hasta los de la tercera fila se las arreglaban de ese modo para hacerlas; de aquí que no pasaran diez minutos o siquiera cinco sin que en algún extremo de la mesa surgiera alguna bronca sobre una puesta de equívoco origen. Pero la policía del Casino se mostraba bastante eficaz. Resultaba, por supuesto, imposible evitar las apreturas; por el contrario, la afluencia de gente era, por lo ventajosa, motivo de satisfacción para los administradores; pero ocho crupieres sentados alrededor de la mesa no quitaban el ojo de las puestas, llevaban las cuentas, y cuando surgían disputas las resolvían. En casos extremos llamaban a la policía y el asunto se concluía al momento. Los agentes andaban también desparramados por la sala en traje de paisano, mezclados con los espectadores para no ser reconocidos. Vigilaban en particular a los rateros y los caballeros de industria que abundan mucho en las cercanías de la ruleta por las excelentes oportunidades que se les ofrecen de ejercitar su oficio. Efectivamente, en cualquier otro sitio hay que desvalijar el bolsillo ajeno o forzar cerraduras, lo que si fracasa puede resultar muy molesto. Aquí, por el contrario, basta con acercarse a la mesa, ponerse a jugar, y de pronto, a la vista de todos y con desparpajo, echar mano de la ganancia ajena y metérsela en el bolsillo propio. Si surge una disputa el bribón jura y perjura a voz en cuello que la puesta es suya. Si la manipulación se hace con destreza y los testigos parecen dudar, el ratero logra muy a menudo apropiarse el dinero, por supuesto si la cantidad no es de mayor cuantía, porque de lo contrario es probable que haya sido notada por los crupieres o, incluso antes, por algún otro jugador. Pero si la cantidad no es grande el verdadero dueño a veces decide sencillamente no continuar la disputa y, temeroso de un escándalo, se marcha. Pero si se logra desenmascarar a un ladrón, se le saca de allí con escándalo.

Todo esto lo observaba la abuela desde lejos con apasionada curiosidad. Le agradó mucho que se llevaran a unos ladronzuelos. El trente et quarante no la sedujo mucho; lo que más la cautivó fue la ruleta y cómo rodaba la bolita. Expresó por fin el deseo de ver el juego más de cerca. No sé cómo, pero es el caso que los lacayos y otros individuos entremetidos (en su mayor parte polacos desafortunados que asediaban con sus servicios a los jugadores con suerte y a todos los extranjeros) pronto hallaron y despejaron un sitio para la abuela, no obstante la aglomeración, en el centro mismo de la mesa, junto al crupier principal, y allí trasladaron su silla. Una muchedumbre de visitantes que no jugaban, pero que estaban observando el juego a cierta distancia (en su mayoría ingleses y sus familias), se acercaron al punto a la mesa para mirar a la abuela desde detrás de los jugadores. Hacia ella apuntaron los impertinentes de numerosas personas. Los crupieres comenzaron a acariciar esperanzas: en efecto, una jugadora tan excéntrica parecía prometer algo inusitado. Una anciana setentona, baldada de las piernas y deseosa de jugar no era cosa de todos los días. Yo también me acerqué a la mesa y me coloqué junto a la abuela. Potapych y Marfa se quedaron a un lado, bastante apartados, ,entre la gente. El general, Polina, Des Grieux y mademoiselle Blanche también se situaron a un lado, entre los espectadores.

La abuela comenzó por observar a los jugadores. A media voz me hacía preguntas bruscas, inconexas: ¿quién es ése? Le agradaba en particular un joven que estaba a un extremo de la mesa jugando fuerte y que, según se murmuraba en torno, había ganado ya hasta cuarenta mil francos, amontonados ante él en oro y billetes de banco. Estaba pálido, le brillaban los ojos y le temblaban las manos. Apostaba ahora sin contar el dinero, cuanto podía coger con la mano, y a pesar de ello seguía ganando y amontonando dinero a más y mejor. Los lacayos se movían solícitos a su alrededor, le arrimaron un sillón, despejaron un espacio en torno suyo para que estuviera más a sus anchas y no sufriera apretujones —todo ello con la esperanza de recibir una amplia gratificación—. Algunos jugadores con suerte daban a los lacayos generosas propinas, sin contar el dinero, gozosos, también cuanto con la mano podían sacar del bolsillo. junto al joven estaba ya instalado un polaco muy servicial, que cortésmente, pero sin parar, le decía algo por lo bajo, seguramente indicándole qué puestas hacer, asesorándole y guiando el juego, también con la esperanza, por supuesto, de recibir más tarde una dádiva. Pero el jugador casi no le miraba, hacía sus puestas al buen tuntún y ganaba siempre. Estaba claro que no se daba cuenta de lo que hacía.

La abuela le observó algunos minutos.

—Dile —me indicó de pronto agitada, tocándome con el codo—, dile que pare de jugar, que recoja su dinero cuanto antes y que se vaya. Lo perderá, lo perderá todo en seguida! —me apremió casi sofocada de ansiedad—. ¿Dónde está Potapych? Mándale a Potapych. Y díselo, vamos, díselo —y me dio otra vez con el codo—; pero ¿dónde está Potapych? Sortez, sortez —empezó ella misma a gritarle al joven—.

Yo me incliné y le dije en voz baja pero firme que aquí no se gritaba así, que ni siquiera estaba permitido hablar alto porque ello estorbaba los cálculos, y que nos echarían de allí en seguida.

—¡Qué lástima! Ese chico está perdido, es decir, que él mismo quiere... no puedo mirarle, me revuelve las entrañas. ¡Qué pazguato! — y acto seguido la abuela dirigió su atención a otro sitio.

Allí a la izquierda, al otro lado del centro de la mesa entre los jugadores, se veía a una dama joven y junto a ella a una especie de enano. No sé quién era este enano si pariente suyo o si lo llevaba consigo para llamar la atención. Ya había notado yo antes a esa señora: se presentaba ante la mesa de juego todos los días a la una de la tarde y se iba a las dos en punto, así, pues, cada día jugaba sólo una hora. Ya la conocían y le acercaron un sillón. Sacó del bolso un poco de oro y algunos billetes de mil francos y empezó a hacer posturas con calma, con sangre fría, con cálculo, apuntando con lápiz cifras en un papel y tratando de descubrir el sistema según el cual se agrupaban los "golpes". Apostaba sumas considerables. Ganaba todos los días uno, dos o cuando más tres mil francos, y habiéndolos ganado se iba. La abuela estuvo observándola largo rato.

—¡Bueno, ésta no pierde! ¡Ya se ve que no pierde! ¿De qué pelaje es? ¿No lo sabes? ¿Quién es?

—Será una francesa de—... bueno, de ésas —murmuré.

—¡Ah, se conoce al pájaro por su modo de volar! Se ve que tiene buenas garras. Explícame ahora lo que significa cada giro y cómo hay que hacer la puesta.

Le expliqué a la abuela, dentro de lo posible, lo que significaban las numerosas combinaciones de posturas, rouge e noir, pair et impair, manque et passe, y, por último, los diferentes matices en el sistema de números. Ella escuchó con atención, fijó en la mente lo que le dije, hizo nuevas preguntas y se lo aprendió todo. Para cada sistema de posturas era posible mostrar al instante un ejemplo, de modo que podía aprender y recordar con facilidad y rapidez. La abuela quedó muy satisfecha.

—¿Y qué es eso del zéro? ¿Has oído hace un momento a ese crupier del pelo rizado, el principal, gritar zéro? ¿Y por qué recogió todo lo que había en la mesa? ¡Y qué montón ha cogido! ¿Qué significa eso?

—El zéro, abuela, significa que ha ganado la banca. Si la bola cae en zéro, todo cuanto hay en la mesa pertenece sin más a la banca. Es verdad que cabe apostar para no perder el dinero, pero la banca no paga nada.

—¡Pues anda! ¿Y a mí no me darían nada?

—No, abuela, si antes de ello hubiera apostado usted al zéro y saliera el zéro, le pagarían treinta y cinco veces la cantidad de la puesta.

—¡Cómo! ¿Treinta y cinco veces? ¿Y sale a menudo? ¿Cómo es que los muy tontos no apuestan al zéro?

—Tienen treinta y seis posibilidades en contra, abuela.

—¡Qué tontería! ¡Potapych, Potapych! Espera, que yo también llevo dinero encima; aquí está!—Sacó del bolso un portamonedas bien repleto y de él extrajo un federico de oro— ¡Hala, pon eso en seguida al zéro!

—Abuela, el zéro acaba de salir —dije yo—, por lo tanto tardará mucho en volver a salir. Perderá usted mucho dinero. Espere todavía un poco.

—¡Tontería! Ponlo.

—Está bien, pero quizás no salga hasta la noche; podría usted poner hasta mil y puede que no saliera. No sería la primera vez.

—¡Tontería, tontería! Quien teme al lobo no se mete en el bosque. ¿Qué? ¿Has perdido? Pon otro.

Perdieron el segundo federico de oro; pusieron un tercero. La abuela apenas podía estarse quieta en su silla; con ojos ardientes seguía los saltos de la bolita por los orificios de la rueda que giraba. Perdieron también el tercero. La abuela estaba fuera de sí, no podía parar en la silla, y hasta golpeó la mesa con el puño cuando el banquero anunció "trente six" en lugar del ansiado zéro.

—¡Ahí lo tienes! —exclamó enfadada , ¿pero no va a salir pronto ese maldito cerillo? ¡Que me muera si no me quedo aquí hasta que salga! La culpa la tiene ese condenado crupier del pelo rizado. Con él no va a salir nunca. ¡Aleksei Ivanovich, pon dos federicos a la vez! Porque si pones tan poco como estás poniendo y sale el zéro, no ganas nada.

—¡Abuela!

—Pon ese dinero, ponlo. No es tuyo.

Aposté dos federicos de oro. La bola volteó largo tiempo por la rueda y empezó por fin a rebotar sobre los orificios. La abuela se quedó inmóvil, me apretó la mano y, de pronto, ¡pum!

—Zéro! —anunció el banquero.

—¿Ves, ves? —prorrumpió la abuela al momento, volviéndose hacia mí con cara resplandeciente de satisfacción—. ¡Ya te lo dije, ya te lo dije! Ha sido Dios mismo el que me ha inspirado para poner dos federicos de oro. Vamos a ver, ¿cuánto me darán ahora? ¿Pero por qué no me lo dan? Potapych, Marfa, ¿pero dónde están? ¿Adónde ha ido nuestra gente? ¡Potapych, Potapych!

—Más tarde, abuela —le dije al oído—. Potapych está a la puerta porque no le permiten entrar aquí. Mire, abuela, le entregan el dinero; cójalo. —Le alargaron un pesado paquete envuelto en papel azul con cincuenta federicos de oro y le dieron unos veinte sueltos. Yo, sirviéndome del rastrillo, los amontoné ante la abuela.

—Faites le jeu, messieurs! Faites lejeu, messieurs! Rien ne va plus? —anunció el banquero invitando a hacer posturas y preparándose para hacer girar la ruleta.

—¡Dios mío, nos hemos retrasado! ¡Van a darle a la rueda! ¡Haz la puesta, hazla! —me apremió la abuela— ¡Hala, de prisa, no pierdas tiempo! —dijo fuera de sí, dándome fuertes codeos.

—¿A qué lo pongo, abuela?

—¡Al zéro, al zéro! ¡Otra vez al zéro! ¡Pon lo más posible! ¿Cuánto tenemos en total? ¿Setenta federicos de oro? No hay por qué guardarlos; pon veinte de una vez.

—¡Pero serénese, abuela! A veces no sale en doscientas veces seguidas. Le aseguro que todo el dinero se le irá en puestas.

—¡Tontería, tontería! ¡Haz la puesta! ¡Hay que ver cómo le das a la lengua! Sé lo que hago.

Su agitación llegaba hasta el frenesí.

—Abuela, según el reglamento no está permitido apostar al zéro más de doce federicos de oro a la vez. Eso es lo que he puesto.

—¿Cómo que no está permitido? ¿No me engañas? ¡Musié musié! —dijo tocando con el codo al crupier que estaba a su izquierda y que se disponía a hacer girar la ruleta—. Combien zéro? douze ? douze?

Yo aclaré la pregunta en francés.

—Oui, madame —corroboró cortésmente el crupier puesto que según el reglamento ninguna puesta sencilla puede pasar de cuatro mil florines —agregó para mayor aclaración.

—Bien, no hay nada que hacer. Pon doce.

—Le jeu est fait—gritó el crupier. Giró la ruleta y salió e treinta. Habíamos perdido.

—¡Otra vez, otra vez! ¡Pon otra vez! —gritó la abuela. Yo ya no la contradije y, encogiéndome de hombros, puse otros doce federicos de oro. La rueda giró largo tiempo. La abuela temblaba, así como suena, siguiendo sus vueltas.

"¿Pero de veras cree que ganará otra vez con el zéro?" —pensaba yo mirándola perplejo. En su rostro brillaba la inquebrantable convicción de que ganaría, la positiva anticipación de que al instante gritarían: zéro!

—Zéro! —gritó el banquero.

—¡Ya ves!—exclamó la abuela con frenético júbilo, volviéndose a mí.

Yo también era jugador. Lo sentí en ese mismo instante. Me temblaban los brazos y las piernas, me martilleaba la cabeza. Se trataba, ni que decir tiene, de un caso infrecuente: en unas diez jugadas había salido el zéro tres veces; pero en ello tampoco había nada asombroso. Yo mismo había sido testigo dos días antes de que habían salido tres zéros seguidos, y uno de los jugadores, que asiduamente apuntaba las jugadas en un papel, observó en voz alta que el día antes el zéro había salido sólo una vez en veinticuatro horas.

A la abuela, como a cualquiera que ganaba una cantidad muy considerable, le liquidaron sus ganancias atenta y respetuosamente. Le tocaba cobrar cuatrocientos veinte federicos de oro, esto es, cuatro mil florines y veinte federicos de oro. Le entregaron los veinte federicos en oro y los cuatro mil florines en billetes de banco.

Esta vez, sin embargo, la abuela ya no llamaba a Potapych; no era eso lo que ocupaba su atención. Ni siquiera daba empujones ni temblaba visiblemente; temblaba por dentro, si así cabe decirlo. Toda ella estaba concentrada en algo, absorta en algo:

—¡Aleksei Ivanovich! ¿Ha dicho ese hombre que sólo pueden apostarse cuatro mil florines como máximo en una jugada? Bueno, entonces toma y pon estos cuatro mil al rojo—ordenó la abuela.

Era inútil tratar de disuadirla. Giró la rueda.

—Rouge! —anunció el banquero. Ganó otra vez, lo que en una apuesta de cuatro mil florines venían a ser, por lo tanto, ocho mil.

—Dame cuatro —decretó la abuela— y pon de nuevo cuatro al rojo. De nuevo aposté cuatro mil.

—Rouge! —volvió a proclamar el banquero.

—En total, doce mil. Dámelos. Mete el oro aquí en el bolso y guarda los billetes.

—Basta. A casa. Empujad la silla.

CAPÍTULO 11

Empujaron la silla hasta la puerta que estaba al otro extremo de la sala. La abuela iba radiante. Toda nuestra gente se congregó en torno suyo para felicitarla. Su triunfo había eclipsado mucho de lo excéntrico de su conducta, y el general ya no temía que le comprometieran en público sus relaciones de parentesco con la extraña señora. Felicitó a la abuela con una sonrisa indulgente en la que había algo familiar y festivo, como cuando se entretiene a un niño. Por otra parte, era evidente que, como todos los demás espectadores, él también estaba pasmado. Alrededor, todos señalaban a la abuela y hablaban de ella. Muchos pasaban junto a ella para verla más de cerca. Mister Astley, desviado del grupo, daba explicaciones acerca de ella a dos ingleses conocidos suyos. Algunas damas de alto copete que habían presenciado el juego la observaban con la mayor perplejidad, como si fuera un bicho raro. Des Grieux se deshizo en sonrisas y enhorabuenas.

—Quelle victoire! —exclamó.

—Mais, madame, c'était du feu! —añadió mlle. Blanche con sonrisa seductora.

—Pues sí, que me puse a ganar y he ganado doce mil florines. ¿Qué digo doce mil? ¿Y el oro? Con el oro llega casi hasta trece mil. ¿Cuánto es esto en dinero nuestro? ¿Seis mil, no es eso?

Yo indiqué que pasaba de siete y que al cambio actual quizá llegase a ocho.

—¡Como quien dice una broma! ¡Y vosotros aquí, pazguatos, sentados sin hacer nada! Potapych, Marfa, ¿habéis visto?

—Señora, ¿pero cómo ha hecho eso? ¡Ocho mil rublos! —exclamó Marfa retorciéndose de gusto.

—¡Ea, aquí tienen cada uno de vosotros cinco monedas de oro! Potapych y Marfa se precipitaron a besarle las manos.

—Y entreguen a cada uno de los cargadores un federico de oro. Dáselos en oro, Aleksei Ivanovich. ¿Por qué se inclina este lacayo? ¿Y este otro? ¿Me están felicitando? Denle también a cada uno un federico de oro.

—Madame la princesse... un pauvre expatrié.. malheur continuel.. les princes russes sont si généreux —murmuraba lisonjero en torno a la silla un individuo bigotudo que vestía una levita ajada y un chaleco de color chillón, y haciendo aspavientos con la gorra y con una sonrisa servil en los labios.

—Dale también un federico de oro. No, dale dos; bueno, basta, con eso nos lo quitamos de encima. ¡Levántame y andando! Praskovya —dijo volviéndose a Polina Aleksandrovna, mañana te compro un vestido, y a ésa... ¿cómo se llama? ¿Mademoiselle Blanche, no es eso?, le compro otro. Tradúcele eso, Praskovya.

—Merci, madame —dijo mlle. Blanche con una amable reverencia, torciendo la boca en una sonrisa irónica que cambió con Des Grieux y el general. Éste estaba abochornado y se puso muy contento cuando llegamos a la avenida.

—Fedosya..., lo que es Fedosya sé que va a quedar asombrada —dijo la abuela acordándose de la niñera del general, conocida suya—. También a ella hay que regalarle un vestido. ¡Eh, Aleksei Ivanovich, Aleksei Ivanovich, dale algo a ese mendigo!

Por el camino venía un pelagatos, encorvado de espalda, que nos miraba.

—¡Dale un gulden; dáselo!

Me llegué a él y se lo di. Él me miró con vivísima perplejidad, pero tomó el gulden en silencio. Olía a vino.

—¿Y tú, Aleksei Ivanovich, no has probado fortuna todavía?

—No, abuela.

—Pues vi que te ardían los ojos.

—Más tarde probaré sin falta, abuela.

—Y vete derecho al zéro. ¡Ya verás! ¿Cuánto dinero tienes?

—En total, sólo veinte federicos de oro, abuela.

—No es mucho. Si quieres, te presto cincuenta federicos Tómalos de ese mismo rollo. ¡Y tú, amigo, no esperes, que no te doy nada! —dijo dirigiéndose de pronto al general. Fue para éste un rudo golpe, pero guardó silencio. Des Grieux frunció las cejas.

—Que diable, cest une terrible vieille! —dijo entre dientes al general.

—¡Un pobre, un pobre, otro pobre! —gritó la abuela—. Aleksei Ivanovich, dale un gulden a éste también.

Esta vez se trataba de un viejo canoso, con una pata de palo, que vestía una especie de levita azul de ancho vuelo y que llevaba un largo bastón en la mano. Tenía aspecto de veterano del ejército. Pero cuando le alargué el gulden, dio un paso atrás y me miró amenazante.

—Was ist's der Teufel! —gritó, añadiendo luego a la frase una decena de juramentos.

—¡Idiota! —exclamó la abuela despidiéndole con un gesto de la mano—. Sigamos adelante. Tengo hambre. Ahora mismo a comer, luego me echo un rato y después volvemos allá.

—¿Quiere usted jugar otra vez, abuela? —grité.

—¿Pues qué pensabas? ¿Que porque vosotros estáis aquí mano sobre mano y alicaídos, yo debo pasar el tiempo mirándoos?

—Mais, madame —dijo Des Grieux acercándose , les chances peuvent tourner, une seule mauvaise chance et vous perdrez tout.. surtout avec votre jeu... c'était terrible!

—Vous perdrez absolument —gorjeó mlle. Blanche.

—¿Y eso qué les importa a ustedes? No será su dinero el que pierda, sino el mío. ¿Dónde está ese mister Astley? —me preguntó.

—Se quedó en el Casino, abuela.

—Lo siento. Es un hombre tan bueno.

Una vez en el hotel la abuela, encontrando en la escalera al Oberkellner, lo llamó y empezó a hablar con vanidad de sus ganancias. Luego llamó a Fedosya, le regaló tres federicos de oro y le mandó que sirviera la comida. Durante ésta, Fedosya y Marfa se desvivieron por atender a la señora.

—La miré a usted, señora —dijo Marfa en un arranque—, y le dije a Potapych ¿qué es lo que quiere hacer nuestra señora? Y en la mesa, dinero y más dinero, ¡santos benditos! En mi vida he visto tanto dinero. Y alrededor todo era señorío, nada más que señorío. ¿Pero de dónde viene todo este señorío? le pregunté a Potapych. Y pensé: ¡Que la mismísima Madre de Dios la proteja! Recé por usted, señora, y estaba temblando, toda temblando, con el corazón en la boca, así como lo digo. Dios mío —pensé— concédeselo, y ya ve usted que el Señor se lo concedió. Todavía sigo temblando, señora, sigo toda temblando.

—Aleksei Ivanovich, después de la comida, a eso de las cuatro, prepárate y vamos. Pero adiós por ahora. Y no te olvides de mandarme un mediquillo, porque tengo que tomar las aguas. Y a lo mejor se te olvida.

Me alejé de la abuela como si estuviera ebrio. Procuraba imaginarme lo que sería ahora de nuestra gente y qué giro tomarían los acontecimientos. Veía claramente que ninguno de ellos (y, en particular, el general) se había repuesto todavía de la primera impresión. La aparición de la abuela en vez del telegrama esperado de un momento a otro anunciando su muerte (y, por lo tanto, la herencia) quebrantó el esquema de sus designios y acuerdos hasta el punto de que, con evidente atolondramiento y algo así como pasmo que los contagió a todos, presenciaron las ulteriores hazañas de la abuela en la ruleta. Mientras tanto, este segundo factor era casi tan importante como el primero, porque aunque la abuela había repetido dos veces que no daría dinero al general, ¿quién podía asegurar que así fuera? De todos modos no convenía perder aún la esperanza. No la había perdido Des Grieux, comprometido en todos los asuntos del general. Yo estaba seguro de que mademoiselle Blanche, que también andaba en ellos (¡cómo no! generala y con una herencia considerable), tampoco perdería la esperanza y usaría con la abuela de todos los hechizos de la coquetería, en contraste con las rígidas y desmañadas muestras de afecto de la altanera Polina. Pero ahora, ahora que la abuela había realizado tales hazañas en la ruleta, ahora que la personalidad de la abuela se dibujaba tan nítida y típicamente (una vieja testaruda y mandona y tombée en enfance); ahora quizá todo estaba perdido, porque estaba contenta, como un niño, de "haber dado el golpe" y, como sucede en tales casos, acabaría por perder hasta las pestañas. Dios mío, pensaba yo (y, que Dios me perdone, con hilaridad rencorosa), Dios mío, cada federico de oro que la abuela acababa de apostar había sido de seguro una puñalada en el corazón del general, había hecho rabiar a Des Grieux y puesto a mademoiselle de Cominges al borde del frenesí, porque para ella era como quedarse con la miel en los labios. Un detalle más: a pesar de las ganancias y el regocijo, cuando la abuela repartía dinero entre todos y tomaba a cada transeúnte por un mendigo, seguía diciendo con desgaire al general: "¡A ti, sin embargo, no te doy nada!". Ello suponía que estaba encastillada en esa idea, que no cambiaría de actitud, que se había prometido a sí misma mantenerse en sus trece. ¡Era peligroso, peligroso!

Yo llevaba la cabeza llena de cavilaciones de esta índole cuando desde la habitación de la abuela subía por la escalera principal a mi cuchitril, en el último piso. Todo ello me preocupaba hondamente.

Aunque ya antes había podido vislumbrar los hilos principales, los más gruesos, que enlazaban a los actores, lo cierto era, sin embargo, que no conocía todas las trazas y secretos del juego. Polina nunca se había sincerado plenamente conmigo. Aunque era cierto que de cuando en cuando, como a regañadientes, me descubría su corazón, yo había notado que con frecuencia, mejor dicho, casi siempre después de tales confidencias, se burlaba de lo dicho, o lo tergiversaba y le daba de propósito un tono de embuste. ¡Ah, ocultaba muchas cosas! En todo caso, yo presentía que se acercaba el fin de esta situación misteriosa y tirante. Una conmoción más y todo quedaría concluido y al descubierto. En cuanto a mí, implicado también en todo ello, apenas me preocupaba de lo que podía pasar. Era raro mi estado de ánimo: en el bolsillo tenía en total veinte federicos de oro; me hallaba en tierra extraña, lejos de la propia, sin trabajo y sin medios de subsistencia, sin esperanza, sin posibilidades, y, sin embargo, no me sentía inquieto. Si no hubiera sido por Polina, me hubiera entregado sin más al interés cómico en el próximo desenlace y me hubiera reído a mandíbula batiente. Pero Polina me inquietaba; presentía que su suerte iba a decidirse, pero confieso que no era su suerte lo que me traía de cabeza. Yo quería penetrar en sus secretos. Yo deseaba que viniera a mí y me dijera: "Te quiero"; pero si eso no podía ser, si era una locura inconcebible, entonces... ¿qué cabía desear? ¿Acaso sabía yo mismo lo que quería? Me sentía despistado; sólo ambicionaba estar junto a ella, en su aureola, en su nimbo, siempre, toda la vida, eternamente. Fuera de eso no sabía nada. ¿Y acaso podía apartarme de ella?

En el tercer piso, en el corredor de ellos, sentí algo así como un empujón. Me volví y a veinte pasos o más de mí vi a Polina que salía de su habitación. Se diría que me había estado esperando y al momento me hizo seña de que me acercara.

—Polina Aleks...

—¡Más bajo!—me advirtió.

—Figúrese —murmuré—, acabo de sentir como un empellón en el costado.

Miro a mi alrededor y ahí estaba usted. Es como si usted exhalara algo así como un fluido eléctrico.

—Tome esta carta —dijo Polina pensativa y ceñuda, probablemente sin haber oído lo que le había dicho —y en seguida entréguesela en propia mano a mister Astley. Cuanto antes, se lo ruego. No hace falta contestación. Él mismo...

No terminó la frase.

—¿A mister Astley? —pregunté con asombro. Pero Polina ya había cerrado la puerta.

—¡Hola, conque cartitas tenemos!

Fui, por supuesto, corriendo a buscar a mister Astley, primero en su hotel, donde no lo hallé, luego en el Casino, donde recorrí todas las salas, y, por último, camino ya de casa, irritado, desesperado, tropecé con él inopinadamente. Iba a caballo, formando parte de una cabalgata de ingleses de ambos sexos. Le hice una seña, se detuvo y le entregué la carta. No tuvimos tiempo ni para mirarnos; pero sospecho que mister Astley, adrede, espoleó en seguida a su montura.

¿Me atormentaban los celos? En todo caso, me sentía deshecho de ánimo. Ni siquiera deseaba averiguar sobre qué se escribían. ¡Con que él era su confidente! "Amigo, lo que se dice amigo —pensaba yo—, está claro que lo es (pero ¿cuándo ha tenido tiempo para llegar a serlo?); ahora bien, ¿hay aquí amor? Claro que no", —me susurraba el sentido común. Pero el sentido común, por sí solo, no basta en tales circunstancias. De todos modos, también esto quedaba por aclarar. El asunto se complicaba de modo desagradable.

Apenas entré en el hotel cuando el conserje y el Oberkellner, que salía de su habitación, me hicieron saber que se preguntaba por mí, que se me andaba buscando y que se había mandado tres veces a averiguar dónde estaba; y me pidieron que me presentara cuanto antes en la habitación del general. Yo estaba de pésimo humor. En el gabinete del general se encontraban, además de éste, Des Grieux y mademoiselle Blanche, sola, sin la madre. Estaba claro que la madre era postiza, utilizada sólo para cubrir las apariencias; pero cuando era cosa de bregar con un asunto de verdad, entonces mademoiselle Blanche se las arreglaba sola. Sin contar que la madre apenas sabía nada de los negocios de su supuesta hija.

Los tres estaban discutiendo acaloradamente de algo, y hasta la puerta del gabinete estaba cerrada, lo cual nunca había ocurrido antes. Cuando me acerqué a la puerta oí voces destempladas, las palabras insolentes y mordaces de Des Grieux, los gritos descarados, abusivos y furiosos de Blanche y la voz quejumbrosa del general, quien, por lo visto, se estaba disculpando de algo. Al entrar yo, los tres parecieron serenarse y dominarse. Des Grieux se alisó los cabellos y de su rostro airado sacó una sonrisa, esa sonrisa francesa repugnante, oficialmente cortés, que tanto detesto. El acongojado y decaído general tomó un aire digno, aunque un tanto maquinalmente. Sólo mademoiselle Blanche mantuvo inalterada su fisonomía, que chispeaba de cólera. Calló, fijando en mí su mirada con impaciente expectación. Debo apuntar que hasta entonces me había tratado con la más absoluta indiferencia, sin contestar siquiera a mis saludos, como si no se percatara de mi presencia.

—Aleksei Ivanovich —dijo el general en un tono de suave reconvención, permita que le indique que es extraño, sumamente extraño, que..., en una palabra, su conducta conmigo y con mi familia..., en una palabra, sumamente extraño...

—Eh! ce n'est pas ça! —interrumpió Des Grieux irritado y desdeñosamente. (Estaba claro que era él quien llevaba la voz cantante)—. Mon cher monsieur, notre cher général se trompe, al adoptar ese tono —continué sus comentarios en ruso , pero él quería decirle... es decir, advertirle, o, mejor dicho, rogarle encarecidamente que no le arruine (eso, que no le arruine). Uso de propósito esa expresión...

—¿Pero qué puedo yo hacer? ¿Qué puedo?—interrumpí.

—Perdone, usted se propone ser el guía (¿o cómo llamarlo?) de esa vieja, cette pauvre terrible vieille —el propio Des Grieux perdía el hilo— pero es que va a perder; perderá hasta la camisa. ¡Usted mismo vio cómo juega, usted mismo fue testigo de ello! Si empieza a perder no se apartará de la mesa, por terquedad, por porfía, y seguirá jugando y jugando, y en tales circunstancias nunca se recobra lo perdido, y entonces... entonces...

—¡Y entonces—corroboró el general—, entonces arruinará usted a toda la familia! A mí y a mi familia, que somos sus herederos, porque no tiene parientes más allegados. Le diré a usted con franqueza que mis asuntos van mal, rematadamente mal. Usted mismo sabe algo de ello... Si ella pierde una suma considerable o ¿quién sabe? toda su hacienda (¡Dios no lo quiera!), ¿qué será entonces de ellos, de mis hijos? (el general volvió los ojos a Des Grieux), ¿qué será de mí? (Miró a mademoiselle Blanche que con desprecio le volvió la espalda.) ¡Aleksei Ivanovich, sálvenos usted, sálvenos!

—Pero dígame, general, ¿cómo puedo yo, cómo puedo—...? ¿Qué papel hago yo en esto?

—¡Niéguese, niéguese a ir con ella! ¡Déjela!

—¡Encontrará a otro!—exclamé.

—Ce n'est pas la, ce n'est pas ça—atajó de nuevo Des Grieux , que diable! No, no la abandone, pero al menos amonéstela, trate de persuadirla, apártela del juego... y, como último recurso, no la deje perder demasiado, distráigala de algún modo.

—¿Y cómo voy a hacer eso? Si usted mismo se ocupase de eso, monsieur Des Grieux... —agregué con la mayor inocencia.

En ese momento noté una mirada rápida, ardiente e inquisitiva que mademoiselle Blanche dirigió a Des Grieux. Por la cara de éste pasó fugazmente algo peculiar, algo revelador que no pudo reprimir.

—¡Ahí está la cosa; que por ahora no me aceptará! —exclamó Des Grieux gesticulando con la mano— Si por acaso... más tarde...

Des Grieux lanzó una mirada rápida y significativa a mademoiselle Blanche.

—O mon cher monsieur Alexis, soyez si bon—la propia mademoiselle Blanche dio un paso hacia mí sonriendo encantadoramente, me cogió ambas manos y me las apretó con fuerza. ¡Qué demonio! Ese rostro diabólico sabía transfigurarse en un segundo. ¡En ese momento tomó un aspecto tan suplicante, tan atrayente, se sonreía de manera tan candorosa y aun tan pícara! Al terminar la frase me hizo un guiño disimulado, a hurtadillas de los demás; se diría que quería rematarme allí mismo. Y no salió del todo mal, sólo que todo ello era grosero y, por añadidura, horrible.

Tras ella vino trotando el general, así como lo digo, trotando.

—Aleksei Ivanovich, perdóneme por haber empezado a decirle hace un momento lo que de ningún modo me proponía decirle... Le ruego, le imploro, se lo pido a la rusa, inclinándome ante usted... ¡Usted y sólo usted puede salvarnos! Mlle. Blanche y yo se lo rogamos... ¿Usted me comprende, no es verdad que me comprende? —imploró, señalándome con los ojos a mademoiselle Blanche. Daba lástima.

En ese instante se oyeron tres golpes leves y respetuosos en la puerta. Abrieron. Había llamado el camarero de servicio. Unos pasos detrás de él estaba Potapych. Venían de parte de la abuela, quien los había mandado a buscarme y llevarme a ella en seguida. Estaba "enfadada", aclaró Potapych.

—¡Pero si son sólo las tres y media!

—La señora no ha podido dormir; no hacía más que dar vueltas; y de pronto se levantó,,pidió la silla y mandó a buscarle a usted. Ya está en el pórtico del hotel.

—Quelle mégére! —exclamó Des Grieux.

En efecto, encontré a la abuela en el pórtico, consumida de impaciencia porque yo no estaba allí. No había podido aguantar hasta las cuatro.

—¡Hala, levantadme! —chilló, y de nuevo nos pusimos en camino hacia la ruleta.

CAPÍTULO 12

La abuela estaba de humor impaciente e irritable; era evidente que la ruleta le había causado honda impresión. Estaba inatenta para todo lo demás, y en general, muy distraída; durante el camino, por ejemplo, no hizo una sola pregunta como las que había hecho antes. Viendo un magnífico carruaje que pasó junto a nosotros como una exhalación apenas levantó la mano y preguntó: "¿Qué es eso? ¿De quién?", pero sin atender por lo visto a mi respuesta. Su ensimismamiento se veía interrumpido de continuo por gestos y estremecimientos abruptos e impacientes. Cuando ya cerca del Casino le mostré desde lejos al barón y a la baronesa de Burmerhelm, los miró abstraída y dijo con completa indiferencia: "¡Ah!". Se volvió de pronto a Potapych y Marfa, que venían detrás, y les dijo secamente:

—Vamos a ver, ¿por qué me venís siguiendo? ¡No voy a traeros todas las veces! ¡Idos a casa! Contigo me basta—añadió dirigiéndose a mí cuando los otros se apresuraron a despedirse y volvieron sobre sus pasos.

En el Casino ya esperaban a la abuela. Al momento le hicieron sitio en el mismo lugar de antes, junto al crupier. Se me antoja que estos crupieres, siempre tan finos y tan empeñados en no parecer sino empleados ordinarios a quienes les da igual que la banca gane o pierda, no son en realidad indiferentes a que la banca pierda, y por supuesto reciben instrucciones para atraer jugadores y aumentar los beneficios oficiales; a este fin reciben sin duda premios y gratificaciones. Sea como fuere, miraban ya a la abuela como víctima. Acabó por suceder lo que veníamos temiendo.

He aquí cómo pasó la cosa.

La abuela se lanzó sin más sobre el zéro y me mandó apostar a él doce federicos de oro. Se hicieron una, dos, tres posturas... y el zéro no salió. "¡Haz la puesta, hazla!", decía la abuela dándome codazos de impaciencia. Yo obedecí.

—¿Cuántas puestas has hecho? —preguntó, rechinando los dientes de ansiedad.

—Doce, abuela. He apostado ciento cuarenta y cuatro federicos de oro. Le digo a usted que quizá hasta la noche...

—¡Cállate! —me interrumpió—. Apuesta al zéro y pon al mismo tiempo mil gulden al rojo. Aquí tienes el billete.

Salió el rojo, pero esta vez falló el zéro; le entregaron mil gulden.

—¿Ves, ves? —murmuró la abuela—. Nos han devuelto casi todo lo apostado. Apuesta de nuevo al zéro; apostaremos diez veces más a él y entonces lo dejamos.

Pero a la quinta vez la abuela acabó por cansarse.

—¡Manda ese zéro asqueroso a la porra! ¡Ahora pon esos cuatro mil gulden al rojo!—ordenó.

—¡Abuela, eso es mucho! ¿Y qué, si no sale el rojo?—le dije en tono de súplica; pero la abuela casi me molió a golpes. (En efecto, me daba tales codazos que parecía que se estaba peleando conmigo). No había nada que hacer. Aposté al rojo los cuatro mil gulden que ganamos esa mañana. Giró la rueda. La abuela, tranquila y orgullosa, se enderezó en su silla sin dudar de que ganaría irremisiblemente.

—Zéro —anunció el crupier.

Al principio la abuela no comprendió; pero cuando vio que el crupier recogía sus cuatro mil gulden junto con todo lo demás que había en la mesa, y se dio cuenta de que el zéro, que no había salido en tanto tiempo y al que habíamos apostado en vano casi doscientos federicos de oro, había salido como de propósito tan pronto como ella lo había insultado y abandonado,, dio un suspiro y extendió los brazos con gesto que abarcaba toda la sala. En torno suyo rompieron a reír.

—¡Por vida de…! ¡Conque ha asomado ese maldito! —aulló la abuela—. ¡Pero se habrá visto qué condenado! ¡Tú tienes la culpa! ¡Tú! —y se echó sobre mí con saña, empujándome—. ¡Tú me lo quitaste de la cabeza!

—Abuela, yo le dije lo que dicta el sentido común. ¿Acaso puedo yo responder de las probabilidades?

—¡Ya te daré yo probabilidades! —alcanzó a murmurar en tono amenazador—. ¡Vete de aquí!

—Adiós, abuela —y me volví para marcharme.

—¡Aleksei Ivanovich, Aleksei Ivanovich, quédate! ¿Adónde vas? ¿Pero qué tienes? ¿Enfadado, eh? ¡Tonto! ¡Quédate, quédate, no te sulfures! La tonta soy yo. Pero dime, ¿qué hacemos ahora?

—Abuela, no me atrevo a aconsejarla porque me echará usted la culpa. Juegue sola. Usted decide qué puesta hay que hacer y yo la hago.

—¡Bueno, bueno! Pon otros cuatro mil gulden al rojo. Aquí tienes el monedero. Tómalos. —Sacó del bolso el monedero y me lo dio—. ¡Hala, tómalos! Ahí hay veinte mil rublos en dinero contante.

—Abuela—dije en voz baja , una suma tan enorme...

—Que me muera si no gano todo lo perdido... ¡Apuesta!— Apostamos y perdimos.

—¡Apuesta, apuesta los ocho mil!

—¡No se puede, abuela, el máximo son cuatro mil!...

—¡Pues pon cuatro!

Esta vez ganamos. La abuela se animó. "¿Ves, ves? —dijo dándome con el codo— ¡Pon cuatro otra vez!".

Apostamos y perdimos; luego perdimos dos veces más.

—Abuela, hemos perdido los doce mil —le indiqué.

—Ya veo que los hemos perdido —dijo ella con tono de furia tranquila, si así cabe decirlo ; lo veo, amigo, lo veo —murmuró mirando ante sí, inmóvil y como cavilando algo—. ¡Ay, que me muero si no—…! ¡Pon otros cuatro mil gulden!

—No queda dinero, abuela. En la cartera hay unos certificados rusos del cinco por ciento y algunas libranzas, pero no hay dinero.

—¿Y en el bolso?

—Calderilla, abuela.

—¿Hay aquí agencias de cambio? Me dijeron que podría cambiar todo nuestro papel —preguntó la abuela sin pararse en barras.

—¡Oh, todo el que usted quiera! Pero de lo que perdería usted en el cambio se asustaría un judío.

—¡Tontería! Voy a ganar todo lo perdido. Llévame. ¡Llama a esos gandules!

Aparté la silla, aparecieron los cargadores y salimos del Casino. "¡De prisa, de prisa, de prisa!" —ordenó la abuela—. Enseña el camino, Aleksei Ivanovich, y llévame por el más corto... ¿Queda lejos?

—Está a dos pasos, abuela.

Pero en la glorieta, a la entrada de la avenida, salió a nuestro encuentro toda nuestra pandilla: el general, Des Grieux y mlle. Blanche con su madre. Polina Aleksandrovna no estaba con ellos, ni tampoco mister Astley.

—¡Bueno, bueno, bueno! ¡No hay que detenerse! —soltó un grito la abuela—. Pero ¿qué quieres? ¡No tengo tiempo que perder con vosotros ahora!

Yo iba detrás. Des Grieux se me acercó.

—Ha perdido todo lo que había ganado antes, y encima doce mil gulden de su propio dinero. Ahora vamos a cambiar unos certificados del cinco por ciento—le dije rápidamente por lo bajo.

Des Grieux dio una patada en el suelo y corrió a informar al general. Nosotros continuamos nuestro camino con la abuela.

—¡Deténgala, deténgala! —me susurró el general con frenesí.

—¡A ver quién es el guapo que la detiene! —le contesté también con un susurro.

—¡Tía! —dijo el general acercándose—, tía... casualmente ahora mismo... ahora mismo... —le temblaba la voz y se le quebraba—, íbamos a alquilar caballos para ir de excursión al campo... Una vista espléndida... una cúspide... veníamos a invitarla a usted.

—¡Quítate allá con tu cúspide! —le dijo con enojo la abuela, indicándole con un gesto que se apartara.

—Allí hay árboles... tomaremos el té... —prosiguió el general, presa de la mayor desesperación.

—Nous boirons du lait, sur l'herbe fraîche —agregó Des Grieux con vivacidad brutal.

Du lait, de l'herbe fraiche —esto es lo que un burgués de París considera como lo más idílico; en esto consiste, como es sabido, su visión de "la nature et la vérité".

—¡Y tú también, quítate allá con tu leche! ¡Bébetela tú mismo, que a mí me da dolor de vientre. ¿Y por qué me fastidian?—gritó la abuela— He dicho que no tengo tiempo que perder.

—¡Hemos llegado, abuela!—dije— Es aquí.

Llegamos a la casa donde estaba la agencia de cambio. Entré a cambiar y la abuela se quedó a la puerta. Des Grieux, el general y mademoiselle Blanche se mantuvieron apartados sin saber qué hacer. La abuela les miró con ira y ellos tomaron el camino del Casino.

Me propusieron una tarifa de cambio tan atroz que no me decidí a aceptarla y salí a pedir instrucciones a la abuela.

—¡Qué ladrones! —exclamó levantando los brazos—. ¡En fin, no hay nada que hacer! ¡Cambia! —gritó con resolución—. Espera, dile al cambista que venga aquí.

—¿Uno cualquiera de los empleados, abuela?

—Cualquiera, da lo mismo. ¡Qué ladrones!

El empleado consintió en salir cuando supo que quien lo llamaba era una condesa anciana e impedida que no podía andar. La abuela, muy enojada, le reprochó largo rato y en voz alta por lo que consideraba una estafa y estuvo regateando con él en una mezcla de ruso, francés y alemán, a cuya traducción ayudaba yo. El empleado nos miraba gravemente, sacudiendo en silencio la cabeza. A la abuela la observaba con una curiosidad tan intensa que rayaba en descortesía. Por último, empezó a sonreírse.

—¡Bueno, andando! —exclamó la abuela—. ¡Ojalá se le atragante mi dinero! Que te lo cambie Aleksei Ivanovich; no hay tiempo que perder, y además habría que ir a otro sitio...

—El empleado dice que otros darán menos.

No recuerdo con exactitud la tarifa que fijaron, pero era horrible. Me dieron un total de doce mil florines en oro y billetes. Tomé el paquete y se lo llevé a la abuela.

—Bueno, bueno, no hay tiempo para contarlo —gesticuló con los brazos , ¡de prisa, de prisa, de prisa! Nunca más volveré a apostar a ese condenado zéro; ni al rojo tampoco —dijo cuando llegábamos al Casino.

Esta vez hice todo lo posible para que apostara cantidades más pequeñas, para persuadirla de que cuando cambiara la suerte habría tiempo de apostar una cantidad considerable. Pero estaba tan impaciente que, si bien accedió al principio, fue del todo imposible refrenarla a la hora de jugar. No bien empezó a ganar posturas de diez o veinte federicos de oro, se puso a darme con el codo:

—¡Bueno, ya ves, ya ves! Hemos ganado. Si en lugar de diez hubiéramos apostado cuatro mil, habríamos ganado cuatro mil. ¿Y ahora qué? ¡Tú tienes la culpa, tú solo!

Y aunque irritado por su manera de jugar, decidí por fin callarme y no darle más consejos.

De pronto se acercó Des Grieux. Los tres estaban allí al lado. Yo había notado que mademoiselle Blanche se hallaba un poco aparte con su madre y que coqueteaba con el príncipe. El general estaba claramente en desgracia, casi postergado. Blanche ni siquiera le miraba, aunque él revoloteaba en torno a ella a más y mejor. ¡Pobre general! Empalidecía, enrojecía, temblaba y hasta apartaba los ojos del juego de la abuela. Blanche y el principito se fueron por fin y el general salió corriendo tras ellos.

—Madame, madame —murmuró Des Grieux con voz melosa, casi pegándose al oído de la abuela— Madame, esa apuesta no resultará... no, no, no es posible... —dijo chapurreando el ruso—, ¡no!

—Bueno, ¿cómo entonces? ¡Vamos, enséñeme!—contestó la abuela, volviéndose a él. De pronto Des Grieux se puso a parlotear rápidamente en francés, a dar consejos, a agitarse; dijo que era preciso anticipar las probabilidades, empezó a citar cifras... la abuela no entendía nada. Él se volvía continuamente a mí para que tradujera; apuntaba a la mesa y señalaba algo con el dedo; por último, cogió un lápiz y se dispuso a apuntar unos números en un papel. La abuela acabó por perder la paciencia.

—¡Vamos, fuera, fuera! ¡No dices más que tonterías! "Madame, madame" y ni él mismo entiende jota de esto. ¡Fuera!

—Mais, madame —murmuró Des Grieux, empezando de nuevo a empujar y apuntar con el dedo.

—Bien, haz una puesta como dice —me ordenó la abuela— Vamos a ver: quizá salga en efecto.

Des Grieux quería disuadirla de hacer posturas grandes. Sugería que se apostase a dos números, uno a uno o en grupos. Siguiendo sus indicaciones puse un federico de oro en cada uno de los doce primeros números impares, cinco federicos de oro en los números del doce al dieciocho y cuatro del dieciocho al veinticuatro. En total aposté dieciséis federicos de oro.

Giró la rueda. "Zéro" —gritó el banquero. Lo perdimos todo.

—¡Valiente majadero! —exclamó la abuela dirigiéndose a Des Grieux—. ¡Vaya franchute asqueroso! ¡Y el monstruo se las da de consejero! ¡Fuera, fuera! ¡No entiende jota y se mete donde no le llaman!

Des Grieux, terriblemente ofendido, se encogió de hombros, miró despreciativamente a la abuela y se fue. A él mismo le daba vergüenza de haberse entrometido, pero no había podido contenerse.

Al cabo de una hora, a pesar de nuestros esfuerzos, lo perdimos todo.

—¡A casa!—gritó la abuela.

No dijo palabra hasta llegar a la avenida. En ella, y cuando ya llegábamos al hotel, prorrumpió en exclamaciones:

—¡Qué imbécil! ¡Qué mentecata! ¡Eres una vieja, una vieja idiota!

No bien llegamos a sus habitaciones gritó: "¡Que me traigan té, y a prepararse en seguida, que nos vamos!".

—¿Adónde piensa ir la señora? —se aventuró a preguntar Marfa.

—¿Y a ti qué te importa? Cada mochuelo a su olivo. Potapych, prepáralo todo, todo el equipaje. ¡Nos volvemos a Moscú! He despilfarrado quince mil rublos.

—¡Quince mil, señora! ¡Dios mío! —exclamó Potapych, levantando los brazos con gesto conmovedor, tratando probablemente de ayudar en algo.

—¡Bueno, bueno, tonto! ¡Ya ha empezado a lloriquear! ¡Silencio! ¡Prepara las cosas! ¡La cuenta, pronto, hala!

—El próximo tren sale a las nueve y media, abuela—indiqué yo para poner fin a su arrebato.

—¿Y qué hora es ahora?

—Las siete y media.

—¡Qué fastidio! En fin, es igual. Aleksei Ivanovich, no me queda un kopek. Aquí tienes estos dos billetes. Ve corriendo al mismo sitio y cámbialos también. De lo contrario no habrá con qué pagar el viaje.

Salí a cambiarlos. Cuando volví al hotel media hora después encontré a toda la pandilla en la habitación de la abuela. La noticia de que ésta salía inmediatamente para Moscú pareció inquietarles aún más que la de las pérdidas de juego que había sufrido. Pongamos, sí, que su fortuna se salvaba con ese regreso, pero ¿qué iba a ser ahora del general? ¿Quién iba a pagar a Des Grieux? Por supuesto, mademoiselle Blanche no esperaría hasta que muriera la abuela y escurriría el bulto con el príncipe o con otro cualquiera. Se hallaban todos ante la anciana, consolándola y tratando de persuadirla. Tampoco esta vez estaba Polina presente. La abuela les increpaba con furia.

—¡Déjenme en paz, demonios! ¿A ustedes qué les importa? ¿Qué quiere conmigo ese barba de chivo? —gritó a Des Grieux— ¿Y tú, pájara, qué necesitas?—dijo dirigiéndose a mademoiselle Blanche— ¿A qué viene ese mariposeo?

—¡Diantre!—murmuré mademoiselle Blanche con los ojos brillantes de rabia; pero de pronto lanzó una carcajada y se marchó.

—Elle vivra cent ans! —le gritó al general desde la puerta.

—¡Ah!, ¿conque contabas con mi muerte?—aulló la abuela al general— ¡Fuera de aquí! ¡Échalos a todos, Aleksei Ivanovich! ¿A ellos qué les importa? ¡Me he jugado lo mío, no lo vuestro!

El general se encogió de hombros, se inclinó y salió. Des Grieux se fue tras él.

—Llama a Praskovya—ordenó la abuela a Marfa.

Cinco minutos después Marfa volvió con Polina. Durante todo este tiempo Polina había permanecido en su cuarto con los niños y, al parecer, había resuelto no salir de él en todo el día. Su rostro estaba grave, triste y preocupado.

—Praskovya —comenzó diciendo la abuela—, ¿es cierto lo que he oído indirectamente, que ese imbécil de padrastro tuyo quiere casarse con esa gabacha frívola? ¿Es actriz, no? ¿O algo peor todavía? Dime, ¿es verdad?

—No sé nada de ello con certeza, abuela —respondió Colina—, pero, a juzgar por lo que dice la propia mademoiselle Blanche, que no estima necesario ocultar nada, saco la impresión...

—¡Basta! —interrumpió la abuela con energía—. Lo comprendo todo. Siempre he pensado que le sucedería algo así, y siempre le he tenido por hombre superficial y liviano. Está muy pagado de su generalato (al que le ascendieron de coronel cuando pasó al retiro) y no hace más que pavonearse. Yo, querida, lo sé todo; cómo enviasteis un telegrama tras otro a Moscú preguntando "si la vieja estiraría pronto la pata". Esperaban la herencia; porque a él, sin dinero, esa mujerzuela, ¿cómo se llama, de Cominges? no le aceptaría ni como lacayo, mayormente cuando tiene dientes postizos. Dicen que ella tiene un montón de dinero que da a usura y que ha amasado una fortuna. A ti, Praskovya, no te culpo; no fuiste tú la que mandó los telegramas; y de lo pasado tampoco quiero acordarme. Sé que tienes un humorcillo ruin, ¡una avispa! que picas hasta levantar verdugones, pero te tengo lástima porque quería a tu madre Katerina, que en paz descanse. Bueno, ¿te animas? Deja todo esto de aquí y vente conmigo. En realidad no tienes donde meterte; y ahora es indecoroso que estés con ellos. ¡Espera—interrumpió la abuela cuando Polina iba a contestar , que no he acabado todavía! No te exigiré nada. Tengo casa en Moscú, como sabes, un palacio donde puedes ocupar un piso entero y no venir a verme durante semanas y semanas si no te gusta mi genio. ¿Qué, quieres o no?

—Permita que le pregunte primero si de veras quiere usted irse en seguida.

—¿Es que estoy bromeando, niña? He dicho que me voy y me voy. Hoy he despilfarrado quince mil rublos en vuestra condenada ruleta. Hace cinco años hice la promesa de reedificar en piedra, en las afueras de Moscú, una iglesia de madera, y en lugar de eso me he jugado el dinero aquí. Ahora nina, me voy a construir esa iglesia.

—¿Y las aguas, abuela? Porque, al fin y al cabo, vino usted a beberlas.

—¡Quítate allá con tus aguas! No me irrites, Praskovya. Lo haces adrede, ¿no es verdad? Dime, ¿te vienes o no?

—Le agradezco mucho, pero mucho, abuela—dijo Polina emocionada —el refugio que me ofrece. En parte ha adivinado mi situación. Le estoy tan agradecida que, créame, iré a reunirme con usted y quizá pronto; pero ahora de momento hay motivos... importantes... y no puedo decidirme en este instante mismo. Si se quedara usted un par de semanas más...

—Lo que significa que no quieres,

—Lo que significa que no puedo. En todo caso, además, no puedo dejar a mi hermano y mi hermana, y como... como... como efectivamente puede ocurrir que queden abandonados, pues—...; si nos recoge usted a los pequeños y a mí, abuela, entonces sí, por supuesto, iré a reunirme con usted, ¡y créame que haré merecimientos para ello!—añadió con ardor ; pero sin los niños no puedo.

—Bueno, no gimotees (Polina no pensaba en gimotear y no lloraba nunca); ya encontraremos también sitio para esos polluelos: un gallinero grande. Además, ya es hora de que estén en la escuela. ¿De modo que no te vienes ahora? Bueno, mira, Praskovya, te deseo buena suerte, pues sé por qué no te vienes. Lo sé todo, Praskovya. Ese franchute no procurará tu bien.

Polina enrojeció. Yo por mi parte me sobresalté. (¡Todos lo saben! ¡Yo soy, pues, el único que no sabe nada!).

—Vaya, vaya, no frunzas el entrecejo. No voy a cotillear. Ahora bien, ten cuidado de que no ocurra nada malo, ¿entiendes? Eres una chica lista; me daría lástima de ti. Bueno, basta. Más hubiera valido no haberos visto a ninguno de vosotros. ¡Anda, vete! ¡Adiós!

—Abuela, la acompañaré a usted —dijo Polina.

—No es preciso, déjame en paz; todos vosotros me fastidiáis.

Polina besó la mano a la abuela, pero ésta retiró la mano y besó a Polina en la mejilla.

Al pasar junto a mí, Polina me lanzó una rápida ojeada y en seguida apartó los ojos.

—Bueno, adiós a ti también, Aleksei Ivanovich. Sólo falta una hora para la salida del tren. Pienso que te habrás cansado de mi compañía. Vamos, toma estos cincuenta federicos de oro.

—Muy agradecido, abuela, pero me da vergüenza...

—¡Vamos, vamos!—gritó la abuela, pero en tono tan enérgico y amenazador que no me atreví a objetar y tomé el dinero.

—En Moscú, cuando andes sin colocación, ven a verme. Te recomendaré a alguien. ¡Ahora, fuera de aquí!

Fui a mi habitación y me eché en la cama. Creo que pasé media hora boca arriba, con las manos cruzadas bajo la cabeza. Se había producido ya la catástrofe y había en qué pensar. Decidí hablar en serio con Polina al día siguiente. ¡Ah, el franchute! ¡Así, pues, era verdad! ¿Pero qué podía haber en ello? ¿Polina y Des Grieux? ¡Dios, qué pareja!

Todo ello era sencillamente increíble. De pronto di un salto y salí como loco en busca de míster Astley para hacerle hablar fuera como fuera. Por supuesto que de todo ello sabía más que yo. ¿Míster Astley? ¡He ahí otro misterio para mí!

Pero de repente alguien llamó a mi puerta. Miré y era Potapych.

—Aleksei Ivanovich, la señora pide que vaya usted a verla.

—¿Qué pasa? ¿Se va, no? Faltan todavía veinte minutos para la salida del tren.

—Está intranquila; no puede estarse quieta. "¡De prisa, de prisa!", es decir, que viniera a buscarle a usted. Por Dios santo, no se retrase.

Bajé corriendo al momento. Sacaban ya a la abuela al pasillo. Tenía el bolso en la mano.

—Aleksei Ivanovich, ve tú delante, ¡andando!

—¿Adónde, abuela?

—¡Que me muera si no gano lo perdido! ¡Vamos, en marcha, y nada de preguntas! ¿Allí se juega hasta medianoche?

Me quedé estupefacto, pensé un momento, y en seguida tomé una decisión.

—Haga lo que le plazca, Antonida Vasilyevna, pero yo no voy.

—¿Y eso por qué? ¿Qué hay de nuevo ahora? ¿Qué mosca os ha picado?

—Haga lo que guste, pero después yo mismo me reprocharía, y no quiero hacerlo. No quiero ser ni testigo ni participante. ¡No me eche usted esa carga encima, Antonida Vasilyevna! Aquí tiene sus cincuenta federicos de oro.

¡Adiós! –y poniendo el paquete con el dinero en la mesita junto a la silla de la abuela, saludé y me fui.

—¡Valiente tontería! —exclamó la abuela tras mí—; pues no vayas, que quizá yo misma encuentre el camino. ¡Potapych, ven conmigo! ¡A ver, levantadme y andando!

No hallé a míster Astley y volví a casa. Más tarde, a la una de la madrugada, supe por Potapych cómo acabó el día de la abuela. Perdió todo lo que poco antes yo le había cambiado, es decir, diez mil rublos más en moneda rusa. En el casino se pegó a sus faldas el mismo polaquillo a quien antes había dado dos federicos de oro, y quien estuvo continuamente dirigiendo su juego. Al principio, hasta que se presentó el polaco, mandó hacer las posturas a Potapych, pero pronto lo despidió; y fue entonces cuando asomó el polaco. Para mayor desdicha, éste entendía el ruso e incluso chapurreaba una mezcla de tres idiomas, de modo que hasta cierto punto se entendían. La abuela no paraba de insultarle sin piedad, aunque él decía de continuo que "se ponía a los pies de la señora".

—Pero ¿cómo compararle con usted, Aleksei Ivanovich? —decía Potapych—. A usted la señora le trataba exactamente como a un caballero, mientras que ése mire —lo vi con mis propios ojos, que me quede en el sitio si miento— estuvo robándole lo que estaba allí mismo en la mesa; ella misma le cogió con las manos en la masa dos veces. Le puso como un trapo, con todas las palabras habidas y por haber, y hasta le tiró del pelo una vez, así como lo oye usted, que no miento, y todo el mundo alrededor se echó a reír. Lo perdió todo, señor, todo lo que tenía, todo lo que usted había cambiado. Trajimos aquí a la señora, pidió de beber sólo un poco de agua, se santiguó, y a su camita. Estaba rendida, claro, y se durmió en un tris. ¡Que Dios le haya mandado sueños de ángel! ¡Ay, estas tierras de extranjis! —concluyó Potapych—. ¡Ya decía yo que traerían mala suerte! ¡Cómo me gustaría estar en nuestro Moscú cuanto antes!

¡Y como si no tuviéramos una casa en Moscú! Jardín, flores de las que aquí no hay, aromas, las manzanas madurándose, mucho sitio... ¡Pues nada: que teníamos que ir al extranjero! ¡Ay, ay, ay!

CAPÍTULO 13

Ha pasado ya casi un mes desde que toqué por última vez estos apuntes míos que comencé bajo el efecto de impresiones tan fuertes como confusas. La catástrofe, cuya inminencia presentía, se produjo efectivamente, pero cien veces más devastadora e inesperada de lo que había pensado. En todo ello había algo extraño, ruin y hasta trágico, por lo menos en lo que a mí atañía. Me ocurrieron algunos lances casi milagrosos, o así los he considerado desde entonces, aunque bien mirado y, sobre todo, a juzgar por el remolino de sucesos a que me vi arrastrado entonces, quizá ahora quepa decir solamente que no fueron del todo ordinarios. Para mí, sin embargo, lo más prodigioso fue mi propia actitud ante estas peripecias. ¡Hasta ahora no he logrado comprenderme a mí mismo! Todo ello pasó flotando como un sueño, incluso mi pasión, que fue pujante y sincera, pero... ¿qué ha sido ahora de ella? Es verdad que de vez en cuando cruza por mi mente la pregunta: "¿No estaba loco entonces? ¿No pasé todo ese tiempo en algún manicomio, donde quizá todavía estoy, hasta tal punto que todo eso me pareció que pasaba y aun ahora sólo me parece que pasó?".

He recogido mis cuartillas y he vuelto a leerlas (¿quién sabe si las escribí sólo para convencerme de que no estaba en una casa de orates?). Ahora me hallo enteramente solo. Llega el otoño, amarillean las hojas. Estoy en este triste poblacho (¡oh, qué tristes son los poblachos alemanes!), y en lugar de pensar en lo que debo hacer en adelante, vivo influido por mis recientes sensaciones, por mis recuerdos aún frescos, por esa tolvanera aún no lejana que me arrebató en su giro y de la cual acabé por salir despedido.—A veces se me antoja que todavía sigo dando vueltas en el torbellino, y que en cualquier momento la tormenta volverá a cruzar rauda, arrastrándome consigo, que perderé una vez más toda noción de orden, de medida, y que seguiré dando vueltas y vueltas y vueltas...

Pero pudiera echar raíces en algún sitio y dejar de dar vueltas si, dentro de lo posible, consigo explicarme cabalmente lo ocurrido este mes. Una vez más me atrae la pluma, amén de que a veces no tengo otra cosa que hacer durante las veladas. ¡Cosa rara! Para ocuparme en algo, saco prestadas de la mísera biblioteca de aquí las novelas de Paul de Kock (¡en traducción alemana!), que casi no puedo aguantar, pero las leo y me maravillo de mí mismo: es como si temiera destruir con un libro serio o con cualquier otra ocupación digna el encanto de lo que acaba de pasar. Se diría que este sueño repulsivo, con las impresiones que ha traído consigo, me es tan amable que no permito que nada nuevo lo roce por temor a que se disipe en humo. ¿Me es tan querido todo esto? Sí, sin duda lo es. Quizá lo recordaré todavía dentro de cuarenta años...

Así, pues, me pongo a escribir. Sin embargo, todo ello se puede contar ahora parcial y brevemente: no se puede, en absoluto, decir lo mismo de las impresiones...

En primer lugar, acabemos con la abuela. Al día siguiente perdió todo lo que le quedaba. No podía ser de otro modo: cuando una persona así se aventura una vez por ese camino es igual que si se deslizara en trineo desde lo alto de una montaña cubierta de nieve: va cada vez más de prisa. Estuvo jugando todo el día, hasta las ocho de la noche. Yo no presencié el juego y sólo sé lo que he oído contar a otros.

Potapych pasó con ella en el Casino todo el día. Los polacos que dirigían el juego de la abuela se relevaron varias veces durante la jornada. Ella empezó mandando a paseo al polaco del día antes, al que había tirado del pelo, y tomó otro, pero éste resultó casi peor. Cuando despidió al segundo y volvió a tomar el primero —que no se había marchado sino que durante su ostracismo había seguido empujando tras la silla de ella y asomando a cada minuto la cabeza—, la abuela acabó por desesperarse del todo. El segundo polaco, a quien había despedido, tampoco quería irse por nada del mundo; uno se colocó a la derecha de la señora y otro a la izquierda. No paraban de reñir y se insultaban con motivo de las puestas y el juego, llamándose mutuamente laidak y otras lindezas polacas por el estilo. Más tarde hicieron las paces, movían el dinero sin orden ni concierto y apostaban a la buena de Dios. Cuando se peleaban, cada uno hacía puestas por su cuenta, uno, por ejemplo, al rojo y otro al negro.

De esta manera acabaron por marear y sacar de quicio a la abuela, hasta que ésta, casi llorando, rogó al viejo crupier que la protegiera echándoles de allí. En seguida, efectivamente, los expulsaron a pesar de sus gritos y protestas; ambos chillaban en coro y perjuraban que la abuela les debía dinero, que los había engañado en algo y que los había tratado indigna y vergonzosamente. El infeliz Potapych, con lágrimas en los ojos, me lo contó todo esa misma noche, después de la pérdida del dinero, y se quejaba de que los polacos se llenaban los bolsillos de dinero; decía que él mismo había visto cómo lo robaban descaradamente y se lo embolsaban a cada instante. Uno de ellos, por ejemplo, le sacaba a la abuela cinco federicos de oro por sus servicios y los ponía junto por junto con las apuestas de la abuela. La abuela ganaba y él exclamaba que era su propia puesta la que había ganado y que la de ella había perdido,

Cuando los expulsaron, Potapych se adelantó y dijo que llevaban los bolsillos llenos de oro. Inmediatamente la abuela pidió al crupier que tomara las medidas pertinentes, y aunque los dos polacos se pusieron a alborotar como gallos apresados, se presentó la policía y en un dos por tres vaciaron sus bolsillos en provecho de la abuela. Ésta, hasta que lo perdió todo, gozó durante ese día de indudable prestigio entre los crupieres y los empleados del Casino. Poco a poco su fama se extendió por toda la ciudad. Todos los visitantes del balneario, de todas las naciones, la gente ordinaria lo mismo que la de más campanillas, se apiñaban para ver a une vieille comtesse russe, tombée en enfance, que había perdido ya "algunos millones".

La abuela, sin embargo, no sacó mucho provecho de que la rescataran de los dos polaquillos. A reemplazarlos en su servicio surgió un tercer polaco, que hablaba el ruso muy correctamente. Iba vestido como un gentleman aunque parecía un lacayo, con enormes bigotes y mucha arrogancia. También él besó «los pies de la señora» y "se puso a los pies de la señora", pero con los circunstantes se mostró altivo y se condujo despóticamente, en suma, que desde el primer momento se instaló no como sirviente, sino como amo de la abuela. A cada instante, con cada jugada, se volvía a ella y juraba con terribles juramentos que era un "pan honorable" y que no tomaría un solo kopek del dinero de la abuela. Repetía estos juramentos tan a menudo que ella acabó por asustarse. Pero como al principio el pan pareció, en efecto, mejorar el juego de ella y empezó a ganar, la abuela misma ya no quiso deshacerse de él. Una hora más tarde los otros dos polaquillos expulsados del Casino aparecieron de nuevo tras la silla de la abuela, ofreciendo una vez más sus servicios, aunque sólo fuera para hacer mandados. Potapych juraba que el "honorable pan" cambiaba guiños con ellos y, por añadidura, les alargaba algo.

Como la abuela no había comido y casi no se había movido de la silla, uno de los polacos quiso, en efecto, serle útil: corrió al comedor del Casino, que estaba allí al lado, y le trajo primero una taza de caldo y después té. En realidad, los dos no hacían más que ir y venir. Al final de la jornada, cuando ya todo el mundo veía que la abuela iba a perder hasta el último billete, había detrás de su silla hasta seis polacos, nunca antes vistos u oídos. Cuando la abuela ya perdía sus últimas monedas, no sólo dejaron de escucharla, sino que ni la tomaban en cuenta, se deslizaban junto a ella para llegar a la mesa, cogían ellos mismos el dinero, tomaban decisiones, hacían puestas, discutían y gritaban, charlaban con el «honorable pan» como con un compinche, y el honorable pan casi dejó de acordarse de la existencia de la abuela. Hasta cuando ésta, después de perderlo todo, volvía a las ocho de la noche al hotel, había aún tres o cuatro polacos que no se resignaban a dejarla, corriendo en torno a la silla y a ambos lados de ella, gritando a voz en cuello y perjurando en un rápido guirigay que la abuela les había engañado y debía resarcirles de algún modo. Así llegaron hasta el mismo hotel, de donde por fin los echaron a empujones.

Según cálculo de Potapych, en ese solo día había perdido su señora hasta noventa mil rublos, sin contar lo que había perdido la víspera. Todos sus billetes —todas las obligaciones de la deuda interior al cinco por ciento, todas las acciones que llevaba encima—, todo ello lo había ido cambiando sucesivamente. Yo me maravillaba de que hubiera podido aguantar esas siete u ocho horas, sentada en su silla y casi sin apartarse de la mesa, pero Potapych me dijo que en tres ocasiones empezó a ganar de veras sumas considerables, y que, deslumbrada de nuevo por la esperanza, no pudo abandonar el juego. Pero bien saben los jugadores que puede uno estar sentado jugando a las cartas casi veinticuatro horas sin mirar a su derecha o a su izquierda.

En ese mismo día, mientras tanto, ocurrieron también en nuestro hotel incidentes muy decisivos. Antes de las once de la mañana, cuando la abuela estaba todavía en casa, nuestra gente, esto es, el general y Des Grieux, habían acordado dar el último paso. Habiéndose enterado de que la abuela ya no pensaba en marcharse, sino que, por el contrario, volvía al Casino, todos ellos (salvo Polina) fueron en cónclave a verla para hablar con ella de manera definitiva y sin rodeos. El general, trepidante y con el alma en un hilo, habida cuenta de las consecuencias tan terribles para él, llegó a sobrepasarse: al cabo de media hora de ruegos y súplicas y hasta de hacer confesión general, es decir, de admitir sus deudas y hasta su pasión por mademoiselle Blanche (no daba en absoluto pie con bola), el general adoptó de pronto un tono amenazador y hasta se puso a chillar a la abuela y a dar patadas en el suelo. Decía a gritos que deshonraba su nombre, que había escandalizado a toda la ciudad y por último... por último: "¡Deshonra usted el nombre ruso, señora — exclamaba—y para casos así está la policía!". La abuela lo arrojó por fin de su lado con un bastón (con un bastón de verdad). El general y Des Grieux tuvieron una o dos consultas más esa mañana sobre si efectivamente era posible recurrir de algún modo a la policía. He aquí, decían, que una infeliz, aunque respetable anciana, víctima de la senilidad, se había jugado todo su dinero, etc., etc. En suma, ¿no se podía encontrar un medio de vigilarla o contenerla?...

Pero Des Grieux se limitaba a encogerse de hombros y se reía en las barbas del general, que ya desbarraba abiertamente corriendo de un extremo al otro del gabinete. Des Grieux acabó por encogerse de hombros y escurrir el bulto. A la noche se supo que había abandonado definitivamente el hotel, después de haber tenido una conversación grave y secreta con mademoiselle Blanche. Mademoiselle Blanche, por su parte, tomó medidas definitivas a partir de esa misma mañana. Despidió sin más al general y ni siquiera le permitió que se presentara ante ella. Cuando el general corrió a buscarla en el Casino y la encontró del brazo del príncipe, ni ella ni madame veuve Cominges le reconocieron. El príncipe tampoco le saludó. Todo ese día mademoiselle Blanche estuvo trabajando al príncipe para que éste acabara por declararse (sin ambages). Pero, ¡ay!, se equivocó cruelmente en sus cálculos. Esta pequeña catástrofe sucedió también esa noche. De pronto se descubrió que el príncipe era más pobre que Job y que, por añadidura, contaba con pedirle dinero a ella, previa firma de un pagaré, y probar fortuna a la ruleta. Blanche, indignada, le mandó a paseo y se encerró en su habitación.

En la mañana de ese mismo día fui a ver a míster Astley, o, mejor dicho, pasé toda la mañana buscando a míster Astley sin poder dar con él. No estaba en casa, ni en el Casino, ni en el parque. No comió en su hotel ese día. Eran más de las cuatro de la tarde cuando tropecé con él; volvía de la estación del ferrocarril al Hótel d'Angleterre. Iba de prisa y estaba muy preocupado, aunque era difícil distinguir en su rostro preocupación o pesadumbre. Me alargó cordialmente la mano con su exclamación habitual: "¡Ah!", pero no detuvo el paso y continuó su camino apresuradamente. Emparejé con él, pero se las arregló de tal modo para contestarme que no tuve tiempo de preguntarle nada. Además, por no sé qué razón, me daba muchísima vergüenza hablar de Polina. Él tampoco dijo una palabra de ella. Le conté lo de la abuela, me escuchó atenta y gravemente y se encogió de hombros.

—Lo perderá todo —dije.

—Oh, sí —respondió—, porque fue a jugar cuando yo salía y después me enteré que lo había perdido todo. Si tengo tiempo iré al Casino a echar un vistazo porque se trata de un caso curioso...

—¿A dónde ha ido usted?—grité, asombrado de no haber preguntado antes.

—He estado en Francfort.

—¿Viaje de negocios?

—Sí, de negocios.

Ahora bien, ¿qué más tenía que preguntarle? Sin embargo, seguía caminando junto a él, pero de improviso torció hacia el "Hotel des Quatre Saisons", que estaba en el camino, me hizo una inclinación de cabeza y desapareció. Cuando regresaba a casa me di cuenta de que aun si hubiera hablado con él dos horas no habría sacado absolutamente nada en limpio porque... ¡no tenía nada que preguntarle! ¡Sí, así era yo, por supuesto! No sabía formular mis preguntas.

Todo ese día lo pasó Polina errando por el parque con los niños y la niñera o recluida en casa. Hacía ya tiempo que evitaba encontrarse con el general y casi no hablaba con él de nada, por lo menos de nada serio. Yo ya había notado esto mucho antes. Pero conociendo la situación en que ahora estaba el general pensé que éste no podría dar esquinazo a Polina, es decir, que era imposible que no hubiese una importante conversación entre ellos sobre asuntos de familia. Sin embargo, cuando al volver al hotel después de hablar con míster Astley, tropecé con Polina y los niños, el rostro de ella reflejaba la más plácida tranquilidad, como si sólo ella hubiera salido indemne de todas las broncas familiares. A mi saludo contestó con una inclinación de cabeza. Volví a casa presa de malignos sentimientos.

Yo, naturalmente, había evitado hablar con ella y no la había visto (apenas) desde mi aventura con los Burmerhelm. Cierto es que a veces me había mostrado petulante y bufonesco, pero a medida que pasaba el tiempo sentía rebullir en mí verdadera indignación. Aunque no me tuviera ni pizca de cariño, me parecía que no debía pisotear así mis sentimientos ni recibir con tanto despego mis confesiones. Ella bien sabía que la amaba de verdad, y me toleraba y consentía que le hablara de mi amor. Cierto es que ello había surgido entre nosotros de modo extraño. Desde hacía ya bastante tiempo, cosa de dos meses a decir verdad, había comenzado yo a notar que quería hacerme su amigo, su confidente, y que hasta cierto punto lo había intentado; pero dicho propósito, no sé por qué motivo, no cuajó entonces; y en su lugar habían surgido las extrañas relaciones que ahora teníamos, lo que me llevó a hablar con ella como ahora lo hacía. Pero si le repugnaba mi amor, ¿por qué no me prohibía sencillamente que hablase de él?

No me lo prohibía; hasta ella misma me incitaba alguna vez a hablar y—... claro, lo hacía en broma. Sé de cierto —lo he notado bien— que, después de haberme escuchado hasta el fin y soliviantado hasta el colmo, le gustaba desconcertarme con alguna expresión de suprema indiferencia y desdén. Y, no obstante, sabía que no podía vivir sin ella. Habían pasado ya tres días desde el incidente con el barón y yo ya no podía soportar nuestra separación. Cuando poco antes la encontré en el Casino, me empezó a martillar el corazón de tal modo que perdí el color. ¡Pero es que ella tampoco podía vivir sin mí! Me necesitaba y, ¿pero es posible que sólo como bufón o hazmerreír?

Tenía un secreto, ello era evidente. Su conversación con la abuela fue para mí una dolorosa punzada en el corazón. Mil veces la había instado a ser sincera conmigo y sabía que estaba de veras dispuesto a dar la vida por ella; y, sin embargo, siempre me tenía a raya, casi con desprecio, y en lugar del sacrificio de mi vida que le ofrecía me exigía una travesura como la de tres días antes con el barón. ¿No era esto una ignominia? ¿Era posible que todo el mundo fuese para ella ese francés? ¿Y míster Astley? Pero al llegar a este punto, el asunto se volvía absolutamente incomprensible, y mientras tanto... ¡ay, Dios, qué sufrimiento el mío!

Cuando llegué a casa, en un acceso de furia cogí la pluma y le garrapateé estos renglones: "Polina Aleksandrovna, veo claro que ha llegado el desenlace, que, por supuesto, la afectará a usted también. Repito por última vez: ¿necesita usted mi vida o no? Si la necesita, para lo que sea, disponga de ella. Mientras tanto esperaré en mi habitación, al menos la mayor parte del tiempo, y no iré a ninguna parte. Si es necesario, escríbame o llámeme".

Sellé la nota y la envié con el camarero de servicio, con orden de que la entregara en propia mano. No esperaba respuesta, pero al cabo de tres minutos volvió el camarero con el recado de que se me mandaban "saludos".

Eran más de las seis cuando me avisaron que fuera a ver al general. Éste se hallaba en su gabinete, vestido como para ir a alguna parte. En el sofá se veían su sombrero y su bastón. Al entrar me pareció que estaba en medio de la habitación, con las piernas abiertas y la cabeza caída, hablando consigo mismo en voz alta; mas no bien me vio se arrojó sobre mí casi gritando, al punto de que involuntariamente di un paso atrás y casi eché a correr; pero me cogió de ambas manos y me llevó a tirones hacia el sofá. En él se sentó, hizo que yo me sentara en un sillón frente a él ya sin soltarme las manos, temblorosos los labios y con las pestañas brillantes de lágrimas, me dijo con voz suplicante:

—¡Aleksei Ivanovich, sálveme, sálveme, tenga piedad!

Durante algún tiempo no logré comprender nada. Él no hacía más que hablar, hablar y hablar, repitiendo sin cesar: "¡Tenga piedad, tenga piedad!". Acabé por sospechar que lo que de mí esperaba era algo así como un consejo; o, mejor aún, que, abandonado de todos, en su angustia y zozobra se había acordado de mí y me había llamado sólo para hablar, hablar, hablar.

Desvariaba, o por lo menos estaba muy aturdido. Juntaba las manos y parecía dispuesto a arrodillarse ante mí para que (¿lo adivinan ustedes?) fuera en seguida a ver a mademoiselle Blanche y le pidiera, le implorara, que volviese y se casara con él.

—Perdón, general—exclamé—, ¡pero si es posible que mademoiselle Blanche no se haya fijado en mí todavía! ¿Qué es lo que yo puedo hacer?

Era, sin embargo, inútil objetar; no entendía lo que se le decía. Empezó a hablar también de la abuela, pero de manera muy inconexa. Seguía aferrado a la idea de llamar a la policía.

—Entre nosotros, entre nosotros —comenzó, hirviendo súbitamente de indignación—, en una palabra, entre nosotros, en un país con todos los adelantos, donde hay autoridades, hubieran puesto inmediatamente bajo tutela a viejas como ésa. Sí, señor mío, sí —continuó, adoptando de pronto un tono de reconvención, saltando de su sitio y dando vueltas por la habitación—, usted todavía no sabía esto, señor mío —dijo dirigiéndose a un imaginario señor suyo en el rincón ; pues ahora lo sabe usted... sí, señor.. en nuestro país a tales viejas se las mete en cintura, en cintura, en cintura, sí, señor.. ¡Oh, qué demonio!

Y se lanzó de nuevo al sofá; pero un minuto después, casi sollozando y sin aliento, se apresuró a decirme que mademoiselle Blanche no se casaba con él porque en lugar de un telegrama había llegado la abuela y ahora estaba claro que no heredaría. Él creía que yo no sabía aún nada de esto. Empecé a hablar de Des Grieux; hizo un gesto con la mano: "Se ha ido. Todo lo mío lo tengo hipotecado con él: ¡me he quedado en cueros! Ese dinero que trajo usted... ese dinero... no sé cuánto era, parece que quedan setecientos francos, y.. bueno, eso es todo, y en cuanto al futuro—... no sé, no sé".

—¿Cómo va a pagar usted el hotel?—pregunté alarmado—; ¿y después qué hará usted?

Me miraba pensativo, pero parecía no comprender y quizá ni siquiera me había oído. Probé a hablar de Polina Aleksandrovna, de los niños, me respondió con premura: "¡Sí, sí!", pero en seguida volvió a hablar del príncipe, a decir que Blanche se iría con él y entonces... y entonces... ¿qué voy a hacer, Aleksei Ivanovich? —preguntó, volviéndose de pronto a mí—, ¡Juro a Dios que no lo sé! ¿Qué voy a hacer? Dígame, ¿ha visto usted ingratitud semejante? ¿No es verdad que es ingratitud?.

Por último, se disolvió en un torrente de lágrimas.

Nada cabía hacer con un hombre así. Dejarle solo era también peligroso; podía ocurrirle algo. De todos modos, logré librarme de él, pero advertí a la niñera que fuera a verle a menudo y hablé además con el camarero de servicio, chico despierto, quien me prometió vigilar también por su parte.

Apenas dejé al general cuando vino a verme Potapych con una llamada de la abuela. Eran las ocho, y ésta acababa de regresar del Casino después de haberlo perdido todo. Fui a verla. La anciana estaba en su silla, completamente agotada y, a juzgar por las trazas, enferma. Marfa le daba una taza de té y la obligaba a bebérselo casi a la fuerza. La voz y el tono de la abuela habían cambiado notablemente.

—Dios te guarde, amigo Aleksei Ivanovich —dijo con lentitud e inclinando gravemente la cabeza—. Lamento volver a molestarte; perdona a una mujer vieja. Lo he dejado allí todo, amigo mío, casi cien mil rublos. Hiciste bien en no ir conmigo ayer. Ahora no tengo dinero, ni un ochavo. No quiero quedarme aquí un minuto más y me marcho a las nueve y media. He mandado un recado a ese inglés tuyo, Astley, ¿no es eso? y quiero pedirle prestados tres mil francos por una semana. Convéncele, pues, de que no tiene nada que temer y de que no me lo rehúse. Todavía, amigo, soy bastante rica. Tengo tres fincas rurales y dos urbanas; sin contar el dinero, pues no me lo traje todo. Digo esto para que no tenga recelo alguno... ¡Ah, aquí viene! Bien se ve que es un hombre bueno.

Míster Astley vino así que recibió la primera llamada de la abuela. No mostró recelo alguno y no habló mucho. Al momento le contó tres mil francos bajo pagaré que la abuela firmó. Acabado el asunto, saludó y se marchó de prisa.

—Y tú vete también ahora, Aleksei Ivanovich. Falta hora y pico y quiero acostarme, que me duelen los huesos. No seas duro conmigo, con esta vieja imbécil. En adelante no acusaré a la gente joven de liviandad, y hasta me parecería pecado acusar a ese infeliz general vuestro. Pero, con todo, no le daré dinero a pesar de sus deseos, porque en mi opinión es un necio; sólo que yo, vieja imbécil, no tengo más seso que él. Verdad es que Dios pide cuentas y castiga la soberbia incluso en la vejez. Bueno, adiós. Marfusha, levántame.

Yo, sin embargo, quería despedir a la abuela. Además, estaba un poco a la expectativa, aguardando que de un momento a otro sucediese algo. No podía parar en mi habitación. Salía al pasillo, y hasta erré un momento por la avenida. Mi carta a Polina era clara y terminante y la presente catástrofe, por supuesto, definitiva. En el hotel oí hablar de la marcha de Des Grieux. En fin de cuentas, si me rechazaba como amigo quizá no me rechazase como criado, pues me necesitaba aunque sólo fuera para hacer mandados. Le sería útil, ¡cómo no!

A la hora de la salida del tren corrí a la estación y acomodé a la abuela. Todos tomaron asiento en un compartimiento reservado. "Gracias, amigo, por tu afecto desinteresado —me dijo al despedirse—y repite a Praskovya lo que le dije ayer: que la esperaré".

Fui a casa. Al pasar junto a las habitaciones del general tropecé con la niñera y pregunté por él. "Va bien, señor" —me respondió con tono abatido—. No obstante, decidí entrar un momento, pero me detuve a la puerta del gabinete presa del mayor asombro. Mademoiselle Blanche y el general, a cual mejor, estaban riendo a carcajadas. La veuve Cominges se hallaba también allí, sentada en el sofá. El general, por lo visto, estaba loco de alegría, cotorreaba toda clase de sandeces y se deshacía en una risa larga y nerviosa que le encogía el rostro en una incontable multitud de arrugas, entre las que desaparecían los ojos. Más tarde supe por la propia mademoiselle Blanche que, después de mandar a paseo al príncipe y habiéndose enterado del llanto del general, decidió consolar a éste y entró a verle un momento. El pobre general no sabía que ya en ese momento estaba echada su suerte, y que Blanche había empezado a hacer las maletas para irse volando a París en el primer tren del día siguiente.

En el umbral del gabinete del general cambié de parecer y me escurrí sin ser visto. Subí a mi cuarto, abrí la puerta y en la semioscuridad noté de pronto una figura sentada en una silla, en el rincón, junto a la ventana. No se levantó cuando yo entré. Me acerqué, miré... y se me cortó el aliento: era Polina.

CAPÍTULO 14

Lancé un grito.

—¿Qué pasa?, ¿qué pasa? —me preguntó en tono raro. Estaba pálida y su aspecto era sombrío.

—¿Cómo que qué pasa? ¿Usted? ¿Aquí en mi cuarto?

—Si vengo, vengo toda. Ésa es mi costumbre. Lo verá usted pronto. Encienda una bujía.

Encendí la bujía. Se levantó, se acercó a la mesa y me puso delante una carta abierta.

—Lea —me ordenó.

—Ésta... ¡ésta es la letra de Des Grieux! —exclamé tomando la carta. Me temblaban las manos y los renglones me bailaban ante los ojos. He olvidado los términos exactos de la carta, pero aquí va, si no palabra por palabra, al menos pensamiento por pensamiento.

"Mademoiselle —escribía Des Grieux—: Circunstancias desagradables me obligan a marcharme inmediatamente Usted misma ha notado, sin duda, que he evitado adrede tener con usted una explicación definitiva mientras no se aclarasen esas circunstancias. La llegada de su anciana pariente (de la vieille dame) y su absurda conducta aquí han puesto fin a mis dudas. El embrollo en que se hallan mis propios asuntos me impide alimentar en el futuro las dulces esperanzas con que me permitió usted embriagarme durante algún tiempo. Lamento el pasado, pero espero que en mi comportamiento no haya usted encontrado nada indigno de un caballero y un hombre de bien (gentíl—homme et honnête homme). Habiendo perdido casi todo mi dinero en préstamos a su padrastro, me encuentro en la extrema necesidad de utilizar con provecho lo que me queda. Ya he hecho saber a mis amigos de Petersburgo que procedan sin demora a la venta de los bienes hipotecados a mi favor. Sabiendo, sin embargo, que el irresponsable de su tío ha malversado el propio dinero de usted, he decidido perdonarle cincuenta mil francos y a este fin le devuelvo la parte de hipoteca sobre sus bienes correspondiente a esta suma; así, pues, tiene usted ahora la posibilidad de recuperar lo que ha perdido, reclamándoselo por víajudicial. Espero, mademoiselle, que, tal como están ahora las cosas, este acto mío le resulte altamente beneficioso. Con él espero asimismo cumplir plenamente con el deber de un hombre honrado y un caballero. Créame que el recuerdo de usted quedará para siempre grabado en mi corazón".

—¿Bueno, y qué? Esto está perfectamente claro—dije volviéndome a Polina—. ¿Esperaba usted otra cosa?—añadí indignado.

—No esperaba nada —respondió con sosiego aparente, pero con una punta de temblor en la voz—. Hace ya tiempo que tomé una determinación. Leía sus pensamientos y supe lo que pensaba. Él pensaba que yo procuraría... que insistiría... (se detuvo, y sin terminar la frase se mordió el labio y guardó silencio). De propósito redoblé el desprecio que sentía por él —prosiguió de nuevo—, y aguardaba a ver lo que haría. Si llegaba el telegrama sobre la herencia, le hubiera tirado a la cara el dinero que le debía ese idiota (el padrastro) y le hubiera echado con cajas destempladas. Me era odioso desde hacía mucho, muchísimo tiempo. ¡Ah, no era el mismo hombre de antes, mil veces no, y ahora, ahora! ¡Oh, con qué gusto le tiraría ahora a su cara infame esos cincuenta mil francos! ¡Cómo le escupiría y le restregaría la cara con el escupitajo!

—Pero el documento ese de la hipoteca por valor de cincuenta mil francos que ha devuelto lo tendrá el general. Tómelo y devuélvaselo a Des Grieux.

—¡Oh, no es eso, no es eso!

—¡Sí, es verdad, es verdad que no es eso! Y ahora, ¿de qué es capaz el general? ¿Y la abuela?

—¿Por qué la abuela? —preguntó Polina con irritación—. No puedo ir a ella... y no voy a pedirle perdón a nadie—agregó exasperada.

—¿Qué hacer? —exclamé—. ¿Cómo... sí, cómo puede usted querer a Des Grieux? ¡Oh, canalla, canalla! ¡Si usted lo desea, lo mato en duelo! ¿Dónde está ahora?

—Ha ido a Francfort y estará allí tres días.

—¡Basta una palabra de usted y mañana mismo voy allí en el primer tren!— dije con entusiasmo un tanto pueril.

Ella se rió.

—¿Y qué? Puede que diga que se le devuelvan primero los cincuenta mil francos. ¿Y para qué batirse con él?... ¡Qué tontería!

—Bien, pero ¿dónde, dónde agenciarse esos cincuenta mil francos? —repetí rechinando los dientes, como si hubiera sido posible recoger el dinero del suelo—. Oiga, ¿y míster Astley? —pregunté dirigiéndome a ella con el chispazo de una idea peregrina.

Le centellearon los ojos.

—¿Pero qué? ¿Es que tú mismo quieres que me aparte de ti para ver a ese inglés?—preguntó, fijando sus ojos en los míos con mirada penetrante y sonriendo amargamente. Por primera vez en la vida me tuteaba.

Se diría que en ese momento tenía trastornada la cabeza por la emoción que sentía. De pronto se sentó en el sofá como si estuviera agotada.

Fue como si un relámpago me hubiera alcanzado. No daba crédito a mis ojos ni a mis oídos. ¿Pero qué? Estaba claro que me amaba. ¡Había venido a mí y no a míster Astley! Ella, ella sola, una muchacha, había venido a mi cuarto, en un hotel, comprometiéndose con ello ante los ojos de todo el mundo—.. ; y yo, de pie ante ella, no comprendía todavía.

Una idea delirante me cruzó por la mente.

—¡Polina, dame sólo una hora! ¡Espera aquí sólo una hora—... que volveré! ¡Es... es indispensable! ¡Ya verás! ¡Quédate aquí, quédate aquí!

Y salí corriendo de la habitación sin responder a su mirada inquisitiva y asombrada. Gritó algo tras de mí, pero no me volví.

Sí, a veces la idea más delirante, la que parece más imposible, se le clava a uno en la cabeza con tal fuerza que acaba por juzgarla realizable... Más aún, si esa idea va unida a un deseo fuerte y apasionado acaba uno por considerarla a veces como algo fatal, necesario, predestinado, como algo que es imposible que no sea, que no ocurra. Quizá haya en ello más: una cierta combinación de presentimientos, un cierto esfuerzo inhabitual de la voluntad, un autoenvenenamiento de la propia fantasía, o quizá otra cosa... no sé. Pero esa noche (que en mi vida olvidaré) me sucedió una maravillosa aventura. Aunque puede ser justificada por la aritmética, lo cierto es que para mí sigue siendo todavía milagrosa. ¿Y por qué, por qué se arraigó en mí tan honda y fuertemente esa convicción y sigue arraigada hasta el día de hoy? Cierto es que ya he reflexionado sobre esto —repito—, no cómo sobre un caso entre otros (y, por lo tanto, que puede no ocurrir entre otros), sino como sobre algo que tenía que producirse irremediablemente.

Eran las diez y cuarto. Entré en el casino con una firme esperanza y con una agitación como nunca había sentido hasta entonces. En las salas de juego había todavía bastante público, aunque sólo la mitad del que había habido por la mañana.

Entre las diez y las once se encuentran junto a las mesas de juego los jugadores auténticos, los desesperados, los individuos para quienes el balneario existe sólo por la ruleta, que han venido sólo por ella, los que apenas se dan cuenta de lo que sucede en torno suyo ni por nada se interesan durante toda la temporada sino por jugar de la mañana a la noche y quizá jugarían de buena gana toda la noche, hasta el amanecer si fuera posible. Siempre se dispersan con enojo cuando se cierra la sala de ruleta a medianoche. Y cuando el crupier más antiguo, antes del cierre de la sala a las doce, anuncia: Les trois derniers coups, messieurs!, están a veces dispuestos a arriesgar en esas tres últimas posturas todo lo que tienen en los bolsillos —y, en realidad, lo pierden en la mayoría de los casos—. Yo me acerqué a la misma mesa a la que la abuela había estado sentada poco antes. No había muchas apreturas, de modo que muy pronto encontré lugar, de pie, junto a ella. Directamente frente a mí, sobre el paño verde, estaba trazada la palabra Passe. Este passe es una serie de números desde el 19 hasta el 36 inclusive. La primera serie, del 1 al 18 inclusive, se llama Manque. ¿Pero a mí qué me importaba nada de eso? No hice cálculos, ni siquiera oí en qué número había caído la última suerte, y no lo pregunté cuando empecé a jugar, como lo hubiera hecho cualquier jugador prudente. Saqué mis veinte federicos de oro y los apunté alpasse que estaba frente a mí.

—Vingt deux!—gritó el crupier.

Gané y volví a apostarlo todo: lo anterior y lo ganado.

—Trente et un!—anunció el crupier— ¡Había ganado otra vez!

Tenía, pues, en total ochenta federicos de oro. Puse los ochenta a los doce números medios (triple ganancia pero dos probabilidades en contra), giró la rueda y salió el veinticuatro. Me entregaron tres paquetes de cincuenta federicos cada uno y diez monedas de oro. junto con lo anterior ascendía a doscientos federicos de oro. Estaba como febril y empujé todo el montón de dinero al rojo y de repente volví en mi acuerdo. Y sólo una vez en toda esa velada, durante toda esa partida, me sentí poseído de terror, helado de frío, sacudido por un temblor de brazos y piernas. Presentí con espanto y comprendí al momento lo que para mí significaría perder ahora. Toda mi vida dependía de esa apuesta.

—Rouge! —gritó el crupier, y volví a respirar. Ardientes estremecimientos me recorrían el cuerpo. Me pagaron en billetes de banco: en total cuatro mil florines y ochenta federicos de oro (aun en ese estado podía hacer bien mis cuentas).

Recuerdo que luego volví a apostar dos mil florines a los doce números medios y perdí; aposté el oro que tenía además de los ochenta federicos de oro y perdí. Me puse furioso: cogí los últimos dos mil florines que me quedaban y los aposté a los doce primeros números al buen tuntún, a lo que cayera, sin pensar. Hubo, sin embargo, un momento de expectación parecido quizá a la impresión que me produjo madame Blanchard en París cuando desde un globo bajó volando a la tierra.

—Quatre! —gritó el banquero. Con la apuesta anterior resultaba de nuevo un total de seis mil florines. Yo tenía ya aire de vencedor; ahora nada, lo que se dice nada, me infundía temor, y coloqué cuatro mil florines al negro. Tras de mí, otros nueve individuos apostaron también al negro. Los crupieres se miraban y cuchicheaban entre sí. En torno, la gente hablaba y esperaba.

Salió el negro. Ya no recuerdo ni el número ni el orden de mis posturas. Sólo recuerdo, como en sueños, que por lo visto gané dieciséis mil florines; seguidamente perdí doce mil de ellos en tres apuestas desafortunadas. Luego puse los últimos cuatro mil a passe (pero ya para entonces no sentía casi nada; estaba sólo a la expectativa, se diría que mecánicamente, vacío de pensamientos) y volví a ganar, y después de ello gané cuatro veces seguidas. Me acuerdo sólo de que recogía el dinero a montones, y también que los doce números medios a que apunté salían más a menudo que los demás. Aparecían con bastante regularidad, tres o cuatro veces seguidas, luego desaparecían un par de veces para volver de nuevo tres o cuatro veces consecutivas. Esta insólita regularidad se presenta a veces en rachas, y he aquí por qué desbarran los jugadores experimentados que hacen cálculos lápiz en mano. ¡Y qué crueles son a veces en este terreno las burlas de la suerte!

Pienso que no había transcurrido más de media hora desde mi llegada. De pronto el crupier me hizo saber que había ganado treinta mil florines, y que como la banca no respondía de mayor cantidad en una sola sesión se suspendería la ruleta hasta el día siguiente. Eché mano de todo mi oro, me lo metí en el bolsillo, recogí los billetes y pasé seguidamente a otra sala, donde había otra mesa de ruleta; tras mí, agolpada, se vino toda la gente. Al instante me despejaron un lugar y empecé de nuevo a apostar sin orden ni concierto.

¡No sé qué fue lo que me salvó!

Pero de vez en cuando empezaba a hurgarme un conato de cautela en el cerebro. Me aferraba a ciertos números y combinaciones, pero pronto los dejaba y volvía a apuntar inconscientemente. Estaba, por lo visto, muy distraído, y recuerdo que los crupieres corrigieron mi juego más de una vez. Cometí errores groseros. Tenía las sienes bañadas en sudor y me temblaban las manos. También vinieron trotando los polacos con su oferta de servicios, pero yo no escuchaba a nadie. La suerte no me volvió la espalda. De pronto se oyó a mi alrededor un rumor sordo y risas. "¡Bravo, bravo!", gritaban todos, y algunos incluso aplaudieron. Recogí allí también treinta mil florines y la banca fue clausurada hasta el día siguiente.

—¡Váyase, váyase! —me susurró la voz de alguien a mi derecha. Era la de un judío de Francfort que había estado a mi lado todo ese tiempo y que, al parecer, me había ayudado de vez en cuando en mi juego.

—¡Váyase, por amor de Dios! —murmuró a mi izquierda otra voz. Vi en una rápida ojeada que era una señora al filo de la treintena, vestida muy modesta y decorosamente, de rostro fatigado, de palidez enfermiza, pero que aun ahora mostraba rastros de su peregrina belleza anterior. En ese momento estaba yo atiborrándome el bolsillo de billetes, arrugándolos al hacerlo, y recogía el oro que quedaba en la mesa. Al levantar el último paquete de cincuenta federicos de oro logré ponerlo en la mano de la pálida señora sin que nadie lo notara. Sentí entonces grandísimo deseo de hacer eso, y recuerdo que sus dedos finos y delicados me apretaron fuertemente la mano en señal de viva gratitud. Todo ello sucedió en un instante.

Una vez embolsado todo el dinero me dirigí apresuradamente a la mesa de trente et quarente. En torno a ella estaba sentado un público aristocrático. Esto no es ruleta; son cartas. La banca responde de hasta 100.000 táleros de una vez. La postura máxima es también aquí de cuatro mil florines. Yo no sabía nada de este juego y casi no conocía las posturas, salvo el rojo y el negro, que también existen en él. A ellos me adherí. Todo el casino se agolpó en torno. No recuerdo si pensé una sola vez en Polina durante ese tiempo. Lo que sentía era un deleite irresistible de atrapar billetes de banco, de ver crecer el montón de ellos que ante mí tenía.

En realidad, era como si la suerte me empujase. En esta ocasión se produjo, como de propósito, una circunstancia que, sin embargo, se repite con alguna frecuencia en el juego. Cae, por ejemplo, la suerte en el rojo y sigue cayendo en él diez, hasta quince veces seguidas. Anteayer oí decir que el rojo había salido veintidós veces consecutivas la semana pasada, lo que no se recuerda que haya sucedido en la ruleta y de lo cual todo el mundo hablaba con asombro. Como era de esperar, todos abandonaron al momento el rojo y al cabo de diez veces, por ejemplo, casi nadie se atrevía a apostar a él. Pero ninguno de los jugadores experimentados tampoco apuesta entonces al negro. El jugador avezado sabe lo que significa esta "suerte veleidosa", a saber, que después de salir el rojo dieciséis veces, la decimoséptima saldría necesariamente el negro. A tal conclusión se lanzan casi todos los novatos, quienes doblan o triplican las posturas y pierden sumas enormes.

Ahora bien, no sé por qué extraño capricho, cuando noté que el rojo había salido siete veces seguidas, continué apostando a él. Estoy convencido de que en ello terció un tanto el amor propio: quería asombrar a los mirones con mi arrojo insensato y —¡oh, extraño sentimiento!— recuerdo con toda claridad que, efectivamente, sin provocación alguna de mi orgullo, me sentí de repente arrebatado por una terrible apetencia de riesgo. Quizá después de experimentar tantas sensaciones, mi espíritu no estaba todavía saciado, sino sólo azuzado por ellas, y exigía todavía más sensaciones, cada vez más fuertes, hasta el agotamiento final. Y, de veras que no miento: si las reglas del juego me hubieran permitido apostar cincuenta mil florines de una vez, los hubiera apostado seguramente. En torno mío gritaban que esto era insensato, que el rojo había salido por decimocuarta vez.

—Monsieur a gagné déjà cent mille florins—dijo una voz junto a mí.

De pronto volví en mí. ¿Cómo? ¡Había ganado esa noche cien mil florines!

¿Qué más necesitaba? Me arrojé sobre los billetes, los metí a puñados en los bolsillos, sin contarlos, recogí todo el oro, todos los fajos de billetes, y salí corriendo del casino. En torno mío la gente reía al verme atravesar las salas con los bolsillos abultados y al ver los trompicones que me hacía dar el peso del oro. Creo que pesaba bastante más de veinte libras. Varias manos se alargaron hacia mí. Yo repartía cuanto podía coger, a puñados. Dos judíos me detuvieron a la salida.

—¡Es usted audaz! ¡Muy audaz! —me dijeron—, pero márchese sin falta mañana por la mañana, lo más temprano posible; de lo contrario lo perderá todo, pero todo...

No les hice caso. La avenida estaba oscura, tanto que me era imposible distinguir mis propias manos. Había media versta hasta el hotel. Nunca he tenido miedo a los ladrones ni a los atracadores, ni siquiera cuando era pequeño. Tampoco pensaba ahora en ellos. A decir verdad, no recuerdo en qué iba pensando durante el camino; tenía la cabeza vacía de pensamientos. Sólo sentía un enorme deleite: éxito, victoria, poderío, no sé cómo expresarlo. Pasó ante mí también la imagen de Polina. Recordé y me di plena cuenta de que iba a su encuentro, de que pronto estaría con ella, de que le contaría, le mostraría—... pero apenas recordaba ya lo que me había dicho poco antes, ni por qué yo había salido; todas esas sensaciones recientes, de hora y media antes, me parecían ahora algo sucedido tiempo atrás, algo superado, vetusto, algo que ya no recordaríamos, porque ahora todo empezaría de nuevo. Cuando ya llegaba casi al final de la avenida me sentí de pronto sobrecogido de espanto: "¿Y si ahora me mataran y robaran?". Con cada paso mi temor se redoblaba. Iba corriendo. Pero al final de la avenida surgió de pronto nuestro hotel, rutilante de luces innumerables. ¡Gracias a Dios, estaba en casa!

Subí corriendo a mi piso y abrí de golpe la puerta. Polina estaba allí, sentada en el sofá y cruzada de brazos ante una bujía encendida. Me miró con asombro y, por supuesto, mi aspecto debía de ser bastante extraño en ese momento. Me planté frente a ella y empecé a arrojar sobre la mesa todo mi montón de dinero.

CAPÍTULO 15

Recuerdo que me miró cara a cara, con terrible fijeza, pero sin moverse de su sitio para cambiar de postura.

—He ganado 200.000 francos —exclamé, arrojando el último envoltorio. La ingente masa de billetes y paquetes de monedas de oro cubría toda la mesa. Yo no podía apartar los ojos de ella. Durante algunos minutos olvidé por completo a Polina. Ora empezaba a poner orden en este cúmulo de billetes de banco juntándolos en fajos, ora ponía el oro aparte en un montón especial, ora lo dejaba todo y me ponía a pasear rápidamente por la habitación; a ratos reflexionaba, luego volvía a acercarme impulsivamente a la mesa y empezaba a contar de nuevo el dinero. De pronto, como si hubiera recobrado el juicio, me abalancé a la puerta y la cerré con dos vueltas de llave. Luego me detuve, sumido en mis reflexiones, delante de mi pequeña maleta.

—¿No convendría quizá meterlo en la maleta hasta mañana?— pregunté volviéndome a Polina, de quien me acordé de pronto. Ella seguía inmóvil en su asiento, en el mismo sitio, pero me observaba fijamente. Había algo raro en la expresión de su rostro, y esa expresión no me gustaba. No me equivoco si digo que en él se retrataba el aborrecimiento.

Me acerqué de prisa a ella.

—Polina, aquí tiene veinticinco mil florines, o sea, cincuenta mil francos; más todavía. Tómelos y tíreselos mañana a la cara.

No me contestó.

—Si quiere usted, yo mismo se los llevo mañana temprano. ¿Qué dice?

De pronto se echó a reír y estuvo riendo largo rato. Yo la miraba asombrado y apenado. Esa risa era muy semejante a aquella otra frecuente y sarcástica con que siempre recibía mis declaraciones más apasionadas. Cesó de reír por fin y arrugó el entrecejo. Me miraba con severidad, ceñudamente.

—No tomaré su dinero —dijo con desprecio.

—¿Cómo? ¿Qué pasa? —grité—. Polina, ¿por qué no?

—No tomo dinero de balde.

—Se lo ofrezco como amigo. Le ofrezco a usted mi vida.

Me dirigió una mirada larga y escrutadora como si quisiera atravesarme con ella.

—Usted paga mucho —dijo con una sonrisa irónica—. La amante de
Des Grieux no vale cincuenta mil francos.

—Polina, ¿cómo es posible que hable usted así conmigo? —exclamé
en tono de reproche—. ¿Soy yo acaso Des Grieux?

—¡Le detesto a usted! ¡Sí—... sí—.. ! No le quiero a usted más que
a Des Grieux—exclamó con ojos relampagueantes.

Y en ese instante se cubrió la cara con las manos y tuvo un ataque de
histeria. Yo corrí a su lado.

Comprendí que le había sucedido algo en mi ausencia. Parecía no
estar enteramente en su juicio.

—¡Cómprame! ¿Quieres? ¿Quieres? ¿Por cincuenta mil francos
como Des Grieux? —exclamaba con voz entrecortada por sollozos
convulsivos. Yo la cogí en mis brazos, la besé las manos, y caí de rodillas
ante ella.

Se le pasó el acceso de histeria. Me puso ambas manos en los
hombros y me miró con fijeza. Quería por lo visto leer algo en mi rostro.
Me escuchaba, pero al parecer sin oír lo que le decía. Algo como
ansiedad y preocupación se reflejaba en su semblante. Me causaba
sobresalto, porque se me antojaba que de veras iba a perder el juicio. De
pronto empezó a atraerme suavemente hacia sí, y una sonrisa confiada
afloró a su cara; pero una vez más, inesperadamente, me apartó de sí y
se puso a escudriñarme con mirada sombría.

De repente se abalanzó a abrazarme.

—¿Conque me quieres? ¿Me quieres? —decía—. ¡Conque querías
batirte con el barón por mí!—Y soltó una carcajada, como si de
improviso se hubiera acordado de algo a la vez ridículo y simpático.
Lloraba y reía a la vez. Pero yo ¿qué podía hacer? Yo mismo estaba como
febril. Recuerdo que empezó a contarme algo, pero yo apenas pude
entender nada. Aquello era una especie de delirio, de garrulidad, como si
quisiera contarme cosas lo más de prisa posible, un delirio entrecortado
por la risa más alegre, que acabó por atemorizarme.

—¡No, no, tú eres bueno, tú eres bueno! —repetía—. ¡Tú eres mi
amigo fiel!—y volvía a ponerme las manos en los hombros, me miraba
y seguía repitiendo:

"Tú me quieres... me quieres... ¿me querrás?". Yo no apartaba los
ojos de ella; nunca antes había visto en ella estos arrebatos de ternura y
amor. Por supuesto, era un delirio, y sin embargo—.. Notando mi mirada
apasionada, empezó de pronto a sonreír con picardía. Inopinadamente se
puso a hablar de míster Astley.

Bueno, habló de míster Astley sin interrupción (sobre todo cuando trató de contarme algo de esa velada), pero no pude enterarme de lo que quería decir exactamente. Parecía incluso que se reía de él. Repetía sin cesar que la estaba esperando... ¿sabía yo que de seguro estaba ahora mismo debajo de la ventana? "¡Sí, sí, debajo de la ventana; anda, abre, mira, mira, que está ahí, ahí!". Me empujaba hacia la ventana, pero no bien hacía yo un movimiento, se derretía de risa y yo permanecía junto a ella y ella se lanzaba a abrazarme.

—¿Nos vamos? Porque nos vamos mañana, ¿no? —idea que se le metió de repente en la cabeza—. Bueno (y se puso a pensar). Bueno, pues alcanzamos a la abuela, ¿qué te parece? Creo que la alcanzaremos en Berlín. ¿Qué crees que dirá cuando nos vea? ¿Y míster Astley? Bueno, ése no se tirará desde lo alto del Schlangenberg, ¿no crees? (soltó una carcajada). Oye, ¿sabes adónde va el verano que viene? Quiere ir al Polo Norte a hacer investigaciones científicas y me invita a acompañarle, ¡ja, ja, ja! Dice que nosotros los rusos no podemos hacer nada sin los europeos y que no somos capaces de nada... ¡Pero él también es bueno! ¿Sabes que disculpa al general? Dice que si Blanche, que si la pasión..., pero no sé, no sé—repitió de pronto como perdiendo el hilo— ¡Son pobres! ¡Qué lástima me da de ellos! Y la abuela... Pero oye, oye, ¿tú no habrías matado a Des Grieux? ¿De veras, de veras pensabas matarlo? ¡Tonto! ¿De veras podías creer que te dejaría batirte con él? Y tampoco matarás al barón —añadió, riendo—. ¡Ay, qué divertido estuviste entonces con el barón! Os estaba mirando a los dos desde el banco. ¡Y de qué mala gana fuiste cuando te mandé! ¡Cómo me reí, cómo me reí entonces! —añadió entre carcajadas.

Y vuelta de nuevo a besarme y abrazarme, vuelta de nuevo a apretar su rostro contra el mío con pasión y ternura. Yo no pensaba en nada ni nada oía. La cabeza me daba vueltas...

Creo que eran las siete de la mañana, poco más o menos, cuando desperté. El sol alumbraba la habitación. Polina estaba sentada junto a mí y miraba en torno suyo de modo extraño, como si estuviera saliendo de un letargo y ordenando sus recuerdos. También ella acababa de despertar y miraba atentamente la mesa y el dinero. A mí me pesaba y dolía la cabeza. Quise coger a Polina de la mano, pero ella me rechazó y de un salto se levantó del sofá. El día naciente se anunciaba encapotado; había llovido antes del alba. Se acercó a la ventana, la abrió, asomó la cabeza y el pecho y, apoyándose en los brazos, con los codos pegados a las jambas, pasó tres minutos sin volverse hacia mí ni escuchar lo que le decía. Me pregunté con espanto qué pasaría ahora y cómo acabaría esto. De pronto se apartó de la ventana, se acercó a la mesa y, mirándome con una expresión de odio infinito con los labios temblorosos de furia, me dijo:

—¡Bien, ahora dame mis cincuenta mil francos!

—Polina, ¿otra vez? ¿otra vez?—empecé a decir.

—¿O es que lo has pensado mejor? ¡ja, ja, ja! ¿Quizá ahora te arrepientes?

En la mesa había veinticinco mil florines contados ya la noche antes. Los tomé y se los di.

—¿Con que ahora son míos? ¿No es eso, no es eso? —me preguntó aviesamente con el dinero en las manos.

—¡Siempre fueron tuyos!—dije yo.

—¡Pues ahí tienes tus cincuenta mil francos! —levantó el brazo y me los tiró. El paquete me dio un golpe cruel en la cara y el dinero se desparramó por el suelo. Hecho esto, Polina salió corriendo del cuarto.

Sé, claro, que en ese momento no estaba en su juicio, aunque no comprendo esa perturbación temporal. Cierto es que aun hoy día, un mes después, sigue enferma. ¿Pero cuál fue la causa de ese estado suyo y, sobre todo, de esa salida? ¿El amor propio lastimado? ¿La desesperación por haber decidido venir a verme? ¿Acaso di muestra de jactarme de mi buena fortuna, de que, al igual que Des Grieux, quería desembarazarme de ella regalándole cincuenta mil francos? Pero no fue así; lo sé por mi propia conciencia. Pienso que su propia vanidad tuvo parte de la culpa; su vanidad la incitó a no creerme, a injuriarme, aunque quizá sólo tuviera una idea vaga de ello. En tal caso, por supuesto, yo pagué por Des Grieux y resulté responsable, aunque quizá no en demasía. Es verdad que era sólo un delirio; también es verdad que yo sabía que se hallaba en estado delirante, y no lo tomé en cuenta.

Acaso no me lo pueda perdonar ahora. Sí, ahora, pero entonces?, ¿y entonces? ¿Es que su enfermedad y delirio eran tan graves que había olvidado por completo lo que hacía cuando vino a verme con la carta de Des Grieux?

¡Claro que sabía lo que hacía!

A toda prisa metí los billetes y el montón de oro en la cama, lo cubrí todo y salí diez minutos después de Polina. Estaba seguro de que se había ido corriendo a casa, y yo quería acercarme sin ser notado y preguntar a la niñera en el vestíbulo por la salud de su señorita. ¡Cuál no sería mi asombro cuando me enteré por la niñera, a quien encontré en la escalera, que Polina no había vuelto todavía a casa y que la niñera misma iba a la mía a buscarla!

—Hace un momento —le dije—, hace sólo un momento que se separó de mí; hace diez minutos. ¿Dónde podrá haberse metido?

La niñera me miró con reproche.

Y mientras tanto salió a relucir todo el lance, que ya circulaba por el hotel. En la conserjería y entre las gentes del Oberkellner se murmuraba que la Fráulein había salido corriendo del hotel, bajo la lluvia, con dirección al Hotel d'Angleterre. Por sus palabras y alusiones me percaté de que ya todo el mundo sabía que había pasado la noche en mi cuarto. Por otra parte, hablaban ya de toda la familia del general: se supo que éste había perdido el juicio la víspera y había estado llorando por todo el hotel. Decían, además, que la abuela era su madre, que había venido ex professo de Rusia para impedir que su hijo se casase con mlle. de Cominges y que si éste desobedecía, le privaría de la herencia; y como efectivamente había desobedecido, la condesa,'ante los propios ojos de su hijo, había perdido aposta todo su dinero a la ruleta para que no heredase nada. "Diesen Russen!" —repetía el Oberkellner meneando la cabeza con indignación. Otros reían. El Oberkellner preparó la cuenta. Se sabía ya lo de mis ganancias. Karl, el camarero de mi piso, fue el primero en darme la enhorabuena. Pero yo no tenía humor para atenderlos. Salí disparado para el Hotel d'Angleterre.

Era todavía temprano y míster Astley no recibía a nadie, pero cuando supo que era yo, salió al pasillo y se me puso delante, mirándome de hito en hito con sus ojos color de estaño y esperando a ver lo que yo decía. Le pregunté al instante por Polina.

—Está enferma —respondió míster Astley, quien seguía mirándome con fijeza y sin apartar de mí los ojos.

—¿De modo que está con usted?

—¡Oh, sí! Está conmigo.

—¿Así es que usted... que usted tiene la intención de retenerla consigo?

—Oh, sí! Tengo esa intención.

—Míster Astley, eso provocaría un escándalo; eso no puede ser. Además, está enferma de verdad. ¿No lo ha notado usted?

—¡Oh, sí! Lo he notado, y ya he dicho que está enferma. Si no lo estuviese no habría pasado la noche con usted.

—¿Conque usted también sabe eso?

—Lo sé. Ella iba a venir aquí anoche y yo iba a llevarla a casa de una pariente mía, pero como estaba enferma se equivocó y fue a casa de usted.

—¡Hay que ver! Bueno, le felicito, míster Astley. A propósito, me hace usted pensar en algo. ¿No pasó usted la noche bajo nuestra ventana? Miss Polina me estuvo pidiendo toda la noche que la abriera y que mirase a ver si estaba usted bajo ella, y se reía a carcajadas.

—¿De veras? No, no estuve debajo de la ventana; pero sí estuve esperando en el pasillo y dando vueltas.

—Pues es preciso ponerla en tratamiento, míster Astley.

—¡Oh, sí! Ya he llamado al médico; y si muere, le haré a usted responsable de su muerte.

Me quedé perplejo.

—Vamos, Míster Astley, ¿qué es lo que quiere usted?

—¿Es cierto que ganó usted ayer 200.000 táleros?

—Sólo 100.000 florines.

—Vaya, hombre. Se irá usted, pues, esta mañana a París.

—¿Por qué?

—Todos los rusos que tienen dinero van a París—explicó míster Astley con la voz y el tono que emplearía si lo hubiera leído en un libro.

—¿Qué haría yo en París ahora, en verano? La quiero, míster Astley, usted mismo lo sabe.

—¿De veras? Estoy convencido de que no. Además, si se queda usted aquí lo perderá probablemente todo y no tendrá con qué ir a París. Bueno, adiós. Estoy completamente seguro de que irá usted a París hoy.

—Pues bien, adiós, pero no iré a París. Piense, míster Astley, en lo que ahora será de nosotros. En una palabra, el general... y ahora esta aventura con miss Polina; porque lo sabrá toda la ciudad.

—Sí, toda la ciudad. Creo, sin embargo, que el general no piensa en eso y que le trae sin cuidado. Además, miss Polina tiene el perfecto derecho de vivir donde le plazca. En cuanto a esa familia, cabe decir que en rigor ya no existe.

Me fui, riéndome del extraño convencimiento que tenía este inglés de que me iría a París. "Con todo, quiere matarme de un tiro en duelo —pensaba— si mademoiselle Polina muere, ¡vaya complicación!". Juro que sentía lástima de Polina, pero, cosa rara, desde el momento en que la víspera me acerqué a la mesa de juego y empecé a amontonar fajos de billetes, mi amor pareció desplazarse a un segundo término. Esto lo digo ahora, pero entonces no me daba cuenta cabal de ello. ¿Soy efectivamente un jugador? ¿Es que efectivamente... amaba a Polina de modo tan extraño? No, la sigo amando en este instante, bien lo sabe Dios. Cuando me separé de míster Astley y fui a casa, sufría de verdad y me culpaba a mí mismo. Pero... entonces me sucedió un lance extraño y ridículo.

Iba de prisa a ver al general cuando no lejos de sus habitaciones se abrió una puerta y alguien me llamó. Era madame veuve Cominges, y me llamaba por orden de mademoiselle Blanche. Entré en la habitación de ésta.

Su alojamiento era exiguo, compuesto de dos habitaciones. Oí la risa y los gritos de mademoiselle Blanche en la alcoba. Se levantaba de la cama.

—Ah, c'est lui! Viens donc, bête! Es cierto que tu as gagné une montagne d'or et d'argent? J'aimerais mieux l'or.

—La he ganado —dije riendo.

—¿Cuánto?

—Cien mil florines.

—Bibi, comme tu es béte. Sí, anda, acércate, que no oigo nada. Nous ferons bombance, n'est cepas?

Me acerqué a ella. Se retorcía bajo la colcha de raso color de rosa, de debajo de la cual surgían unos hombros maravillosos, morenos y robustos, de los que quizá sólo se ven en sueños, medio cubiertos por un camisón de batista guarnecido de encajes blanquísimos que iban muybien con su cutis oscuro.

—Mon fils, as tu du coeur? —gritó al verme y soltó una carcajada. Se reía siempre con mucho alborozo y a veces con sinceridad

—Tout autre... —empecé a decir parafraseando a Corneille.

—Pues mira, vois tu —parloteó de pronto—, en primer lugar, búscame las medias y ayúdame a calzarme; y, en segundo lugar, si tu n'es pas trop béte, je te prends à Paris. ¿Sabes? Me voy en seguida.

—¿En seguida?

—Dentro de media hora.

En efecto, estaba hecho el equipaje. Todas las maletas y los efectos estaban listos. Se había servido el café hacía ya rato.

—Eh, bien! ¿quieres? Tu verras Paris. Dis donc, qu'est ce que c'est qu'un outchitel? Tu étais bien bête, quand tu étais outchitel! ¿Dónde están mis medias? ¡Pónmelas, anda!

Levantó un pie verdaderamente admirable, moreno, pequeño, perfecto de forma, como lo son por lo común esos piececitos que lucen tan bien en botines. Yo, riendo, me puse a estirarle la media de seda. Mademoiselle Blanche mientras tanto parloteaba sentada en la cama.

—Eh bien, que feras tu si je te prends avec? Para empezar je veux cinquante mille francs. Me los darás en Francfort. Nous allons à Paris. Allí viviremos juntos et je te ferai voir des étoiles en plein jour. Verás mujeres como no las has visto nunca. Escucha...

—Espera, si te doy cincuenta mil francos, ¿qué es lo que me queda a mí?

—Et cent cinquante mille francs, ¿lo has olvidado? y, además, estoy dispuesta a vivir contigo un mes, dos meses, que sais je? No cabe duda de que en dos meses nos gastaremos esos ciento cincuenta mil francos. Ya ves que je suis bonne enfant y que te lo digo de antemano, mais tu verras des étoiles.

—¿Cómo? ¿Gastarlo todo en dos meses?

—¿Y qué? ¿Te asusta eso? Ah, vil esclave! ¿Pero no sabes que un mes de esa vida vale más que toda tu existencia? Un mes... et aprés le déluge! Mais tu ne peux comprendre, va! ¡Vete, vete de aquí, que no lo vales! Aïe, que fais tu?

En ese momento estaba yo poniéndole la otra media, pero no pude contenerme y le besé el pie. Ella lo retiró y con la punta de él comenzó a darme en la cara. Acabó por echarme de la habitación.

—Eh bien, mon outchitel, je t'attends, si tu veux, ¡dentro de un cuarto de hora me voy!—gritó tras mí.

Cuando volvía a mi cuarto me sentía como mareado. Pero, al fin y al cabo, no tengo yo la culpa de que mademoiselle Polina me tirara todo el dinero a la cara ni de que ayer, por añadidura, prefiriera míster Astley a mí. Algunos de los billetes estaban aún desparramados por el suelo. Los recogí. En ese momento se abrió la puerta y apareció el Oberkellner (que antes ni siquiera quería mirarme) con la invitación de que, si me parecía bien, me mudara abajo, a un aposento soberbio, ocupado hasta poco antes por el conde V.

Yo, de pie, reflexioné.

—¡La cuenta!—exclamé— Me voy al instante, en diez minutos. «Pues si ha de ser París, a París»—pensé para mis adentros. Es evidente que ello está escrito.

Un cuarto de hora después estábamos, en efecto, los tres sentados en un compartimiento reservado: mademoiselle Blanche, madame veuve Cominges y yo. Mademoiselle Blanche me miraba riéndose, casi al borde de la histeria. Veuve Cominges la secundaba; yo diré que estaba alegre. Mi vida se había partido en dos, pero ya estaba acostumbrado desde el día antes a arriesgarlo todo a una carta. Quizá, y efectivamente es cierto, ese dinero era demasiado para mí y me había trastornado. Peut étre, je ne demandais pas mieux. Me parecía que por algún tiempo—pero sólo por algún tiempo—había cambiado la decoración. «Ahora bien, dentro de un mes estaré aquí, y entonces... y entonces nos veremos las caras, míster Astley.» No, por lo que recuerdo ahora ya entonces me sentía terriblemente triste, aunque rivalizaba con la tonta de Blanche a ver quién soltaba las mayores carcajadas.

—¿Pero qué tienes? ¡Qué bobo eres! ¡Oh, qué bobo! —chillaba Blanche, interrumpiendo su risa y riñéndome en serio— Pues sí, pues sí, sí, nos gastaremos tus doscientos mil francos, pero... mais tu seras heureux, comme un petit roi; yo misma te haré el nudo de la corbata y te presentaré a Hortense.

Y cuando nos gastemos todo nuestro dinero vuelves aquí y una vez más harás saltar la banca. ¿Qué te dijeron los judíos? Lo importante es la audacia, y tú la tienes, y más de una vez me llevarás dinero a París. Quant à moi, je veux cinquante mille francs de rente et alors...

—¿Y el general?—le pregunté.

—El general, como bien sabes, viene ahora a verme todos los días con un ramo de flores. Esta vez le he mandado de propósito a que me busque flores muy raras. Cuando vuelva el pobre, ya habrá volado el pájaro. Nos seguirá a toda prisa, ya veras. ¡Ja, ja, ja! ¡Qué contenta estaré con él! En París me será útil. Míster Astley pagará aquí por él...

Y he aquí cómo fui entonces a París.

CAPÍTULO 16

¿Qué diré de París? Todo ello, por supuesto, fue una locura y estupidez. En total permanecí en París algo más de tres semanas y en ese tiempo se volatilizaron por completo mis cien mil francos. Hablo sólo de cien mil; los otros cien mil se los di a mademoiselle Blanche en dinero contante y sonante: cincuenta mil en Francfort, y al cabo de tres días en París le entregué cincuenta mil más, en un pagaré, por el cual me sacó también dinero al cabo de ocho días, "et les cent mille francs que nous restent tu les mangeras avec moi, mon outchitel". Me llamaba siempre «outchitel», esto es, tutor. Es difícil imaginarse nada en este mundo más mezquino, más avaro más ruin que la clase de criaturas a que pertenecía mademoiselle Blanche. Pero esto en cuanto a su propio dinero. En lo tocante a mis cien mil francos, me dijo más tarde, sin rodeos que los necesitaba para su instalación inicial en París: "puesto que ahora me establezco como Dios manda y durante mucho tiempo nadie me quitará del sitio; al menos así lo tengo proyectado"—añadió. Yo, sin embargo, casi no vi esos cien mil francos. Era ella la que siempre guardaba el dinero, y en mi faltriquera, en la que ella misma huroneaba todos los días nunca había más de cien francos y casi siempre menos.

¿Pero para qué necesitas dinero? —me preguntaba de vez en cuando con la mayor sinceridad; y yo no disputaba con ella. Ahora bien, con ese dinero iba amueblando y decorando su apartamento bastante bien, y cuando más tarde me condujo al nuevo domicilio me decía enseñándome las habitaciones: "Mira lo que con cálculo y gusto se puede hacer aun con los medios más míseros". Esa miseria ascendía, sin embargo, a cincuenta mil francos, ni más ni menos. Con los cincuenta mil restantes se procuró un carruaje y caballos, amén de lo cual dimos dos bailes, mejor dicho, dos veladas a las que asistieron Hortense y Lisette y Cléopátre, mujeres notables por muchos conceptos y hasta bastante guapas. En esas dos veladas me vi obligado a desempeñar el estúpido papel de anfitrión, recibir y entretener a comerciantes ricos e imbéciles, inaguantables por su ignorancia y descaro, a varios tenientes del ejército, a escritorzuelos miserables y a insectos del periodismo, que llegaban vestidos de frac muy a la moda, con guantes pajizos, y dando muestras de un orgullo y una arrogancia inconcebibles aun entre nosotros, en Petersburgo, lo que ya es decir. Se les ocurrió incluso reírse de mí, pero yo me emborraché de champaña y fui a tumbarme en un cuarto trasero. Todo esto me resultaba repugnante en alto grado.

"C'est un outchitel —decía de mí mademoiselle Blanche— Il a gagné deux cent mille francs y no sabría gastárselos sin mí. Más tarde volverá a ser tutor. ¿No sabe aquí nadie dónde colocarlo? Hay que hacer algo por él".

Recurrí muy a menudo al champaña porque a menudo me sentía horriblemente triste y aburrido. Vivía en un ambiente de lo más burgués, de lo más mercenario, en el que se calculaba y se llevaba cuenta de cada sou. Blanche no me quería mucho en los primeros quince días, cosa que noté; es verdad que me vistió con elegancia y que todos los días me hacía el nudo de la corbata, pero en su fuero interno me despreciaba cordialmente, lo cual me traía sin cuidado. Aburrido Y melancólico, empecé a frecuentar el "Cháteau des Fleurs", donde todas las noches, con regularidad, me embriagaba y aprendía el cancán (que allí se baila con la mayor desvergüenza) y, en consecuencia, llegué a adquirir cierta fama en tal quehacer. Por fin Blanche llegó a calar mi verdadera índole; no sé por qué se había figurado que durante nuestra convivencia yo iría tras ella con papel y lápiz, apuntando todo lo que había gastado, lo que había robado y lo que aún había de gastar y robar; y, por supuesto, estaba segura de que por cada diez francos se armaría entre nosotros una trifulca. Para cada una de las embestidas mías que había imaginado de antemano tenía preparada una réplica: pero viendo que yo no embestía empezó a objetar por su cuenta. Algunas veces se arrancaba con ardor, pero al notar que yo guardaba silencio —porque lo corriente era que estuviera tumbado en el sofá mirando inmóvil el techo— acabó por sorprenderse.

Al principio pensaba que yo era simplemente un mentecato, "un outchitel", y se limitaba a poner fin a sus explicaciones, pensando probablemente para sí: "Pero si es tonto; no hay por qué explicarle nada, puesto que ni se entera". Entonces se iba, pero volvía diez minutos después (esto ocurría en ocasiones en que estaba haciendo los gastos más exorbi,,tantes, gastos muy por encima de nuestros medios: por ejemplo, se deshizo de los caballos que tenía y compró otro tronco en dieciséis mil francos).

—Bueno, ¿conque no te enfadas, Bibi? —dijo acercándose a mí.

—¡Noooo! Me fastidias —contesté apartándola de mí con el brazo. Esto le pareció tan curioso que al momento se sentó junto a mí.

—Mira, si he decidido pagar tanto es porque los vendían de lance. Se pueden revender en veinte mil francos.

—Sin duda, sin duda. Los caballos son soberbios. Ahora tienes un magnífico tronco. Te va bien. Bueno, basta.

—¿Entonces no estás enfadado?

—¿Por qué había de estarlo? Haces bien en adquirir las cosas que estimas indispensables. Todo te será de utilidad más tarde. Yo veo que, efectivamente, necesitas establecerte bien; de otro modo no llegarás a millonaria. Nuestros cien mil francos son nada más que el principio, una gota de agua en el mar.

Lo menos que Blanche esperaba de mí eran tales razonamientos en vez de gritos y reproches; para ella fue como caer del cielo.

—Pero tú... ¡hay que ver cómo eres! Mais tu as l'esprit pour comprendre! Sais tu, mon garçon, aunque sólo eres un outchitel, deberías haber nacido príncipe. ¿Conque no lamentas que el dinero se nos acabe pronto?

—Cuanto antes, mejor.

—Mais... sais tu... mais dis donc, ¿es que eres rico? Mais, sais tu, desprecias el dinero demasiado. Qu'est ce que tu feras après, dis donc?

—Aprés, voy a Homburg y vuelvo a ganar cien mil francos.

—Oui, oui! c'est ça, c'est magnifique! Y yo sé que los ganarás y que los traerás aquí. Dis donc, vas a hacer que te quiera. Eh bien, por ser como eres te voy a querer todo este tiempo y no te seré infiel ni una sola vez. Ya ves, no te he querido hasta ahora parce queje croyais que tu n'es qu'un outchitel (quelque chose comme un laquais, n'est ce pas?), pero a pesar de ello te he sido fiel, parce queje suís bonnefille.

—¡Anda, que mientes! ¿Es que crees que no te vi la última vez con Albert, con ese oficialito moreno?

—Oh, Oh, mais tu es...

—Vamos, mientes, mientes, pero ¿piensas que me enfado? Me importa un comino; il faut que jeunesse se passe. No debes despedirlo si fue mi predecesor y tú le quieres. Ahora bien, no le des dinero, ¿me oyes?

—¿Conque no te enfadas por eso tampoco? Mais tu es un vrai philosophe, sais tu? Un vrai philosophe! —exclamó con entusiasmo— Eh, bien, je t'aimerai, je t'aimerai, tu verras, tu seras content!

Y, en efecto, desde ese momento se mostró conmigo muy apegada, se portó hasta con afecto, y así pasaron nuestros últimos diez días. No vi las "estrellas" prometidas; pero en ciertos particulares cumplió de veras su palabra. Por añadidura, me presentó a Hortense que era, a su modo, una mujer admirable y a quien en nuestro círculo llamaban Thérésephilosophe...

Pero no hay por qué extenderse en estos detalles; todo esto podría constituir un relato especial, con un colorido especial que no quiero intercalar en esta historia. Lo que quiero subrayar es que deseaba con toda el alma que aquello acabara lo antes posible. Pero con nuestros cien mil francos hubo bastante, como ya he dicho, casi para un mes, lo que de veras me maravillaba. De esta suma, ochenta mil francos por lo menos los invirtió Blanche en comprarse cosas: vivimos sólo de veinte mil francos y, sin embargo, fue bastante. Blanche, que en los últimos días era ya casi sincera conmigo (por lo menos no me mentía en algunas cosas), confesó que al menos no recaerían sobre mí las deudas que se veía obligada a contraer.

"No te he dado a firmar cuentas y pagarés porque me ha dado lástima de ti; pero otra lo hubiera hecho sin duda y te hubiera llevado a la cárcel.

¡Ya ves, ya ves, cómo te he querido y lo buena que soy! ¡Sólo que esa endiablada boda me costará un ojo de la cara!".

Y, efectivamente, tuvimos una boda. Se celebró al final mismo de nuestro mes, y es preciso admitir que en ella se fueron los últimos residuos de mis cien mil francos. Con ello se terminó el asunto, es decir, con ello se terminó nuestro mes y pasé formalmente a la condición de jubilado.

Ello ocurrió del modo siguiente: ocho días después de instalarnos en París se presentó el general. Vino directamente a ver a Blanche y desde la primera visita casi se alojó con nosotros. Tenía, es cierto, su propio domicilio, no sé dónde. Blanche le recibió gozosamente, con carcajadas y chillidos, y hasta se precipitó a abrazarlo; la cosa llegó al punto de que ella misma era la que no le soltaba y él hubo de seguirla a todas partes: al bulevar, a los paseos en coche, al teatro y a visitar a los amigos. Para estos fines el general era todavía útil, pues tenía un porte bastante impresionante y decoroso, con su estatura relativamente elevada, sus patillas y bigote teñido (había servido en los coraceros) y su rostro agradable aunque algo adiposo. Sus modales eran impecables y vestía el frac con soltura.

En París empezó a llevar sus condecoraciones. Con alguien así no sólo era posible, sino hasta recomendable, si se permite la expresión, circular por el bulevar. Por tales motivos el bueno e inútil general estaba que no cabía en sí de gozo, porque no contaba con ello cuando vino a vernos a su llegada a París. Entonces se presentó casi temblando de miedo, creyendo que Blanche prorrumpiría en gritos y mandaría que lo echaran; y en vista del cariz diferente que habían tomado las cosas, estaba rebosante de entusiasmo y pasó todo ese mes en un estado de absurda exaltación, estado en que seguía cuando yo le dejé. Me enteré en detalle de que después de nuestra repentina partida de Roulettenburg, le había dado esa misma mañana algo así como un ataque. Cayó al suelo sin conocimiento y durante toda la semana siguiente estuvo como loco, hablando sin cesar. Le pusieron en tratamiento, pero de repente lo dejó todo, se metió en el tren y se vino a París. Ni que decir tiene que el recibimiento que le hizo Blanche fue la mejor medicina para él, pero, a despecho de su estado alegre y exaltado, persistieron durante largo tiempo los síntomas de la enfermedad.

Le era imposible razonar o incluso mantener una conversación si era un poco seria; en tal caso se limitaba a mover la cabeza y a decir "¡hum!" a cada palabra, con lo que salía del paso. Reía a menudo con risa nerviosa, enfermiza, que tenía algo de carcajada; a veces también permanecía sentado horas enteras, tétrico como la noche, frunciendo sus pobladas cejas. Por añadidura, era ya poco lo que recordaba; llegó a ser escandalosamente distraído y adquirió la costumbre de hablar consigo mismo. Blanche era la única que podía animarle; y, en realidad, los accesos de depresión y taciturnidad, cuando se acurrucaba en un rincón, significaban sólo que no había visto a Blanche en algún tiempo, que ésta había ido a algún sitio sin llevarle consigo o que se había ido sin hacerle alguna caricia. Por otra parte, ni él mismo hubiera podido decir qué quería y ni siquiera se daba cuenta de que estaba triste y decaído.

Después de permanecer sentado una hora o dos (noté esto un par de veces cuando Blanche estuvo fuera todo el día, probablemente con Albert), empezaba de pronto a mirar a su alrededor, a agitarse, a aguzar la mirada, a hacer memoria, como si quisiera encontrar alguna cosa; pero al no ver a nadie y al no recordar siquiera lo que quería preguntar, volvía a caer en la distracción hasta que se presentaba Blanche, alegre, vivaracha, emperifollada, con su risa sonora, quien iba corriendo a él, se ponía a zarandearlo y hasta lo besaba, galardón, sin embargo, que raras veces le otorgaba. En una ocasión el general llegó a tal punto en su regocijo que hasta se echó a llorar, de lo cual quedé maravillado.

Tan pronto como el general apareció en París, Blanche se puso a abogar su causa ante mí. Recurrió incluso a la elocuencia; me recordaba que le había engañado por mí, que había sido casi prometida suya, que le había dado su palabra; que por ella había él abandonado a su familia y, por último, que yo había servido en casa de él y debía recordarlo; y que ¿cómo no me daba vergüenza…? Yo me limitaba a callar mientras ella hablaba como una cotorra. Por fin, solté una risotada, con lo que terminó aquello; esto es, primero me tomó por un imbécil, pero al final quedó con la impresión de que era hombre bueno y acomodaticio. En resumen, que tuve la suerte de acabar mereciendo el absoluto beneplácito de esta digna señorita (Blanche, por otra parte, era en efecto una chica excelente, claro que en su género; yo no la aprecié como tal al principio).

"Eres bueno y listo —me decía hacia el final— y… y... ¡sólo lamento que seas tan pazguato! ¡Nunca harás fortuna!",

"Un vrai Russe, un calmouk!". Algunas veces me mandaba sacar al general de paseo por las calles, ni más ni menos que como un lacayo sacaría de paseo a una galguita. Yo, por lo demás, lo llevaba al teatro, al Bal Mabille y a los restaurantes. A este fin Blanche facilitaba el dinero, aunque el general tenía el suyo propio y gustaba de tirar de cartera en presencia de la gente. En cierta ocasión tuve casi que recurrir a la fuerza para impedir que comprase un broche en setecientos francos, del que se prendó en el Palais Royal y que a toda costa quería regalar a Blanche. ¿Pero qué representaba para ella un broche de setecientos francos? Al general no le quedaban más que mil francos y nunca pude enterarme de cómo se los había procurado. Supongo que procedían de míster Astley, puesto que éste había pagado lo que el general debía en el hotel. En cuanto a cómo me consideraba durante todo este tiempo, creo que ni siquiera sospechaba mis relaciones con Blanche. Aunque había oído vagamente que yo había ganado una fortuna, probablemente suponía que en casa de Blanche yo era algo así como secretario particular o quizá sólo criado.

Al menos me hablaba siempre con altivez, en tono autoritario, igual que antes, y de vez en cuando hasta me echaba una filípica. En cierta ocasión nos dio muchísimo que reír una mañana a Blanche y a mí. No era hombre susceptible al agravio, que digamos; y he aquí que de pronto se ofendió conmigo; ¿por qué?, hasta este momento sigo sin enterarme. Por supuesto que él mismo lo ignoraba. En resumen, que se puso a despotricar sin ton ni son, à bâtons rompus, gritaba que yo era un pilluelo, que iba a darme una lección... que me haría comprender... etcétera, etcétera. Nadie pudo entender nada. Blanche se partía de risa, hasta que por fin lograron tranquilizarle no sé cómo y lo sacaron a dar un paseo. Muchas veces noté, sin embargo, que se ponía triste, que sentía lástima de algo o de alguien, incluso cuando Blanche estaba presente. En tal estado se puso a hablar conmigo un par de veces, aunque sin explicarse claramente, trajo a colación sus años de servicio, a su difunta esposa, sus propiedades, su hacienda.

Se le ocurría una frase y se entusiasmaba con ella, y la repetía cien veces al día, aunque no correspondiera ni por asomo a sus sentimientos ni a sus ideas. Intenté hablar con él de sus hijos, pero dio esquinazo al tema con el consabido trabalenguas y pasó en seguida a otro: "¡Sí, sí! Los niños, los niños, tiene usted razón, los niños". Sólo una vez se mostró conmovido, cuando iba con nosotros al teatro: "¡Son unos niños infelices!". Y luego, durante la velada repitió varias veces las palabras "niños infelices". Una vez, cuando empecé a hablar de Polina, montó en cólera: "¡Es una desagradecida! —gritó—; ¡es mala y desagradecida! ¡Ha deshonrado a la familia! ¡Si aquí hubiera leyes, ya la ataría yo corto! "¡Sí, señor, sí!". De Des Grieux ni siquiera podía escuchar el nombre. "Me ha arruinado —decía— , me ha robado, me ha perdido! ¡Ha sido mi pesadilla durante dos años enteros! ¡Se me ha aparecido en sueños durante meses y meses! Es... es—.. es... ¡Oh, no vuelva usted a hablarme de él!".

Vi que traían algo entre manos, pero guardé silencio como de costumbre. Fue Blanche la primera en explicármelo, justamente ocho días antes de separarnos. "Il a du chance —chachareó—; la babouchka está ahora enferma de veras y se muere sin remedio. Míster Astley ha telegrafiado; no puedes negar que a pesar de todo es su heredero. Y aunque no lo sea, no es ningún estorbo para mí. En primer lugar, tiene su pensión, y en segundo lugar, vivirá en el cuarto de al lado y estará más contento que unas pascuas. Yo seré "mádame la générale". Entraré en la buena sociedad (Blanche soñaba con esto continuamente), luego llegaré a ser, una terrateniente rusa, j'aurai un château, des moujiks, et puis j'aùrai toujours mon million!".

—Bueno, pero si empieza a tener celos, preguntará... sabe Dios qué cosas, ¿entiendes?

—¡Oh, no, non, non, non! ¡No se atrevería! He tomado mis medidas, no te preocupes. Ya le he hecho firmar algunos pagarés en nombre de Albert. Al menor paso en falso será castigado en el acto. ¡No se atreverá!

—Bueno, cásate con él...

La boda se celebró sin especial festejo, en familia y discretamente. Entre los invitados figuraban Albert y algunos de los íntimos. Hortense, Cléopátre y las demás quedaron excluidas sin contemplaciones. El novio se interesó enormemente en su situación. La propia Blanche le anudó la corbata y le puso pomada en el pelo. Con su frac y chaleco blanco ofrecía un aspecto trés comme ilfaut.

—Il est pourtant trés comme il faut —me explicó la misma Blanche, saliendo de la habitación del general, como sorprendida de que éste fuera en efecto trés comme il faut. Yo, que participé en todo ello como espectador indolente, me enteré de tan pocos detalles que he olvidado mucho de lo que sucedió. Sólo recuerdo que el apellido de Blanche resultó no ser "de Cominges"—y, claro, su madre no era la veuve Cominges , sino "du Placet". No sé por qué ambas se habían hecho pasar por de Cominges hasta entonces. Pero el general también quedó contento de ello, y hasta prefería du Placet a de Cominges. La mañana de la boda, ya enteramente vestido, se estuvo paseando de un extremo a otro de la sala, repitiendo en voz baja con seriedad e importancia nada comunes,

"¡Mademoiselle Blanche du Placet! ¡Blanche du Placet! ¡Du Placet!". Y en su rostro brillaba cierta fatuidad. En la iglesia, en la alcaldía y en casa, donde se sirvió un refrigerio, se mostró no sólo alegre y satisfecho, sino hasta orgulloso. Algo les había ocurrido a los dos, porque también Blanche revelaba una particular dignidad.

—Es menester que ahora me conduzca de manera enteramente distinta —me dijo con seriedad poco común—, mais vois tu, no he pensado en una cosa horrenda, imagínate que todavía no he podido aprender mi nuevo apellido: Zagorianski, Zagozianski, madame la générale de Sago Sago, ces diables de noms russes, en fin madame la générale à quatorze consonnes! Comme c'est agréable, n'est ce pas?

Por fin nos separamos, y Blanche, la tonta de Blanche, hasta derramó unas lagrimitas al despedirse de mí: "Tu étais bon enfant —dijo gimoteando— je te croyais bête et tu en avais l'air; pero eso te sienta bien". Y al darme el último apretón de manos exclamó de pronto: Attends!, fue corriendo a su gabinete y volvió al cabo de un minuto para entregarme dos billetes de mil francos.

¡Nunca lo hubiera creído! "Esto te vendrá bien; quizá como outchitel seas muy listo, pero como hombre eres terriblemente tonto. Por nada del mundo te daré más de dos mil, porque los perderías al juego. ¡Bueno, adiós! Nous serons toujours bons amis, y si ganas otra vez ven a verme sin falta, et tu seras heureux!".

A mí me quedaban todavía quinientos francos, sin contar un magnífico reloj que valdría mil, un par de gemelos de brillantes y alguna otra cosa, con lo que podría ir tirando bastante tiempo todavía sin preocuparme de nada. Vine a instalarme de propósito en este villorio para hacer inventario de mí mismo, pero sobre todo para esperar a míster Astley. He sabido que probablemente pasará por aquí en viaje de negocios y se detendrá. Me enteraré de todo... y después... después me iré derecho a Homburg. No iré a Roulettenburg; quizá el año que viene. En efecto, dicen que es de mal agüero probar suerte dos veces seguidas en la misma mesa de juego; y en Homburg se juega en serio.

CAPÍTULO 17

Ya hace un año y ocho meses que no he echado un vistazo a estas notas, y sólo ahora, desalentado y melancólico, con la intención de distraerme, las he vuelto a leer por casualidad. Me quedé entonces en el punto en que salía para Homburg. ¡Dios mío! ¡Con qué ligereza de corazón, hablando relativamente, escribí entonces esas últimas frases! ¡Mejor dicho, no con qué ligereza, sino con qué presunción, con qué firmes esperanzas! ¿Tenía acaso alguna duda de mí mismo? ¡Y he aquí que ha pasado algo más de año y medio y, a mi modo de ver, estoy mucho peor que un mendigo! ¿Qué digo mendigo? ¡Nada de eso! Sencillamente estoy perdido. Pero no hay nada con qué compararlo y no tengo por qué darme a mí mismo lecciones de moral. Nada sería más estúpido que moralizar ahora. ¡Oh, hombres satisfechos de sí mismos! ¡Con qué orgullosa jactancia se disponen esos charlatanes a recitar sus propias máximas! Si supieran cómo yo mismo comprendo lo abominable de mi situación actual, no se atreverían a darme lecciones. Porque vamos a ver, ¿qué pueden decirme que yo no sepa? ¿Y acaso se trata de eso? De lo que se trata es de que basta un giro de la rueda para que todo cambie, y de que estos moralistas —estoy seguro de ello— serán entonces los primeros en venir a felicitarme con chanzas amistosas. Y no me volverán la espalda, como lo hacen ahora. ¡Que se vayan a freír espárragos! ¿Qué soy yo ahora? Un cero a la izquierda. ¿Qué puedo ser mañana? Mañana puedo resucitar de entre los muertos Y empezar a vivir de nuevo. Aún puedo, mientras viva, rescatar al hombre que va dentro de mí.

En efecto, fui entonces a Homburg, pero más tarde estuve otra vez en Roulettenburg, estuve también en Spa, estuve incluso en Baden, adonde fui como ayuda de cámara del Consejero Hinze, un bribón que fue mi amo aquí. Sí, también serví de lacayo ¡nada menos que cinco meses! Eso fue recién salido de la cárcel (porque estuve en la cárcel en Roulettenburg por una deuda contraída aquí. Un desconocido me sacó de ella. ¿Quién sería? ¿Míster Astley? ¿Polina? No sé, pero la deuda fue pagada, doscientos táleros en total, y fui puesto en libertad). ¿En dónde iba a meterme? Y entré al servicio de ese Hinze. Es éste un hombre joven y voluble, amante de la ociosidad, y yo sé hablar y escribir tres idiomas. Al principio entré a trabajar con él en calidad de secretario o algo por el estilo, con treinta gulden al mes, pero acabé como verdadero lacayo, porque llegó el momento en que sus medios no le permitieron tener un secretario y me rebajó el salario. Como yo no tenía adonde ir, me quedé, y de esa manera, por decisión propia, me convertí en lacayo.

En su servicio no comí ni bebí lo suficiente, con lo que en cinco meses ahorré setenta gulden. Una noche, en Baden, le dije que quería dejar su servicio, y esa misma noche me fui a la ruleta. ¡Oh, cómo me martilleaba el corazón! No, no era el dinero lo que me atraía. Lo único que entonces deseaba era que todos estos Hinze, todos estos Oberkellner, todas estas magníficas damas de Baden hablasen de mí, contasen mi historia, se asombrasen de mí, me colmaran de alabanzas y rindieran pleitesía a mis nuevas ganancias. Todo esto son quimeras y afanes pueriles, pero... ¿quién sabe?, quizá tropezaría con Polina y le contaría —y ella vería— que estoy por encima de todos estos necios reveses del destino. ¡Oh, no era el dinero lo que me tentaba! Seguro estoy de que lo hubiera despilfarrado una vez más en alguna Blanche y de que una vez más me hubiera paseado en coche por París durante tres semanas, con un tronco de mis propios caballos valorados en dieciséis mil francos; porque la verdad es que no soy avaro; antes bien, creo que soy un manirroto. Y sin embargo, ¡con qué temblor, con qué desfallecimiento del corazón escucho el grito del crupier: trente et un, rouge, impaire et passe, o bien: quatre, noir, pair et manque! icon qué avidez miro la mesa de juego, cubierta de luises, federicos y táleros, las columnas de oro, el rastrillo del crupier que desmorona en montoncillos, como brasas candentes, esas columnas o los altos rimeros de monedas de plata en torno a la rueda. Todavía, cuando me acerco a la sala de juego, aunque haya dos habitaciones de por medio, casi siento un calambre al oír el tintín de las monedas desparramadas.

Ah, esa noche en que llegué a la mesa de juego con mis setenta gulden fue también notable. Empecé con diez gulden, una vez más enpasse. Perdí. Me quedaban sesenta gulden en plata; reflexioné y me decidí por el zéro. Comencé a apuntar al zéro cinco gulden por puesta, y a la tercera salió de pronto el zéro; casi desfallecí de gozo cuando me entregaron ciento setenta y cinco gulden. No había sentido tal alegría ni siquiera aquella vez que gané cien mil gulden; seguidamente aposté cien gulden al rojo, y salió; los doscientos al rojo, y salió; los cuatrocientos al negro, y salió; los ochocientos al manque, y salió; contando lo anterior hacía un total de mil setecientos gulden, ¡y en menos de cinco minutos! Sí, en tales momentos se olvidan todos los fracasos anteriores. Porque conseguí esto arriesgando más que la vida; me atreví a arriesgar... y me pude contar de nuevo entre los hombres.

Tomé habitación en un hotel, me encerré en ella y estuve contando mi dinero hasta la tres de la madrugada. A la mañana siguiente, cuando me desperté, ya no era lacayo. Decidí irme a Homburg ese mismo día; allí no había servido como lacayo ni había estado en la cárcel. Media hora antes de la salida del tren fui a hacer dos apuestas, sólo dos, y perdí centenar y medio de florines. A pesar de ello me trasladé a Homburg y hace ya un mes que estoy aquí...

Vivo, ni que decir tiene, en perpetua zozobra; juego cantidades muy pequeñas y estoy a la espera de algo, hago cálculos, paso días enteros junto a la mesa de juego observándolo, hasta lo veo en sueños; y de todo esto deduzco que voy como insensibilizándome, como hundiéndome en agua estancada. Llego a esta conclusión por la impresión que me ha producido tropezar con míster Astley. No nos habíamos visto desde entonces y nos encontramos por casualidad. He aquí cómo sucedió eso. Fui a los jardines y calculé que estaba casi sin dinero pero que aún tenía cincuenta gulden, amén de que tres días antes había pagado en su totalidad la cuenta del hotel en que tengo alquilado un cuchitril. Por lo tanto, me queda la posibilidad de acudir a la ruleta, pero sólo una vez; si gano algo, podré continuar el juego; si pierdo, tendré que meterme a lacayo otra vez, a menos que se presenten en seguida algunos rusos que necesiten un tutor. Pensando así, iba yo dando mi paseo diario por el parque y por el bosque en el principado vecino. A veces me paseaba así hasta cuatro horas y volvía a Homburg cansado y hambriento. Apenas hube pasado de los jardines al parque cuando de repente vi a míster Astley sentado en un banco. Él fue el primero en verme y me llamó a voces. Me senté junto a él. Al notar en él cierta gravedad moderé al momento mi regocijo, pero aun así me alegré muchísimo de verle.

—¡Conque está usted aquí! Ya pensaba yo que iba a tropezar con usted —me dijo—. No se moleste en contarme nada: lo sé todo, todo. Me es conocida toda la vida de usted durante los últimos veinte meses.

—¡Bah, conque espía usted a los viejos amigos! —respondí—. Le honra a usted el hecho de que no se olvida... Pero, espere, me hace usted pensar en algo: ¿no fue usted quien me sacó de la cárcel de Roulettenburg donde estaba preso por una deuda de doscientos gulden? Fue un desconocido quien me rescató.

—¡No, oh, no! Yo no le saqué de la cárcel de Roulettenburg donde estaba usted por una deuda de doscientos gulden, pero sí sabía que estaba usted en la cárcel por una deuda de doscientos gulden.

—¿Quiere decir eso, sin embargo, que sabe usted quién me sacó?

—Oh no, no puedo decir que sepa quién le sacó.

—Cosa rara. No soy conocido de ninguno de nuestros rusos, y quizá aquí los rusos no rescatan a nadie. Allí en Rusia es otra cosa: los ortodoxos rescatan a los ortodoxos. Pensé que algún inglés estrambótico podría haberlo hecho por excentricidad.

Míster Astley me escuchó con cierto asombro. Por lo visto esperaba encontrarme triste y abatido.

—Me alegra mucho, de todos modos, ver que conserva plenamente su independencia espiritual y hasta su jovialidad —dijo con tono algo desagradable.

—Es decir, que está usted rabiando por dentro porque no me ve deprimido y humillado —dije yo, riendo.

No comprendió al instante, pero cuando comprendió se sonrió.

—Me gustan sus observaciones. Reconozco en esas palabras a mi antiguo amigo, listo y entusiasmado a la par que único. Los rusos son los únicos que pueden reconciliar en sí mismos tantas contradicciones a la vez. Es cierto; a uno le gusta ver humillado a su mejor amigo; y en gran medida la amistad se funda en la humillación. Ésta es una vieja verdad conocida de todo hombre inteligente. Pero le aseguro a usted que esta vez me alegra de veras que no haya perdido el coraje. Diga, ¿no tiene intención de abandonar el juego?

—¡Maldito sea el juego! Lo abandonaré en cuanto...

—¿En cuanto se desquite? Ya me lo figuraba; no siga... ya lo sé; lo ha dicho usted sin querer, por consiguiente ha dicho la verdad. Diga, fuera del juego, ¿no se ocupa usted en nada?

—No, en nada.

Empezó a hacerme preguntas. Yo no sabía nada, apenas había echado un vistazo a los periódicos, y durante todo ese tiempo ni siquiera había abierto un libro.

—Se ha anquilosado usted —observó—; no sólo ha renunciado a la vida, a sus intereses personales y sociales, a sus deberes como ciudadano y como hombre, a sus amigos (porque los tenía usted a pesar de todo)..., no sólo ha renunciado usted a todo propósito que no sea ganar en el juego, sino que ha renunciado incluso a sus recuerdos. Yo le recuerdo a usted en un momento ardiente y pujante de su vida, pero estoy seguro de que ha olvidado todas sus mejores impresiones de entonces. Sus ilusiones, sus ambiciones de ahora, aun las más apremiantes, no van más allá del pair et impair, rouge, noir, los doce números medios, etcétera, etcétera. Estoy seguro.

—Basta, míster Astley, por favor, por favor, no haga memoria —exclamé con enojo vecino al rencor—. Sepa que no he olvidado absolutamente nada, sino que por el momento he excluido todo eso de mi mente, incluso los recuerdos, hasta que mejore mi situación de modo radical. Entonces... ¡entonces ya verá usted cómo resucito de entre los muertos!

—Estará usted aquí todavía dentro de diez años —dijo—. Le apuesto que se lo recordaré a usted en este mismo banco, si vivo todavía.

—Bueno, basta —interrumpí con impaciencia—, y para demostrarle que no me he olvidado tanto del pasado, permita que le pregunte: ¿dónde está miss Polina? Si no fue usted quien me sacó de la cárcel sería probablemente ella. No he tenido noticia ninguna de ella desde aquel tiempo.

—¡No, oh no! No creo que fuera ella quien le sacara. Está ahora en Suiza, y me haría usted un gran favor si dejara de preguntarme por miss Polina —dijo sin ambages y hasta con enfado.

—Eso quiere decir que le ha herido también a usted mucho —dije riendo involuntariamente.

—Miss Polina es la mejor de todas las criaturas más dignas de respeto, pero le repito que me hará un gran favor si deja de preguntarme por miss Polina. Usted no la conoció nunca, y considero insultante a mi sentido moral oír su nombre en labios de usted.

—¡Conque ahí estamos! Pero se equivoca usted. ¿De qué cree usted que hablaríamos, usted y yo, si no de eso? Porque en eso consisten todos nuestros recuerdos. Pero no se preocupe, que no me hace falta conocer ninguno de sus asuntos íntimos o confidenciales... Me interesan sólo, por así decirlo, las condiciones externas de miss Polina, sólo su situación aparente en la actualidad. Eso puede decirse en dos palabras.

—Bueno, para que todo quede concluido con esas dos palabras: miss Polina estuvo enferma largo tiempo; lo está todavía. Durante algún tiempo estuvo viviendo con mi madre y mi hermana en el norte de Inglaterra. Hace medio año su abuela —usted se acuerda, aquella mujer tan loca murió y le dejó, a ella personalmente, bienes por valor de siete mil libras. En la actualidad miss Polina viaja en compañía de la familia de mi hermana, que ahora está casada.

Su hermano y su hermana menores también llevaron su parte en el testamento de la abuela y están en colegios de Londres. El general, su padrastro, murió de apoplejía en París hace un mes. Mademoiselle Blanche se portó bien con él, aunque consiguió apoderarse de todo lo que le dejó la abuela... me parece que eso es todo.

—¿Y Des Grieux? ¿No está viajando también por Suiza?

—No, Des Grieux no está viajando por Suiza, y no sé dónde está Des Grieux; por lo demás, le prevengo por última vez que desista de tales alusiones y conexiones innobles de nombres, o tendrá usted que vérselas conmigo.

—¿Cómo? ¿A pesar de nuestras relaciones amistosas de antes?

—Sí, a pesar de nuestras relaciones amistosas de antes.

—Le pido mil perdones, míster Astley, pero permítame decirle que nada injurioso o innoble hay en ello, porque de nada culpo a miss Polina. Amén de que un francés y una señorita rusa, hablando en términos generales, forman una conexión, míster Astley, que ni a usted ni a mí nos es dado calibrar ni entender por completo.

—Si no menciona usted el nombre de Des Grieux en relación con otro nombre, le pido que me explique qué quiere usted dar a entender con la expresión "un francés y una señorita rusa". ¿Qué conexión es ésa? ¿Por qué precisamente un francés y necesariamente una señorita rusa?

—Ya veo que se interesa usted. Pero es largo de contar míster Astley. Habría mucho que saber de antemano. Por lo demás, es una cuestión importante, aunque parezca ridícula a primera vista. El francés, míster Astley, es una forma bella, perfecta. Usted, como británico, puede no estar conforme con este aserto; yo, como ruso, tampoco lo estoy, aunque quizá por envidia; pero nuestras damas Pueden opinar de manera muy distinta. Usted puede juzgar a Racine artificial, amanerado y relamido; es probable que ni siquiera aguante su lectura. También yo lo encuentro artificial, amanerado y relamido, hasta ridículo desde cierto punto de vista; pero es delicioso, míster Astley, y, lo que es aún más importante, es un gran poeta, querámoslo o no usted y yo. La forma nacional del francés, es decir, del parisiense, adquirió su finura cuando nosotros éramos osos todavía. La revolución fue heredera de la aristocracia. Hoy día el francés más vulgar tiene maneras, expresiones y hasta ideas del mayor refinamiento, sin que haya contribuido a ello ni con su iniciativa, ni con su espíritu, ni con su corazón; todo ello lo tiene por herencia. En sí mismos, los franceses pueden ser fatuos e infames hasta más no poder. Bueno, míster Astley, le hago saber ahora que no hay criatura en este mundo más crédula y sincera que una mocita rusa que sea buena, juiciosa y no demasiado afectada. Des Grieux, presentándose en un papel cualquiera, presentándose enmascarado, puede conquistar su corazón con facilidad extraordinaria; posee una forma refinada, míster Astley, y la señorita creerá que esa forma es la índole real del caballero, la forma natural de su ser y su sentir, y no la tomará por un disfraz que ha adquirido por herencia. Por muy desagradable que a usted le parezca, debo confesarle que la mayoría de los ingleses son desmañados y toscos; los rusos, por su parte, saben reconocer con bastante tino la belleza y son sensibles a ella. Pero para reconocer la belleza espiritual y la originalidad de la persona se requiere mucha más independencia, mucha más libertad de la que tienen nuestras mujeres, sobre todo las jovencitas, y en todo caso más experiencia. Miss Polina, pues, necesitaba mucho, muchísimo tiempo para darle a usted la preferencia sobre el canalla de Des Grieux. Le estimará a usted, le dará su amistad, le abrirá su corazón, pero en él seguirá reinando ese odioso canalla, ese Des Grieux mezquino, ruin y mercenario. Y esto será incluso consecuencia, por así decirlo, de la terquedad y el orgullo, ya que este mismo Des Grieux se presentó tiempo atrás ante ella con la aureola de un marqués elegante, de un liberal desilusionado, que se había arruinado por lo visto tratando de ayudar a la familia de ella y al mentecato del general. Todas estas bribonadas salieron a la luz más tarde; pero no importa que hayan salido. Devuélvale usted ahora al Des Grieux de antes… Eso es lo que necesita. Y cuanto más detesta al Des Grieux de ahora, tanto más echa de menos al de antes, aunque el de antes existía sólo en su imaginación. ¿Es usted fabricante de azúcar, míster Astley?

—Sí, soy socio de la conocida fábrica de azúcar Lowell and Company.

—Bueno, pues ya ve, míster Astley. De un lado un fabricante de azúcar, y de otro el Apolo de Belvedere. Estas dos cosas me parece que no tienen relación entre sí. Yo ni siquiera soy fabricante de azúcar; no soy más que un insignificante jugador de ruleta y hasta he servido de lacayo, lo que seguramente conoce miss Polina porque al parecer tiene una policía excelente.

—Está usted furioso y por eso dice esas tonterías —comentó míster Astley con calma y en tono pensativo—. Además, lo que dice no tiene nada de original.

—De acuerdo; pero lo terrible del caso, noble amigo mío, es que todas estas acusaciones mías, por trilladas, chabacanas y grotescas que sean, son verdad. En fin, usted y yo no hemos sacado nada en limpio.

—Eso es una tontería repugnante, porque... porque... sepa usted —dijo míster Astley con voz trémula y un relámpago en los ojos, sepa usted, hombre innoble e indigno, hombre mezquino y desgraciado, que he venido a Homburg por encargo de ella para verle a usted, para hablarle detenida y seriamente, y para dar a ella cuenta de todo, de los sentimientos de usted, de sus pensamientos, de sus esperanzas y.. ¡de sus recuerdos!

—¿De veras? ¿De veras?—grité, y se me saltaron las lágrimas. No pude contenerlas, al parecer por primera vez en mi vida.

—Sí, desgraciado; ella le quería a usted, y puedo revelárselo porque es usted ya un hombre perdido. Más aún, si le digo que aún ahora le quiere... pero, en fin, da lo mismo, porque usted se quedará aquí. Sí, se ha destruido usted. Usted tenía ciertas aptitudes, un carácter vivaz y era hombre bastante bueno; hasta hubiera podido ser útil a su país, que tan necesitado anda de gente útil, pero... permanecerá usted aquí y con ello acabará su vida. No le echo la culpa. En mi opinión, así son todos los rusos o así tienden a serlo. Si no es la ruleta, es otra cosa por el estilo. Las excepciones son raras. No es usted el primero que no comprende lo que es el trabajo (y no hablo del pueblo ruso). La ruleta es un juego predominantemente ruso. Hasta ahora ha sido usted honrado y ha preferido ser lacayo a robar..., pero me aterra pensar en lo que puede pasar en el futuro. ¡Bueno, basta, adiós! Supongo que necesita usted dinero. Aquí tiene diez louis d'or, no le doy más porque de todos modos se los jugará usted. ¡Tómelos y adiós! ¡Tómelos, vamos!

—No, míster Astley, después de todo lo que se ha dicho...

—¡Tómelos! —gritó—. Estoy convencido de que es usted todavía un hombre honrado y se los doy como un amigo puede dárselos a un amigo de verdad. Si pudiera estar seguro de que al instante dejaría de jugar, de que se iría de Homburg y volvería a su país, estaría dispuesto a darle a usted inmediatamente mil libras para que empezara una nueva carrera. Pero no le doy mil libras y sí sólo diez louis d'or porque a decir verdad mil libras o diez louis d'or vienen a ser para usted, en su situación presente, exactamente lo mismo: se las jugaría usted. Tome el dinero y adiós.

—Lo tomaré si me permite un abrazo de despedida.

—¡Oh, con gusto!

Nos abrazamos sinceramente y míster Astley se marchó.

¡No, no tiene razón! Si bien yo me mostré áspero y estúpido con respecto a Polina y Des Grieux, él se mostró áspero y estúpido con respecto a los rusos. De mí mismo no digo nada. Sin embargo.... sin embargo, no se trata de eso ahora. ¡Todo eso son palabras, palabras y palabras, y lo que hace falta son hechos! ¡Ahora lo importante es Suiza! Mañana... ¡oh, si fuera posible irse de aquí mañana! Regenerarse, resucitar. Hay que demostrarles... Que Polina sepa que todavía puedo ser un hombre. Basta sólo con... Ahora, claro, es tarde, pero mañana... ¡Oh tengo un presentimiento, y no puede ser de otro modo! Tengo ahora quince luises y empecé con quince gulden. Si comenzara con cautela... ¡Pero de veras, de verás que soy un chicuelo! ¿De veras que no me doy cuenta de que estoy perdido? Pero... ¿por qué no puedo volver a la vida? Sí, basta sólo con ser prudente y perseverante, aunque sólo sea una vez en la vida... y eso es todo. Basta sólo con mantenerse firme una sola vez en la vida y en una hora puedo cambiar todo mi destino. Firmeza de carácter, eso es lo importante. Recordar sólo lo que me ocurrió hace siete meses en Roulettenburg, antes de mis pérdidas definitivas en el juego. ¡Ah, ése fue un ejemplo notable de firmeza: lo perdí todo entonces, todo... salí del casino, me registré los bolsillos, y en el del chaleco me quedaba todavía un gulden: "¡Ah. al menos me queda con qué comer!", pensé, pero cien pasos más adelante cambié de parecer y volví al casino.

Aposté ese gulden a manque (esa vez fue a manque) y, es cierto, hay algo especial en esa sensación, cuando está uno solo, en el extranjero, lejos de su patria, de sus amigos, sin saber si va a comer ese día, y apuesta su último gulden, así como suena, el último de todos. Gané y al cabo de veinte minutos salí del casino con ciento setenta gulden en el bolsillo. ¡Así sucedió, sí! ¡Eso es lo que a veces puede significar el último gulden! ¿Y qué hubiera sido de mí si me hubiera acobardado entonces, si no me hubiera atrevido a tomar una decisión?

¡Mañana, mañana acabará todo!

EL LADRÓN
HONRADO

Una mañana, cuando ya me disponía a dirigirme a mis tareas, entró en mi habitación Agrafena, mi cocinera, lavandera y ama de llaves, y, para mi sorpresa, se dirigió a mí.

Hasta aquel momento era una mujer tan callada y sencilla que, al margen de dos palabras que dijera al día sobre lo que iba a preparar para comer, no había dicho más durante seis años. O, al menos, yo no había oído nada.

—He venido a decirle, señor —empezó de pronto—, que podría usted alquilar el desván.

—¿Qué desván?

—Pues el que está junto a la cocina. Ya sabe al que me refiero.

—¿Para qué?

—¡Para qué! Pues porque la gente los alquila. Está claro para qué.

—Pero ¿a quién se lo alquilaría?

—¡A quién! A un inquilino. ¿A quién si no?

—Pero si allí, madrecita mía, no cabe ni una cama; es muy estrecho. ¿Quién podría vivir allí?

—¿Qué falta hace que viva allí? Solo hace falta un hueco para dormir; y para vivir está el alféizar de la ventana.

—¿Qué alféizar?

—Está claro cuál, como si no lo supiera. El que está en el vestíbulo. Allí podría sentarse, coser o hacer alguna cosa. También puede sentarse en una silla. Él tiene una silla; y también una mesa; lo necesario.

—Pero ¿de quién se trata?

—Pues de una buena persona, de confianza. Yo le haría la comida. Por la habitación y la comida, le cobraría, al mes, tres rublos…

Finalmente, y después de un buen rato, supe que un hombre entrado en años le pidió a Agrafena que le dejara vivir en la cocina, en calidad de inquilino con derecho a comida. Lo que a Agrafena se le metiera en la cabeza necesariamente había de llevarse a cabo, ya que, de otro modo, sabía que no me dejaría en paz. Cuando algo no salía como ella quería, se quedaba apesadumbrada y presa de una profunda melancolía que podía durarle dos o tres semanas. Durante ese tiempo, solía estropeársele la comida, no me lavaba la ropa, ni el suelo; en un palabra, sucedían cosas desagradables. Hace tiempo que me había dado cuenta de que aquella mujer silenciosa no sabía tomar decisiones ni defender ninguna idea propiamente suya. Pero cuando en su floja inteligencia pudiera componerse de alguna manera algo parecido a una idea o determinación, negárselo significaba aniquilarla moralmente durante algún tiempo. Y por ello, como yo por encima de todo quería mi propia tranquilidad, al instante me conformé con su propuesta.

—Pero ¿tendrá al menos un documento, pasaporte o algo por el estilo?

—¡Cómo! Claro que sí. Es una buena persona y con experiencia; me ofreció pagarme tres rublos.

Al día siguiente, en mi humilde vivienda de soltero apareció un nuevo habitante; pero no me sentí enojado e incluso me alegré en mi interior. En general, vivo muy solitario, como un ermitaño. Apenas tengo conocidos; y salgo en escasas ocasiones. Después de haber vivido durante diez años como un sordo, lógicamente me acostumbré a la soledad. Pero vivir otros diez, quince, o puede que más años, en soledad, con aquella misma Agrafena, y en aquel cuartito de soltero, era una perspectiva de lo más insulsa. Por ello, teniendo en cuenta la situación, una persona tranquila que viene de fuera es una bendición caída del cielo.

Agrafena no había mentido: mi inquilino era una persona decente. Por el pasaporte me enteré de que era un soldado retirado, cosa que había percibido al primer golpe de vista, sin necesidad de mirar el pasaporte. Era fácil de reconocer. Astáfi Ivánovich, mi inquilino, era un buen hombre, entre los de su clase. Comenzamos a tener una buena convivencia. Pero lo más divertido de Astáfi Ivánovich era la facilidad que tenía para relatar historias y sus vivencias. Para el transcurrir diario de mi habitual aburrimiento, alguien que relatara como él era un tesoro. En una ocasión me contó una de sus historias. Esta me impresionó. Pero he aquí el motivo por el que surgió esa historia:

Un día me quedé solo en casa: Astáfi y Agrafena habían salido a hacer recados. De pronto me pareció que un desconocido entraba en otra habitación. Salí, y vi que en el vestíbulo realmente había un desconocido. Era joven, bajito y, a pesar del frío otoñal, solo se cubría con una levita.

—¿Qué deseas?

—Quiero ver al funcionario Alexándrov. ¿Vive aquí, verdad?

—Esa persona no vive aquí. ¡Adiós!

—¡Cómo es posible! ¡Si el barrendero me dijo que vivía aquí! —dijo el visitante, retrocediendo cuidadosamente hacia la puerta.

—¡Vamos, vamos! ¡Márchate, hermano! ¡Fuera!

Al día siguiente, después del almuerzo, cuando Astáfi Ivánovich me estaba tomando medidas para una levita, que tenía que arreglar, de nuevo alguien volvió a entrar en el vestíbulo. Entreabrí la puerta.

El caballero del día anterior, ante mis propios ojos, descolgó tranquilamente de la percha mi abrigo de piel, lo cogió debajo del brazo y salió corriendo. Agrafena se quedó mirándole boquiabierta, sin hacer nada para recuperar mi abrigo. Astáfi Ivánovich salió corriendo tras el ladrón y al cabo de diez minutos volvió sofocado y con las manos vacías. ¡El hombre se había esfumado!

—¡Qué mala suerte, Astáfi Ivánovich! ¡Menos mal que aún me queda el capote! ¡De no ser así, el muy ladrón me habría dejado completamente desnudo!

Pero a Astáfi Ivánovich todo aquello le había dejado tan perplejo que, de contemplarle, hasta me olvidé del robo. No podía recomponerse. No hacía más que soltar la labor que tenía entre las manos, para ponerse al instante a contar nuevamente lo que había sucedido, y la forma en que aquello había pasado. Cómo, estando él allí, ante sus ojos y a dos pasos de él, un hombre cogía el abrigo de la percha y salía corriendo sin que se le pudiera alcanzar. Después, otra vez se puso a su labor, para dejarla de nuevo y bajar donde estaba el barrendero a ponerle al corriente y reprenderle para que tomara las medidas oportunas para que en su patio no sucedieran este tipo de cosas. Después, regresó y se puso a regañar a Agrafena. A continuación, de nuevo se puso con su labor, refunfuñando mucho rato para sus adentros sobre cómo había sucedido, cómo, estando él allí y yo aquí, delante de nosotros y a dos pasos, descolgaron el abrigo y etcétera, etcétera. En una palabra, Astáfi Ivánovich, a pesar de hacer bien su labor, era también muy charlatán.

—¡Nos han engañado, Astáfi Iványch! —le dije yo por la tarde, ofreciéndole una taza de té, con tal de salir del aburrimiento, y volviendo a sacar el tema del abrigo, que, de tanto repetirse, y al ver la sinceridad del que lo relataba, hacía que la situación se me presentara cada vez más cómica.

—¡Nos han timado, señor! Me da pena y lástima. Me puede la rabia aunque el abrigo no fuera mío. En mi opinión, no hay peor cosa en esta vida que un ladrón. ¡Otras veces te pueden quitar algo, pero en este caso se trata de tu trabajo, de tu sudor, y el tiempo robado…! ¡Uf! ¡Qué asco! No le apetece a uno ni hablar de ello, me da mucha rabia. ¿Y a usted, señor mío, no le da pena de una cosa suya?

—Sí, es cierto, Astáfi Iványch. ¡Es preferible que se queme una cosa que ceder ante un ladrón! ¡Es algo que da rabia y no se puede consentir!

—¡Hay que ver cómo son las cosas! Claro que hay ladrones diferentes. Pues yo, señor mío, me topé una vez con un ladrón honrado.

—¿Cómo que con un ladrón honrado? ¿Acaso existen ladrones honrados, Astáfi Iványch?

—¡Es verdad, señor! ¿Cómo puede un ladrón ser honrado? No puede ser. Yo solo quería decir que aquel hombre parecía honrado, pero robó. Sin embargo, me dio lástima de él.

—Y ¿cómo sucedió, Astáfi Iványch?

—Pues así, señor: de eso hace ya dos años. Por aquel entonces llevaba yo un año sin trabajar, y en esa situación hice buenas migas con un hombre completamente fracasado. Nos conocimos en un figón. Era un borrachín perdido y un gandul, que antes había prestado servicios en algún lugar, pero a causa de sus borracheras hacía tiempo que le habían echado del trabajo. ¡Era un impresentable! ¡Iba vestido Dios sabe cómo! ¡Alguna vez incluso se me pasó por la cabeza si debajo del capote llevaría camisa o no! Todo cuanto tenía se lo gastaba en la bebida. Pero no era escandaloso. Tenía un carácter tranquilo y era muy cariñoso, bondadoso, no pedía nada, y todo le intimidaba; cuando tú mismo veías que el pobre tenía ganas de beber, se lo alcanzabas. Bueno, pues no sé de qué manera nos hemos hecho el uno al otro, o, mejor dicho, no había forma de desprenderme de él… y a mí me daba lo mismo. ¡Y qué hombre más curioso! Se te pegaba como un perrillo; si ibas a un lugar, él detrás de ti. Solo nos habíamos visto una vez. ¡Era más enclenque! Al principio dejé que pasara una noche en casa. Vi que tenía el pasaporte en regla y que parecía decente. Al día siguiente me volvió a pedir lo mismo, y al tercero vino él solo y se pasó el día entero sentado en el alféizar de la ventana; también ese día se quedó a pasar la noche. «¿No se me habrá pegado demasiado?», pensé yo. Le das de beber, de comer y encima le dejas que pase la noche en tu casa. ¡A un pobre como yo, va y se le sube uno a la cabeza para que le des de comer! Antes de pegárseme a mí, también lo hizo con un funcionario. Se emborrachaban los dos hasta más no poder; pero el funcionario se alcoholizó completamente y murió de alguna desgracia. El de mi historia se llamaba Iemeléi. Iemeléi Ilich. Yo no hacía más que darle vueltas a qué hacer con él. Me daba apuro y lástima echarle a la calle. ¡Daba tanta pena verle! ¡Estaba tan perdido! ¡Dios mío! Y encima tan callado, no pedía nada, solo se estaba sentado y mirándote como un perrillo a los ojos. Quiero decir, ¡que hay que ver cómo deteriora al hombre la bebida! Y no hago más que pensar cómo le voy a decir:

"¡Márchate de aquí, Iemeliánushka! ¡No tienes nada que hacer aquí! ¡Te has equivocado de persona! ¡Pronto ni yo mismo podré llevarme un pedazo de pan a la boca! ¿Cómo podré mantenerte?". Estoy sentando y pensando: "¿Qué va a hacer cuando le diga eso?". Y me lo imagino mirándome largo rato después de decirle aquello. Me lo imagino sentado sin entender palabra, y cómo después, tras recobrar el sentido, se levanta del alféizar, coge su hatillo, que parece que lo estoy viendo (a cuadros, de color rojo y todo agujereado), y en el que solo Dios sabe lo que guardaba llevándolo a todas partes; cómo se cubría con su pobre capote para parecer lo más presentable posible, y que le diera calor sin que se le vieran los agujeros. ¡Era una persona delicada! Me lo imaginaba abrir la puerta y salir hacia la escalera con los ojos empañados de lágrimas. ¡Me daba lástima, pues no quería que el hombre se extraviara del todo! Y al instante pensaba: "¿Y en qué situación estoy yo mismo? Espera Iemeliúshka", pensaba yo. "¡No te estarás mucho tiempo dándote banquetes en mi casa! ¡Pronto me marcharé y no me encontrarás!". ¡Y me marché! Por aquel entonces, mi señor, Alexander Filimónovich (que en paz descanse y que Dios lo tenga en su gloria), me dijo: "Estoy muy satisfecho de ti, Astáfi, y cuando regresemos a la aldea no nos olvidaremos de ti y te daremos trabajo". Yo vivía en su casa y trabajaba de mayordomo. Era un señor muy bondadoso, pero falleció ese mismo año. Bueno, pues, en cuanto nos despedimos, cogí mis bártulos y algún que otro ahorrillo, pensé que era hora de vivir tranquilo y me fui donde una viejecilla a la que alquilé el rincón de una habitación. Solo disponía de un rincón libre. También había trabajado de criada en una casa, pero por aquel entonces vivía sola y recibía una pensión. Y yo que pensé: "¡Pues ahora, Iemeliánushka, querido amigo, ya no me encontrarás!".

¿Y qué cree usted, señor? Por la tarde, de regreso a casa (después de hacerle una visita a un conocido), lo primero que vi al entrar fue a Iemeliá sentado sobre mi baúl y el hatillo a cuadritos junto a él, sin quitarse su viejo capote y esperándome… De lo aburrido que estaba le cogió a la vieja un libro de la iglesia que lo tenía cogido del revés. ¡A pesar de todo, me encontró! Me desanimé del todo.

"No tengo nada que hacer", pensé. "¿Por qué no le habré echado al principio?". Y le pregunto directamente: "¿Has traído el pasaporte, Iemeliá?".

Entonces, señor, me senté y me puse a pensar: "Bueno, puesto que es un vagabundo, ¿qué daño me puede hacer?". Y llegué a la conclusión de que no podría ocasionarme grandes trastornos. "Tendrá que comer", pensé yo. "Bueno, un trozo de pan por la mañana, y para que el bocado esté más sabroso tendré que comprarle cebolla. Al mediodía, también tendría que darle pan con cebolla; y, al anochecer, también cebolla con kvas y un mendrugo de pan, si es que quiere más pan. Y si surgiera el caso de que hubiera shi, nos llenaríamos las barrigas hasta más no poder". Si yo, lo que es comer, no como mucho, y todos saben que la persona que bebe apenas come: le bastaría solo con un licorcito o un vino verde. "Me puede arruinar con la bebida", pensé, y al momento, señor mío, se me pasó una idea por la cabeza, y ¡cómo me impresionó! Que si Iemeliá se marchara, ya no sería yo feliz en la vida… Y en aquel momento decidí ser para él como un padre bienhechor. "Lo apartaré del vicio", pensé, "y haré que aprenda a perder la afición a la bebida. Pero

¡espera un poco!", pensé. "¡Bueno, está bien, Iemeliá, quédate, solo que prepárate para vivir conmigo! ¡Tendrás que obedecer!".

Y, mientras tanto, yo le daba vueltas en la cabeza a cómo enseñarle algún oficio, pero sin prisas. Ahora, al principio, que diera pequeños paseos, y, por el momento, yo iría mirando y buscando algún trabajo que Iemeliá pudiera hacer. Porque para todo, señor mío, es imprescindible tener un don. Y me puse a observarle de soslayo. Veo que es Iemeliánushka un hombre desesperado. Y comencé, señor mío, por hablarle con palabras amables: "Entre otras cosas", le digo, "Iemelián Ilich, podrías mirarte en el espejo y arreglarte un poco. ¡Ya está bien de pasear! ¡Mira cómo vas vestido! ¡Todo lleno de harapos, y tu viejo capote, con perdón, parece un colador! ¡No está bien! Creo que va siendo hora de pensar en la dignidad. Estás sentado, y me escuchas con la cabeza gacha, Iemeliánushka mío. Pero ¡Dios mío! ¡De tanto beber se le desarticulan las palabras y es incapaz de pronunciar algo con sentido! Si le hablas de pepinos, va él y te responde refiriéndose a las habas. Se pasa largo rato escuchándome y después lanza un suspiro".

—¿Y por qué suspiras, Iemelián Ilich? —le pregunto.

—Por nada, Astáfi Ivánovich, no se preocupe. Pues hoy, dos mujeres, Astáfi Iványch, se pelearon en la calle, y una le lanzó una cesta de bayas rojas a la otra.

—Bueno, y ¿qué tiene eso de especial?

—Y por hacerle eso, fue la otra y le tiró su cesta de bayas, y se puso a pisotearlas.

—Bueno, y ¿qué más sucedió, Iemelián Ilich?

—Pues nada, Astáfi Iványch, solo era un comentario.

"Nada, solo un comentario. ¡Vaya, con Iemeliá, Iemeliúshka!", pensé yo. "¡Le ha dejado descerebrado la bebida…!".

—En la calle Gorójovaia, o mejor dicho, en la Sadóvaia, a un señor se le cayeron al suelo unos billetes. Y un muzhik que lo vio dijo: "¡Qué felicidad la mía!" . Pero en ese momento también lo vio otro, que dijo: "¡No! ¡La felicidad es mía! ¡Yo los vi primero…!".

—¡Vaya, Iemelián Ilich!

—Y se pelearon los campesinos, Astáfi Iványch. Y en ese momento llegó el guardia, recogió los billetes y se los devolvió al caballero amenazando a los dos muzhiks con encerrarles en un calabozo.

—Bueno, y ¿qué es lo que hay de ejemplar en ello, Iemeliánushka?

—Pues… yo… nada… La gente se reía, Astáfi Iványch.

—¡Ay, Iemeliánushka! ¡Y qué importa la gente! Has vendido el alma por una moneda de cobre. Pero ¿sabes, Iemelián Ilich, lo que te voy a decir?

—¿Qué, Astáfi Iványch?

—Búscate algún trabajo; de verdad, búscatelo. Te lo he dicho ya cien veces, apiádate de ti.

—Pero ¿qué tipo de trabajo podría buscarme, Astáfi Iványch? Si ni yo mismo sé qué trabajo podría hacer y además nadie me cogería, Astáfi Iványch.

—Y ¿por qué te echaron del trabajo, Iemeliá? ¡Ay, borrachín!

—Pues a Vlas, el camarero, le llamaron hoy para que se presentara en la oficina, Astáfi Iványch.

—¿Y por qué le llamaron, Iemeliánushka? —le dije.

—Pues a decir verdad, no lo sé, Astáfi Iványch. Será que tenían que hacerlo y por eso lo llamaron…

"¡Vaya, vaya!", pensé. "¡Estamos perdidos los dos, Iemeliánushka! ¡Dios nos castigará por nuestros pecados! Pero ¡Señor mío! ¿Qué es lo que puedo hacer con un hombre así?".

¡Sin embargo, era listo a más no poder! Prestaba oído y te escuchaba, pero, en cuanto veía que se aburría y que yo me ponía serio, agarraba su pobre capote, se escabullía y se largaba como si no te conociera. Se podía pasar todo el día deambulando por ahí y al llegar la tarde venía todo ebrio. ¡Solo Dios sabe quién le daba de beber, y dónde conseguía el dinero! ¡Yo no tengo la culpa de ello y mi conciencia está tranquila!

—¡No! —le decía yo—. ¡Vas a perder la cabeza, Iemelián Ilich! ¡Ya has bebido mucho! ¿Lo has oído? ¡Ya es suficiente! Si otra vez vuelves borracho a casa, pasarás la noche en la escalera. ¡No te dejaré entrar!

Después de escuchar la reprimenda, estuvo Iemeliá en casa dos días, y al tercero desapareció de nuevo. Yo esperándole, y él sin aparecer. Y si le soy sincero, incluso estaba preocupado, y sentía lástima. "¿Qué es lo que he hecho?", pensaba. "Le he metido miedo en el cuerpo. Pero ¿adónde habrá ido ahora, el muy desdichado? ¡Dios mío, si se puede perder!". Pasó la noche y él sin regresar. Y al amanecer, cuando salí al zaguán, vi que había pasado la noche allí. Estaba tumbado con la cabeza apoyada en un escalón; debía de estar completamente helado.

—Pero ¿qué haces, Iemeliá? ¡Dios te ampare! ¿Dónde te has metido?

—Usted se enfadó conmigo diciéndome que me mandaría a dormir al zaguán, por eso no me atreví a entrar en casa, Astáfi Iványch, y me quedé a dormir aquí.

¡Sentí a la vez rabia y pena!

—Pero si tú, Iemelián, podías buscarte otro trabajo —le dije yo—. ¿Por qué escoges el de guarda de la escalera?

—¿Y qué otro trabajo podría buscarme, Astáfi Iványch?

—Al menos podrías aprender el oficio de la costura, ¡alma de cántaro! —le dije yo (de la rabia que me dio)—. ¡Mira qué capote llevas! No te conformas con que esté lleno de agujeros y hasta quieres barrer las escaleras con él. Podías coger una aguja y remendarte los agujeros, aunque solo fuera por dignidad. ¡Ay, borrachín!

—¡Bueno, señor! —y cogió la aguja. Yo se lo dije en broma, pero él se avergonzó y se puso manos a la obra. Se quitó el viejo capote y se puso a enhebrar la aguja. Le miro, y lo que esperaba: tenía los ojos irritados y enrojecidos; las manos temblorosas a más no poder. Intentaba enhebrar la aguja y no lo conseguía. ¡Y hay que ver cómo fruncía el ceño, humedecía el hilo, lo retorcía, pero no conseguía enhebrarlo! No había forma. Lo tiró y se me quedó mirando…

—¡Bueno, bueno, Iemeliá! ¡Me dan ganas de cortarte la cabeza! Si te lo dije en broma, te reproché para hacerte reaccionar… Pero ¡que Dios te ampare! Puedes entrar, pero no me abochornes, ¡no pases la noche en la escalera avergonzándome…!

—Pero ¿qué puedo hacer, Astáfi Iványch? Si yo mismo sé que siempre estoy bebido y que no sirvo para nada… Es solo que usted, mi… bienhechor, se interesa en vano por mí…

Y de pronto empezaron a temblarle sus labios azules y una lágrima resbaló por su mejilla blanca. ¡Y cómo temblaba la lagrimilla sobre su barba sin afeitar, y cómo sollozaba, mi Iemelián! ¡Dios mío! ¡Aquello me dolió como si me pasaran un cuchillo por el corazón!

¡Vaya, qué sensible eres, y yo sin darme cuenta! ¿Quién podía saberlo y adivinarlo?

"¡No!", pensé. "No voy a preocuparme por ti, Iemeliá. ¡Puedes convertirte en un guiñapo…!".

Bueno, señor, de todo aquello podría contarle yo mucho. Pero esa historia es insignificante, mísera y no merece la pena; es decir, que usted, señor, no daría ni dos cópecs por una historia así, y, sin embargo, yo, de haberlos tenido, habría dado más, con tal de que no hubiera sucedido. Yo estaba cosiendo unos pantalones buenos (¡al diablo los pantalones!); eran fantásticos, de cuadros azules. Me los había encargado un terrateniente que venía por aquí, y que se marchó después diciéndome que le estaban estrechos, de modo que se quedaron en casa. Pensé que eran buenos y que en el mercadillo podían darme hasta cinco rublos, y que, de no ser así, podría sacar de ellos dos pantalones de caballero, y me sobraría además un trozo para una levita. Eso, a un hombre humilde, a uno de los nuestros, ¿sabe?, siempre le viene bien. Y Iemeliánushka, por aquel entonces, estaba pasando una mala temporada, estaba serio y triste. Veo que pasa un día sin beber nada: pasa otro y tampoco, el tercero y no prueba gota. Estaba completamente amodorrado, me daba verdaderamente lástima verle sentado y afligido. Y pensé: «Una de dos, o te has quedado sin dinero para beber, o tú mismo escogiste el camino adecuado de decir basta y vivir de forma racional». Pues así estaban las cosas, señor, cuando llegaron las fiestas. Yo me fui a la consueta. Cuando regreso a casa veo que mi Iemeliá está sentadito sobre el alféizar, completamente borracho y meciéndose de un lado a otro. "¡Hum!", pensé. "¡Conque estas tenemos!2. Y me fui derecho al baúl. ¡Miro, y no están los pantalones…! Registré toda la casa: "Me los han robado", pensé. Cuando hube revuelto todo y comprobado que no estaban, pareció que algo me arañaba el corazón. Me dirigí enfurecido a la anciana, y pequé acusándola, descartando las dudas sobre Iemeliá, aunque tuviera mis sospechas, por lo borracho que estaba.

—No —me dijo la ancianita—; que Dios le ampare, señorito, pero ¿qué falta me harían los pantalones? ¿Para ponérmelos? También a mí me desapareció hace unos días una falda, igual que a usted con este buen hombre… Bueno, no puedo decir lo que no he visto —me dijo.

—¿Quién estuvo aquí? —le pregunté—. Y ¿quién ha pasado por aquí?

—Pues nadie, señor —me respondió ella—; yo no me he movido de aquí. Iemelián Ilich salió de casa y regresó después. ¡Allí lo ve usted sentado! Pregúnteselo a él.

—¿No habrás cogido los pantalones nuevos porque te surgiera alguna necesidad, Iemeliá? ¿Te acuerdas de cómo los cosía para aquel terrateniente?

—No —responde—, Astáfi Iványch, yo no he cogido eso.

¡Qué desdicha! De nuevo me puse a buscarlos, lo revolví todo y no encontré nada. Mientras tanto, Iemeliá seguía bamboleándose sobre el alféizar. Me senté, señor, sobre el baúl, frente a él, y de pronto le miré de reojo… "¡Vaya!", se me pasó por la cabeza: y en ese momento pareció que se me prendía el corazón; incluso enrojecí de rabia. De repente, también me miró Iemeliá.

—No —me dijo—, Astáfi Iványch, yo sus pantalones, quiero decir… eso… que puede usted pensar… yo no he sido.

—¿Pues cómo han podido desaparecer, Iemelián Ilich?

—No sé —me respondió—, Astáfi Iványch; no los he visto en absoluto.

—¿Entonces, Iemelián Ilich, debe ser que ellos solitos, como quiera que se mire, desaparecieron por sí mismos?

—Puede que hayan desaparecido solos, Astáfi Iványch.

En cuanto le oí decir eso, me levanté bruscamente, me acerqué a la ventana, encendí la lámpara y me puse a coser. A rehacerle una levita a un funcionario que vivía debajo de nosotros. No paraba de arderme el pecho, como si algo me aullara dentro. Es decir, habría tenido menos calor si hubiera metido toda la ropa del armario en la estufa. Y, por lo que se ve, sintió Iemeliá que la rabia me había punzado el corazón. Y parece, señor, que cuando un hombre está abocado al mal, ya desde lejos presiente la desgracia, igual que un pájaro que vuela por el cielo presintiendo la tormenta.

—Astáfi Ivánovich —empezó Iemeliúshka (y la vocecilla le temblaba)—. Hoy Antip Projórich, el practicante, se casó con la mujer del cochero, que falleció hace unos días…

Entonces le eché tal mirada de furia…

Y Iemeliá lo comprendió. Veo que se levanta, se acerca a la cama y empieza a dar vueltas alrededor de ella. Yo estoy a lo mío y veo que lleva mucho tiempo trasteando y refunfuñando: "¡No aparecen! ¿Dónde se habrán metido, los muy granujas?". Yo seguía en la misma actitud expectante mientras que Iemeliá se puso de rodillas y se metió debajo de la cama. No pude aguantar más.

—¿Qué hace usted, Iemelián Ilich, de rodillas?

—Por si encuentro los pantalones, Astáfi Iványch. Registrando, por si se hubieran colado en algún sitio.

—Pero ¡qué está haciendo, señor! —le dije (y de lo furioso que estaba lo traté de usted)—. ¿Qué necesidad tiene, señor, de hacer semejantes cosas por un pobre hombre como yo, destrozándose inútilmente las rodillas?

—Pero si no estoy haciendo nada, Astáfi Iványch, nada… Puede que se encuentren si se buscan bien.

—¡Hum!… —le dije yo—. ¡Escúchame, Iemelián Ilich!

—¿Qué, Astáfi Iványch? —me dijo.

—¿Y no habrás sido tú quien los ha cogido, como un simple ladronzuelo, en agradecimiento del pan y la sal que comparto contigo? —le dije yo. Es decir, que a mí, señor, me irritó de tal modo que estuviera de rodillas delante de mí arrastrándose por el suelo…

—Pues no… Astáfi Ivánovich…

Pero se quedó en la misma posición, tal y como estaba, debajo de la cama. Estuvo un largo rato allí tumbado; después salió a rastras. Le miro y veo que está completamente pálido. Al levantarse, se sentó cerca de mí en el alféizar de la ventana, y permaneció así sentado unos diez minutos.

—No, Astáfi Iványch —me dijo. Y de pronto se levanta y se me acerca con un aspecto que daba miedo—. No, Astáfi Yványch —me vuelve a decir—. Yo no cogí los pantalones.

Estaba temblando, golpeándose con el dedo tembloroso en el pecho; la voz le vibraba, lo que me hacía sentir tan avergonzado que parecía enteramente haberme quedado pegado a la ventana.

—Bueno, Iemelián Ilich —le dije—. Está bien, le pido disculpas porque le reproché en vano. ¡Allá los pantalones! ¡Que desaparezcan! No nos va a pasar nada porque hayan desaparecido. Gracias a Dios tenemos manos, no vamos a robar a nadie… y tampoco vamos a pedirles limosna a otros pobres; nos ganaremos el pan…

Me escuchó Iemeliá, se quedó un rato frente a mí, y después se sentó. Permaneció así toda la tarde, sin moverse lo más mínimo; a mí ya me había entrado sueño y Iemeliá seguía sentado en el mismo lugar. Solo al amanecer me di cuenta de que estaba tumbado en el suelo y tapado con su pobre capote. Se había sentido tan humillado que no se atrevió a tumbarse en la cama. Pues desde aquel momento, señor, le cogí manía, es decir, los primeros días incluso llegué a odiarle. Para ser más exactos, y por poner un ejemplo, era como si mi propio hijo me ocasionara un dolor horrible. “¡Vaya!”, pensé. “¡Iemeliá, Iemeliá!”. Mientras tanto él no paró de beber en dos semanas. Se emborrachaba hasta hartarse. Se marchaba por la mañana y no regresaba hasta bien entrada la noche, sin pronunciar palabra en dos semanas. Es decir, o que la pena le había carcomido, o que quisiera castigarse él mismo. Finalmente, dijo basta y dejó de beber. Al parecer se había gastado todo el dinero y otra vez se sentó sobre el alféizar de la ventana. Recuerdo que se estuvo así, sentado y callado, tres días enteros; de pronto, le miro, y lo veo llorando. Quiero decir, señor, que está sentado y llorando. ¡Sí, así, llorando! Como si fuera un río, sin sentir las lágrimas. Y es duro, señor, ver cuando un hombre maduro, y concretamente un anciano, como Iemeliá, llora de la pena y la tristeza que tiene dentro.

—¿Qué, Iemeliá? —le dije.

Y se puso a temblar. Se estremeció completamente. Desde lo sucedido, era la primera vez que me dirigía a él.

—Nada… Astáfi Iványch.

—¡Que Dios te ampare, Iemeliá, que se vaya todo al demonio! ¿Por qué estás ahí sentado como un búho? —me dio lástima de él.

—Es que… Astáfi Iványch… bueno. Quisiera encontrar algún trabajo, Astáfi Iványch.

—Pero ¿qué tipo de trabajo, Iemelián Ilich?

—Pues así, uno cualquiera. Puede que encuentre algo útil que hacer como antes; ya fui a solicitarle trabajo a Fedoséi Iványch… No me siento bien cuando le ofendo, Astáfi Iványch. Yo, Astáfi Iványch, con un poco de suerte, encontraré algún trabajo, y entonces le devolveré todo, y le daré su compensación por lo que se ha gastado en alimentarme.

—Bueno, Iemelián, ya está bien; lo que pasó, pasado está. ¡Allá los pantalones! ¿Por qué no volvemos a vivir como antes?

—No, Astáfi Iványch, usted posiblemente siga pensando lo mismo… pero yo no le robé los pantalones…

—Bueno, pues como quieras. ¡Que Dios te ampare, Iemeliánushka!

—No, Astáfi Iványch. Veo que ya no puedo continuar viviendo aquí. Y discúlpeme usted, Astáfi Iványch.

—¡Pues que sea lo que Dios quiera! —le dije—. ¿Quién te está ofendiendo y te echa al patio? ¿Acaso lo estoy haciendo yo?

—No, pero me es incómodo vivir con usted de ese modo, Astáfi Iványch… Será mejor que me vaya…

El hombre estaba ofendido y había tomado una determinación. Le miro y veo que ya se levanta y se echa al hombro su pobre capote.

—Pero ¿adónde vas a ir, Iemelián Ilich? Sé racional y escucha: ¿qué piensas hacer?, ¿adónde vas a ir?

—No, perdone usted, Astáfi Iványch, no me retenga —y de nuevo se puso a gemir—. Me voy, Astáfi Iványch. Usted ya no es el mismo de antes.

—¿Cómo que no soy el mismo? ¡Soy el mismo! Si eres como un niño pequeño, irracional; te puedes perder solo, Iemelián Ilich.

—No, Astáfi Iványch, usted ahora cuando se marcha cierra el baúl, y yo, Astáfi Iványch, que lo veo, me pongo a llorar… No, mejor será que me deje marchar, Astáfi Iványch, y perdone las ofensas que pude haberle infligido en nuestra convivencia.

Y ¿qué piensa, señor? Se fue el hombre. Le esperé un día, pensando que regresaría al atardecer, pero no volvió. Al siguiente, tampoco, y al otro, igual. Estaba asustado y la tristeza no me dejaba vivir en paz. Ni bebía, ni comía, ni dormía. ¡El hombre me había dejado completamente desarmado! Al cuarto día salí a buscarle por todas las tascas, y nada.

¡No lo encontré! ¡Iemeliánushka había desaparecido!

"¿No habrá perdido el hombre la cabeza?", pensé. "Puede que esté ahora tirado como un penco podrido junto a alguna valla, el muy borrachín". Regresé a casa ni vivo ni muerto. Al día siguiente también salí a buscarlo. Me maldecía a mí mismo por haber permitido que un hombre sin cabeza se fuera de mi lado por su propia voluntad. El quinto día al amanecer (era fiesta) oigo que cruje la puerta. Miro, y veo que entra Iemeliá. ¡Todo amoratado y con el pelo completamente sucio de haber dormido en la calle! Había adelgazado hasta quedarse como una astilla. Se quitó su pobre capote, se sentó junto a mí en el baúl y se me quedó mirando. ¡Qué alegría me dio verle, pero me sentí aún más triste que antes! Mire usted lo que pasa, señor: que caiga sobre mí el pecado, pero habría preferido verle muerto en un arroyo como un perro a que volviera en ese estado. ¡Pero Iemeliá volvió! Bueno, lógicamente, resulta duro ver a un hombre en ese estado. Empecé a animarle, a acariciarle y a tranquilizarle.

—Bueno —le dije—, Iemeliánushka, estoy contento de que hayas vuelto. Si hubieras tardado un poco más, habría ido a buscarte por las tabernas. ¿Has comido algo?

—Sí, Astáfi Iványch.

—Y ¿lo suficiente? Aquí tienes, hermano, un poco de shi que quedó de ayer; es de carne; y aquí tienes un poco de pan y cebolla. Come —le digo—, no está de más para la salud.

Le serví la sopa y vi que probablemente llevaba tres días sin probar bocado, ¡tal era su apetito! Lo que significa que el hambre fue lo que le hizo retornar de nuevo a mí. ¡Cómo me alegré de verle! "Espera", pensé, "en una carrera voy a por algo de beber. Le traeré algo para que se sienta feliz, y nos olvidemos de todo. ¡No te guardo ningún rencor, Iemeliánushka!". Le traje una botella de vino.

—Aquí tienes —le digo—, Iemelián Ilich, bebamos un poco, hoy es fiesta. ¿Quieres beber? ¡Salud!

Extendió ansioso la mano, y ya casi tenía cogido el vaso, cuando veo que se detiene; espera un rato; yo le miro: va y lo coge, se lo lleva a la boca, salpicándose la manga con el vino. Y no lo bebe. Se lo vuelve a llevar a la boca, pero al instante lo deja sobre la mesa.

—¿Qué sucede, Iemeliánushka?

—Pues nada; es que yo… Astáfi Iványch…

—¿Acaso no te lo vas a beber?

—Pues yo, Astáfi Iványch, eso… ya no voy a beber más, Astáfi Iványch.

—¿Acaso has decidido dejarlo del todo, Iemeliúshka? ¿O solo se trata de hoy?

Se quedó callado. Cuando le miro, veo que tiene apoyada la cabeza sobre la mano.

—¿No te habrás puesto malo, Iemeliá?

—No lo sé, no me encuentro muy bien, Astáfi Iványch.

Lo conduje hasta la cama. Veo que realmente está mal: le ardía la cabeza y la fiebre le agitaba el cuerpo. Estuve junto a él todo el día; al llegar la noche se puso peor. Le di kvas con mantequilla y cebolla y añadí migas de pan. Le dije:

—¡Vamos, tómate esta turia, que te sentará bien!

Él movió la cabeza.

—No —dijo—, no voy a comer hoy, Astáfi Iványch.

Le preparé un té y mareé del todo a la ancianita; y nada, que no mejoraba. "¡Vaya! ¡Mal asunto!", pensé. Al tercer día fui en busca del médico. Conocía un médico que se apellidaba Kostoprávov, que me trató cuando yo vivía en casa de los señores Bosomiágin. Vino el médico, lo vio y dijo: «Pues no. La cosa está mal. No tenía que haberse molestado en buscarme. Pero puede darle estos polvos». Pero yo no se los di; pensé que el médico me lo decía por decir: y mientras tanto ya llegó el quinto día.

Se estaba muriendo ante mis ojos, señor. Yo estaba sentado junto al alféizar de la ventana con la labor entre las manos. La viejecilla estaba echando leña en la estufa para caldear la habitación. Nadie hablaba. Tenía el corazón partido como si se me muriera mi propio hijo. Sabía que Iemeliá me miraba ahora a mí, me había dado cuenta de ello desde la mañana. Veía que el hombre quería sacar fuerzas, deseando decir algo, sin atreverse; y, en cuanto veía que yo le miraba, al instante desviaba la mirada hacia otro lado.

—¡Astáfi Ivánovich!

—¿Qué, Iemeliúshka?

—Y si yo, por ejemplo, llevara mi capote a vender al mercadillo, ¿me darían mucho, Astáfi Iványch?

—Bueno —le dije yo—, no creo que dieran mucho. Con un poco de suerte hasta unos tres rublos, Iemelián.

Pero, en realidad», pensaba yo para mis adentros, "si lo llevaras, no te darían nada salvo burlarse de ti en tu cara por ir a vender una cosa en tan mal estado". Solo que a él, hombre de Dios, conociéndole como le conocía, le dije lo contrario para consolarle.

—Pues yo, Astáfi Iványch, creo que sí me darían tres rublos por la capa; si es de paño. ¿Cómo no iban a darme tres rublos por una cosa de paño?

—No lo sé, Iemelián Ilich —le dije—. Si deseas llevarla, entonces desde el primer momento habría que pedir por ella tres rublos.

Iemeliá se quedó un rato callado; y después de nuevo se puso a hablar:

—¡Astáfi Iványch!

—¿Qué quieres, Iemeliánushka? —le pregunté.

—Venda usted el capote cuando me muera, no me entierre con él. No lo necesito; mientras que el capote es algo valioso, le hará falta.

En ese momento, señor, se me encogió el corazón de tal modo que no supe qué decir. Veo que le rondaba la tristeza que uno siente antes de morir. De nuevo nos quedamos en silencio. Así transcurrió una hora. Otra vez le eché un vistazo: no retiraba la vista de mí, y, en cuanto se cruzaba con mi mirada, de nuevo la desviaba para otro lado.

—¿No quieres beber un poco de agua, Iemelián Ilich? —le dije.

—Si es tan amable, que Dios le bendiga, Astáfi Iványch.

Le di de beber. Bebió con ansia.

—Se lo agradezco, Astáfi Iványch —me dijo.

—¿No quieres algo más, Iemeliánushka?

—No, Astáfi Iványch; no me hace falta nada; solo que…

—¿Qué?

—Pues eso…

—¿Qué quieres decirme, Iemeliúshka?

—Pues eso… los pantalones… fui yo el que se los cogí entonces… Astáfi Iványch…

"¡Bueno, pues que Dios te perdone, Iemeliánushka!", me dije. "¡Eres un pobre diablo! Vete en paz…". Se me detuvo la respiración y las lágrimas corrieron por mis mejillas. Me di la vuelta un instante.

—Astáfi Iványch…

Lo miro y veo que Iemeliá quiere decirme algo. Se irguió haciendo fuerzas y moviendo los labios… De pronto, se puso todo encarnado y con los ojos clavados en mí… Después, fue palideciendo cada vez más hasta quedarse un instante sin consciencia; echó la cabeza hacia atrás, respiró profundamente y en aquel instante entregó su alma a Dios.